Diogenes Taschenbuch 21998

de
te
be

Brian Moore

# *Die Antwort der Hölle*

*Roman*

*Aus dem Englischen von Günter Eichel*

Diogenes

Titel der Originalausgabe:
›An Answer from Limbo‹

Die deutsche Erstausgabe erschien
1966 im Rütten & Loening Verlag,
München
Die Übersetzung wurde
für die vorliegende Ausgabe überarbeitet.
Umschlagillustration: René Magritte,
›In Memoriam Mack Sennett‹, Gemälde
(Öl auf Leinwand, 73 × 54 cm) 1937 (Ausschnitt)


*Für Jacqueline*

Veröffentlicht als Diogenes Taschenbuch, 1991

100/91/43/1
ISBN 3 257 21998 9

Als mir die Antwort einfiel, mußte ich an meine Schulzeit denken, an jene Tage, da man plötzlich aus dem Nichts wußte, daß Ankara die Hauptstadt der Türkei war, oder in Algebra herausbekam, was Y war. Und weil ich das eine wußte, war alles andere ganz einfach. Genial einfach.

Und dennoch hatte ich an jenem Morgen, bevor alles zusammenzupassen begann, das Gefühl, daß ich mich an einer abfallenden Kurve meines Lebens befand, und die Kurve erreichte ihren Tiefpunkt beim Frühstück, als ich einen Brief meiner Mutter öffnete, der mich in die Vergangenheit zurückversetzte – nicht nach Irland, über das sie schrieb, sondern nach Hause, in den Kreml meiner Erinnerung, der für alle Zeiten von der übrigen Welt abgeschlossen war – für immer ausgeschlossen. Dort, in dem Haus, in dem ich geboren war, sah ich meine Mutter vor mir: jung, hübsch, immer bereit zu lachen, aber auch zu schelten. In meiner Erinnerung lebte sie fort als die Mutter, die mich großgezogen hatte; wenn etwas nicht stimmte, sorgte sie dafür, daß alles wieder ins Lot kam. Es schien unmöglich, daß die Frau, die diesen alltäglichen einsamen Brief geschrieben hatte, jene Mutter sein konnte, an die ich mich erinnerte. Unmöglich, daß sie – nicht ich – jetzt das Kind war. Und doch hatte mir Ted Ormsby vor zwei Wochen geschrieben, daß der Betrag, den ich ihr regelmäßig schickte, nicht mehr zum Leben ausreichte. Natürlich geht ihn diese Geschichte eigentlich verdammt wenig an, und vielleicht hätte ich seinen Hinweis einfach vergessen; aber jetzt, wo die Handschrift meiner Mutter vor mir lag, wurde ich unangenehm an meine Pflicht erinnert. Ich legte den Brief hin. Der dünnbeinige Tisch, an dem ich frühstückte, zitterte im Rhythmus der dicht daneben stehenden Waschmaschine. Ich erinnere mich daran, wie ich noch dachte, daß ich hier in New York genau das tat, was meine Mutter nicht leiden konnte: in der Küche zu essen. Mir gegenüber saß Jane, meine Frau, las die *New York Times* und ließ sich von dem Unfug, den die Kinder mit ihren Frühstückseiern anstellten, nicht stören. Die Tischmanieren meiner Kinder würden meine Mutter entsetzen. Mich entsetzen sie jedenfalls.

»Ist das ein Brief von deiner Mutter, Darling«, fragte meine Frau.

»Ja.«

»Wie geht's ihr?«

»Sie scheint ein bißchen deprimiert zu sein. Seit dem Tod meines Vaters hat sie sich überhaupt ziemlich verändert.«

»Wer ist tot, Daddy?«

»Niemand, Lisa«, sagte Jane zu dem Kind, »das ist etwas für Erwachsene. Iß jetzt endlich dein Ei auf, Schätzchen.«

Jane mag es nicht, wenn man vor den Kindern vom Tod spricht. Meine Mutter dagegen hätte sie auf den Schoß genommen und mit ihnen einen Rosenkranz für die Seelen der Verstorbenen gebetet. Was würde meine Mutter sagen, wenn sie erfuhr, daß die Kinder nicht einmal getauft sind? Meinem gegenwärtigen Leben steht sie wie eine völlig Fremde gegenüber.

So blieb der Brief, ein leiser Hinweis auf den Anspruch, den sie mir gegenüber hatte, mit anderen unbezahlten Rechnungen auf meinem Teller liegen. Zu diesem Zeitpunkt glaubte ich noch, ich brauchte den Betrag, den ich ihr schickte, nur zu erhöhen, und das mißfiel mir. Mißfallen ist vielleicht überhaupt ein Schlüssel zu meinem Charakter. Aber bevor man mich verurteilt, möchte ich doch die Frage stellen, ob es gerecht ist, daß von all ihren Kindern ausgerechnet ich allein die Aufgabe haben sollte, sie finanziell zu unterstützen. Mein Bruder Rory, der zehn Jahre älter war als ich, wurde zum Helden, als sich damals, im Jahre 1945, sein Fallschirm über Deutschland nicht öffnen wollte. Sheila, meine ältere Schwester, brannte mit einem erfolglosen Tierarzt nach Australien durch, und inzwischen haben die beiden sich in irgendeiner abgelegenen Gegend wie die Kaninchen vermehrt. Moira, meine jüngere Schwester, hat sich in einem Kloster in Manchester ganz Christus und der Armut verschrieben, und mein Vater, Dr. Charles Grattan Tierney, starb vor vier Jahren, nachdem seine Krankheit alle Ersparnisse seines Lebens genauso zunichte gemacht hatte, wie die Nacht es mit Penelopes Webarbeit getan hatte.

Blieb also nur ich übrig. Nach den Naturgesetzen bin ich als einziger meiner ganzen Familie – nein, nein, ich will es anders ausdrücken. Als Kind hatte ich immer Angst, ich wäre dumm und feige, und war überzeugt, daß ich für alle, die mich kennenlernten, eine große Enttäuschung bedeutete. Ich las sehr viel, und wie so viele zaghafte Kinder hatte ich eine Vorliebe für tragische Schlüsse. Durch meine Lektüre entdeckte ich jedoch, daß der Held von den Höhen der Tragödie nur dann hinunterstürzen kann, wenn er zuvor die Gipfel großer Taten erklommen hat. In den Büchern suchte ich nach einem passenden Wunschtraum. Als ich vierzehn Jahre alt war, mußten wir einen Aufsatz über das schreiben, was wir im Leben erreichen wollten. Ich schrieb die ganze Nacht hindurch. Zum ersten Mal in meinem Leben war ich begeistert. Ich schrieb, daß ich ein großer Dichter werden wollte, daß ich mein Leben der Schöpfung eines Meisterwerks widmen würde und daß ich mit dreißig Jahren, Blut hustend in einem letzten schwindsüchtigen Anfall zu sterben hoffte, so daß meine Begabung makellos und unbefleckt bleiben würde. Diesen Aufsatz übergab ich meinem Englischlehrer, der am folgenden Tag an meine Bank trat, mein Ohr zwischen seine von Nikotin gebräunten Finger nahm und mich vor die Klasse führte, wo ich meinen Aufsatz laut vorlesen mußte. O ja, allem Anschein nach war ich das ideale Demonstrationsobjekt seines plumpen pädagogischen Witzes, das perfekte Opfer, um eine Klasse eingesperrter Jungen zu ergötzen.

Aber dieser Lehrer ist inzwischen gestorben. Ich kann ihn nicht mehr hassen, weil er mich zur Zielscheibe des Spottes gemacht hat. Noch kann ich meine Klassenkameraden für den ausgiebigeren Jux hassen, den sie nach dem Unterricht mit mir anstellten. Warum auch? Damals hatte ich das Gefühl, daß dieser Vorfall der größte Triumph meines Lebens war. An jenem Tag hatte sich nach dem Unterricht ein sehr viel größeres Publikum versammelt. Ich wurde zum Schulbrunnen geschleppt, unter den Wasserstrahl geschoben und dort so lange festgehalten, bis mir das Wasser den Rücken hinunterlief, meine Hosen durchweichte und an meinen dürren Beinen hinunterrann, bis Socken und Schuhe ganz naß waren.

Nach dem Tauchbad wurde ich gezwungen, meinen Aufsatz noch einmal laut vorzulesen. Man wollte mir meinen Dünkel austreiben und mir eine Lektion erteilen, die zu lernen mir bisher schwergefallen war. Aber ich lernte nichts. Klatschnaß, mit zerrissenem Anzug las ich meinen Aufsatz vor, jetzt aber voller Stolz, und verkündete laut schreiend, daß ich genau das tun würde, was ich darin versprochen hatte. Und meine Klassenkameraden, die mein blasses Gesicht und meine zitternden Schultern sahen, die in meinem dünnen, herausfordernden Kreischen den wahren Fanatismus hörten, wandten sich ab, weil ich ihnen nicht geheuer war, weil Überzeugung, selbst eine falsche Überzeugung, anderen nie ganz geheuer ist. Zum erstenmal in meinem Leben hatte ich gewonnen. Meine eigene Unsicherheit verschwand, und während meiner restlichen Schulzeit hatte ich ständig unter der abweisenden Haltung meiner Klassenkameraden zu leiden. Ihre Zweifel an jenem Tag machten aus mir das Opfer meiner eigenen unsicheren Prahlerei, das ich auch heute noch bin.

Denn ich habe es immer noch nicht geschafft. Ich, der ich mich einmal rühmte, mich nie mit einem der üblichen Berufe zufriedenzugeben, habe statt dessen – was eigentlich? Ich habe geschrieben, das stimmt, und zwar Prosa, keine Poesie. Sechs meiner Erzählungen sind in kleinen literarischen Zeitschriften veröffentlicht worden. Doch der Roman, mit dem ich meine Prophezeiungen zu erfüllen hoffe, liegt noch immer in einer Schublade meines Büros, ein geliebtes, aber kränkliches Kind, dessen Leben dadurch gefährdet ist, daß ich nur hin und wieder an ihm arbeite. Es ist wahr, ich bin der provinziellen Mittelmäßigkeit meines Heimatlandes entflohen und lebe jetzt im Exil, im Rom unserer Zeit. Aber hier in New York arbeite ich als Redaktionssklave einer Zeitschrift, die in Titel und Inhalt so banal ist, daß ich es nicht ertragen kann, ihren Namen zu nennen, und wenn man mich fragt, warum ich diese Arbeit tue, muß ich von Rechnungen sprechen: von Rechnungen für Kleidung, für Nahrungsmittel und Wohnung, für Medikamente und den Kindergarten, von dem Betrag, den ich meiner Mutter schicke – über die vielen Rechnungen, in denen ich allmonatlich ertrinke. Und nachts, in einem bösen, immer wiederkehrenden Traum, stehe ich neuerlich neben jenem eiskalten Brunnen, erlebe noch einmal jenen Augenblick, in dem mir meine Klassenkameraden aus Angst vor mir einen Vorgeschmack dessen gaben, was der Ehrgeiz mir einbringen könnte. Und plötzlich, wie von ungefähr, wenn auch unausweichlich, bekommt mein Leben eine Zielsetzung, deren Endpunkt ich bis heute nicht erreicht habe. In jenem Traum weine ich.

Als ich heute morgen zur Arbeit fuhr, saß ich daher verdrossen in der rüttelnden U-Bahn. Soll ich mich jetzt selbst beschreiben, damit ich es hinter mir habe? Ich bin blaß und habe eine napoleonische Haarlocke, die mir über dem einen Auge in die Stirn fällt. Ein amerikanischer Filmregisseur, den ich eines Nachts in Palma de Mallorca in einer Bar kennenlernte, bot mir an, mich in der Rolle eines betrunkenen jungen calvinistischen Geistlichen herauszubringen, weil ich, wie er sagte, »einen edlen, schuldbeladenen, versonnenen Ausdruck« hätte. Als ich ihn am folgenden Morgen in seinem Hotel aufsuchte, tat er, als könne er sich an sein Angebot nicht erinnern; dennoch halte ich seine Beschreibung meines Aussehens für ein Kompliment. Es stimmt ferner, daß meine Großmutter väterlicherseits Schottin war. Ich bin groß und habe große Hände, die aus den Ärmeln meiner Anzüge weit heraushängen. Eines meiner Augen ist größer als das andere und nicht ganz so braun. Aber ich gebe es auf. Kann ich mich selbst beschreiben, indem ich sage, daß keine Frau Vertrauen zu mir hat, wie ich während meines ersten Sommers in Amerika feststellte, als ich – zur Aufbesserung meiner Finanzen – an den Haustüren Enzyklopädien zu verkaufen versuchte? Zollbeamte fordern mich auf, meine Koffer zu öffnen, Polizisten fordern mich auf weiterzugehen.

An diesem Morgen saß ich in abgewetzten Wildlederschuhen, einem zerknitterten Anzug aus Baumwollcord und einem durchgeknöpften blauen Hemd schweigsam und in mich versunken auf meinem Platz in der U-Bahn, als wäre ich von einer Vision erfüllt. In Wirklichkeit rechnete ich jedoch, überschlug den Wechselkurs von amerikanischem Dollar und englischem Pfund, um herauszubekommen, mit welcher möglichst geringen Erhöhung der Zahlungen an meine Mutter ich davonkommen könnte, erwog zum wer weiß wievielten Mal die Möglichkeit, das kleine Hinterzimmer unserer Wohnung an eine Studentin zu vermieten, beschäftigte mich zwischendurch in wollüstigen Gedanken mit dem hübschen Negermädchen, das mir gegenübersaß, konzentrierte mich dann unvermittelt wieder auf meinen Artikel über einen Berufsboxer, an dem ich arbeiten sollte, bastelte während der kurzen Fahrt zwischen Grand Central und meinem Büro am nächsten Absatz herum und schwor mir, als ich die Treppe nach oben ging, daß ich heute morgen den ersten Entwurf abschließen würde.

Aber ich hatte es nur auf zwei schlecht geschriebene Seiten gebracht, als ich mittags zum Essen wegging. Seit einigen Wochen schon wich ich meinen Kollegen möglichst aus und fuhr immer nach Greenwich Village, wo ich bei »Howard Johnson« esse, um anschließend mit einem idiotischen Heimweh nach einem Paris, das ich gar nicht kenne, durch die Straßen zu wandern. Bei »Howard Johnson«, wo man vor jeder Störung sicher ist, bestellte ich überbackene Bohnen mit Knackwurst und schlug eine alte Nummer der *Partisan Review* auf. Ich strich jedoch gerade die aufgeschlagenen Seiten glatt, da setzte sich mir gegenüber jemand in meine Nische.

»Tag, Brendan.«

Er wußte, daß er mich finden würde. Ich wußte, daß er

mich finden würde. Durch irgendeine Telepathie des Versagens kannte einer des anderen Pfade, Rastplätze und Wasserstellen. Wer von uns beiden ist der Jäger? Meinem Gefühl nach ist er es. Denn bin ich in meinem Verlangen nach seiner Gesellschaft nicht der Vogel seiner Schlange?

Er heißt Max Bronstein und ist siebenundzwanzig Jahre alt. An diesem Tag trug er Sandalen, eine Sonnenbrille, grüne Hosen im China-Look und ein rotes Hemd, das mit einem Muster gelber Vögel bedruckt war. Seit kurzem hatte er sich einen Bart wachsen lassen, der irgendwie nicht zu seiner Phantasiebekleidung eines Beatnik paßte und ihn eher wie einen angehenden Rabbiner aussehen ließ, der sein *yarmalke* in die Irre geführt hat. Mit einer Katze bewohnt er ein Ein-Zimmer-Apartment in West Village, schreibt gelegentlich als freier Mitarbeiter Artikel für die Zeitschrift, bei der ich angestellt bin, und zwei seiner Erzählungen sind in derselben kleinen literarischen Zeitschrift veröffentlicht worden, die auch meine Arbeiten gebracht hat. Ein geselliger Einsiedler, ein Spaßmacher, der sich sein Essen an anderer Leute Tisch verdient, und vor allem ein Mann, der unerbetene Ratschläge erteilt.

»Na, alter Knabe«, sagte er. »Wo hast du letzte Woche gesteckt? Weißt du schon das Neueste von mir?«

»Was heißt hier das Neueste?«

»Mein Roman. Gardiner Key will ihn veröffentlichen.«

Ich glaubte ihm nicht.

»Tausendfünfhundert Dollar Vorschuß«, sagte er. »Für heute abend hat er mich ins ›Algonquin‹ eingeladen. Er hat bereits eine großartige Besprechung von Carnovsky vorliegen, und alle anderen wichtigen Kritiker sollen Vorausexemplare bekommen. Hier, ich zeig dir den Brief.«

Er reichte ihn mir herüber. Ich las ihn. Mein Gott, es

stimmte! Ich blickte zu ihm auf und sah sein Lächeln; es war ein Lächeln, das mehr dem Zähnefletschen eines Köters glich, Ohren flach angelegt, jederzeit bereit, sich streicheln zu lassen oder zuzubeißen. Von nun an würde alles, was ich sagte, notiert und als Beweis gegen mich vorgebracht werden.

»Herzlichen Glückwunsch«, sagte ich. »Das ist großartig, Max.«

»Es ist wirklich großartig«, sagte er. »Da siehst du mal wieder: Laß dich nicht davon abbringen, und früher oder später wird dein Talent anerkannt. Weißt du, Brendan, was ich jetzt tun werde? Ich werde den Vorschuß nehmen, aus New York verschwinden und sofort mit einem neuen Roman anfangen. Wenn ich irgendwo ein billiges Kaff finde, könnte ich mir vorstellen, daß ich mit dieser Summe sechs Monate auskomme.«

»Du schon«, sagte ich. »Ich nicht.«

»Das stimmt«, sagte er. »Mit Frau und Kindern. Aber denk immer an Tolstois Bemerkung: Ein Mann, der nicht auch Vater ist, kann das Leben nicht kennen.«

»Wo hat er das gesagt?«

»Irgendwo. Aber ich gebe zu, daß es für einen verheirateten Mann schwieriger ist.«

»Außerdem habe ich noch meine Mutter ...«, begann ich, aber er hörte nicht zu; er gab dem Kellner seine Bestellung auf.

»Schweinesteak mit Spiegelei, ein Glas Milch, Muffins und Kaffee, verstanden? Wie ist es mit dir, Brendan?«

»Danke, nichts.«

Er nahm seine Sonnenbrille ab und schob sie in ein Brillenetui aus Kunststoff. »Weißt du«, sagte er, »du solltest endlich deinen Roman fertigschreiben.«

»Das kann ich mir nicht leisten.«

»Moment«, sagte er, »ich habe eine Idee.« Sein Lächeln ließ die Klammern in seiner Brücke sichtbar werden. »Wie wäre es, wenn ich Key gegenüber heute abend deinen Namen erwähnen würde? Er ist immer auf der Suche nach guten jungen Schriftstellern.«

Leck mich, dachte ich im stillen. Aber war das nicht ein Omen? Mir gegenüber saß nicht mehr Max, *mon semblable*, der von den gleichen Wunschträumen und der gleichen Bitterkeit erfüllt gewesen war; jener Max, der zwei Jahre jünger war als ich und von dem nur zwei Geschichten – gegenüber meinen sechs Erzählungen – veröffentlicht waren. Nein, von nun an war er Max Bronstein, dessen Roman bei Gardiner Key erscheinen würde, gepriesen von Carnovsky, während ich – das war nicht gerecht.

Mochte es sein, wie es wollte, ändern ließ es sich nicht. Alles war jetzt anders geworden. Nach dem Mittagessen bummelte Max, der sonst immer wie von der Uhr gehetzt davonstob, langsam den Bürgersteig entlang und machte nebenbei den Vorschlag, ich solle mir den Nachmittag freinehmen. Dabei wußte er genau, daß ich nein sagen mußte.

»Na, los, Mann.«

»Nein! Ich muß wieder an die Arbeit.«

»Arbeit? Wer fragt denn schon danach?« sagte er. »Komm. Wie wäre es mit einem Bier im ›San Remo‹?«

»Nein.«

»Also gut«, sagte er. »Bis zum nächsten Mal, du Sklave.«

Selbst sein Gang hatte sich verändert. Wie oft hatte ich mich von ihm verabschiedet und ihm nachgeblickt: ein bedrückter junger Rabbiner, der unwillig zur *shul* schlurrte, dessen Ziel das seelenlose Kabuff des Redakteurs irgendeines Käseblattes oder jenes einsame Ein-Zimmer-Apartment in der West 12th Street war, jenes Zimmer, das bestimmt keine der verdammten Musen betreten würde, wo seine gelbbraune Katze bei seinem Eintreten gelangweilt die Beine von sich strecken würde, um sich dann wieder zum Schlaf einzurollen. Wenn man ihn dagegen jetzt beobachtete, wie er munter durch den Verkehr stolzierte, ohne sich noch einmal umzublicken, und in der Menge auf der 8th Street verschwand, ein seines Erfolges sicherer Sieger. Wie viele Werke der Phantasie sind durch den Neid auf den Erfolg eines unbegabten Zeitgenossen zum Leben erweckt worden? Weit mehr, möchte ich wetten, als durch das Beispiel eines mit Erfolg belohnten Talents. Während ich beobachtete, wie Max davonging, wurde ich von einem Zittern gepackt – von einem Zittern, das aus Wut und Freude gemischt war, denn was dort von mir weg stolzierte und meinen Neid erweckte, das war der zweibeinige positive Beweis dafür, daß ich ein viel, ein sehr viel besseres Buch schreiben könnte und bei Gott auch schreiben würde als alle, von denen Max Bronstein auch nur träumte. In meinen Augen war mein Roman ein eingedämmtes Feuer, das nur dieser Flamme aus Wut und Groll bedurfte, um zur Genialität aufzulodern. Mein bisheriges Leben in Amerika hatte sich auf Ehe, Vaterschaft, Geldverdienen und die törichte Eitelkeit beschränkt, die ich bei der Veröffentlichung jener wenigen Kurzgeschichten empfunden hatte. Diesen dilettantischen Dingen war mein Roman bisher untergeordnet gewesen. Im kommenden Dezember werde ich dreißig Jahre alt. Ich kann mich nicht mehr mit »Versprechungen« durchmogeln. Ausführung ist die Forderung des Augenblicks. Rücksichtslos muß ich sein. Ich habe nur ein einziges Leben; und damit muß ich irgend etwas anfangen. Zeit – ich muß mir Zeit verschaffen.

Und in jenem Augenblick, an der Ecke der Sixth und der Greenwich Avenue, fiel mir die Antwort ein. Ankara ist die Hauptstadt der Türkei. Meine Mutter.

Als Mrs. Eileen Tierney an ihrer Haltestelle den Bus verließ, versteckte sie die kleine Tasche unter ihrem Mantel. Es war ein kleines Necessaire der BOAC, die der Angestellte ihr gegeben hatte, als er ihren Flugschein ausstellte. Sie versteckte die Tasche, weil Dromore Estates hundert Augen hatte – Augen, die nichts Besseres zu tun hatten, als sich um die Angelegenheiten anderer zu kümmern. Sie ging den Hauptweg entlang, bog erst nach links, dann nach rechts und schließlich noch einmal nach links. Obgleich sie jetzt seit vier Jahren hier wohnte, mußte sie immer noch auf ihren Weg achten, weil die kleinen Häuser sich alle so ähnlich sahen. Als sie in den Weg einbog, der zur Nummer 49 führte, setzte endlich der Regenschauer ein, der schon den ganzen Nachmittag gedroht hatte. Sie hatte Glück gehabt, daß sie ihm entwischt war.

Sie legte die kleine Tasche in der Diele ab und sah, daß dort ein Brief von Moira lag. Höchstwahrscheinlich fragte sie wieder wegen der Schuhe an. Sie würde ihn später lesen. Und jetzt? Der Abend lag vor ihr, eine leere Seite, die beschrieben werden mußte. Zum Lesen der Abendzeitung würde sie nicht einmal eine halbe Stunde brauchen. Sämtliche Bücher hatte sie in die Bibliothek zurückgebracht; mit dem Packen war sie sehr viel weiter, als sie sich vorgenommen hatte. Sämtliche Rechnungen waren bezahlt, sämtliche Briefe geschrieben und in den Briefkasten gesteckt, und frühestens morgen konnte sie die letzten Abschiedsbesuche machen. Gut – aber was konnte sie jetzt noch Nützliches anfangen? Irgend etwas mußte es doch geben, wie es immer etwas gegeben hatte.

Aber diesmal fand sie nichts. Wenn sie erst bei Brendan war, hatte sie wenigstens die beiden Kinder, mit denen sie genug zu tun haben würde. Einen Fernsehapparat hatte Brendan sicher auch. Und sie würde Brendans Frau helfen können. »Jane«, sagte sie laut. Wer war Jane? Die Absenderin von etwa vier höflichen Briefen im Jahr, mit denen sie sich für die Pullover bedankte, die Liam und Lisa erhalten hatten, in denen sie vom Wetter berichtete, alles Gute wünschte und mit »alles Liebe« schloß. Aber was bedeutete »Liebe« wirklich; was bedeute ich ihr, eine alte Frau, die sie noch nie gesehen hat, die Mutter ihres Mannes, ein Mensch mit einem anderen Glauben?

Ihr war etwas schwindelig. Sie ging in das kleine Wohnzimmer, zog die Vorhänge zu und setzte sich. Dann öffnete sie Moiras Brief: »The Convent, Pints Lane, Manchester, Lancashire.« Eine komische Anschrift. Und der Brief war, wie immer, mit »Sister Teresa« unterschrieben, mit jenem Namen, den ihr die Kirche gegeben hatte, als sie sie ihrer Pflicht gegenüber der Familie, ihres schönen kastanienbraunen Haares und ihres Rechtes entledigte, sich irgendwo eine Tasse Tee zu bestellen oder zu einem Mann »guten Morgen« zu sagen. Ich weiß, angeblich soll es Berufung sein, aber war der Grund vielleicht nur der, daß sie nicht hübsch war? Ich weinte, als sie ins Kloster eintrat. Denn damit hatte ich sie verloren. Für Teresa in Christo gibt es keine irdischen Belange mehr; sie unterrichtet Kinder aus dem Elendsviertel von Manchester und darf während der Fastenzeit nicht nach Hause schreiben. Ihre Briefe sind alles, was ich noch von ihr besitze, aber sind diese Briefe wirklich Teresa? Ist es zu glauben, daß eine Frau von achtundzwanzig Jahren so etwas schreibt, einen Brief, der so weltfremd ist, der Brief eines Schulmädchens, das um ein Weihnachtsgeschenk bittet und berichtet, was es in der Schule alles tut und über welche Kleinigkeiten es sich aufregt? Werde ich sie jemals wiedersehen, meine Moira? Wahrscheinlich nicht.

Sie wollte sich ein paar Minuten ausruhen. Noch immer war ihr etwas schwindelig. Dr. Brady, der sie betreute, hatte darauf gedrungen, daß sie abnahm. Sie hatte Arthritis in den Gelenken. Manchmal hatte sie Schwierigkeiten beim Atmen. Und außerdem gab es keinen Zweifel mehr, daß sie zu hohen Blutdruck hatte: über 200. Als sie Grattan heiratete, war sie Krankenschwester, Operationsschwester gewesen. Sie versuchte, sich an den Namen jenes Instruments zu erinnern – Sphygmo oder so ähnlich, richtig, Sphygmomanometer! Das freute sie. Mit ihrem Gedächtnis war immer noch alles in Ordnung. Jetzt nur eine Minute ausruhen ... Der hochgewachsene, dunkelhaarige Mann kam über das Deck, hielt sich dabei an der Reling fest und kämpfte mit gesenktem Kopf gegen den Wind an. Er trug einen Tweedhut und war in einen schweren Mantel mit Pelerine gehüllt. Auffallend war sein dunkler Spitzbart, und zwischen den Fingern hielt er eine erloschene Zigarre. Er kam die schmale Treppe in den Salon hinunter, in dem auf Tragbahren jene Kranken lagen, die nicht gehen konnten; beim Hinuntersteigen setzte er sich den Kneifer auf die Nase. Es war 1926. In einer Stunde würde die Pilgergruppe in Calais von Bord gehen, und sie, die mitgefahren war, um die schwerkranken Patienten zu betreuen, saß halb tot vor Seekrankheit auf einer Bank an der Wand. Der Reporter und der Fotograf des *Daily Sketch* waren da. Das Blitzlicht blendete sie, als sie den dunklen bärtigen Mann fotografierten, der neben einer der Tragbahren kniete, und ihn in Zeitlosigkeit erstarren ließen: Dr. Charles Grattan Tierney, ärztlicher Betreuer der irischen Pilger nach Lourdes. Er war zu einer Fotografie gefroren; er konnte sie auch nicht hören, als sie ihn rief. Statt dessen erschien Brendan. Eigentlich hatte Brendan hier nichts zu suchen, denn er war noch gar nicht geboren. Trotzdem war er zwanzig Jahre alt und trug den Anzug seines Bruders Rory; er sagte, der Anzug passe ihm nicht richtig, weil er vererbt wäre. Sie erwiderte darauf, daß er sich darüber keine Gedanken machen solle, denn bald würde er eigene Anzüge besitzen. Sie wußte, daß Rory bald tot sein würde. Brendan bat sie, nach New York zu kommen. Sie erklärte ihm, daß er hier im Salon nichts zu suchen hätte; er wäre noch gar nicht geboren. Sie fragte ihn, ob seine Kinder Katholiken wären, aber er hörte sie nicht. Sie rief nach Grattan; Grattan würde keine Angst haben, Brendan danach zu fragen. Grattan kam und nahm seinen Kneifer ab, dessen Gläser von der Hitze im Salon beschlagen waren. Dann streifte er die Pelerine seines Mantels ab. Ihr war, als müsse sie vor Seekrankheit sterben, aber er schien es nicht zu bemerken. Er erzählte ihr von dem Reporter und von den Fotografen. »Engländer natürlich und absolute Heiden. Ach, Eileen, bete, daß auf dieser Pilgerreise ein Wunder geschehe. Ein Wunder, das ich als Mediziner bezeugen kann.« Er möchte bloß seinen Namen in der Zeitung lesen, dachte sie. Brendan schlägt ihm nach. Ich habe ihn nicht immer geliebt, und jetzt ist es zu spät. Ich hoffe nur, daß er im Himmel ist. Sie war jetzt ganz allein, aber nicht mehr im Salon, sondern im Café de la Paix an der Place de l'Opéra in Paris. Sie trug einen Glockenhut. Grattan setzte sich an ihren Tisch. Er hatte sich seinen Bart noch nicht wachsen lassen. Auf französisch bestellte er Kaffee und Kuchen, und der Kellner antwortete ihm auf englisch. Grattan war wütend. Er war so stolz auf seine Sprachkenntnisse. In seinem zweiten Jahr auf der Universität in Dublin war er für sein Französisch mit einer Goldmedaille ausgezeichnet worden, erzählte er ihr. Sie erinnerte sich, er hatte ihr das schon früher einmal erzählt. Sie liebte Paris. Sie wünschte so sehr, daß er sie in eines dieser anrüchigen Lokale mitnehmen würde, aber sie hatte Angst, ihn darum zu bitten, weil er jeden Abend, bevor er zu Bett ging, niederkniete und betete. Er sagte, wenn sie erst Kinder hätten, müßten sie abends mit der ganzen Familie einen Rosenkranz beten. Danach knieten sie im Café de la Paix nieder, und die Kinder taten es ihnen nach. Moira war fromm, Rory dagegen konnte sich nicht an die Namen der Mysterien erinnern. Brendan rutschte nervös hin und her und beugte sich – mitten im Rosenkranz – zu ihr und sagte, er kenne Paris, er würde ihr alles zeigen, was sie wolle. Sie fragte ihn rundheraus, ob er schon jemals in einem dieser verrufenen Häuser gewesen wäre, die man Bordelle nennt. Lachend sah er sie an und sagte, sie wäre verrückt, aber als sie ihn anblickte, wußte sie genau, daß er dort gewesen war. Grattan kam aus seiner Praxis zurück. Er war jetzt älter: Er hatte sich den Bart abgenommen, trug jedoch immer noch einen dichten grauen Schnurrbart, bräunlich verfärbt vom Nikotin seiner endlosen Zigaretten. Als sie ihn wegen der Bordelle fragte, sagte er, manchmal glaube er fast, sie hätte eine schmutzige Phantasie. Wegen dieser Bemerkung haßte sie ihn. Sie hätte eine schmutzige Phantasie: Es war unfair, das zu sagen. Sie sah ihn in seinem blauen Anzug auf einem Bett liegen, einen Strauß weißer Kalla zu Häupten. Er sah jung aus. Seine Nasenflügel waren fein geschwungen, was sie bisher noch nie bemerkt hatte. Das war seine letzte Wandlung. An der Treppenkehre war der Sarg gegen die Tapete gestoßen und hatte ein Loch hineingerissen. Sie haßte es, an dieser Stelle vorbeizugehen. Immer wollte sie das Loch ausbessern lassen, aber war er wirklich fort, oder war er vielleicht immer noch oben? War er es, der jetzt klingelte...?

Es war die Hausklingel. Sie erhob sich, ging hinaus und drehte das Licht in der Diele an. Dann öffnete sie die Haustür. »Ach, Sie sind es, Ted«, sagte sie und freute sich ehrlich.

»Störe ich?«

»Nein, überhaupt nicht, kommen Sie doch herein. Ich war nur einen Augenblick eingeschlafen.«

Ted Ormsby kam herein und nahm die kleine flache Mütze ab, die er immer trug. Dann zog er seinen abgetragenen Regenmantel aus und hängte ihn an die Garderobe. Ein hochgewachsener Mann von gut vierzig Jahren mit lockigem grauem Haar und einer Brille mit sehr dicken Gläsern. Er trug ein teures Tweedjackett, graue Flanellhosen und braune Wildlederschuhe. Mrs. Tierney wußte, daß er Sozialist, Englischlehrer an einer protestantischen Knabenschule und früher der beste Freund ihres Sohnes Brendan gewesen war. Während Brendans Universitätszeit hatte ihr Mann gemeint, Ted Ormsby hätte einen schlechten Einfluß auf ihn, aber diese Ansicht hatte sich weder auf ihre Zuneigung zu Ted noch auf Teds Zuneigung zu ihr ausgewirkt. Während Grattans langer Krankheit hatte Ted ihr auf hunderterlei Weise geholfen: angefangen beim Ausfüllen von Steuererklärungen bis hin zu den Kohlen, die er einmal in der Woche aus dem Schuppen hinter dem Haus heranschleppte. Als Grattan gestorben war, hatte Ted ihr beim Umzug nach Dromore Estates geholfen. Mrs. Tierney, die in ihrem Leben nur wenige Protestanten kennengelernt hatte, merkte auf einmal überrascht, daß Ted Ormsby ihr von allen Menschen, die sie in Irland zurückließ, wahrscheinlich am meisten fehlen würde.

Er trat jetzt in das Zimmer und bewegte sich dabei in der tastend zögernden Art eines fast Erblindeten. Er fand seinen üblichen Sessel, starrte durch seine dicken Brillengläser, bis er sah, daß sie sich hingesetzt hatte, setzte sich dann ebenfalls, schlug seine langen Beine übereinander, holte Pfeife und Tabaksbeutel hervor und hielt ihr beides erlaubnisheischend entgegen.

»Haben Sie schon ihre Flugscheine?«

»Ja, Ted, heute habe ich sie bekommen.«

»Also alles in Ordnung?«

»Ja, die Verbindungen sind genauso, wie Sie sie mir herausgesucht haben. In London habe ich drei Stunden Aufenthalt.«

»Hat man Ihnen auch schon die Platzkarte für den Atlantikflug mitgegeben? Ich hatte Ihnen einen Platz im hinteren Teil des Flugzeuges reservieren lassen. Dort ist es sicherer.«

»Ja«, sagte sie, »ich habe sie in meiner Handtasche. Und noch einmal vielen Dank, Ted – für alles, was Sie für mich getan haben.«

Er senkte verlegen den Kopf und begann mit großer Sorgfalt seine Pfeife zu stopfen. Sie war richtig glücklich, daß er gekommen war, und weil sie insgeheim mit seinem

Besuch gerechnet hatte, hatte sie vier Flaschen Bier kalt gestellt. Als ihr das einfiel, erhob sie sich, ging in die Küche und kehrte mit einer Flasche und einem Glas auf dem Tablett zurück.

Seine Verlegenheit wurde noch größer. »Oh«, sagte er. »Oh. Vielen herzlichen Dank. Haben Sie schon gegessen? Ich störe doch nicht etwa?«

»Aber nein.«

Vorsichtig goß er das Glas voll, so daß der Schaum genau bis zum Rand des Glases reichte. »Sagen Sie, Mrs. Tierney, jetzt, wo Sie abreisen – was, ich meine – wie ist einem zumute, wenn man Irland verläßt, um in einem ganz anderen Land zu leben?«

Während dieser Worte beobachtete er sie genau, obgleich er Einzelheiten ihres Gesichtes mit seinen schwachen Augen nicht erkennen konnte. Beinahe ängstlich wartete er auf das, was sie sagen würde. Er fühlte sich verantwortlich, denn im Grunde hatte er den Anstoß zu dieser Umsiedlung nach Amerika gegeben. Er war sich sehr wohl der Verantwortung bewußt, die er damit übernommen hatte, bewußt auch der Gefahren, die dieser Frau bevorstanden, wenn sie zu einem Sohn zog, dessen Welt und dessen Lebensverhältnisse ihren eigenen so entgegengesetzt waren.

»Ach, Ted«, sagte Mrs. Tierney. »Ich habe es Ihnen doch schon gesagt: Ich lasse hier niemanden zurück. Mein Mann hatte keine nahen Verwandten, und von meiner eigenen Familie lebt nur noch meine Schwester Agnes in Derry. Seit fünfzehn Jahren haben wir uns nicht mehr gesehen. Und davon abgesehen bin ich immer gern gereist. Vorhin erst habe ich wieder von einer Reise geträumt, die wir einmal nach Paris machten.«

»Dies ist aber etwas anderes«, sagte er. »Und das wissen Sie ja auch.«

»Schon – aber liegt darin nicht gerade die besondere Freude? Ich finde, ich bin zu beneiden.«

»Ich meine«, sagte er, »vielleicht sind Sie und Brendan nicht immer der gleichen Ansicht.«

»Ich weiß. Brendan war schon immer sehr unabhängig. Aber wir werden es schon schaffen.«

Er nickte und trank einen großen Schluck Bier. Er war gekommen, um ihr dies und das zu sagen, aber jetzt, da er dieser alten Frau gegenübersaß, der er so zugetan war, überlegte er, ob er denn das Recht hätte, sich in ihre privatesten Dinge einzumischen. Vor drei Monaten, als er sie in ihrem Häuschen besucht hatte, war er zufällig auf die Wochenrechnung ihres Lebensmittelkaufmanns gestoßen und hatte gesehen, daß sie nur Brot, Tee, Milch, Corned beef und Lachs in Dosen bestellt hatte. Unauffällig hatte er sich erkundigt. Ein Postbeamter, den er kannte, hatte ihm von der monatlichen Überweisung erzählt, die sie regelmäßig erhielt, Brendans Geld. Es war typisch für sie, daß sie gar nicht daran dachte, ihn um mehr zu bitten. Und obgleich Ted Ormsby es haßte, sich in die Beziehungen anderer Menschen zu ihren Eltern einzumischen, hatte er Brendan in einem kurzen Brief angedeutet, daß die Lebenskosten hierzulande gestiegen wären und daß es seiner Mutter wahrscheinlich schwerfiele, mit dem Geld auszukommen. Bevor er schrieb, hatte er gemeint, gewissermaßen als Brendans Gewissen zu handeln. Mit dieser Wendung der Dinge aber hatte er nicht gerechnet: daß Brendan seine Mutter auffordern würde, in New York zu leben. Und dafür fühlte er sich verantwortlich. Es gab etwas, das er ihr sagen mußte.

Aber er konnte es nicht aussprechen. Er trank sein Bier aus. Vielleicht konnte er mit ihr ausgehen, sie zum Essen einladen, und es ihr dabei sagen? Aber kaum war ihm dieser Aufschub eingefallen, als er ihn aus moralischen Gründen schon verwarf. Er würde zwar mit ihr zum Essen ausgehen, aber sprechen würde er vorher mit ihr.

»Hören Sie, Mrs. Tierney. Es ist so schwer auszudrükken, und ich hoffe nur, daß Sie mich nicht mißverstehen.«

Er unterbrach sich, atmete tief und zog an seiner Pfeife.

»Also, Ted? Worum handelt es sich?«

»Ich – ich meine – mir ist eingefallen, daß Sie sich vielleicht eingesperrt fühlen, wenn Sie nach New York reisen. Verstehen Sie, was ich meine?«

»Nein«, sagte sie.

»Ich meine, daß Sie sich vielleicht verpflichtet fühlen, dort zu bleiben. Selbst dann, wenn Sie Heimweh haben.«

»Oh, Heimweh kriege ich bestimmt nicht.«

»Aber wenn Sie es nun doch bekommen – verstehen Sie? Wenn es Ihnen dort drüben nicht gefällt. Ich weiß nicht, wie ich es ausdrücken soll, aber eine Tante hat mir vor kurzem etwas Geld hinterlassen. Wenn Sie also irgendwann ein kleines Darlehen brauchen. Ich meine – falls Sie den Wunsch haben, wieder zurückzukommen. Ich würde es als Ehre empfinden, wenn ich Ihnen helfen dürfte.«

»Das ist wirklich sehr nett von Ihnen, Ted«, sagte sie und war zutiefst gerührt; denn war es nicht erstaunlich, daß dieser Mann, der mit ihr überhaupt nicht verwandt war, der so völlig anders dachte als sie, so etwas nicht nur aussprach, sondern es auch im Ernst meinte? »Ich werde daran denken«, sagte sie und lächelte ihn an, aber sie wußte genau, daß sie die Barmherzigkeit eines Fremden nie annehmen könnte. Er kannte sie nicht, wenn er glaubte, sie würde ihn jemals auch nur um einen Penny bitten. Sie bemerkte, daß er sein Bier ausgetrunken hatte, und sie stand auf, um eine neue Flasche zu holen.

»Nein, danke«, sagte er und erhob sich ebenfalls. »Da Sie schon einmal stehen, setzen Sie bitte den Hut auf, und ziehen Sie Ihren Mantel über, und dann werden wir beide ausgehen und irgendwo einen Happen essen.«

»Aber nicht doch.«

»O doch. Ich bin hierhergekommen, um Sie zu einer kleinen Abschiedsfeier einzuladen. Sie dürfen mich nicht enttäuschen.«

Er schob ihre Einwände beiseite und erreichte schließlich, daß sie einverstanden war. Er wartete, während sie sich fertigmachte. In der Haltung eines Kurzsichtigen trat er an das Fenster, beugte sich vor und beäugte die Dinge, die auf dem Fensterbrett standen. Er griff nach einer gerahmten Fotografie, hielt sie dicht vor seine Brille und sah ein Gesicht: eine napoleonische Haarlocke über dem einen Auge, die harten jungen Augen mit dem anklagenden Blick. Brendan, wie er ihn gekannt hatte, ein Gesicht, das er bei Vorlesungen und in Lokalen gesehen hatte, ein Gesicht, das nie lächelte, das jedoch von ärgerlichem Ernst unvermittelt in wildes, ausschweifendes Gelächter umschlug. Das Porträt des jungen Mannes als Künstler.

War es erst zehn Jahre her, daß Brendan, ein schüchterner junger Student, zu F. E. Ormsby, dem Redakteur der Zeitschrift *North*, gekommen war, um seine ersten Erzählungen anzubieten? Waren erst zehn Jahre vergangen, seit er und sein junger Freund Brendan auf den literarischen Soireen in Belfast jenen übermütigen Unfug veranstaltet hatten, *pour épater la bourgeoisie?* Diese Aufnahme zeigte den ihm vertrauten Brendan; wer aber war dieser Brendan jetzt?

Die Gesichtszüge auf dem Bild verschwammen vor seinen Augen und verwischten sich. Vor sieben Jahren, in »Lavery's Saloon Bar«: Die Hitze des Kohlenfeuers hinter ihnen während sie tranken; der Geruch feuchter Kleidungsstücke, von Qualm und Bier. Brendan war ein Jahr in Spanien gewesen und gerade zurückgekehrt. Zwei seiner Erzählungen waren in England veröffentlicht worden. Hatte er sich damals verändert? Er erzählte von einem Mädchen, das er kennengelernt hatte.

»Ich bin in sie verliebt, Ted. Mich hat es ziemlich erwischt.«

»Sie ist wirklich hübsch«, sagte Ormsby und gab die Fotografie zurück.

»Das ist es ja. Wenn ich sie allein nach New York zurückfahren lasse, wird ihr irgendein Yankee in dem Moment, in dem sie von Bord geht, einen Heiratsantrag machen. Deshalb werde ich sie begleiten.«

Ormsby hob seinen Kopf. »Du fährst weg?«

»Ja. Das Visum habe ich mir beim Konsulat in Barcelona beschafft. Ende dieses Monats werde ich sie abholen. Sobald wir in New York sind, heiraten wir.«

»Aha.« Graues Licht, das durch das bleigefaßte Fenster des Lokals drang, fiel auf Ormsbys Brillengläser und blendete ihn. »Und dann kommst du mit ihr hierher zurück?«

»Nein. Sie hat drüben eine Stellung in Aussicht, eine gute Stellung. Sie macht Illustrationen für Zeitschriften.«

»Und was ist mit dir?«

»Jane kennt eine Menge Leute in den Zeitschriftenredaktionen. Sie glaubt, mit ein paar veröffentlichten Erzählungen im Kreuz müßte es mir möglich sein, was zu finden. Außerdem ist es mir völlig egal. In Amerika gibt es für einen Journalisten bestimmt sehr viele Möglichkeiten.«

Ormsby nippte an seinem Bier und lauschte dieser jungen, vertrauensvollen Stimme. Er leckte sich den Schaum vom Schnurrbart. »Ja«, sagte er. »Da gibt es so eine Bemerkung von Cyril Connolly. Über den Journalismus als das Verzetteln von Talent.«

»Journalismus«, sagte Brendan, »ist in meinem Fall unumgänglich.«

»Aber warum? Wenn deine Frau eine gute Stellung hat?«

»Jane möchte Kinder haben.«

Ormsby tastete hinter sich, fand die Theke und stellte sein Glas ab.

»Sie möchte also Kinder haben«, sagte er. »Und du?«

»Nicht so sehr.«

»Warum denn dann?«

»Das habe ich dir bereits gesagt. Ich will sie heiraten. Und wenn Kinder dazugehören, soll es mir auch recht sein.«

»Warum gehst du nicht nach Spanien zurück, Brendan? Es wäre billiger.«

»Spanien – Spanien, ich bin doch schon in Spanien gewesen! Du hast es mir selbst vorgeschlagen, weißt du noch? Aber die Sache hat einen Haken, Ted. Spanien war für deine Generation das Richtige, nicht aber für meine. Die Vorstellung, in irgendeinem ausländischen Kaff nur deswegen zu leben, weil es dort billiger ist, gehört in die dreißiger Jahre. Wir leben jetzt aber in den Fünfzigern. Die Zeiten haben sich geändert. Heute muß ein Schriftsteller im Brennpunkt des Zeitgeschehens stehen. Und das Zentrum ist New York.«

»Unsinn! In New York wirst du, nur um existieren zu können, so viel Geld brauchen, daß du wie ein Ochse schuften mußt. Wenn du dann noch dieses Mädchen heiratest und Kinder hast und dazu noch in einer Stadt wie New York wohnst, dann bist du als guter Schriftsteller erledigt.«

»Aber ich liebe dieses Mädchen.«

Durch seine Brille sah Ormsby ein nebliges Rot, als er sich dem Feuer zuwandte. Die Ausstrahlung der Glut erhitzte seine Wangen.

»Ich hatte immer geglaubt«, sagte er, »daß die Schriftstellerei dir wichtiger sei als alles andere.«

Hinter seinem Rücken Brendans Lachen: ein hämischer Heiterkeitsausbruch. »Immer noch der alte Romantiker, was Ted? Immer noch auf der Suche nach einem Grund, für den zu sterben sich lohnt.«

»Und was ist mit dir, Brendan? Hast du als Grund nur dich selbst?«

»Gründe? Kolonisation, das Klassensystem und solche Sachen – hast du denn immer noch nicht gemerkt, daß das heute keine wirklichen Gründe mehr sind? Heute besteht die Schwierigkeit darin, daß jeder Grund, jede Sache zwangsweise Erfolg haben muß. Der Wohlfahrtsstaat ist auf unseren Inseln kein Problem mehr. Selbst in Irland ist er unvermeidlich.«

»Aber wir können die Sache vorantreiben.«

»Dann los! Ich kann mich aber nur für etwas begeistern, wenn die Chancen gegen mich stehen.«

»Wer von uns beiden ist denn jetzt der Romantiker?« sagte Ormsby bitter: »Drei Viertel der Weltbevölkerung haben nicht genügend zu essen, und trotzdem willst du ...«

»Dieses Problem läßt sich nicht durch eine Revolution lösen – das weißt du selbst. Wie sich auch die Tatsache der Atombombe von den Pazifisten nicht einfach wegzaubern läßt.«

»Um Gottes willen, Brendan – höre endlich auf, deinen Egoismus auch noch erklären zu wollen. Was dich augenblicklich interessiert, ist nur, mit irgendeinem amerikanischen Mädchen endlich ins Bett zu kommen. Wenn ich daran denke, daß ich mal dein ganzes Palaver über die Schriftstellerei und über die Opfer, die zu bringen du bereit wärst, geglaubt habe!«

»F. E. Ormsby ist also von mir enttäuscht, oder? Ich habe schon immer gewußt, daß ich für meine Freunde nur eine große Enttäuschung sein werde.«

»Du brauchst dir nicht selbst zu schmeicheln.«

»Aber unterschätze mich nicht, Ted. Immerhin habe ich einige Erzählungen veröffentlicht, oder?«

»Und dieser Erfolg genügt dir zu der Hoffnung, in New York irgendeinen miesen Journalistenjob zu finden.«

»Ich gehe nach New York, weil ich Jane liebe und sie nicht verlieren möchte. Liebe ist doch auch wichtig, oder bist du anderer Meinung?«

»Ach ja«, sagte Ormsby. »Ohne Liebe wäre die Welt verloren.«

»Du brauchst darüber gar nicht zu lachen.«

»Ich lache auch nicht.«

»Dann ist es gut. Mache dir keine Sorgen, daß ich meine Schriftstellerseele verkaufe oder so was. Wenn die Karten erst einmal auf dem Tisch liegen, weiß ich, daß es nichts Wichtigeres gibt als meine Schriftstellerei. Und dann werde ich auch bereit sein, jeden und alles zugunsten meiner Arbeit zu opfern. Du wirst es erleben.«

Es gibt in Gesprächen Augenblicke, in denen die Wahrheit tödlich wirkt: Selbst eine Freundschaft übersteht sie nicht. Dieser, erinnerte Ormsby sich, war so einer.

»Ja, Brendan«, sagte er. »Das glaube ich dir. Du wirst andere Menschen opfern – das stimmt. Aber wirst du auch dich selbst opfern?«

Auf diese Frage, die vor sieben Jahren gestellt worden war, hatte es keine Antwort gegeben. Aber jetzt, angesichts dieses Zimmers, der gepackten Koffer und einer Mutter, der durch das Wort eines Fremden geholfen worden war, stellte sich die Frage noch einmal. Warum hatte Brendan geschrieben, sie solle herüberkommen? Welche Rolle hatte er ihr zugedacht?

Hinter sich hörte Ormsby die Schritte von Mrs. Tierney. Er stellte die Fotografie zurück.

Jane Tierney träumte von dunkelhäutigen Männern, die sie vergewaltigten: junge, ungestüme Männer, die in ihren Gedanken auftauchten wie drohende, wenn auch erregende Phalli, mit offenstehenden weißen Seidenhemden, in deren Ausschnitt schwarzes, krauses Brusthaar sichtbar war, Männer, die unmöglich geschnittene Anzüge trugen, dazu goldene Uhrarmbänder und Amulette an silbernen Kettchen, die billiges Parfüm benutzten und deren Lächeln das weiße Gebiß eines Räubers aufblitzen ließ, ein markanter Gegensatz zu dem Oliv ihrer Haut bildete. Männer! Mit ihnen tat sie in Gedanken unaussprechliche Dinge und wurde von ihnen – willig, wenn auch verängstigt – gedemütigt, beraubt, entehrt und geschändet. Es waren Männer, die ihre Münder als Instrumente der Liebe, ihre Zungen als Erforscher der verborgensten Höhlen benutzten, deren Hände grausame und doch zärtliche Bändiger des Fleisches waren. Männer, die schwarze Zigarren rauchten, deren Verlangen bei den unmöglichsten Gelegenheiten aufwallte und die sich der Liebe besonders gern auf Tischen, in Zügen, um die Mittagszeit und in einem offenen Boot in der Dämmerung hingaben. Männer! Nicht Brendan.

Sünde war für Jane ein archaisches Wort. Seine gängige Bedeutung war Schwachheit. Und in der Unvereinbarkeit von Traum und Wirklichkeit hatte sie auch das Gefühl, Unrecht zu tun, ein undeutliches Schuldgefühl, weil ihre närrische Phantasie trotz aller Tatsachen derartig wuchern konnte. Als sie jetzt daranging, das leere Schlafzimmer für Brendans Mutter einzurichten, mußte sie daran denken, wie oft dieses Zimmer in ihrer Phantasie einen völlig anderen Mieter beherbergt hatte: einen französischen, italienischen oder mexikanischen Studenten der Columbia-Universität, einen dunkelhäutigen, amoralischen, leidenschaftlichen jungen Mann, ausgehungert und unerfüllt, dem sie ihren Körper an den heißen Nachmittagen, wenn sie Brendan im Büro wußte, in unzähligen schamlosen Stellungen hingegeben hatte.

Als sie das Zimmer jetzt jedoch betrachtete, trat an die Stelle dieser absurden Träume eine begeisterte, schöpferische Aktivität, und jetzt erkannte sie mit einemmal, was an diesem Zimmer falsch war, was immer falsch gewesen war. Es war einfach zu vollgestopft. Man mußte es so einrichten, daß es größer wirkte, mußte es so gestalten, daß es einen Eindruck von Raum und Helligkeit vermittelte. Also gut. Zuerst mußte das ganze Zeug der Kinder hinausgeschafft werden. Dann strich sie die Wände weiß. In der Fourth Street kaufte sie einen japanischen Bambusvorhang, bei Macy ein Einzelbett (wo sonst hätte sie es kaufen sollen?), bei einem Trödler in der Second Avenue erstand sie einen rechteckigen Spiegel, bei Bloomingdale's besorgte sie eine kleine Frisierkommode und einen Stuhl aus Naturholz. Über das Bett kam eine Noguchi-Lampe aus Reispapier, während eine Bettdecke aus lustig rotem Baumwollstoff, der mit schwarzen chinesischen Buchstaben bedruckt war, und ein einziger Druck, ein kleiner Hokusai, für Farbe und Kontrast sorgten. Sie machte alles selbst, hielt dabei die Tür verschlossen, bis sie mit allem fertig war, und an dem Sonnabend vor Mrs. Tierneys Ankunft holte sie Brendan und zeigte ihm das Zimmer.

»Wie gefällt es dir, Darling?«

»Nun ja«, sagte er, »mir gefällt es schon. Aber wird es ihr gefallen?«

»Warum nicht? Ich finde es so hübsch.«

»Ja«, sagte er. »Aber vielleicht sollte man ihr noch einen Sessel hineinstellen.«

»Gute Sessel kosten ein Vermögen.«

»Ich weiß. Aber vielleicht könntest du irgendwo einen gebrauchten besorgen. Irgend etwas, wo sie sich ausruhen kann.«

»Aber das würde den Raum kaputtmachen. Merkst du denn nicht, daß ich das Zimmer so eingerichtet habe, weil es nicht nur reizend und praktisch, sondern auch billig war?«

»Ich weiß«, sagte er. Aber überzeugt schien er nicht zu sein.

Es war so rücksichtslos von ihm: Am liebsten hätte sie geweint. Weil die Kinder zu Hause waren und sie nicht wollte, daß man sie weinen sah, zog sie sich in das Badezimmer zurück. Wie konnte man Vier- und Fünfjährigen so etwas erklären? Dabei hatte er sonst ihre Mühen immer anerkannt. Aber einen Sessel würde sie niemals in das Zimmer stellen. Nie! Er würde alles verderben. Das Badezimmer war groß und wirkte immer noch luxuriös; es hatte eine über zwei Meter lange Badewanne, zwei bis zum Boden reichende Spiegel und war gekachelt. Das Haus lag am Riverside Drive, früher einmal eine elegante, wenn auch inzwischen heruntergekommene Gegend, obgleich Jane zu ihrer eigenen Befriedigung bewiesen hatte, daß Geschmack und Einfachheit wahre Wunder vollbringen können, wenn das Größenverhältnis der Räume gut ausgewogen ist. Wenn sie an die Zeit und die Mühe dachte, die es sie gekostet hatte, überall in New York nach den richtigen Dingen zum passenden Preis zu suchen! Und jetzt redete er, aus heiterem Himmel, plötzlich von einem gebrauchten Sessel für das Zimmer.

Sie saß auf dem Klosettdeckel und ließ den Tränen freien Lauf. Sie konnte ihr Spiegelbild sehen, das Haar hing in langen Strähnen herab, ein erschreckender Anblick. Wenn sie sich selbst kritisch betrachtete, konnte sie sehr streng mit sich sein, weil die meisten Männer sie attraktiv fanden. Dabei hatte sie insgeheim ihre Bedenken: es bekümmerte sie, daß ihre Brüste zu klein wären, während ihr Gesäß ein wenig zu üppig schien. Aber sie hatte ihren eigenen Stil – das wußte sie. Und dieser Stil färbte von ihrer Kleidung und ihrer Aufmachung auf ihre Umgebung ab. Dieser Stil war ihre Besonderheit. Er war für sie als Persönlichkeit sehr wichtig, und sie dachte immer, daß er auch für ihn wichtig sei. Aber ein gebrauchter Sessel würde alles zunichte machen.

»Jane? Bist du hier, Jane?«

»Ja.«

»Komm doch heraus, Darling, es tut mir leid.«

Sollte er ruhig warten. Wenn sie daran dachte, daß in etwa einer Woche sie es sein würde – und nicht er –, die zur Arbeit ging, wenn sie sich vorstellte, was sie alles um seines Talents willen aufgeben würden, zumal auch noch seine Mutter zu ihnen kam, wenn sie an all das dachte – und jetzt noch seine Großspurigkeit! Sollte er ruhig warten.

»Jane?«

Was hatte es für einen Sinn? Sie schloß die Tür auf. Schließlich hatte sie es um seinetwillen getan, hatte alles nur getan, um ihm zu helfen – merkte er es denn nicht, empfand er ihr gegenüber gar keine Dankbarkeit? Schließlich war es doch seine Mutter, für die sie es getan hatte – wußte er das nicht mehr? Warum mußte er von einem Sessel reden, wo er doch wußte, daß sie Streit verabscheute. Wo er doch wußte, daß sie immer nachgab. Das war nicht fair.

»Hör zu«, sagte er. »Reden wir nicht mehr von dem Sessel.«

O nein, so leicht würde er nicht davonkommen. »Doch«, sagte sie. »Wenn du glaubst, daß es notwendig ist, werden wir noch einen Sessel anschaffen.«

»Aber nein, Liebling, du hast völlig recht. Er würde das ganze Zimmer verderben.«

Er hatte zugegeben, daß sie im Recht war: immerhin etwas. »Andererseits«, sagte sie, »wird deine Mutter vielleicht doch einen Sessel brauchen. Ich werde schon irgendeine passende Scheußlichkeit finden.«

»Gut. Mir geht es doch nur darum, daß sie sich dann öfter in ihrem Zimmer aufhält. Schließlich wollen wir sie doch nicht dauernd am Halse haben.«

Sie sah ihn an und mußte an Louises Bemerkung denken. Louise war bei Swarthmore ihre beste Freundin gewesen und jetzt Leiterin der graphischen Abteilung in einem sehr großen Verlag, der mehrere Frauenzeitschriften herausgab. Louise war wirklich wunderbar gewesen, als Jane erwähnt hatte, daß sie eine Stellung suchte; genaugenommen hatte sie Jane sofort einen Posten in ihrer Werbeabteilung angeboten. Großartig. Aber als sie dann noch eine Weile am Telefon schwatzten, war folgendes passiert.

Louise hatte gesagt: »Und was wird aus den Kindern? Wer kümmert sich um sie, wenn du arbeitest?«

»Brendans Mutter – habe ich dir das nicht erzählt? Wir lassen sie gerade von Irland herüberkommen. Sie bekommt das leere Zimmer.«

»Ach du liebe Güte«, sagte Louise.

»Was meinst du damit, Louise?«

»Ich meine – ist er verrückt nach ihr? Ödipuskomplex und so weiter?«

»Es ist genau umgekehrt«, sagte Jane. »Wenigstens glaube ich es.«

»Aber genau wissen tust du es nicht, du Arme, nicht wahr?« sagte Louise. »Ich an deiner Stelle würde sehr genau aufpassen, wie er reagiert.«

Wenn sie also jetzt seine Reaktion betrachtete, fand Jane, so lohnte sich selbst die Anschaffung eines Sessels, wenn er den Wunsch hatte, daß sie seine Mutter nicht dauernd am Halse hätten. »Also gut, Darling«, sagte sie. »Überlasse es nur mir.«

Als ich das Zimmer sah, dem Jane einen japanischen Akzent gegeben hatte, bekam ich es doch etwas mit der Angst. Jeder, der glaubt, daß ein Zen-Schrein für meine Mutter geeignet ist, wird die Welt meiner Mutter nie verstehen. Werde selbst ich sie verstehen?

Diese Überlegungen kamen mir heute in der Morgendämmerung, als ich allein unterwegs war, um meine Mutter am Flughafen abzuholen. Ihre Welt. Früher war es auch meine gewesen. Wann wurde meine Welt zu einer Insel? Die Antwort: Als meine Insel nicht mehr die Welt war. Das war Irland im Sommer meines einundzwanzigsten Lebensjahres, jenes Jahres, in dem ich mein Examen an der Universität machte und als Vorbereitung meiner Flucht begann, auf einem amerikanischen Luftwaffenstützpunkt als Angestellter zu arbeiten.

Flucht wohin? Zum Schreiben, glaubte ich. Aber war es das wirklich?

Ein sechsjähriger Junge sagt, wenn er erwachsen sei, würde er Feuerwehrmann. Seine Eltern lächeln. Sie wissen, daß er kein Feuerwehrmann wird, wenn sie es verhindern können. Es ist ein Stadium, durch das alle Kinder hindurch müssen. Mit vierzehn sagt er, er möchte Schriftsteller werden. Seine Eltern lächeln. Es ist ein Stadium, durch das einige Kinder hindurch müssen. Mit siebzehn sagt er, er möchte Schriftsteller werden. Seine Anzüge sind ihm ständig zu klein; er rasiert sich bereits zweimal in der Woche. Es ist an der Zeit, ernsthaft mit ihm zu sprechen. Er sagt, er möchte Schriftsteller werden. Eine unreife Redensart, gewiß, aber immerhin birgt sie den Verdacht, daß er vielleicht nicht geeignet ist, Arzt oder Ingenieur zu werden. Mit achtzehn schreibt er Gedichte für Studentenzeitungen. Alle sind besorgt. Professor O'Neill wird gebeten, mit ihm zu sprechen. Er sagt, er möchte Schriftsteller werden. Es ist fast schon ein Familienwitz. Guten Abend, Shakespeare, sagt die Mutter. Stör die Muse nicht, sagt die Schwester zu ihrem Freund, als sie ein Zimmer betreten, in dem Briefe geschrieben werden. Warum schreibst du nicht irgend etwas für den Film, sagt Mary Meeman, schwarzäugig und wunderschön, aber so dumm. Schriftsteller, Schriftsteller, sagt der Vater, warum wirst du nicht endlich erwachsen. Lehrberufe sind auch nicht zu verachten, das sage ich dir. Glaubst du etwa, ich hätte das viele Geld ausgegeben, damit du ein anständiges Abschlußexamen machst und dann irgendwo bei einem amerikanischen Stützpunkt als Angestellter anfängst? Nimm dir ein Beispiel an deinen Vettern, beide kommen gut voran, machen etwas aus sich; ich möchte, daß du es ihnen zumindest gleichtust, oder ist das vielleicht zuviel verlangt?

Dennoch habe ich meine Familie geliebt – ja, alle habe ich geliebt. Ich sagte, ich spare das Geld, um Schriftsteller zu werden. Aber heute, wenn ich zurückblicke, war es vielleicht doch nicht so der Drang, schreiben zu müssen, der mich veranlaßte, meine Heimat zu verlassen, als vielmehr der Drang, einfach wegzulaufen. War der Grund nicht einfach der, daß ich zweiundzwanzig war, daß fünfzehn und sieben zusammen zweiundzwanzig ergeben, sieben Jahre, in denen ich log, um den religiösen Frieden zu wahren, sieben Jahre Gottesdienst, ohne zu glauben, sieben Jahre der geheimen Wut bei jeder Erwähnung meiner »unsterblichen Seele«? War es nicht der Drang, einfach davonzulaufen, der mich veranlaßte, in jenem Sommer jeden Pfennig zu sparen, den ich verdiente, und im November, als das Geld auf der Bank lag, meine Überfahrt zu buchen?

Der Dampfer nach Heysham lief abends um neun Uhr aus. Das Taxi hatte ich für acht bestellt. Meine Schwestern rannten den Weg hinunter, um mein Gepäck zu verstauen. Mein Vater – er hatte mich als Versager abgeschrieben – runzelte die Stirn, gab mir die Hand und riet mir, kein

Leitungswasser zu trinken. Meine Mutter, meine fromme, reizbare Mutter, weinte, ermahnte mich, regelmäßig zur Messe zu gehen, und wollte sogar für meinen Erfolg beten, obgleich sie überzeugt war, daß er sich nie einstellen würde; denn sie zweifelte nicht, daß ich binnen zwei Monaten, wenn ich wieder vernünftig geworden wäre, mit eingekniffenem Schwanz den Weg zum Haus heraufkommen würde. Ein letztes Winken zum Abschied. Ihr Bild verschwamm im Licht des abfahrenden Taxis, dann verschwand sie in der abendlichen Dunkelheit, kehrte zurück in die hellerleuchtete Diele. Sie bemerkte nicht mein grimmiges, doch zugleich triumphierendes Lächeln, als ich mich in dem Taxi zurücklehnte, wußte nicht, daß ich für immer weggegangen war.

Die Sirene des Dampfers hallte von den Ufern der Bucht wider; der Nebel wurde dichter. Ich saß in der dritten Klasse zwischen den zurückkehrenden Armen, die beim Straßenbau in England und in englischen Küchen arbeiteten, die in Elendsvierteln wohnten und ihren Verdienst mit der Post nach Hause schickten. Die alten Leute hatten die Bänke besetzt; wir übrigen saßen auf unseren Koffern. Flaschen mit Bier machten die Runde, und ein blasses Mädchen in Schwarz – wahrscheinlich war sie wegen eines Todesfalls in der Familie zu Hause gewesen – sang mit der Altstimme eines Chormädchens: *»Come back to Erin, mavourneen, mavourneen.«* Gesichter, schlaftrunken vom Whisky vieler Abschiede, drehten sich ihr zu und lauschten. Die letzten Hafenbojen glitten am Bullauge vorbei. Irland war nicht mehr zu sehen. Wir waren auf See. Stimmen nahmen die sehnsüchtige Melodie des Mädchens auf, bis drei junge Arbeiter, vom Alkohol gerötet und angeheitert, ein anderes Lied anstimmten: *»The Long and* *the Short and the Tall.«* Und die Passagiere, deren Geschmack dieses Lied mehr entsprach, ließen fröhlich alle Sergeanten und Bootsmaaten hochleben. Ich sang dieses Kriegslied nicht mit. Rorys Krieg und Rorys Tod, ein Krieg, für den ich zu jung gewesen war, ein Krieg, den ich deshalb haßte. Ein Mann neben mir, in einem schmierigen Anzug, holte aus seiner Tasche einen Flachmann hervor, trank und reichte ihn weiter. »Fährst du zum erstenmal hinüber, Junge?«

»Ja.«

»Als was arbeitest du?«

»Als Schriftsteller. Ich werde Schriftsteller.«

»Marineschriftsteller?«

»Nein, einfach Schriftsteller.«

»Wird man da gut bezahlt?«

»Das weiß ich nicht.«

Ich wußte es nicht. Am nächsten Morgen regnete es: Es regnete in Crewe, es regnete während der ganzen Fahrt durch die Midlands und regnete immer noch, als der Zug durch die ersten Vororte Londons fuhr und langsam in den Bahnhof ›Euston‹ einlief, wo die Reise beendet war, die Emigranten im Krachen der Wagentüren hinaussprangen und von den wartenden Freunden auf dem Bahnsteig umarmt wurden. Sie gingen schnell weg; ich war allein mit meinem Koffer, allein mit meinem Entschluß – Schriftsteller, hatte ich gesagt, aber war ich es wirklich? Vor mir lag die Überfahrt über den Kanal, später die spanische Grenze und, in Barcelona, ein anderer Dampfer, dessen Bestimmungsort Ibiza war, wo ich für drei Pfund pro Woche, alles inbegriffen, Zeit haben würde, es genau festzustellen. Ibiza – das war Teds Vorschlag gewesen. Hier würde ich schreiben – das Stirnrunzeln meines Vaters, die Tränen meiner Mutter und die verdrießlichen Späße meiner Schulkameraden noch immer vor Augen. Ihnen allen würde ich es durch meine Arbeit zeigen.

Leidenschaft und Rache. Aber war es wirklich die Leidenschaft des Schreibens? Acht Monate später, als ich fröstelnd auf einem Liegestuhl im Zwischendeck der Nachtfähre nach Mallorca saß, bot ich einem amerikanischen Mädchen Feuer an. Eine Woche später lag ich neben ihr auf dem feuchten Sand unterhalb der Stadt Palma und sah zu, wie die Morgendämmerung das Flutlicht der Kathedrale auf der anderen Seite der Bucht langsam verlöschen ließ. Ich sagte ihr, daß ich sie liebe. Sie hieß Jane Melville, im September mußte sie zu ihrer Arbeit nach New York zurückkehren. Und wie wirkte das auf meine Leidenschaft zu schreiben?

Zu Hause verschickte Ted Ormsby meine Geschichten, bekam sie zurück und schickte sie wieder weg. Das Barometer meiner Hoffnungen fiel mit jeder Ablehnung; das Symptom meiner Angst hingegen blieb konstant – Rückkehr nach Irland, Abschied von Jane. Ich hatte nur noch fünf Pfund. Mit einigem Unbehagen hatte ich an jenem Morgen noch die moralische Seite des Problems durchdacht, von ihren amerikanischen Reiseschecks leben zu sollen, als ich sie durch den maurischen Torbogen auf der Plaza Major auf mich zulaufen sah, einen Brief in der Hand. Ich erinnere mich meiner plötzlichen und peinlichen Tränen, ja, Tränen der Genugtuung und der Erlösung, als ich den Brief las: »... freuen uns, Ihre Erzählung veröffentlichen zu können ... Honorar erhalten Sie beiliegend ... vielversprechend ... große Hoffnungen ... freuen uns, auch Ihre neuen Arbeiten kennenzulernen.«

Damals, auf jenem spanischen Platz, wurde ich erlöst.

Mit jenem Brief glaubte ich es denen heimgezahlt zu haben, die mich damals unter den Brunnen getunkt hatten, glaubte ich das Stirnrunzeln meines Vaters und die ärgerlichen Worte meiner Mutter ausgelöscht zu haben. Durch jenen Brief war ich von einer neuen Gemeinde geweiht worden. Mit jenem Brief verließ ich die Welt meiner Eltern für immer.

Doch jetzt, sieben Jahre später, frage ich mich, ob ich wirklich erlöst worden bin. Warte ich nicht immer noch darauf, der Welt zu beweisen, daß sie sich in Brendan Tierney geirrt hat? Bin ich nach Amerika gekommen, weil ich schreiben mußte, weil ich Jane brauchte – oder doch nur aus dem alten Drang, immer wegzulaufen? Ich weiß es nicht. Aber heute morgen, als ich am Flughafen aus dem Bus stieg, als ich durch eine Tür ging, die sich automatisch öffnete, als ich mit der Rolltreppe zur Zuschauergalerie hinauffuhr, da wußte ich, daß es diese Welt war, die mir etwas bedeutete, diese Welt der Rolltreppen, der automatischen Türöffner und lauttönenden Lautsprecher. Exil würde jetzt bedeuten, dies alles zu verlassen. Meine Insel ist nicht mehr meine Welt.

Als ich die Rolltreppe verließ, wechselten gerade die Zahlen auf den elektrisch gesteuerten Ankunftstafeln. Eine Stimme gab die Ankunft des BOAC-Fluges 539 bekannt. »Die Passagiere werden die Einwanderungskontrolle und den Zoll in Kürze passieren.« Ich trat an das Fenster der Zuschauergalerie und blickte in den abgesperrten Zollbereich hinunter. Ich beobachtete die Ankommenden: ein junges Paar, das in einem Plastikkorb ein Baby trug, einen englischen Sportler im Dufflecoat, einen Schuljungen in einem zu kurz gewordenen blauen Blazer, einen aufgeregten Deutschen, eine slawische Blondine, eine kleine, rundliche Frau, einen farbigen Geistlichen, eine Matrone aus Kensington, einen amerikanischen Studenten, und dann – der Schock des Wiedererkennens war so plötzlich, als tauche aus der Dunkelheit eines Gruselkabinetts eine grell beleuchtete Maske auf – blickte ich noch einmal auf die kleine, rundliche Frau, die sich verloren umsah (als Kind hatte ich weinend nach ihr gerufen, als ich mich einmal in einem Park verlaufen hatte) – meine Mutter.

Ich winkte nicht. Ich konnte nicht. Wie angewurzelt stand ich da und starrte sie an, als wäre sie eine Fremde. Klein und alt, das graue Haar vom Hut fast verdeckt. Sie trug ein schlecht sitzendes grünes Tweedkostüm und in der Hand eine abgegriffene lederne Reisetasche. Ich beobachtete, wie sie dem Beamten ihre Zollerklärung hinhielt und dann verloren aufblickte – sah ihr gealtertes, einst so hübsches Gesicht, die dunklen Ringe unter ihren großen traurigen Augen. Sie blickte zu mir hoch, erkannte mich aber nicht. Sie sagte etwas zu dem Zollbeamten und ging dann langsam auf die Tür zu. Ich wandte mich ab, rannte die Treppe hinunter, um sie abzufangen. War ich für sie gleichfalls ein Fremder?

Besorgt, ob sie vielleicht durch die falsche Tür gegangen wäre, blickte sich Mrs. Tierney in der Halle des Flughafens um, konnte Brendan jedoch nirgends entdecken, oder – war es vielleicht... ist er...

Nein, das ist er nicht – oder doch, das muß er sein!

Brendan?

Aber mit dieser dunklen Sonnenbrille? Ist er blind, oder was ist mit ihm? Seine Nase, die Haarlocke, das...

Sieht er mich? Er lächelt – er kommt herüber...

Brendy!

Er war älter geworden, kein Junge mehr, sondern ein Mann, aber warum trug er eine Sonnenbrille, mit der er wie ein Italiener aussah, dem man seine Tochter nie anvertrauen würde!

»Brendan«, sagte sie, »bist du es wirklich?«

»Erkennst du mich nicht wieder, Mama?«

Seine Arme hielten sie fest. Seine Lippen – er hatte sich nicht rasiert – berührten ihre Wange, und fast kamen ihr die Tränen, denn seit Grattans Tod hatte kein Mann sie mehr in seinen Armen gehalten, und sie klammerte sich, halb lachend, halb weinend, an ihn, den letzten Mann ihrer Familie. »Wie sollte ich denn auch?« sagte sie. »Hast du dir bei deiner Arbeit die Augen verdorben?«

»Die Brille«, sagte er. »Ich habe ganz vergessen, daß ich sie aufhabe.«

Er nahm sie ab. Sie lächelte ihn an, dann fiel ihr der Schwarze ein, der ihr das Gepäck abgenommen hatte, wo war er, war er vielleicht schon weggelaufen? Sie war froh, daß Brendan da war. Schon beim Aussteigen war ihr alles so fremd vorgekommen, mit diesen Negern in roten Mützen, die einem das Gepäck abnahmen. In ihrem ganzen Leben hatte sie noch nie mit einem Schwarzen gesprochen.

»Hör mal, Brendan, ein Gepäckträger hat meinen Koffer genommen, ein Nigger. Kannst du ihn nicht mal suchen? Er hatte eine rote Mütze auf, Nummer 47 stand darauf.«

»Ich werde ihn schon finden«, sagte Brendan. »Aber damit du Bescheid weißt, Mama, du darfst diese Leute nicht Nigger nennen. Das mag hier keiner.«

»Wie soll ich sie denn sonst nennen?«

»Neger. Oder Farbige, das ist höflicher.«

»Also gut: Farbige«, sagte sie. Warum mußte das erste,

was er zu ihr sagte, gleich ein Hinweis sein, daß sie etwas falsch gemacht hatte? »Ich selbst bin eine Farbige«, sagte sie und versuchte, es in einen Scherz umzumünzen: »Ich bin rot wie ein Krebs.«

Er lächelte. Sie hatte ihn zurückgewonnen. Er klopfte ihr auf die Schulter und sagte, sie solle hier auf ihn warten; er würde sich um alles kümmern. Wie ein Yankee sagte er es. Sie sah sich in der großen Halle um, verwirrt, müde, aufgeregt. Im Flugzeug hatte sie ein bißchen vor sich hingedöst, aber geschlafen hatte sie nicht; die Füße schmerzten höllisch, aber was machte das schon? Wo war Brendans Frau? Hier jedenfalls nicht. Wahrscheinlich konnte sie die Kinder nicht allein lassen. Ob sie ein Dienstmädchen hatten? Sie hatte immer vergessen, danach zu fragen.

Doch da kam er schon mit dem Gepäckträger wieder. Er winkte ihr, daß sie kommen solle.

Sie ging auf ihn zu. Es war schön, wieder auf festem Boden zu stehen. Gelobt sei Jesus Christus.

Ihre Knie waren ein bißchen steif, als sie in das Taxi stieg. Sie wußte, daß Brendan es gemerkt hatte, denn er fragte sofort: »Wie geht es dir eigentlich, Mama?«

»Im linken Knie habe ich eine ganz leichte Arthritis. Manchmal wird es ein bißchen steif.«

»Aber sonst geht es dir gut?«

»O ja – sonst geht es mir großartig.«

Das Taxi rollte unter Lampen dahin, die an hohen Aluminiummasten hingen, vorbei an Fronten aus Glas, Beton und Stahl, vorbei an einer Reihe von Flughafenbussen, vorbei an einer modernen Kapelle, an deren Wand ein Flugzeugpropeller hing, vorbei an einem Heizwerk, dessen Glaswände den Blick in seine Eingeweide freigaben, riesige verschiedenfarbige Maschinen, vorbei an Flugzeugen, die in langen Reihen aufgestellt waren, vorbei an einem Gewirr von Zeichen und Schildern, und fädelte sich endlich über ein schwindelerregendes Zubringersystem in eine mehrspurige Autobahn ein. Sie mußte an einen Film von H. G. Wells denken, den sie vor einigen Jahren gesehen hatte und in dem Männer, in weiße Gewänder gehüllt, die Welt von sterilen Operationsräumen aus lenkten. Das hier aber war Gegenwart und Wirklichkeit gewordene Zukunft; es hatte nichts Steriles an sich. Der Kragen des Taxifahrers hatte einen schmutzigen Rand, und das Taxi selbst war ebenfalls schmutzig; die Kunststoffbezüge der Sitze waren zerrissen.

»Jane konnte nicht mitkommen«, sagte Brendan. »Sie mußte die Kinder zum Kindergarten bringen. Wenn wir nach Hause kommen, wird sie sicher schon zurück sein.«

»Brendan«, sagte sie, »hoffentlich falle ich euch nicht zur Last.«

»Wieso denn? Du wirst uns eine große Hilfe sein.«

»Mit den Kindern – meinst du?«

»Richtig.«

»Habt ihr ein Dienstmädchen?«

»Nein«, sagte er. »Dienstmädchen kosten hier ein Vermögen. Und abgesehen davon möchte Jane, wenn sie jetzt wieder anfängt zu arbeiten, die Kinder nicht einem fremden Menschen anvertrauen.«

(Wieder anfängt zu arbeiten? Warum denn das?)

»Du siehst also, du wirst uns eine große Hilfe sein, Mama. Wir werden noch darüber sprechen.«

Am besten, sie sagte es ihm jetzt gleich und brachte die Sache damit hinter sich.

»Brendan, eines hätte ich noch gern mit dir besprochen,

solange wir beide allein sind. Weißt du – wenn es euch zuviel werden sollte, ich meine, wenn du irgendwann einmal das Gefühl hast, daß du das Zimmer selbst brauchst – du weißt, was ich meine –, ich möchte, daß du mir versprichst, es mir dann zu sagen.«

»Wieso sollte ich das Zimmer brauchen?«

»Ach Gott, Gründe gäbe es dafür genug. Davon abgesehen könnte es doch sein, daß Jane vielleicht irgendwann nicht mehr glücklich ist über unser Zusammenleben. Also, Brendan, falls ich eines Tages wieder nach Irland zurück möchte, dann bist du nicht böse, nicht wahr?«

»Natürlich nicht. Aber erzähle mir bitte nicht, daß du jetzt schon Heimweh hast!«

Heimweh? Man merkte doch gleich, daß er Dromore Estates nicht kannte; wie konnte man nach dieser kleinen, armseligen Siedlung wohl Heimweh haben?

»Ach«, sagte sie, »wenn man so alt ist wie ich, hat man nur Heimweh nach der Vergangenheit.«

»Aber deine Freunde wirst du wahrscheinlich vermissen?«

»Hier drüben lebt ein Vetter ersten Grades von mir«, sagte sie. »Hier in New York.«

»Ein Vetter?«

»Frank Finnerty, ein Vetter ersten Grades – mütterlicherseits. Er verließ Irland, als er etwa in deinem Alter war. Seine Adresse habe ich; ich muß ihn unbedingt besuchen.«

»Dann gehört er also zur Familie Donegal?«

»Ja«, sagte sie. »Kannst du dich noch an den alten Donegal erinnern?« Er war ihr so fremd geworden, ein erwachsener Mann mit amerikanischem Akzent, der ein komisches Hemd mit Knöpfen am Kragen trug, und sie erinnerte sich, daß diese Hemden zu Hause vor dreißig Jahren noch modern gewesen waren. Es war schwer, sich diesen Mann als jenen kleinen Brendy vorzustellen, der seine Vettern vom Lande nachgeäfft hatte und jeden Sommer auf dem Bauernhof seines Onkels barfuß durch die Felder gelaufen war; es war schwer, in diesem Mann mit der Sonnenbrille jenen Brendy zu sehen, der reife Kastanien und Briefmarken des britischen Weltreiches gesammelt hatte und der einmal – nachdem er von einem Klassenkameraden namens Jim McTurk aufgeklärt worden war – zu ihr gekommen war und gefragt hatte, ob es stimme, daß Babys durch den Nabel aus dem Bauch der Frauen zur Welt kämen. In welcher Beziehung war jener Junge mit diesem Fremden verwandt? Aber dann überlegte sie: Ich habe gut reden; was sieht er wohl, wenn er mich anschaut? In seinen Augen mußte ich wie Methusalem wirken. »Wahrscheinlich sehe ich sehr viel älter aus als damals, als wir uns zuletzt sahen?«

»Aber nein! Du siehst prächtig aus.«

*Fine* – prächtig, das ist eine typische Redensart der Yankees. Aber ist er nicht tatsächlich Amerikaner geworden? War er nicht überhaupt schon immer anders gewesen als wir übrigen, selbst als kleiner Junge, da er seine Nase dauernd in einem Buch stecken hatte, sich vor seinem eigenen Schatten fürchtete und dabei doch so schrecklich eigensinnig war? Schriftsteller wollte er werden. Sie erinnerte sich genau, wie er es zum erstenmal gesagt hatte. Damals konnte er nicht älter als zwölf gewesen sein.

»Wie geht es mit deiner Schriftstellerei?« fragte sie.

»Prächtig.«

»Ich lese in den Zeitschriften immer deine Artikel.«

Er blickte aus dem Fenster des Taxis.

»Hast du nicht sehr viel Glück gehabt, damals, als du die Stellung bei der Zeitschrift bekamst, wo du doch gerade erst eingewandert warst?«

»Ich will diese Stellung jetzt wieder aufgeben.«

Gnädiger Gott, was meinte er damit; war er fristlos entlassen worden oder was sonst? War das der Grund, daß Jane wieder anfing zu arbeiten?

»Weißt du, Mama, ich möchte mein Buch zu Ende schreiben.«

»Ein Buch?«

»Einen Roman.«

»Ach. Und wirst du gut bezahlt dafür?«

»Bezahlung hat damit nichts zu tun. Ich hab es einfach satt, den Quatsch für die Zeitschrift zu schreiben.«

»Aber wird dir nicht das Gehalt fehlen, das du dort bekommst?«

»Natürlich. Aber zum größten Teil kommt es durch Janes Arbeit wieder herein. Wir werden schon zurechtkommen.«

»Wenn du das Buch dann fertig hast, kannst du sicher deine alte Stellung wiederbekommen, nicht wahr?«

»Ich will den Laden nie wiedersehen! Wenn ich bloß an die vielen Jahre denke, die ich dort vergeudet habe, wird mir übel.«

Würde denn seine Frau von nun an den Lebensunterhalt verdienen? War es das, was er meinte?

»Man kann nicht der Kunst und dem Mammon gleichzeitig dienen«, sagte er. »Ich bin es leid, zu den Sonntagsschriftstellern zu gehören. Ich muß unbedingt meine ganze Zeit dafür verwenden. Daß ich eine Familie zu versorgen habe, ist eine Sache. Aber es gibt noch andere wichtige Dinge.«

Wichtig, was könnte es Wichtigeres geben, als für Frau und Kinder zu sorgen? Ach, mein Junge, du hast dich nicht verändert, du bist immer noch derselbe hochnäsige kleine Kerl, überzeugt, turmhoch über dem Rest der Welt und uns anderen zu stehen. Ist es ein Wunder, daß ich mir Sorgen gemacht habe, wie du lebst – du, ein Mann, der so etwas sagen kann?

»Brendan, gehst du noch zur Messe?«

»Nein.«

»Und deine Kinder?«

»Hör zu, Mama, meinetwegen können wir auch jetzt gleich darüber sprechen, damit wir es hinter uns haben. Meine Kinder werden nicht als Katholiken erzogen.«

Verdacht war etwas ganz anderes als Wissen.

»Ach so«, sagte sie. »Dann sind sie also Protestanten?«

»Natürlich nicht. Wie Joyce einmal gesagt hat, will ich nicht eine logische Sinnlosigkeit durch eine unlogische ersetzen.«

Joyce, wer ist Joyce – ein Mädchen? Egal. Nimm dich zusammen.

»Genaugenommen«, sagte er, »sind die Kinder gar nichts. Sie sind nicht getauft.«

Meine Enkelkinder!

»Mama, fehlt dir etwas?«

Ihr war schwindelig. Sie konnte nichts sehen. Eine Sekunde lang senkte sie den Kopf, und das Dunkel wich. Sie tat, als blicke sie aus dem Fenster. »Was ist denn das da vorne?« fragte sie. »Ein Tunnel?«

Es wäre der Midtown Tunnel, sagte er. Er erzählte noch mehr darüber, aber sie hörte kaum hin. Um ihre Gedanken abzulenken, beobachtete sie die Autos. In ihrem ganzen Leben hatte sie noch nie so viele auf einmal gesehen. Jetzt fuhren sie dröhnend in den Tunnel hinein, der wie ein Waschraum gekachelt war, mit dem Polizisten, der von der Wand auf sie herunterblickte, das Jaulen und Rumpeln der Reifen begleitete sie, bis sie wieder nach oben kamen und im Freien waren, Autos vor ihnen, Autos hinter ihnen, Autos, die plötzlich vor den Verkehrsampeln anhielten, wobei ihre Rücklichter wie wilde rote Augen aufleuchteten. Anscheinend war diese Stadt für Autos und nicht für Menschen geschaffen worden. Selbst die Gebäude schienen im Maßstab der Autos gebaut zu sein, und plötzlich hatte sie die alberne Vorstellung, wie Autos die Treppenhäuser der Wolkenkratzer hinauffuhren, in Zimmer rollten, wo Betten für Autos standen, Kinderzimmer für kleine Autos, in denen sie spielen konnten...

Heiden. Nicht getauft.

Alles war so hoch, so groß. Verglichen mit diesem Gewimmel großer, hochkant hingestellter Kästen hatte sogar London etwas Menschliches, denn hier wirkte der Mensch wie eine Fliege...

Meine Enkelkinder sind Heiden.

Dreck, grauer Schmutz überall, Unmengen von Papier, das an den Rinnsteinen entlanggeweht wurde, und trotzdem waren die vorübergehenden Menschen sauber, ihre Anzüge und Kleider gebügelt...

Nicht getauft.

Für einen kurzen Augenblick sah sie ihn, einen alten, betrunkenen Mann, der in einem Hauseingang lag, der einzige Arme unter den vielen Menschen, aber nur für einen Moment, denn das Taxi bog in eine Auffahrt und rollte über eine Brücke, eine breite Straße lief am Fluß entlang, und sie sah große Dampfer – die »Queen Elizabeth«, sagte Brendan –, und dann ging es von der breiten

Hauptverkehrsstraße in eine andere, großartige breite Straße mit imposanten Gebäuden wie in der Gegend um den Buckingham-Palast. Das wäre das Viertel, in dem er wohnte, sagte er, und sie war sehr beeindruckt, denn bestimmt gehörte es zu den besten Wohngegenden New Yorks. Baldachine und sogar uniformierte Portiers. Warum hatten sie eigentlich kein Dienstmädchen, wenn sie in einer Gegend wie dieser wohnten. Wie wollte Jane genug verdienen, um die ganze Familie – sie einbezogen – zu unterhalten?

Jane – was ist sie wohl für ein Mensch?

»Wir sind da«, sagte er. »Zu Hause.«

Als sie aus dem Taxi stieg, blickte sie hoch, und dort über dem Oberfenster des Eingangs stand die Nummer 468. 468 Riverside Drive, eine Adresse, die sie tausendmal geschrieben hatte und die ihr so vertraut war wie ein Gebet. Aber jetzt waren es nicht nur Buchstaben auf einem Briefumschlag, jetzt war es ein richtiges Haus, ein Haus, in dem Brendans Frau sie oben erwartete, ein Haus mit einer dunklen Eingangshalle, in der abgeschabte, plüschbezogene Bänke standen, ein Haus, in dem es nach einem starken Desinfektionsmittel roch, und als sie den Lift verließen, standen vor jeder Tür übervolle Abfalleimer. Brendan ging voraus, stellte ihre Koffer ab und holte seine Schlüssel hervor. Hinter jener Tür wartete seine Frau. Hinter jener Tür.

Sie war nicht so groß, wie Mrs. Tierney sie sich nach dem Foto vorgestellt hatte; vielmehr ähnelte sie einer hübschen kleinen Zigeunerin. Das dunkle Haar zu einem Knoten hochgesteckt; sie trug eine weite dunkelrote Bluse sowie schwarze Hosen, die an den Hüften so eng waren, daß man darunter den Saum ihres Schlüpfers erkennen konnte. Sie hatte einen großen, lächelnden Mund, der sehr feucht war, wenn sie einen auf die Wange küßte. Sie wirkte schüchtern, gar nicht selbstsicher, jünger als Sheila und sogar jünger als Moira. Wie konnte man vor ihr Angst haben? Jane.

»Darf ich Ihnen den Mantel abnehmen, Mrs. Tierney? Hatten Sie einen guten Flug? Soll ich den Hut auch gleich mitnehmen? Ach, es ist wunderbar, Sie kennenzulernen. Und wie finden Sie Brendan? Hat er sich sehr verändert?«

»O ja, sehr – ich habe ihn zuerst überhaupt nicht wiedererkannt, als er auf mich zukam«, sagte sie lächelnd. »Und mit der Sonnenbrille hielt ich ihn zuerst sogar für einen Juden.«

Was war denn los? Jane sah Brendan an, als wäre sie geschlagen worden. Warum machten die beiden so merkwürdige Gesichter?

»Mama, Jane ist jüdischer Abstammung.«

»Oh!« Sie spürte, wie ihr das Blut in die Wangen stieg. »Oh, das tut mir sehr leid, Jane. Ich habe es nicht böse gemeint. Es war nur...« Aber das war es ja gerade. Wie konnte man eine solche Taktlosigkeit erklären?

»Nun komm«, sagte Brendan. »Jetzt wollen wir erst mal eine Tasse Kaffee trinken.«

Aber damit war die Sache nicht aus der Welt. Wütend über sich selbst, daß sie eine derartige Taktlosigkeit begangen hatte, war sie nun doppelt wütend auf Brendan, weil er ihr vorher nichts davon gesagt hatte.

»Hier entlang«, sagte er. »Und hier hinein.«

»Hier« bedeutete die Küche; sie aßen also in der Küche – wer hätte das gedacht? Aber irgend etwas mußte jetzt gesagt werden – irgend etwas –, um diesen schrecklichen Beginn zu verwischen. »Hübsch ist es hier«, hörte sie sich sagen. »Hübsch und hell. Ich habe schon gleich beim Herkommen bemerkt, wie klar der Himmel hier ist, so ganz anders als zu Hause.«

Lächelnd sah Jane sie an; es war das Lächeln einer Heldin, die jede Art von Blendwerk ablehnte. Brendan sagte irgend etwas Harmloses. Das Gespräch kam nur zögernd in Gang und schleppte sich mühsam dahin. Sie unterhielten sich über den Flug, über die Kinder, über New York, und es war wie die Begegnung dreier Fremder im Wartezimmer eines Zahnarztes, eine Unterhaltung, um sich die Zeit zu vertreiben, bis sich jeder auf diskrete Weise verabschieden konnte.

Und als sie Kaffee getrunken und ein bißchen Toast gegessen hatte, sagte sie, sie würde sich gern umziehen. Es sei so heiß gewesen im Flugzeug. Jane stand auf, versuchte dabei immer noch, nicht zu zeigen, was doch so offensichtlich war, und führte sie den Korridor entlang, um die Tür zu einem kleinen Zimmer zu öffnen, das weiß war wie ein Zimmer im Krankenhaus und in dem ein Bett, ein zerbrechlicher kleiner Frisiertisch und ein alter Lehnsessel standen und in dem es keine richtigen Vorhänge am Fenster gab. »Und dies«, sagte Jane, »ist Ihr Zimmer. Ich hoffe, es gefällt Ihnen.«

Brendan brachte ihre Koffer, und Jane erschien mit frischen Handtüchern. Und dann, nachdem sie sich bei den beiden bedankt hatte und sie ihr wiederum versichert hatten, daß man sich freuen würde, sie bald wiederzusehen, schloß sich die Tür, und sie war allein und lauschte den Schritten, die sich entfernten. Sie hörte sie flüstern; was sie sagten, konnte sie nicht verstehen.

»Es tut mir leid, Darling.«

»Sei nicht albern, Brendan. Leid zu tun braucht dir gar nichts. Es war schließlich nicht deine Schuld.«

»Sie hat es nicht böse gemeint, verstehst du; sie kann auch nichts dafür. Sie kennt eben keine Juden.«

»Dafür tut sie es jetzt.«

»Laß das doch, Jane, du bist keine Jüdin.«

»Ich bin zu einem Viertel Jüdin. Und deine Kinder sind zu einem Achtel Juden – vergiß das nicht. Was geschieht, wenn sie sie bis obenhin mit Antisemitismus vollstopft?«

»Das wird sie nicht. Ich werde mit ihr sprechen. Wir wollen doch gerecht sein, Darling. Vergiß nicht deine Großmutter Levinsky und was sie über die betrunkenen Gojim sagte.«

»Das ist etwas ganz anderes. Meine Großmutter hatte Grund dazu.«

»Deine Großmutter stammte aus einem rückständigen Milieu, und deswegen glaubte sie, alle Christen wären betrunken. Meine Mutter stammt ebenfalls aus einem rückständigen Milieu. Dieselbe Geschichte.«

»Verzeih, Brendan, aber es ist nicht dasselbe.«

»Also gut, was soll ich deiner Ansicht nach tun? Sie nach Hause zurückschicken?«

»Habe ich das gesagt? Habe ich irgend etwas davon gesagt? Habe ich nicht ständig gelächelt?«

»Pst! Ist sie das?«

Sie war es. Sie machte soviel Lärm wie möglich, als sie das merkwürdige Zimmer verließ, damit die unverständlichen Stimmen merkten, daß sie kam. Im Badezimmer schloß sie die Tür ab, zog dann ihre Bluse aus und wusch sich Hals und Schulter mit kaltem Wasser. Sie wollte nicht an das denken, was gerade mit Jane passiert war; sie wollte an etwas Nettes denken. Gleich würde sie ihre Enkelkinder kennenlernen, die einzigen Enkelkinder, die sie jemals zu sehen bekommen würde. (Wer würde jemals Sheilas Kinder in Australien zu Gesicht bekommen?) Ach, ich hoffe so, daß sie mich liebgewinnen, überlegte sie und dachte daran, daß Kinder alte Leute in der Regel nicht mochten. Ihre eigenen Kinder waren immer sehr widerstrebend gewesen, wenn Grattans Mutter, die alte Mrs. Tierney, sie besucht hatte. Komisch, sich vorzustellen, daß sie für Brendans Kinder genauso alt aussehen würde, wie die alte Mrs. Tierney es damals in Brendans Augen gewesen war. Aber ich bin schließlich auch so alt, überlegte sie. Das Wichtigste im Leben ist, daß alles zu seiner Zeit kommt; wie eitel war ich früher, wie glücklich, ein hübsches Mädchen zu sein; aber was hat das heute noch zu bedeuten? Heute bin ich jener alte Körper, den ich manchmal sehe, wenn ich in einem Geschäft zwischen zwei Spiegeln stehe, mit verzogenen Schultern und grauen Locken, die sich im Nacken dauernd selbständig machen. Welche Beziehung habe ich noch zu dem jungen Mädchen, das ich einmal war, zu der Frau, die ich einmal war, zu jener Eileen Moynahan, die ich doch in meinem ganzen Leben gewesen bin?

Sie war müde. Nach ihrer Uhr war es nachmittags fünf Uhr; hier in Amerika war es erst zwölf Uhr mittags. Sie begann, Hals und Gesicht abzutrocknen, und dachte dabei an die fünf Stunden, die sie gewonnen hatte. Wenn es so leicht wäre, Zeit zurückzugewinnen, dann würden die Leute wie der Fliegende Holländer für alle Zeit unterwegs sein. Aber der Fliegende Holländer war nur unterwegs, weil Gott ihn dazu verdammt hatte. Wie mich.

Was für ein Unsinn! Was stand sie hier im Badezimmer mit einem Gesicht, so lang wie ihr letzter Waschtag in der vergangenen Woche? Womit hatte sie eigentlich gerechnet – mit einem Picknick? Sie war doch wahrhaftig alt genug, um zu wissen, daß auf dieser Welt nichts vollkommen war und nie sein würde. Jetzt zieh deine Bluse wieder an, kämme dir die Haare und verziehe dein altes Gesicht zu einem Lächeln. Geh hinaus zu den anderen und rede.

Jane, die gerade weggehen wollte, um die Kinder vom Kindergarten abzuholen, kam aus der Küche und sah, daß ihre Schwiegermutter mit Brendan im Wohnzimmer saß. Als Studentin hatte Jane einmal eine Vorlesung über Bühnenbilder gehört, die ein sehr talentierter Kauz gehalten hatte. Zuerst hatte dieser Kauz eine kleine Modellbühne aufgebaut, sehr elegant, ganz Louis Quatorze. Um zu zeigen, wie sein Bühnenbild wirkte, begann er kleine Pappfiguren von Höflingen auf der Bühne hin und her zu schieben. Plötzlich aber stellte er mitten auf die Bühne eine winzige Figur mit einer Melone auf dem Kopf, die einen viktorianischen Schweinemetzger darstellte. »Sehen Sie?« hatte er kalt lächelnd gesagt. »Darauf müssen Sie immer achten. Sehen Sie sich diesen kleinen Mann an. Ein falscher Ton. Und wenn Sie nur einen einzigen falschen Ton haben, zerfällt Ihr ganzer Kosmos.«

Jener spöttische Kommentar und das Gelächter der Studenten fielen Jane jetzt ein, als sie in ihr Wohnzimmer blickte und dort, genau in der Mitte, jene alte Frau mit ihren unordentlichen grauen Locken sitzen sah, in dem schlecht passenden Kleid und den vernünftigen schwarzen Schuhen, eine Antisemitin mit irischem Akzent, die wahre Verkörperung der Anständigkeit, eine Babysitterin, die darauf wartete, nach Hause gefahren zu werden. Aber diese Frau konnte man nicht loswerden, indem man ihr fünf Dollar gab und noch einen Moment mit ihr darüber sprach, wann die Kinder zu Bett gegangen waren. Dieser falsche Ton war für ewig hier.

Brendan, der seiner Mutter gegenübersaß, sah keineswegs glücklicher aus, als Jane sich fühlte; aber schließlich war es, dachte Jane, seine Mutter, und es war noch keine zehn Minuten her, daß er versucht hatte, ihre unentschuldbare Bemerkung zu entschuldigen. Und wenn sie es recht bedachte, war dies der schrecklichste Aspekt dieser Heimsuchung. Nie mehr würde sie Brendan vertrauen können. Sie konnte ihm beispielsweise kaum klarmachen, daß sie sich beim Anblick seiner Mutter, die in ihrem eigenen Wohnzimmer saß, nahezu übergeben mußte – das ging doch jetzt nicht mehr? Er war ein Mann; und es gab Dinge, die nur eine andere Frau verstehen konnte.

Wieder blickte Jane auf Mrs. Tierneys unordentlichen grauhaarigen Kopf, und ihr war beinahe übel, als sie die Wohnung verließ, um die Kinder abzuholen.

Es war ein Uhr vorbei, als sie zurückkamen. Mrs. Tierney, die im Wohnzimmer saß, hörte, wie die Wohnungstür aufging. Hastige Schritte in der Diele. Der Junge kam zuerst herein. Er war vier Jahre alt; seine Haut war zarter als die einer Frau; seine Augen mit den dichten, langen Wimpern waren wunderbar groß. Und dennoch war alles schmutzig: das gelbe Spielhemd, die verschossenen blauen Hosen, die neuen blauen Segeltuchschuhe – alles verschmiert mit Fingerfarben. Seine Stimme war hell und schrill; sie entsprach genau dem unverhüllten Egoismus seines Alters. »Dad?« schrie er, als er in das Zimmer gerannt kam, über den Fußboden schlitterte und beim Anblick seiner Großmutter wie angewurzelt stehenblieb.

»Hallo, Liam«, sagte sie. Draußen im Korridor flüsterte eine Stimme. »Nein, ich will nicht, Mami«, und als Mrs. Tierney sich umdrehte, hörte sie Janes drängendes Flüstern und sah, wie das Kind widerwillig in das Zimmer geschoben wurde. Für ihre fünf Jahre war sie groß, ein plumpes Kind mit Sommersprossen, in einem Kleid, das bereits viel zu kurz war, und mit ihren mürrischen, unruhigen Augen starrte sie ihre Großmutter an, um sich dann zu Jane umzudrehen. »Kann ich jetzt mein Mittagessen haben?«

»Erst sagst du guten Tag!« befahl Jane.

»Guten Tag.«

»Guten Tag, Lisa«, sagte Mrs. Tierney.

»Mami, kann ich jetzt mein Mittagessen haben?«

»Gleich«, sagte Jane.

Der kleine Junge war inzwischen näher gekommen. »Sie ist noch älter als Willa Mae«, sagte er.

»Willa Mae ist eine Babysitterin, die manchmal zu uns kommt«, erklärte Brendan.

Mrs. Tierney lächelte. Sie stand auf. »Wartet mal, Kinder«, sagte sie. »Ich habe euch etwas mitgebracht.«

Sie ging in ihr Zimmer. Gnädiger Gott – amerikanische Kinder, jedes einzelne Wort, das man über sie hörte, stimmte. Wilde. Sie sahen Brendan gar nicht ähnlich (und der Mutter übrigens auch nicht). Der Junge war hübsch; Gott aber helfe dem armen Mädchen. Sie holte drei Päckchen aus ihrem Koffer und kehrte in das Wohnzimmer zurück. »Das hier ist für dich, Lisa. Und dies ist für dich, Liam.«

Und dann, schüchtern, denn plötzlich schien das Geschenk gar nicht angebracht zu sein, hielt sie das dritte Päckchen hin und sagte: »Nur eine Kleinigkeit, die ich noch im letzten Augenblick besorgt habe.«

Für Lisa hatte sie einen Pullover gestrickt; sie hoffte, er würde passen. Auch Liam hatte einen Pullover bekommen, außerdem jedoch noch ein Spielzeugauto, denn Jungen machten sich nichts aus Kleidungsstücken. Das Geschenk für Jane hatte sie nicht selbst gemacht, dafür hatte sie Geld ausgegeben, was sie sich eigentlich gar nicht leisten konnte. Es war ein Tischtuch aus irischem Leinendamast mit einem rosafarbenen Rosenmuster. Als sie sich jetzt in diesem Zimmer umsah, wußte sie, daß es nicht hierherpaßte. Jane sah nicht so aus, als servierte sie nachmittags Tee – ganz abgesehen davon, daß sie dazu bestimmt nie ein Tischtuch auflegte.

Jane öffnete die Schachtel, nahm das Tischtuch jedoch nicht heraus, sondern starrte auf das Muster und hielt Brendan dann die Schachtel hin, damit er es sich auch ansehen könnte.

»Wie reizend«, sagte sie. »Sieh doch, Brendan.«

»Ist das nicht irisches Leinen, Mama?«

»Ja. Es ist sogenannter Leinendamast.«

»Ich wußte gar nicht, daß es so etwas auch farbig gibt.«

»Bisher gab es das auch nicht«, sagte Mrs. Tierney. »Es ist eine ganz neue Art und sehr beliebt, wie der Verkäufer mir erklärte.«

Sie sah, daß Jane die Stirn kraus zog; ihr gefiel es also nicht. Sie mußte an den Einkauf bei Robbs in der Royal Avenue denken, wie sie dem Verkäufer gesagt hatte, daß sie lieber ein schlichtes weißes Tischtuch nehmen würde, aber der Verkäufer hatte ihr das andere aufgedrängt und gesagt, diese Art würde von allen Amerikanern gekauft.

»Ich könnte es gegen ein schlichtes weißes umtauschen, wenn es euch lieber ist«, sagte sie zu Jane.

»Aber nein – ich finde es sehr nett. Du nicht auch, Brendan?«

Er nickte. Beschämt wegen meines Geschmacks. Er betastete Lisas Pullover. »Hast du ihn selbst gestrickt, Mama?«

»Ja. Ich hoffe, er paßt.«

Das kleine Mädchen nahm Brendan den Pullover weg und hielt ihn sich an. »Er paßt«, sagte es. »Ich danke dir auch sehr, Granny.«

Mrs. Tierney hätte sie küssen mögen.

Später – Brendan war in die Stadt gefahren; Jane war in der Küche, wo die Kinder aßen – ging Mrs. Tierney wieder ins Wohnzimmer. Noch nie hatte sie einen Raum wie diesen gesehen: hölzerne Sessel mit Leinenbezügen, ein langes schwarzes modernes Sofa, Lampen, die sich wie Gänsehälse hochreckten und weit besser in das Sprechzimmer eines Arztes gepaßt hätten, an allen Wänden riesige Gemälde von kartoffelköpfigen Wesen, von Jane gemalt und mit ihrem Mädchennamen Jane Melville signiert. (War das ein jüdischer Name?) Bücher und Zeitschriften gab es in Unmengen, überall standen Aschenbecher und auf einem Nebentisch drei halbvolle Flaschen Alkohol. Trotz der großen Unordnung, trotz all der Dinge, die über das ganze Zimmer verstreut waren, erinnerte es eher an einen Raum auf der Bühne: Es war nicht real. Es gab nicht einen einzigen Gegenstand, der ein Familienerbstück hätte sein können, nicht einen Gegenstand, der aussah, als hätte er früher einmal jemand anderem gehört. Dabei erinnerte sie sich, den beiden als Hochzeitsgeschenk Silbersachen geschickt zu haben, erinnerte sich an einen silbernen

Taufbecher, den sie dem kleinen Jungen geschenkt hatte, und an eine große Vase, die Brendans Tante geschickt hatte; und von Janes Familie hatten sie doch bestimmt auch irgend etwas bekommen – Möbel oder sonst was? Wo war das alles? Hatten sie es versteckt oder verkauft? Schämten sich die Menschen in Amerika ihrer Vergangenheit?

Wenn das der Fall ist, überlegte sie, dann spricht diese Gegenwart, auf die sie so stolz sind, nicht gerade für ihren Geschmack. Kein Teppich auf dem Fußboden, bloß Kokosmatten, wie man sie in das Zimmer eines Dienstmädchens legen würde; Sofakissen aus billigem Baumwollcord und so weiter. Ganz zu schweigen von meinem eigenen Zimmer, das wie ein Krankenhauszimmer aussieht. Die ganze Wohnung ist so: modern, minderwertig und billig. Kein Wunder, daß er mir nie einen größeren Geldbetrag überwiesen hat und seine Frau jetzt zur Arbeit schickt. Er möchte ein Buch schreiben; sie wird Geld verdienen. Ich soll mich um die Kinder kümmern. Ja – ich soll ihm seine kleinen Heiden abnehmen. Hat er mich über den Ozean geholt, um mir zu zeigen, wo ich versagt habe?

Die Fremde, die meine Mutter ist, schläft. »Sie schläft«, hatte eine Stimme in der Telefonzelle von Eddys Bar zu mir gesagt. Ich konnte sie kaum verstehen, denn vier schon nicht mehr nüchterne Arbeiter von der U-Bahn saßen in der Nähe auf Hockern und unterhielten sich laut und betrunken über Baseball. Es war, als flüsterte mir jemand etwas zu, weckte mich nach einem Autounfall auf, und vor lauter Freude, daß ich noch lebte, verstand ich nicht, was die Stimme sagte. »Sprich lauter«, sagte ich in den Hörer. »Was hast du eben gesagt?«

»Sie ist schlafen gegangen«, erklärte Janes Stimme.

»Schlafen?«

»Ja. Schlafen. Vergiß nicht die fünf Stunden Zeitunterschied. Nach ihrer Uhr ist es jetzt elf Uhr nachts. Oh, Brendan, wo bist du? Warum bist du einfach weggelaufen? Schließlich ist sie deine Mutter.«

»Es tut mir leid«, sagte ich. »Aber ich konnte einfach nicht mehr mit ihr reden. Hör zu – ich trinke schnell mein Glas aus und springe in die U-Bahn.«

»Wann soll ich das Abendbrot machen? Paßt dir halb acht?«

»Ausgezeichnet«, sagte ich, obgleich ich insgeheim nicht glaubte, es bis dahin zu schaffen. Schließlich hatte mir Pat Gallery gerade drei Drinks spendiert; ich konnte ihn nicht einfach sitzenlassen. Abgesehen davon ist meine Freundschaft mit Dr. Patrick Hubert O'Sullivan Gallery sehr kompliziert. Gallery ist ein erfolgreicher Chirurg, der früher einmal Dichter war und jetzt, sozusagen als Hobby, eine kleine literarische Zeitschrift redigiert und zu einem Teil finanziert. Außerdem ist er Amerikaner irischer Herkunft, von unüberwindbarer Sentimentalität und erbitterter Loyalität, aber einer der wenigen Menschen in New York, die mich für einen Romancier halten, der vorübergehend als Journalist arbeitet, und nicht für einen Journalisten, der gelegentlich eine Kurzgeschichte schreibt. Das finde ich sehr tröstlich. Was ich keineswegs tröstlich finde, ist der übertriebene irische Dialekt, den er bei allen Unterhaltungen mit mir gebraucht. Als ich an die Bar zurückkehrte, verfiel er dieser Gewohnheit sofort wieder. »Na und?« sagte er. »Hast du sie gesprochen?«

»Das habe ich«, sagte ich und schämte mich für den unechten irischen Klang, der sich bei dieser Heimattümelei auch in meine Stimme schlich.

»Und?« forschte er weiter.

»Meine Mutter ist schlafen gegangen.«

»Na prima«, sagte er. »Kein Grund, sich darüber Gedanken zu machen. Hier. Gieß dir das hinter die Binde.«

Er beugte sich vor, um das randvolle Glas Martini zu ergreifen, und ich bemerkte – wie schon so oft –, wie schütter sein Haar trotz des schülerhaften Bürstenschnitts war. Mit der Exaktheit eines Chirurgen stellte er das Glas in meine Reichweite und wehrte ab, als ich bezahlen wollte.

»Nein«, sagte er. »Heute ist ein großer Tag in deinem Leben. Du bist jetzt organisiert. Die alte Mutter ist zur Stelle, um sich um die lieben Kinderchen zu kümmern, und die liebe Ehefrau auf und davon, um in der Werbegrafik ein paar anständige Dollars zu machen. Jeder von euch hat jetzt seinen festen Platz. Und eines Tages werde ich mich brüsten, dich schon damals gekannt zu haben.«

Er starrte mich mit glasigen Augen an, als hätte er gerade ein Krebsgeschwür in meinem Gesicht entdeckt; dann umschlangen seine Arme meine Schultern.

»Weißt du, warum ich das sage?« fragte er. »Ich sage es, weil du jetzt endgültig gezeigt hast, daß du die erste Bedingung eines Genies erfüllt hast. Kapierst du, was ich meine?«

Ich sagte, ich kapierte es nicht.

»Rücksichtslosigkeit«, sagte er. »Schiere, verdammte Rücksichtslosigkeit, das ist es. Bis jetzt hatte ich da bei dir meine Zweifel. Schön, schön, du hast Talent. Die Erzählungen, die du geschrieben hast, waren kein folkloristischer Quatsch, die waren gut. Tatsache aber bleibt, daß du ein junger Kerl mit dem Beruf eines Zeitungsschreibers warst, daß du verheiratet bist und zwei Kinder hast. Nicht ein Mal hast du Anzeichen für jene Zielstrebigkeit gezeigt, für jene Rücksichtslosigkeit, mit der der Fuchs seine Großmutter frißt, die jeder große Künstler besitzen muß. Gaugin setzte sich in die Südsee ab, und zum Teufel mit Freunden und Sippschaft. Oder nimm Arthur Rimbaud, der seiner Mutter ins Gesicht spie. Verstehst du, was ich meine? Aber du hast dich schon verändert.«

»Wieso habe ich mich verändert?« fragte ich ihn. »Habe ich mich nicht den ganzen Nachmittag in dieser Bar versteckt – aus Angst, meiner Mutter gegenübertreten zu müssen?«

»Schon – aber du hast sie doch herübergeholt, nicht wahr?«

»Ja.«

»Und deine Frau schickst du arbeiten, um dich und die Familie zu ernähren?«

»Ja.«

»Siehst du«, sagte er. »Genau das meine ich. Ich selbst könnte das in alle Ewigkeit nicht. Nimm mich...«

Er wollte immer, daß man ihn als Beispiel nähme.

»...Nimm mich zum Beispiel. Ich war früher einmal ein guter Dichter. Und meine Frau ist ein wahrer Schatz – ja, wirklich. Aber sie hatte sich in den Kopf gesetzt, Gallery, den Arzt, zu heiraten und nicht Gallery, den Dichter. Und bei Gott – von einem Dichter verlangt man, daß er um der Liebe willen alles aufgibt. Das habe ich getan. Ich habe die Dichterei aufgegeben. Du aber, du würdest doch so etwas nie tun, nicht wahr?«

»Nein«, sagte ich. »Das würde ich nie.«

»Eben«, sagte er. »Rücksichtslos, das ist genau das, was ich meine. Ich bin jetzt Chirurg, ich nehme die Leute auseinander. Ich bin ein verdammt eiskalter Chirurg, frag nur die Leute unten im Saint Vincent's Hospital, sie werden dir erzählen, daß ich eiskalt bin. Aber obgleich ich den Leuten den Bauch aufschneiden kann, bin ich immer noch ein ängstliches Kind. Nicht so wie du. Du bist heute hier reingekommen, kalkweiß wie die Wand, und hast mir erzählt, deine Mutter wäre gerade angekommen, und sie wäre für dich wie eine Fremde, und du machtest dir Gedanken, ob sie hier glücklich werden würde. Was habe ich bloß getan, sagtest du. Aber das war nur gespielt. Eigentlich ist es dir völlig egal. Du hast sie hergeholt, ohne dich jemals zu fragen, ob sie glücklich werden würde oder nicht. Und der einzige Grund, warum du jetzt Angst hast, ist der, daß du dir Sorgen machst, ob dein hübscher kleiner Plan auch funktionieren wird. In Wirklichkeit ist dir deine Mutter doch völlig egal. Du bist nur noch daran interessiert, dein Buch fertig zu bekommen. Und darum, Brendan, beneide ich dich.«

Glaubte ich ihm? Ein Teil von mir wollte es. Aber meine Mutter muß seit dem Tode meines Vaters sehr einsam gewesen sein: Hier hat sie wenigstens ihre Enkelkinder, hier wird sie wieder in einer Familie leben. Ich habe nicht nur aus egoistischen Gründen gehandelt, oder? Vielleicht doch?

»Etwas zu essen?« fragte Eddy und kam an die Bar. »Vielleicht ein paar Kartoffelchips?«

»Und noch zwei Martini«, sagte Gallery.

Ich stand auf. »Nicht für mich. Auf mich wartet ein Abendessen.«

Aber Gallery griff nach mir, packte meinen Arm und wandte Eddy sein vom Alkohol gerötetes Gesicht zu. »Dieser irische Hundesohn«, sagte er zu Eddy. »Dieser Sohn einer irischen Hündin hat endlich beschlossen, das zu tun, wozu der liebe Gott ihn in die Welt gesetzt hat. Schreiben! Und du und ich, Eddy, du und ich – wir werden eines Tages stolz auf ihn sein.«

Ich gebe zu, daß derartige Sprüche, mögen die Beteiligten nun betrunken oder nüchtern sein, Balsam für mein Gemüt sind. So sehr es mich anwidert, wie die Welt bedingungslos kapituliert, solchem Gerede kann ich zuhören, bis die Kühe nach Hause kommen. Aber selbst während ich mich in diesen warmen einfältigen Worten sonnte, sah ich jene ältere Fremde vor mir, die verloren an der Zollabfertigung stand, sah Janes Gesicht, als diese irische Stimme sagte: »Jude.« Ich bemerkte, daß es zehn nach sieben war, und ohne auf Gallerys Aufforderung zum Bleiben und Trinken zu achten, verabschiedete ich mich und ging auf die Straße hinaus. Die Tür der Bar fiel hinter mir zu. Eine Wolke warmer Luft wehte durch die Seventh Avenue, fuhr durch das flaumige Fell eines afghanischen Windhundes, der einen hochgewachsenen Homosexuellen nach Hause brachte, blähte die in Cellophan verpackten Anzüge auf, die ein vorüberkommender Botenjunge wie eine Trophäe in die Höhe hielt, preßte einer kleinen Sekretärin den Rock eng an die Hüften und wehte mir die Stirnlocke in die Augen, als ich die Treppe zur U-Bahn hinunterlief. Ich rannte hinunter, zwängte mich durch die klickenden Drehkreuze, lief eine weitere Treppe hinunter bis zum Bahnsteig, merkte plötzlich, daß mir die Martinis in den Kopf stiegen, und entdeckte mein Gesicht im Spiegel eines Süßwarenautomaten. War es ein rücksichtsloses Gesicht? War es das Gesicht eines van Gogh, der sich ein Ohr abschneiden würde? Oder war es das Gesicht eines zweiten Stephen Dedalus, der unmögliche Träume träumte, von Büchern in den Bibliotheken aller großen Städte einschließlich Alexandrien?

Da lief der Zug ein, und ich schob mich mit der Menge, schwankte im widerlich dichten Gedränge der zusammengepferchten Leiber, rannte über den Bahnsteig, um an der 96th Street in den richtigen Zug umzusteigen, geriet müde und erhitzt in Columbia mitten in die hinabstürzende Flut heimkehrender Studenten, um dann beim Betreten der Straße wieder auf den warmen Stadtwind zu stoßen, der mir die Stirnlocke in die Augen wehte. Ich ging nach Hause, rücksichtslos und entschlossen, meine Geliebten *ad majorem Brendan gloriam* zu opfern, zumindest bereit, endlich mein Lebenswerk zu beginnen.

Aber als ich den Schlüssel in der Wohnungstür umdrehte, tauchte sofort – wie Banquos Geist – meine Familienrolle auf. Eine Männerstimme sagte gerade: »Und jetzt ist es für die meisten von euch Zeit, ins Bett zu gehen.« Durch meine Jahre als *pater familias* wußte ich, daß es der Direktor vom Terrytoon Circus war und daß meine Kinder, wie es die Autorität des Fernsehens heischte, gehorchen würden, wie sie mir oder Jane niemals gehorchten. Ich hörte, wie Jane sagte, daß sie noch ein Glas Milch haben könnten, aber sie wünsche nicht, daß später noch jemand aufstünde, weil sie und Daddy gleich Abendbrot essen wollten. Ich fühlte mich erhoben und erleichtert. Ich war rechtzeitig nach Hause gekommen.

Dann fiel mir meine Mutter wieder ein. Ich ging den Korridor entlang. Die Tür ihres Zimmers stand einen Spalt offen, im Zimmer selbst aber brannte kein Licht. Ich mußte an unsere Fahrt im Taxi denken, als ich ihr erzählt hatte, daß meine Kinder nicht getauft seien. Ich erinnerte mich, wie sie den Kopf gesenkt hatte, als wäre ihr nicht wohl. O Gott, dachte ich, ich möchte sie nie wiedersehen. Ich wünschte, sie wäre nie gekommen.

Als mich diese Ängste übermannten, war mir, als hörte ich ihre Stimme, wenn sie mich in meiner Kindheit wegen meiner Angst, im Dunkeln nach oben zu gehen, ausschalt. »Los, Brendan. Da oben sind keine Teufel.« Vorsichtig stieß ich die Teufelstür ein wenig weiter auf. Im Lichtschein der Korridorlampe lag sie klein und reglos unter der Decke, das Gesicht mir zugewandt. Ein Haarnetz bedeckte das graue Haar. Ihre leicht gerötete Haut wirkte zart und mädchenhaft. Zum erstenmal seit Idlewild erkannte ich eine Verwandtschaft – diese Mutter erinnerte mich an jene junge Mutter, die einmal die meine gewesen war. Diese Frau hatte mich großgezogen. Wenn irgend etwas nicht stimmte, hatte sie dafür gesorgt, daß alles wieder in Ordnung gebracht wurde. Ich mußte mit ihr sprechen. Ich mußte ihr sagen, daß es mir leid täte, heute nachmittag vor ihr davongelaufen zu sein. »Mama«, sagte ich leise, »Mama?«

Ich lauschte. Zu hören war nur ein leises schnarchendes Geräusch.

»Mama?« sagte ich noch einmal.

Das Schnarchen verstummte. Ihre dunklen Augen öffneten sich, wurden vom Licht geblendet. Wieder überkam mich panische Angst. Schnell schloß ich die Tür.

Die Sonne drang durch die Bambusjalousie und tauchte das Zimmer in ein Halbdunkel. Mund und Nase waren wie ausgetrocknet. Mrs. Tierney wandte den Kopf auf dem Kissen und sah ihren kleinen Wecker neben der chinesischen Papierlampe. Fünf nach sechs. Sie streckte den Arm aus und griff nach ihrer Armbanduhr. Fünf nach elf. Das war irische Zeit. Hier würde noch kein Mensch aufgestanden sein. Aber da sie nun schon einmal wach war und sich ausgeruht fühlte – wäre es da nicht eine gute Idee, wenn sie aufstand und Frühstück machte? Sie erhob sich, ging ins Badezimmer, kehrte in ihr Schlafzimmer zurück und zog ein buntbedrucktes Kleid an, eigentlich ein wenig zu gut für die Hausarbeit – aber trotzdem. Warum sollte sie am zweiten Tag nicht hübsch aussehen? Leise ging sie in die Küche, wo sie nach einigem Hin und Her herausbekam, wie die Kaffeemaschine funktionierte. Als der Kaffee aufwallte, hatte sie den Tisch bereits gedeckt. Von irgendwoher kamen Kinderstimmen. Sie ging in das Kinderzimmer hinüber.

»Pst«, sagte sie warnend, als die beiden sie aus der hochgetürmten Unordnung ihrer Gitterbettchen anstarrten. »Wir werden jetzt zusammen Frühstück machen – als Überraschung für eure Mutter. Einverstanden?«

Fragend starrte der Bub seine Schwester an, und Lisa entschied, daß es ein hübsches Spiel wäre. Mit einem Quietscher war sie aus ihrem Bett heraus und zog sich an. Ein kleines Glücksgefühl durchströmte Mrs. Tierney. Es war so einfach, mit Kindern dieses Alters zurechtzukommen; man brauchte nur so zu tun, als wäre alles ein Spiel.

»Was gibt es bei euch denn so zum Frühstück?« fragte sie den kleinen Liam, als sie anfing, ihn anzuziehen.

»Mami kriegt Kaffee. Daddy und wir kriegen ein gekochtes Ei.«

Mrs. Tierney sorgte dafür, daß die beiden sich wuschen, und ging dann mit ihnen in die Küche. Als Jane, völlig verschlafen, beim Schrillen des Weckers aufstand und in die Küche ging, um Kaffee zu kochen, fand sie die drei bereits am Tisch sitzend. »Was ist denn hier los?«

Für einen Augenblick glaubte Mrs. Tierney, als sie in Janes dunkle Augen blickte – die groß waren wie die eines

Kindes, das gleich anfängt zu weinen –, du guter Gott, jetzt bin ich wieder mit beiden Füßen ins Fettnäpfchen getreten, was habe ich mir bloß dabei gedacht? Wenn ich mir vorstelle, was ich wohl getan hätte, wenn meine Schwiegermutter am zweiten Tag bereits meine Küche und meine Kinder in Beschlag genommen hätte.

Aber die kleine Lisa sagte: »Es soll eine Überraschung sein, Mami. Wir haben den Frühstückstisch gedeckt, weil es eine Überraschung sein soll.«

Und Jane lächelte. »Wirklich, ihr Süßen? Wie nett von euch. Vielen Dank.«

Das war also in Ordnung.

Trotzdem hatte Jane, wie sie Louise später berichtete, in jenem ersten Moment beim Betreten der Küche dasselbe Gefühl wie der Kommandant des Panzerkreuzers »Potemkin«, als er sich auf dem Achterdeck den meuternden Matrosen gegenübersah. Da saßen sie, Großmutter und Kinder, vollständig einig, alles vollständig im Griff. Einfach phantastisch. »Aber verstehst du«, sagte Jane, »plötzlich war ich überhaupt nicht mehr eifersüchtig – das heißt, wahrscheinlich doch ein ganz klein wenig –, aber im selben Augenblick, als ich merkte, daß alles in Ordnung war und die Kinder sie mochten, war ich glücklich. Wirklich. Natürlich mache ich mir immer noch Gedanken wegen ihres Antisemitismus und darüber, daß sie katholisch ist. Aber schließlich ist das ein Risiko, das man bei jedem auf sich nimmt, der sich um die Kinder kümmern soll. Und sie tut wirklich alles, um sich nützlich zu machen, und das ist schließlich die Hauptsache – findest du nicht auch? Zum Beispiel nahm ich sie am ersten Morgen mit in den Kindergarten, und schon am nächsten Morgen wollte sie die

Kinder allein hinbringen. Natürlich wollen Brendan und ich sie keineswegs drängen – ich meine, wir hatten eigentlich geplant, ihr zwei Wochen Zeit zu lassen, damit sie sich an New York gewöhnt und so weiter. Aber jetzt ist sie es, die keine Ruhe gibt. Und da Brendan seine Stellung am Freitag aufgibt, sehen wir gar nicht ein, warum wir alles noch hinauszögern sollen. Ich will damit sagen: Wenn du nichts dagegen hast, würde ich rasend gern schon nächste Woche mit der Arbeit anfangen.«

Das war es, was sie Louise auf der Party, die vier Tage nach der Ankunft von Mrs. Tierney stattfand, erzählt hatte; aber war das wirklich der Grund, warum sie aus der Wohnung weg und mit der Arbeit anfangen wollte? Wenn man mit Louise über derartige Dinge sprach, mußte man bedenken, daß Louise nie verheiratet gewesen war, daß sie sich in der Behandlung eines Psychiaters befand und offensichtlich erhebliche Schwierigkeiten in ihren Beziehungen zu Männern und Kindern hatte. Sie war der letzte Mensch auf der Welt, der verstehen würde, daß die Anwesenheit einer anderen Frau das Gleichgewicht der Dinge stören konnte. Abgesehen davon hatte Jane die Absicht, für Louise zu arbeiten. Sie wollte, daß Louise glaubte, es wäre alles in Ordnung.

Trotzdem, von Anfang an gab es diese wahnsinnig machenden kleinen Begebenheiten. Zum Beispiel die Sache mit dem Tee. Am Dienstag, dem Tag ihrer Ankunft, hatte Mrs. Tierney ohne Murren Kaffee getrunken. Am Mittwoch fragte Brendan sie, ob sie nicht lieber Tee tränke. »Ach Gott, eigentlich ja«, sagte Mrs. Tierney. »Aber es spielt wirklich keine Rolle. Ich meine, meinetwegen braucht ihr eure Gewohnheiten wirklich nicht zu ändern.«

Du lieber Himmel, dachte Jane, das ist ja geradezu lächerlich. Schließlich haben wir Tee im Haus. Sofort stand sie auf, fand ein paar Teebeutel, tat einen davon in eine Tasse und stellte den Kessel mit Wasser auf. »Ich kann leider die Teekanne nicht finden«, sagte sie zu Mrs. Tierney. »Wenn Sie irgendwann Tee trinken möchten, nehmen Sie einfach einen dieser Beutel. Aber irgendwo muß ich die Teekanne stehen haben. Brendan meint nämlich, Teebeutel seien scheußlich.«

»Ich habe sie nie probiert«, sagte Mrs. Tierney. »Ich bin aber überzeugt, daß sie gut sind.«

»Wissen Sie«, sagte Jane, »wenn Sie irgend etwas brauchen, möchte ich Sie bitten, von nun an nicht zu warten, bis man Sie fragt. Holen Sie sich, was Sie brauchen. Und wenn irgend etwas fehlt, werde ich es besorgen. Einverstanden?«

»Einverstanden.«

Als Jane an jenem Nachmittag nach Hause kam, wartete Mrs. Tierney im Wohnzimmer mit einem silbernen Teeservice, heißen, gebutterten Toast und kleinen Schnittchen auf sie. »Ich habe uns nur eine Tasse Tee aufgebrüht«, sagte Mrs. Tierney. »Die Teekanne habe ich in der Küche ganz oben in einem Regal entdeckt. Hoffentlich haben Sie nichts dagegen, daß ich sie in Gebrauch genommen habe.«

Das Service, das angelaufen und in Zeitungspapier eingewickelt gewesen war, als sie es zuletzt gesehen hatte, funkelte jetzt vorwurfsvoll. »Wissen Sie«, sagte Mrs. Tierney, während sie Tee eingoß, »als ich es fand, war es, als hätte ich einen alten Freund wiedergefunden. Es hat einmal meiner Mutter gehört, und ich dachte immer, ich hätte es Sheila geschickt.«

»Aber nein, Sie haben es uns zur Hochzeit geschenkt«,

sagte Jane. »Ich hätte rechtzeitig daran denken sollen. Aber es war so bezaubernd, daß ich es nie in Gebrauch nehmen mochte.«

»Aber meine Liebe – was man besitzt, soll man auch benutzen. Nach dem Tode meines Mannes starrten mich die Dinge immer vorwurfsvoll an, die ich weggestellt hatte. Und ich weiß noch, wie ich mir sagte: Was nutzen sie mir jetzt; warum habe ich mich nicht an ihnen gefreut, als ich es noch konnte.«

Sie klang in diesen Dingen so sanft, so abgeklärt, daß Jane nie ganz sicher war, ob sie das Service ausgegraben und auf Hochglanz poliert hatte, um ihr einen Vorwurf zu machen. Gerade das aber reizte Jane am meisten an ihrer Schwiegermutter: Man wußte nie genau, was Zufall war und was nicht. Es war wie die Sache mit dem Staub. Am Tag nach Mrs. Tierneys Ankunft hatte Jane auf dem Fensterbrett eine Staubschicht entdeckt, und weil sie fürchtete, daß Mrs. Tierney sie ebenfalls bemerkt haben könnte, sagte sie etwas über die Schwierigkeit, in New York eine Wohnung sauberzuhalten. Gut. Bereits am nächsten Morgen überraschte sie ihre Schwiegermutter dabei, wie sie, ein Staubtuch in der Hand, die Rahmen der Bilder abwischte und sich bemühte, die Lampenschirme von innen zu säubern. »Ach, Jane – wie recht Sie mit dem ewigen Staub haben. Es muß schrecklich sein, alles sauberhalten zu wollen.«

War es ein Vorwurf, oder ging es lediglich darum, daß diese Frau nicht stillsitzen konnte? »Kann ich Ihnen irgendwie helfen, Jane? Kann ich irgend etwas für Sie tun?« Oder schlimmer, viel schlimmer: Wenn Jane sich endlich in Ruhe hingesetzt hatte, um die *New York Post* zu lesen, dann tönte aus der Küche das Klappern von Tellern oder das plötzliche Rumpeln der Waschmaschine. »Nein, nein – bleiben Sie sitzen«, ertönte dann Mrs. Tierneys Stimme. »Lesen Sie erst die Zeitung zu Ende, lassen Sie mich das machen.«

Aber alles konnte man ihr nicht überlassen. Und das bedeutete, daß Jane gezwungen war, bei einer ganzen Reihe kleiner Arbeiten zu helfen, die sie sonst nicht getan hätte. Irgend etwas mußte geschehen. Morgen – Freitag – war Brendans letzter Tag im Büro, und wenn Jane sich jetzt beklagte, konnte es so aussehen, als versuche sie, sich zu drücken, und bei Gott, das war Unsinn, sie wollte sich nicht drücken. Wenn er nur ahnte, wie aufgeregt sie war bei dem Gedanken, ab nächsten Montag in der Werbeabteilung des Verlags »Vanity Magazines« zu arbeiten und endlich wieder etwas Schöpferisches zu tun – nach fünf Jahren Park, Kinderwagen und Windeln. Nein, es ging gar nicht darum, daß sie sich drücken wollte, sondern nur darum, daß er seiner Mutter klarmachte, was von ihr erwartet wurde und was nicht. Aber diplomatisch mußte es ihr beigebracht werden.

Als Brendan an jenem Abend nach Hause kam, zog Jane ihn daher ins Schlafzimmer und versuchte, es ihm zu erklären. Diplomatisch. »Ich weiß, daß sie es gut meint, Darling«, sagte Jane. »Aber es wird mir einfach zuviel. Es ist, als hätten wir eine Putzfrau in der Wohnung, die nicht genügend zu tun hat. Wenn ich sie sehe, habe ich immer ein schlechtes Gewissen – verdammt noch mal.«

»Aber sie versucht doch nur, dir behilflich zu sein«, sagte Brendan. »Wahrscheinlich macht das alles sie genauso nervös wie dich. Laß ihr noch ein paar Tage Zeit, und alles wird sich einspielen.«

»Einspielen worauf? Auf einen permanenten Frühjahrsputz? Wirklich, Darling ...«

»Pst.«

»Und noch etwas. Fällt dir nicht auf, daß wir hier wie zwei kleine Kinder miteinander flüstern? Schließlich ist es unsere Wohnung, nicht ihre. Warum müssen wir flüstern? Ich meine, dauernd ist sie im Wohnzimmer und sitzt da einfach rum. Gestern saß sie den ganzen Abend da. Ich konnte nicht mal lesen, verdammt noch mal.«

»Gut – aber was soll ich dabei tun?« sagte er. »Ich kann ihr doch nicht sagen, sie soll verschwinden und sich in ihr Zimmer setzen – oder?«

»Sie könnte da drüben fernsehen. Du könntest doch den Apparat in ihr Schlafzimmer stellen.«

»Also gut.«

»Aber sei nett zu ihr«, sagte Jane. »Sie darf nicht auf den Gedanken kommen, sie sei hier unerwünscht.«

»Keine Sorge«, sagte er. »Komm jetzt. Es ist Zeit für einen Drink.«

Das war für Jane normalerweise der wirklich gesegnete Augenblick des Tages. Die Kinder waren aus dem Weg, weil sie vor dem Fernsehapparat saßen, und meistens aßen sie und Brendan vor dem Abendessen noch eine Kleinigkeit, während er ihr erzählte, was in der Redaktion wirklich los gewesen war. Aber es stimmte tatsächlich, mit diesem falschen Ton in blumig bedruckter Kunstseide mitten im Zimmer zerbröckelte der Kosmos. Statt daß sie sich miteinander unterhielten, hielt Brendan einen vollkommen öden und langweiligen Vortrag über New York, während seine Mutter idiotische Fragen über Amerika stellte und beide solange über Hinz und Kunz redeten, bis Jane das Gefühl hatte, laut schreien zu müssen. Aber kaum war Jane in die Küche geflohen, da erschien Mrs. Tierney lauten Schrittes ebenfalls dort und fragte: »Kann ich Ihnen helfen, Liebes? Kann ich irgend etwas tun?«

Nach dem Abendbrot war es sogar noch schlimmer. Jane hatte Jahre gebraucht, bis sie Brendan angewöhnt hatte, ihr beim Abwaschen zu helfen. Seine Mutter machte diese Mühe im Handumdrehen zunichte. »Laß das, Brendan, gib mir das Geschirrtuch. Geh nach vorn und setze dich hin. Laß mich das machen.«

Er ließ sie, und wieder einmal blieb Jane mit ihr allein. Nach dem Abendbrot, als sie und Mrs. Tierney die Kinder zu Bett gebracht hatten, kamen sie wieder ins Wohnzimmer. Brendan las.

»Darling«, sagte Jane, »vielleicht möchte deine Mutter irgend etwas im Fernsehen anschauen?«

»Stimmt das, Mama?«

»O ja, das wäre schön.«

»Wir könnten den Apparat in Ihr Zimmer stellen«, sagte Jane.

»Aber ich möchte ihn keinesfalls in Beschlag nehmen«, sagte Mrs. Tierney. »Vielleicht wollt ihr beide auch etwas ansehen?«

»Wir sehen uns im Fernsehen nie etwas an«, sagte Jane.

»Schön, in diesem Fall...«

»Ich bringe ihn zu dir hinüber«, sagte Brendan. Er ging ins Kinderzimmer, holte den Fernsehapparat und trug ihn in Mrs. Tierneys Schlafzimmer. Dann kehrte er zu Jane zurück.

»Zufrieden?« fragte er.

Warum tat er bloß immer so, als hätte sie an allem schuld?

Ich hatte immer einen Traum, in dem ich, der demütige Redaktionssklave, die Korridore jenes Gebäudes, in dem ich beschäftigt war, zum letztenmal entlanggehe. Aus den winzigen Büros dringt ein Murmeln, als ich am Tisch der Empfangsdame vorbeigehe und das Büro des Chefredakteurs Mackinley Downes betrete. Das Murmeln verstärkt sich, als Downes' Stimme ertönt: zuerst vorwurfsvoll, dann flehend. Er bietet mir eine Gehaltserhöhung an; er malt ein farbenfrohes Bild meiner möglichen Zukunft bei der Zeitschrift, und schließlich – ein letzter Versuch, mich zu halten – schlägt er mir einen einjährigen Urlaub vor. Ich ignoriere seine sämtlichen Angebote. Ich kündige. Neidische Blicke folgen mir, als ich zum Aufzug schreite, den Scheck meiner Abschiedsprämie in der Hand.

Aber die Wirklichkeit gestern deckte sich nicht mit meiner Phantasievorstellung. Niemand blickte auf, als ich die Korridore entlangging, und als ich Downes' Büro betrat, sagte die Empfangsdame, ich müsse warten. Als ich dann schließlich zur Audienz vorgelassen wurde, forderte Downes mich mit einer Handbewegung zum Sitzen auf, beendete ein Telefongespräch, und dann lehnte er sich – groß, dürr und lässig – in seinen roten Ledersessel zurück, blickte mich erstaunt an und sagte: »Also?«

Armseliger kleiner Tierney mit der Stirnlocke, an der er ständig zupfte. »Ich bin nur gekommen, um mich zu verabschieden, Mr. Downes.«

»Ah so«, sagte er. »Richtig, Sie wollen uns verlassen, nicht wahr?«

»Ja.«

»Ja«, sagte er. »Harkness hat es mir gesagt. Er redete davon, daß Sie ein Buch schreiben wollen, nicht wahr?«

»Das stimmt.«

»Und wie lange sind Sie jetzt bei uns gewesen? Vier Jahre?«

»Fünf.«

»Aha. Und Sie wollen also ein Sachbuch schreiben?«

»Einen Roman.«

»Aha. Haben Sie schon einen Verleger, eine Option oder sonst irgend etwas für Ihr Buch?«

»Nein, noch nicht.«

Kaum merklich schüttelte er den Kopf, dieser Mr. Weltweise, der sich über die Torheit eines jungen Mannes wunderte, beugte sich dann nach vorn und drückte auf den Knopf der Sprechanlage auf seinem Tisch. »Suzy«, sagte er in den Kasten. »Rufen Sie bitte die Buchhaltung an, sie sollen für Brendan Tierney einen Prämienscheck über fünfhundert Dollar ausstellen. Ja, sofort.«

Er schaltete das Sprechgerät aus.

»Vielen Dank, Mr. Downes«, sagte ich.

Wieder schüttelte er den Kopf, als wolle er mich berichtigen. »Nein, nein, Sie brauchen sich nicht zu bedanken, das ist hier so üblich. Einhundert für jedes Jahr, das Sie bei uns waren. Wie lange wird es denn voraussichtlich dauern, bis Ihr Buch fertig ist?«

»Das weiß ich nicht. Ich hoffe, daß ich es in sechs oder sieben Monaten schaffe.«

»Aha. Also gut, kommen Sie mal wieder vorbei, wenn Sie es geschafft haben. Man weiß ja nie – vielleicht haben wir dann gerade irgend etwas für Sie. Wenn nicht in der Redaktion, dann vielleicht auf Vertragsbasis.«

»Vielen Dank.«

Die Unterhaltung war beendet, und plötzlich merkte ich, daß ich nicht mehr bei ihm angestellt war. Ich war ungebunden, aber auf einmal hatte ich keine Lust, einfach wegzugehen. »Vielleicht brauchen Sie noch irgendwelche Angaben über die letzte Arbeit, an der ich gesessen habe?« sagte ich zu ihm.

»Darüber reden Sie am besten mit Harkness. Sonst noch etwas?«

»Nein, Mr. Downes.«

»Es war nett, daß Sie gekommen sind«, sagte er und stand dabei auf.

Unbemerkt ging ich durch die Korridore zur Buchhaltung hinauf und holte Downes' Abschiedsgeschenk ab, das etwa zweihundert Dollar mehr betrug, als ich erwartet hatte. Überaus fröhlich war ich gerade nicht. Ganz im Gegenteil. Ich kehrte zu meinem Schreibtisch zurück, packte ein paar gestohlene Bürosachen in mein kleines Köfferchen und fing an, mich der Reihe nach von meinen Kollegen in ihren winzigen Zimmern zu verabschieden. Ich hatte rechtzeitig dafür gesorgt, daß jeder wußte, ich würde heute weggehen. »Du verläßt also diesen Puff«, sagten sie. »Jetzt stehst du also auf eigenen Füßen, was, Brendan?« Sie schüttelten mir die Hand, sie lächelten, redeten davon, man müsse einmal gemeinsam zu Mittag essen. In Kontakt bleiben, sagten sie. Aber niemand hatte eine Abschiedsparty organisiert; nicht einer lud mich zu einem Abschiedsdrink ein. Sie hatten viel zu tun; sie mußten mit ihrem »Buch« fertig werden. Um drei verschwand ich, etliche Stunden vor Büroschluß. Sobald ich draußen war, hatte ich das Gefühl, nie dort drinnen gearbeitet zu haben.

Ich ging nicht nach Hause. Ich ging ins Village, in das kleine muffige Zimmer in einem Etagenhaus, das Max und ich vor einem Monat während eines unserer ziellosen Spaziergänge entdeckt hatten. Auf einem alten Tischgestell stand dort meine Schreibmaschine, und auf einem Schreibtisch lagen einige Bleistifte. Auf dem Regal über dem winzigen verschmierten Fenster standen Aktenordner, die

die Entwürfe und einige Kapitel jenes Romans enthielten, der jetzt meine ganze Hoffnung ist. Ich packte die gestohlenen Bürosachen aus und legte sie ordentlich auf den Tisch. Ich mußte sofort anfangen. Aber – o Gott, o Gott – werde ich es schaffen? Werde ich in der Lage sein, mich durch Worte an der Vergangenheit zu rächen? Ich setzte mich an den Tisch, schlug einen Aktenordner auf und begann, die ersten Kapitel zu lesen. Wie verworren, wie flach und abgestanden wirkten sie. Worte, keine Welten. Jesus, warum hatten meine Klassenkameraden damals nicht meinen ganzen lächerlichen Ehrgeiz in dem Brunnen ersäuft? Wenn ich mich nun irre, wenn ich etwas anfange, dem ich nicht gewachsen bin – übernehme ich dann nicht die verächtlichste aller Rollen? Denn was ist verächtlicher als der falsche Künstler, der eine absurde Pose annimmt, während er seine bedeutungslosen Unwahrheiten ausspeit? Welches Schauspiel ist demütigender als das Leben dieser Dorf-Rimbauds, die besudelt vom Erbrochenen, geistiger Fälschung, ihr Genie und ihre Reinheit mit Mündern verkünden, in denen die faulen Zähne starren. Werde auch ich einer von ihnen?

Ich konnte nicht lesen; ich konnte nicht schreiben. Ich verließ mein Arbeitszimmer und schlenderte zum Washington Square, mischte mich in der Nähe des Brunnens unter die angeblichen Volkssänger, die jungen Brooklyn-Bardots, die traurig aussehenden schwarzen Analphabeten mit den kleinen Bärten, die Kaffeehauspoeten, die sich an die neueste Ausgabe einer ungebildeten Beat-Zeitschrift klammerten, unter die wenigen Hinterbliebenen der zwanziger Jahre, Hemingway- und Pound-Imitatoren mit grauen Bärten in den aufgedunsenen Säufergesichtern, unter die abstrakten Schmierfinken, die mit ihren neuesten

Werken, mit denen sie das Gekritzel anderer kopiert hatten, in irgendwelche Kellergalerien eilten. Und dort begegnete mir das Leidensbild meiner eigenen Angstvorstellungen, dort kam mir auf dem Gehsteig Pelardy entgegen, Hand in Hand mit dem unvermeidlichen sechzehnjährigen Mädchen.

Er trug ein weißes Tennishemd, weite weiße Leinenhosen und weiße Segeltuchschuhe. Sein gebräuntes Gesicht hatte die Farbe einer guten leichten Zigarre, so daß er auf zwanzig Schritte Entfernung ebenso alt oder vielleicht sogar jünger aussah als ich. Seine ganze Kunst liegt in diesem Aussehen, denn er ist bereits über vierzig, Werbetexter von Beruf, und abends als Lehrer in Kursen für kreatives Schreiben tätig. Ein Zuhälter aus dem Village, dessen Ruhm sich auf vier veröffentlichte Erzählungen und einen noch zu erwartenden Roman gründet, von dem er großzügig behauptet, er werde das Gewissen unserer Zeit neu formen. Im Bewußtsein, daß auch Redakteure und Verleger gegenüber dem nationalen Jugendkult nicht unempfänglich sind, ist es ihm unterdessen gelungen, als der ewig Neunundzwanzigjährige aufzutreten. Kennengelernt hatten wir uns auf einer Party bei David Dortmunder. Im Vorübergehen winkte er mir zu.

»Tag, Brendan.«

»Tag.«

Sie gingen weiter. Ich hörte noch, wie er zu dem Mädchen sagte: »Das war ein irischer Dichter, ein Enkel von O'Casey. Ein Versager.«

Werde auch ich mit vierzig Jahren – ein angeblicher Literat, der von seiner Frau ausgehalten wird, dessen Roman immer noch ein Versprechen und noch nicht abgeliefert ist – durch die Straßen des Village wandern und schillernde Lügen über andere unbedeutende Leute erfinden, um irgendeinem gläubigen Kind zu imponieren?

Denke an Max Bronstein, sagte ich mir immer wieder. Max war auch ein Versager aus dem Village. Max hat weniger Talent als du, und doch ist er aus dem Käfig belangloser Beschäftigungen ausgebrochen. Denke an Max. Aber diesmal funktionierte das Denken an Max nicht. Statt dessen sah ich, während ich zur Seventh Avenue und meiner U-Bahn ging, das leichte hoffnungslose Kopfschütteln Mackinley Downes' vor mir, als er auf den Knopf der Sprechanlage drückte und die Anordnung gab, den Scheck für mich auszustellen. Selbst die fünfhundert Dollar konnten mich nicht aufmuntern. In meiner schwarzen Stimmung kam es mir vor, als ob diese fünfhundert Dollar das letzte Bargeld waren, das ich verdient hatte.

Und dann, o Gott, als ich abends nach Hause kam: Meine Mutter war im Zimmer der Kinder und las ihnen ein Kapitel aus *Pu der Bär* vor. Das Abendbrot der Kinder stand auf dem Herd. Die Wohnung war so sauber, als wäre die Putzfrau gerade gegangen. Von Jane war weit und breit nichts zu sehen.

»Wo ist Mammi?« fragte ich Lisa.

»Im Badezimmer, Daddy.«

Badezimmer war gleichbedeutend mit Tränen. Warum auch nicht? Der ganze heutige Tag war scheußlich gewesen. Ich klopfte an die Badezimmertür und hörte Wasser plätschern. Einen Augenblick lang wagte ich zu hoffen, daß alles in Ordnung wäre. Vielleicht nahm sie nur ein Bad. »Jane?«

Wieder plätscherte Wasser. Sie öffnete die Tür, nackt und naß, das Haar auf Lockenwickler gedreht. Das Badezimmer hinter ihr war vom Wasserdampf erfüllt; alle Spiegel waren beschlagen. Meine Hoffnungen stiegen, bis ich ihr Gesicht sah; es hatte den mürrischen Ausdruck eines Kindes, das gerade ein anderes Kind verprügelt hat und genau weiß, daß es jetzt dafür bestraft wird. »Komm rein«, sagte sie. Ich trat in das Badezimmer, schloß die Tür und sah zu, wie sie wieder in die Badewanne stieg und langsam unter dem Seifenschaum verschwand, während ihre lackierten Fußnägel aus dem Wasser auftauchten. Sie starrte die Fußnägel an.

»Was ist los?« sagte ich.

»Nichts. Können wir unseren Drink heute abend nicht hierher verlegen?«

»Bist du verrückt? Hier ist es stickig wie in einem Backofen.«

»Es hat aber seine Vorteile. Man wird in Ruhe gelassen.«

»Ach, du lieber Gott«, sagte ich. »Nun erzähle nur nicht, daß du dich mit Mama gestritten hast.«

»Nicht gestritten. Sie hat nur alles an sich gerissen, wie üblich. Ich werde nicht mehr benötigt.«

Ich setzte mich auf den Klosettdeckel. »Nimm es nicht so tragisch«, sagte ich. »Ich habe heute auch einen lausigen Tag hinter mir.«

»Was ist passiert? Hast du die Prämie nicht bekommen?«

»Doch. Fünfhundert.«

»Aber das ist doch sehr viel mehr, als du erwartet hast. Worüber beklagst du dich denn?«

»Ich beklage mich nicht. Ich mache mir Sorgen.« Und dummerweise erzählte ich ihr von meiner Unterhaltung mit Downes und von meinen Befürchtungen wegen des Buches. Dummerweise, sage ich, weil sie sich sofort in der Badewanne aufrichtete und fragte: »Was soll das heißen? Glaubst du etwa nicht, daß dein Roman ein Erfolg wird?«

»Ich hoffe es. Wissen tue ich es nicht.«

»Wissen tust du es nicht! Ist dir eigentlich klar, daß wir in einer völlig aussichtslosen Situation sitzen, wenn dein Buch nicht ein riesiger Erfolg wird?«

»Wieso völlig aussichtslos?«

»Immerhin geht es um dich und um mich und um deine Mutter. Ich will gar nicht behaupten, daß sie schuld hat, aber siehst du denn nicht, daß sie für den Rest ihres Lebens bei uns bleiben wird, wenn du mit diesem Buch nicht eine Menge Geld verdienst? Stimmt das etwa nicht?«

»Doch – wahrscheinlich.«

»Dann laß dir bitte nicht einmal im Traum einfallen, daß der Roman keinen Erfolg haben wird. Und jetzt gehe bitte und hole uns einen Drink.«

Ich rührte mich nicht. »Und dabei warst du es, die immer sagte, du glaubtest an mich«, sagte ich. »Du warst diejenige, die immer von meinem Talent redete.«

»Aber ich glaube doch immer noch an dich, Brendan.«

»Das tust du nicht. Du willst bloß, daß ich einen verdammten Bestseller schreibe. Geld – mehr interessiert dich nicht. Wir haben nicht mehr die gleiche Wellenlänge, oder? *Et tu*, Jane.«

Im gleichen Augenblick erkannte sie ihren Fehler, und mit weiblicher Arroganz sah sie nur eine Möglichkeit, ihn wieder aus der Welt zu schaffen. Gib dem Jungen ein Bonbon. Sie stieg aus der Badewanne, trocknete sich Brüste und Bauch mit einem Badetuch ab, ließ das Badetuch zu Boden fallen und trat dicht an mich heran, die nassen

Arme um meinen Hals gelegt, die Lippen zu einem Kuß dargeboten.

»Es tut mir leid, Darling«, murmelte sie. »So habe ich es nicht gemeint.«

Ich konnte jedoch nur denken, daß keine Frau dieser Welt für einen Mann attraktiv ist, wenn sie Lockenwickler im Haar hat. Ich wollte sie nicht einmal küssen, aber schließlich bin ich verheiratet. Ich küßte sie. »Komm«, sagte ich. »Wir bringen jetzt die Kinder zu Bett, und dann holen wir uns etwas zu trinken.«

»Um die Kinder kümmert sich deine Mutter bereits«, sagte sie und biß leicht in mein linkes Ohr. »Los – leg dich auf den Fußboden.«

»Aber hier drinnen ist es so verdammt stickig. Ich bin ganz schlapp.«

Wieder küßte sie mich. »Fünfhundert«, sagte sie. »Das ist großartig, Darling.«

»Ja, das ist es. Jetzt zieh dich an und nimm die verdammten Lockenwickler aus dem Haar.«

»Das geht nicht. Heute abend ist doch die Party bei Dortmunder. Mein Haar ist noch nicht trocken.«

»Müssen wir denn zu Dortmunder gehen? Mir ist gar nicht danach.«

»Aber mir. Uns bleibt nur die Wahl hinzugehen oder mit deiner Mutter zusammenzuhocken. Abgesehen davon habe ich Louise aufgefordert, uns zu begleiten.«

Louise! Louise widerte mich an, aber es war nicht der richtige Zeitpunkt für eine Auseinandersetzung.

»Also schön«, sagte ich. »Aber beeile dich um Himmels willen. Zieh dich an. Ich hol' uns inzwischen etwas zu trinken.«

Ich nahm ihre Arme von meinem Hals und verließ das

Badezimmer. In der Küche fand ich meine Mutter vor, die im Spülbecken Teller abwusch. Ich ging an ihr vorbei zum Eisschrank, um Eiswürfel zu holen, und dabei fielen mir zwei Ringe auf, die meine Mutter vor dem Abwaschen abgenommen hatte. Der eine war ihr Ehering; der andere war der Siegelring eines Mannes. Ich nahm ihn hoch, strich mit dem Daumen über die eingravierten Initialen CGT: *Compagnie Générale Transatlantique*. Dann fiel mir mit schlechtem Gewissen ein, daß der Ring meinem Vater gehört hatte, daß die Buchstaben die Abkürzung für Charles Grattan Tierney waren. In meinen Augen ein Hinweis darauf, wie wenig ich von meinem Vater wußte. Ich wandte mich an Charles Grattan Tierneys Witwe, die leicht gebeugt über dem Spülbecken stand und eine Pfanne mit Stahlwolle bearbeitete. Wie hätte sich mein Vater wohl einer nackten, liebebedürftigen Frau gegenüber verhalten, die Lockenwickler im Haar hatte?

»Mama«, sagte ich plötzlich, »wie war Vater eigentlich?«

Ihre Hand zögerte eine Sekunde, nahm dann aber ihre Arbeit wieder auf. »Dein Vater?« sagte sie.

»Ich meine, war er mir irgendwie ähnlich?«

Wieder das flüchtige Zögern; sie starrte die Innenseite der Pfanne an. »Ja«, sagte sie. »Du erinnerst mich oft an ihn.«

»Wieso?«

»Nun ja – du bist sehr unnachgiebig in deinen Ansichten. So war er auch.«

Stimmte das? Woher sollte ich es wissen? Mein Vater hatte mit neununddreißig Jahren geheiratet und wäre heute neunundsiebzig, wenn er noch lebte.

Mein Vater, so erinnerte ich mich, ging gern spazieren.

Er war auch gern an der Küste. Ich sehe ihn noch in weißen Leinenhosen und blauem Jackett, zu dem er die schwarze Baskenmütze trug, die er sich in Lourdes gekauft hatte: eine auffallende, schwere und elegante Gestalt inmitten des lärmenden Treibens auf der Promenade von Portstewart. Als Medizinstudent hatte er eine Wanderung durch die norwegischen Berge gemacht, und zu Hause auf dem Dachboden hatte noch der Stock eines Schäfers mit eiserner Spitze gestanden, auf dem »Halverson, Trondheim« eingeschnitzt war. Auf dem Dachboden hatte außerdem eine Tasche mit altmodischen Golfschlägern gestanden, ferner hatte ich dort einen Satz Laubsägewerkzeug gefunden und viele Schalen und Schüsseln zum Entwickeln fotografischer Aufnahmen. Als ich meinen Vater jedoch kennenlernte, hatte er diese Dinge bereits aufgegeben. Er las sehr gerne. Einmal in der Woche schickte er Sheila oder mich mit einer großen Aktentasche voller Bücher in die Leihbücherei, um sie umzutauschen. Er bewunderte Hilaire Belloc, Maurice Baring und Shakespeare und interessierte sich für einige Stücke Bernard Shaws; Bücher von Clarence E. Mulford, A. E. W. Mason, W. W. Jacobs und Sir Arthur Quiller-Couch machten ihm Freude. Er verabscheute die Werke von Somerville und Ross (eine Verhöhnung Irlands), von James Joyce (ein Schmutzfink), von Oscar Wilde (ein Lump) und von John Millington Synge (ein Schwätzer). In den Jahren bevor er die Leihbücherei entdeckt hatte, hatte er das Haus mit antiquarisch gekauften Büchern gefüllt, und ganz hinten in einem Regal hatte ich einmal die billige Ausgabe eines pornographischen Buches entdeckt. Er war *Grand Knight of Columbus* und hielt sich selbst für einen großartigen Redner. Außerdem war er Mitglied des *Royal College of*

*Surgeons* und unterschrieb auch gern mit diesem Titel. Für Versager empfand er nicht das geringste Mitgefühl. Seine Söhne redete er mit »Sir«, seine Töchter mit »Miss« an. Wenn ich aufsässig war, pflegte er zu sagen: »Sieh mich nicht in diesem Tonfall an, Sir!« Dieser Ausspruch wurde in der Familie geradezu sprichwörtlich.

Jeden Abend um sechs und dann noch einmal um neun hörte er die Nachrichten der BBC. Als Mussolini und Franco den Höhepunkt ihrer Macht erreicht hatten, redete er immer nur Gutes über sie; das galt jedoch nicht für Hitler, den er für einen Schuft hielt. Die englische Königsfamilie bot in seinen Augen ständig Anlaß zu spöttischen Bemerkungen; dagegen verehrte er einen Kirchenfürsten von Herzen. Er war ein sehr schlechter Autofahrer und hatte mit seinen verschiedenen Wagen – einem Ford, einem Morris, einem Austin und einem Vauxhall – insgesamt vierzehn Unfälle gehabt.

Er war religiös. Neben seinem Bett stand immer ein Bild der kleinen Blume von Lisieux. Er war auch ein Patriot. Als Junge hatte er Sir Roger Casement gekannt. Niemals hatte er England das Unrecht verziehen, das er damals selbst erlebt hatte. Als er starb, war ich in Amerika, und in seinen Augen war ich alles andere als erfolgreich. Ich glaube fast, daß er mich für dumm hielt. Außerdem hatte ich – als einziges seiner Kinder – es gewagt, mich mit ihm über seine Ansichten in bezug auf Religion, Politik und Literatur zu streiten. Damals hielt ich ihn für altmodisch und querköpfig. Er dagegen hielt mich für einen Esel.

Dennoch habe ich während meiner vielen Reisen immer seine Fotografie bei mir getragen, und ein- oder zweimal habe ich sogar den Versuch gemacht, diese Fotografie aufzustellen. Sie zeigt ihn mit einem dichten Bart; er trägt die Krawatte einer ärztlichen Verbindung und einen fast acht Zentimeter hohen weißen Stehkragen. Seinen starren Blick kann ich jedoch nicht ertragen. Aber warum nicht? Lebt er so in mir weiter, in Schnappschußerinnerungen, in Belanglosigkeiten, im Urteil eines heranwachsenden Jungen, das jetzt der Vergangenheit angehört? Hatte er mich aus diesem Grund in seinem fünfzigsten Lebensjahr in die Welt gesetzt? Ich weiß es nicht. Ich weiß nur eines: Wenn man mir den Wunsch gewährte, für eine Stunde einen Menschen in diese Welt zurückzubringen, den ich irgendwann gekannt oder von dem ich gelesen habe, dann würde ich sofort meinen Vater nennen. Freunde wären wir nicht. Vielleicht würden mich seine Bigotterie, seine Eitelkeit und seine Platitüden entsetzen. Aber während ich in der Küche stand und seinen Siegelring in der Hand hielt, hatte ich plötzlich den verzweifelten Wunsch, daß er hier bei mir wäre. Ich wollte ihm sagen, daß ich dabei bin, mein Leben zu verändern. Ich wollte ihm beweisen, daß er sich geirrt hatte, daß ich ihm als einziges seiner Kinder Ehre machen würde. O Vater, vergib mir, wie ich dir vergebe. Vater, ich bin dein Sohn.

Mrs. Tierney glaubte schon, sie würden an jenem Abend überhaupt nicht mehr wegkommen, denn Jane brauchte Stunden, um sich zu frisieren (nachdem sie zum Abendessen mit Lockenwicklern im Haar erschienen war!), und Brendan schien darüber wütend geworden zu sein. Als sie dann schließlich weg waren, hatte sie das Gefühl, auf Urlaub zu sein. Es war das erste Mal, daß sie die Wohnung ganz für sich allein hatte, und deshalb tat sie das, was sie schon lange gewollt hatte, worauf sie jedoch nicht gerade stolz war. Kaum hatte sie die Kinder zu Bett gebracht, schloß sie die Wohnungstür ab und machte sich in Muße daran, durch die Zimmer zu gehen und Schubläden und Kleiderschränke zu öffnen. Sie war schon immer neugierig gewesen; sie gehörte zu jenen Leuten, die in fremden Badezimmern die Arzneischränkchen inspizieren. Diesmal versuchte sie sich durch die Ausrede zu entschuldigen, daß sie ab kommenden Montag die Verantwortung für die Wohnung trüge und daß sie deshalb wissen müßte, wo sich alles befände. Der wahre Grund war das jedoch nicht; der wahre Grund war bloß Neugierde, und das wußte sie auch.

Die beiden waren schon ein merkwürdiges Paar, in ihre Bequemlichkeit verliebt. Pelzpantoffeln, Rückenstützen, um aufrecht im Bett sitzen zu können, Halsspray, Tropfen für Nase und Augen, halbleere Tablettenschachteln. Jane besaß drei Morgenröcke, elf Paar Schuhe sowie Hosen, Kleider und Röcke in Hülle und Fülle. Wie Mrs. Tierney dort im Schlafzimmer stand und die vollgestopften Schränke betrachtete, die Kommodenschubladen, in denen sich Unterwäsche, Strümpfe, Schlüpfer, Pullover, Halstücher, fünfzehn Oberhemden und so viele Krawatten türmten, daß man ein ganzes Regiment damit hätte ausstatten können, dazu noch Parfüm, Gesichtscreme, ein elektrischer Ventilator, Nagelscheren und ein Schmuckkästchen mit fremdländischen Halsketten, Zerstäubern, Sonnenbrillen und Geldbörsen, da spürte sie, wie Bitterkeit in ihr hochstieg. Es ging den beiden keineswegs schlecht. Nicht einen einzigen Wunsch brauchten sie sich zu versagen. Mrs. Tierney dachte an das kleine Häuschen in Dromore Estates; sie dachte daran, wie eisern sie sparen mußte, um der im Kloster gemütlich lebenden Moira ein Paar schwarze Schuhe zu schenken , um die sie als Weihnachtsgeschenk gebeten hatte... Ach ja, und wenn sie an die Geschenke dachte, die die beiden ihr bisher geschickt hatten: billige Blusen, ein Kleid, das schlecht gearbeitet war, häßliche Ohrringe; wenn sie sich daran erinnerte, fiel es ihr sehr schwer, Zuneigung zu den beiden zu empfinden.

Der Name paßte ausgezeichnet, fand Mrs. Tierney. Die Darlings. Das war der Name, den sie den beiden wegen ihres ständigen »Darling hier« und »Darling dort« insgeheim gegeben hatte. Wenn man sich allein die Rückenstützen ansah. Brendan noch keine Dreißig und sie sogar noch jünger. Rückenstützen, als stünden die beiden mit einem Fuß bereits im Grabe! Ich hielt sie für Bohemiens; dabei geht alles genau geregelt vor sich... »Ist es schon Zeit für einen Drink, Darling?« – »Ist es schon Zeit zum Abwaschen, Darling?« Wie bei Opa und Oma. Bohemiens – nicht die Eltern, die Kinder sind die reinsten Bohemiens, die reinsten Wilden. Aber ihre Schuld ist es nicht, wenn Jane sie wie Erwachsene behandelt. »Stelle dich mit einem Kind nie auf dieselbe Stufe«, so ungefähr lautete doch die Redensart. Schließlich sind es doch noch Kinder, sie brauchen jemanden, der sie leitet; ist Jane beschränkt, daß sie das nicht einsieht? Na ja. Ab Montag werde ich mich ja um die beiden Kleinen kümmern. Dann werden wir schon sehen, wer hier Herr im Hause ist.

Sie ging in das Wohnzimmer und blickte auf die Stadt hinaus. Dort draußen, irgendwo, wohnte ihr Vetter ersten Grades, Frank Finnerty. Sie mußte ihn unbedingt besuchen; er lebte allein. Eine entsetzliche Stadt, um hier allein zu sein. Ihr fiel ein, daß sie auf der Straße noch nie einen Leichenzug gesehen hatte. Es war trübsinnig, so am Fenster zu stehen, deshalb ging sie in ihr eigenes kleines Zimmer und schaltete den Fernsehapparat ein.

Die Teleobjektive schwenkten auf das weiße Viereck, und dann holten sie den Dreihundertzwanzig-Pfund-Menschen mit Hosenträgern, langen Hosen, zerfetztem Hemd und einem Bart, der auf die fleischige Brust fiel, dicht heran. Die bösen Brüder Zulawski stiegen in den Ring und ließen sich von den Seilen in die Ringmitte katapultieren. Sie klatschten in die Fleischmassen und prallten zurück. Daraufhin watschelte der Fleischkloß quer durch den Ring, packte erst den einen und dann den anderen Zulawski, zog sie in die Mitte des Rings, unter jedem seiner fetten Arme einen Kopf, und dann stieß er ihre Schädel gegeneinander. Die Kameras schwenkten auf die Zuschauer: Gesichter in der ersten Reihe, Freudenschreie, eine Frau, deren weitgeöffneter Mund mit halbzerkautem Popcorn gefüllt war und deren Augen vor Haß aufgerissen waren.

Mrs. Tierney schaltete auf ein anderes Programm um. Da sagte man immer, die Iren seien rückständig!

In dem anderen Programm lief ein alter Film. Norma Shearer in einem Hut, wie ihn die Kaiserin Eugénie getragen hatte, sprach mit einem Diener und schritt dann eine lange, geschwungene Treppe hinunter. Sie trug ein fast bis zum Boden reichendes Gewand, wie man es wohl in den dreißiger Jahren getragen hatte, überlegte Mrs. Tierney. Sie erinnerte sich, wie sie diese Hüte gehaßt hatte, die immer eines der Augen bedeckten; sie hatten ihr nie gestanden. Vier Männer im Smoking in irgendeinem Klubzimmer – nein, es war wohl eine Bibliothek; die Türen der Bibliothek öffneten sich, und herein kamen die Damen, alle in Abendkleidern. In jener Zeit ging man ins Kino, um ein anderes Leben zu sehen: hübsche Kleider, Butler, Bälle, gutaussehende Männer und bezaubernde Häuser.

Und dann ging man wieder auf die Straße hinaus, vorbei an Gruppen von Männern in Mützen und Ohrenschützern, die keinen Kragen trugen, die an den Ecken herumstanden und den ganzen Vormittag in der Leihbücherei verbracht und so getan hatten, als läsen sie, nur um es warm zu haben. In Tüchern vermummte Frauen tauchten in den Hinterhöfen der Häuser auf und durchwühlten die Mülltonnen nach einer leeren Flasche oder irgendwelchen Lumpen. Grattan hatte ihr von der *St. Vincent de Paul Society* erzählt, von den Dingen, die er dort gesehen hatte, sechs Menschen in einem Raum, Menschen, die von Brot und Tee und Bratenfett lebten und ständig im Bett lagen, weil es da am wärmsten war. Werftarbeiter, die ihre Lehre hinter sich gebracht hatten, um dann von Almosen zu leben. Im Jahre 1935 waren Polizeistreifen durch die Straßen geritten. Kriegsrecht. Meiner Ansicht nach handelte es sich um religiöse Aufstände, nur sagten die Zeitungen nicht die Wahrheit: Protestanten wie Katholiken plünderten die Geschäfte und holten sich Lebensmittel. Die Regierung hatte Angst. Das waren die dreißiger Jahre, die wirklichen dreißiger Jahre. Nicht Norma Shearer in einem Hut, wie ihn die Kaiserin Eugénie getragen hatte.

Aber sie sah sich den Film doch bis zum Schluß an. Es war noch früh; sie hatte jedoch nichts zu tun. Ob Brendan wohl immer noch schlechter Laune war, dachte sie, wo er jetzt doch auf der Party war? Und wie war diese Party wohl?

In der engen Küche, die zu David Dortmunders Wohnung gehörte, lag neben dem Spülbecken ein Beutel mit Eiswürfeln, der mit seiner schlaffen Öffnung an einen seltsamen braunen Fisch erinnerte. Ich schaute ihn mir an und ging dann weiter zu den Flaschen mit billigem Whisky und Wodka, zu den riesigen Sodawasserflaschen und dem Karton mit den Colaflaschen. Eine billige Party, zu der die Getränke im letzten Augenblick von jenem Geschäft in Greenwich Village geliefert worden waren, das sich in seiner Reklame als *The House of Instant Booze* bezeichnete. Und ich, Tiresias Tierney, hatte schon alles gesehen, war sowohl Gastgeber als auch Gast gewesen, war durch den Abschaum solch abgestorbener Lustbarkeiten gewatet. Mit der Hand griff ich in das tote Fischmaul, holte einen Eiswürfel heraus und ließ ihn in mein Glas fallen. Dann griff ich nach einer Whiskyflasche, goß das trübe Zeug darüber und verdünnte es dann mit Wasser aus einem tropfenden Hahn, der die Emaille des Spülbeckens bereits braun gefärbt hatte. Ich war, wie ich merkte, betrunken.

Ich drehte mich um, wollte die Küche verlassen, blieb aber stehen, denn was hatte es für einen Sinn, den Ort der Besäufnis wieder zu verlassen? Drüben in Dortmunders langem dunklem Wohnzimmer hörte ich das eintönige Summen endloser wohlbekannter Gespräche: über die Integrität (oder Duplizität) von Adlai Stevenson, über die Sexualprobleme in den Filmen der Neuen Welle, über die Ansichten der Psychiater zu gewissen literarischen Gestalten, eine Tirade gegen das Erziehungssystem. Die Leute waren mir genauso bekannt wie ihre Themen: ein Literaturkritiker, der für einen Werbeberater arbeitete, ein Soziologe, der für eine Zeitschrift, die das Geheimnis des Kitsches zu erkunden suchte, Artikel schrieb, in denen er das Geheimnis des Kitsches zu enthüllen versuchte, dann Pelardy, der vielversprechende junge Schriftsteller von Vierzig, ein sozialistischer Rechtsanwalt, ein Dramatiker, dessen Stücke bisher nicht aufgeführt worden waren, und schließlich Dortmunder, der Gastgeber, ein unproduktiver Produzent von Dokumentarfilmen. Und deren Frauen. Ich war immer stolz gewesen, daß meine Freunde nicht zugleich meine Arbeitskollegen waren, daß jeder auf seine eigene Art als »Intellektueller« bezeichnet werden konnte. Aber heute abend, jetzt, da ich kein Redaktionssklave mehr war, fühlte ich mich allen überlegen. War das nicht verständlich? Ich spreche es aus; ich schäme mich zwar, aber ich muß es aussprechen. Diese Leute waren sämtlich Idioten. »Idioten«, sagte ich laut. »Idioten auf Kosten der Literatur.« So ausgesprochen, gefiel mir dieser Satz, bis ich merkte, daß ich ihn mir im Geist notierte, zur künftigen Verwendung. Ich war nicht besser als sie. Ich war widerlich. »Widerlich«, sagte ich laut, als ich die Küche verließ.

»Was ist widerlich?« fragte Dortmunder.

»Ich. Wir. Finden Sie nicht, daß Partys wie diese etwas Widerliches an sich haben?«

»Ich finde, für einen Schriftsteller sollte nichts widerlich sein«, sagte Dortmunder in seiner albernen Art. »Schließlich ist eine Party wie diese ein Teil der menschlichen Erfahrung – und sei sie auch noch so trivial.«

Ich blickte an ihm vorbei und hoffte, jemanden zu entdecken, mit dem ich mich unterhalten konnte.

»Ich meine, jede Party müßte Wasser auf die Mühle des Schriftstellers sein«, sagte Dortmunder.

Aber niemand war zu sehen; alle waren langweilig, waren widerlich. »Da muß ich nun doch widersprechen«, sagte ich. »Was Sie eben gesagt haben, ist nun wirklich widerlich. Wenn es etwas gibt, das mich zum Kotzen bringen kann, dann ist es die Vorstellung, ein Schriftsteller ginge auf die Suche nach Erfahrung, damit er darüber schreiben kann. Das ist Journalismus«, sagte ich. »Dokumentation«, fügte ich wegen Dortmunder noch hinzu.

»Einen Moment, Brendan«, fing Dortmunder an.

»Was heißt Dokumentation?« sagte Dortmunders Frau, eine hübsche, aber langweilige Frau, die mich von Herzen verabscheut.

»Einen Moment«, wiederholte Dortmunder. »Ich meine, ein wahrer Schriftsteller ist nicht in dem Sinn Reporter, weil er das Sensationelle oder das Berichtenswerte sucht. Er berichtet lediglich über Erfahrungen, die er gemacht hat.«

»Stimmt genau«, sagte ich. »Und das finden Sie also bewundernswerter? Wenn er neben dem Bett seiner Frau steht und beobachtet, wie sich ihr Gesicht verzerrt, um ihren Todeskampf ganz genau schildern zu können? Alles hübsch säuberlich im Gedächtnis aufbewahrt, damit er später darüber schreiben kann? Der arme Hund – verdammt leid kann er mir tun.«

»Wieso er? Wieso nicht sie?« sagte Dortmunders Frau.

»Weil er nichts dafür kann. Er ist kein Mensch; er ist Schriftsteller. Er kann nicht empfinden; er kann nur berichten.«

»Um aber über das Leben schreiben zu können«, sagte Dortmunder, »muß man eine gewisse Distanz vom Leben haben. Man muß zu einem Teil Soziologe und sogar dokumentarischer Beobachter sein. Nehmen wir beispielsweise Zola ...«

»Wieso ausgerechnet Zola?« sagte ich. »Zola ist eine Fußnote. Und warum müssen Sie eigentlich aus allem einen literarischen Hinweis machen?«

»Brendan hat recht. Das eigene Erlebnis ist eine Falle.«

Ich brauchte nicht erst hinzuschauen. Es war die

Stimme von Max. Aber als ich es dann doch tat, sah ich, daß Max ein Mädchen mitgebracht hatte: nicht der Typ, den man auf solchen Partys sieht, sondern ein teures Mädchen. Sie trug ein teures, sehr knappsitzendes orangefarbenes Kostüm und eine weiße Seidenbluse, bei der so viele Knöpfe nicht geschlossen waren, daß ich sofort ein wollüstiges Gebet ausstieß, sie möchte irgend etwas zu Boden fallen lassen und sich dann bücken, um es aufzuheben. Ich konnte einfach nicht glauben, daß dieses Mädchen zu Max gehörte, zu jenem Max, der selbst häßliche Mädchen durch seinen ersten feuchten Händedruck abstieß, zu jenem einsamen Max, in dessen Zimmer ein japanisches Fernglas lag, mit dem er Abend für Abend die beleuchteten Fenster jenseits des Hofes absuchte. Und trotzdem hatte sich dieses Mädchen bei Max eingehakt. Dort stand er – war erst spät zu der Party gekommen – und war von einer ganz neuen, atemberaubenden Sicherheit.

»Ja«, sagte Max. »Der Schriftsteller, der sich auf Erlebnisse verläßt, ist nichts anderes als ein Fotograf.«

Und das hinreißende Mädchen (Modell? Schauspielerin? Tochter reicher Eltern?) lauschte seinen Worten, als wäre er Sokrates.

»Nehmen wir meine Erlebnisse«, sagte Max. »Alles völlig sinnlos, weil es reines Klischee war. Das gilt natürlich für die meisten Erlebnisse. Meine Mutter, na ja, meine Mutter ist die klassische jüdische Mama. Iß doch ein bißchen, paß auf, daß du dich nicht erkältest. Und mein Vater, mein Vater ist ebenfalls eine Schablone, der jüdische Mystiker, der sich von seinem Lumpenhandel nicht mehr frei machen kann. Ich könnte noch mehr aufzählen: meine vulgären Onkel aus der Textilbranche, sogar mit einer *zeide* aus Rumänien kann ich dienen. Das ist alles schon dagewesen, verstehen Sie. Es gibt ein Dutzend Schriftsteller, die noch am Leben sind und das gleiche Material verwenden. Und das schlimmste von allem – ich bin in Brooklyn geboren. Ausgerechnet Brooklyn, dem größten aller Klischees.«

»Da redet er wieder, der große Agitator, der alte Lew Davidowitsch Bronstein«, sagte ein hochgewachsener Mann, der näher gekommen war, als Max seinen Vortrag hielt – ein Mann in Blue jeans, verschmutzten Leinenschuhen; aber kümmere dich nicht um ihn, überlegte ich, wer ist dieses Mädchen?

»Tag, Jack«, sagte Max. »Gerade gekommen?«

»Ja. Und laß uns hier abhauen«, sagte der Bursche. »Auf eine bessere Party.«

»Jack«, sagte Max und deutete, verwirrt lächelnd, auf Dortmunder. »Das hier ist unser Gastgeber. Abgesehen davon sind auch wir gerade erst gekommen.«

»Wie ihr wollt«, sagte der Kerl und übersah Dortmunder, der ihm die Hand entgegenstreckte. »Wie ist es mit dir, Gigi?«

»Ich bleibe bei Max«, sagte das hinreißende Mädchen.

»Also schön, aber falls ihr es euch anders überlegt, die Party ist bei Plimsoll.«

»Wunderbar«, sagte das Mädchen. »Vielleicht sehen wir uns noch.«

»Also dann bis nachher, Trotzki«, sagte der Kerl zu Max. Und ohne sich zu verabschieden, verließ er das Zimmer.

»Wer war dieser ungehobelte Kerl?« fragte Dortmunder.

»Aber das ist doch Jackson«, erwiderte das hinreißende Mädchen.

Ausgerechnet Jackson. Seinen Familiennamen brauche ich wohl nicht zu nennen, denn dieser verdammte Jackson Clayburn gehört zum amerikanischen Herrschergeschlecht, zu der Sippe der Tallulahs, Tennessees und Trumans, deren Alltag für New Yorker von größerem Interesse ist als das Leben und Sterben ihrer eigenen Verwandten! Dortmunder und Mrs. D. blickten ehrerbietig zur Tür. Jesus war dort hinausgeschritten. Und ich, der alles beobachtete, spürte, wie der Neid in mir hochkam. »Meinen sie etwa den Bühnenautor?« sagte ich und wandte mich an das hinreißende Mädchen. »Den lausigen Broadway-Bühnenautor?«

Aber hinreißende Mädchen haben vor mir keine Angst. Sie lächelte, als wäre ich übergeschnappt. Ich schnappte nach ihrem Lächeln. Ein Mädchen mit Brille, das gerade zu unserer Gruppe getreten war, antwortete statt ihrer. »Ich bin derselben Meinung«, sagte sie. »Aber Sie müssen doch zugeben, daß er ein gewisses Talent hat, Bühnenmonologe zu schreiben.«

»Seine Stücke sind ein Dreck«, sagte ich laut.

»Immerhin bekommen sie wunderbare Besprechungen«, sagte die Hinreißende.

»Was nur beweist, daß sie ein Dreck sind.«

Die Hinreißende wandte sich an Max, ein leises Lächeln auf den vollen Lippen. »Der Mann scheint neidisch zu sein.«

»Ich und neidisch?« (Ich schrie jetzt.) »Ich und neidisch auf die Jackson Clayburns dieser Welt? Mein Gott, Max, wo sammelst du solche Leute eigentlich auf? Bisher habe ich immer geglaubt, du seist unbestechlich.«

Aber Max, der häßliche Max, lächelte nur.

»Hast du nicht gehört, Max?«

»Ich habe dich gehört, Brendan.«

»Mädchen in orangefarbenen Kostümen! Eine Party mit diesem Jackson! Mein Gott, Max, was ist bloß aus dir geworden?«

Das Mädchen im orangefarbenen Kostüm sah Max an, zuckte mit den Schultern, drehte sich dann um und ging quer durch das Zimmer. Max folgte ihr. Und ich, betäubt, betrunken, mit geöffnetem Mund, um einen neuen Schwall von Beschimpfungen loszulassen, sah zu, wie das Mädchen wegging, sah die Pracht ihrer Gesäßbacken, die zur Tür wackelten, sah ihre Hüften, die sich wie eine doppelte Melone bewegten – *bye, bye, blackbird.*

Betrunken und doch nicht betrunken, das Mädchen verschwunden, Max verschwunden, das übrige Zimmer schien vor mir zurückzuweichen, nur das Mädchen mit der Brille nicht – wer war sie eigentlich, aber wen kümmerte es schon? Ich ging wieder in die Küche, um mir noch einen Drink zu holen, aber neben dem Spülbecken stand Jane, tief in ein Gespräch mit ihrer Busenfreundin Louise versunken, vermutlich beklagte sie sich bei Louise über die Last, die ihr mit meiner Mutter aufgebürdet worden war, obgleich die doch nur versuchte, Jane behilflich zu sein, die wenigstens weiß, daß man zum Abendbrot nicht mit Lockenwicklern im Haar erscheint. Wütend – denn welches Recht hatte Jane, Schuldgefühle in mir zu wecken? – drängte ich mich in die Küche, und ohne ein Wort mit ihnen zu reden, goß ich mein Glas zur Hälfte voll Whisky und drängte mich wieder hinaus, suchte nach Max, weil ich ihn beschimpfen und mich zugleich bei ihm entschuldigen wollte, dunkel ahnend, daß ich auf irgendeine Weise unrecht hatte, trotzdem aber überzeugt, daß ich in gewisser Weise auch recht hatte, da ich Max, *mon semblable*, unbedingt fragen mußte – ja was eigentlich ...? Ich meine, Max, wer ist das Mädchen, das du bei dir hast? Hör zu, Max, ich weiß, daß du immer verdammt unbestechlich bleiben wirst, aber wenn du ich wärst und ich wäre du, was würdest du dann von einem Mann halten, der hier auftritt, wie du es eben getan hast, nur weil sein verdammter Roman demnächst veröffentlich wird? Ich meine, Max, ich bin ja auch Schriftsteller, ich habe gerade meinen Posten an den Nagel gehängt, du solltest mich mit mehr Respekt behandeln, verdammt noch mal, und vergiß nicht, daß ich auch einen Roman schreibe, einen viel, viel besseren, verstehst du, deswegen solltest du dich lieber hüten, mich von oben herab zu behandeln, denn so verdammt gut ist dein Buch nun auch wieder nicht, verstehst du? Du und deine Mädchen in orangefarbenen Kostümen!

Aber in dem abgestandenen Qualm, dem öden Gewimmel, im Durcheinander der Redenden in dem langen schrecklichen Raum entdeckte ich bloß den Kritiker, der für eine Werbeagentur arbeitete, und den Soziologen, der über Kitsch schrieb; ich sah Pat Gallery und Yvonne, ich sah Paul Pelardy, ich sah Dortmunder und Dortmunders Frau, ich sah den Angestellten eines Börsenmaklers, der gerade an einer Satire über Börsenmakler schrieb.

Aber keinen Max, kein orangefarbenes Kostüm.

Also trank ich meinen Whisky, spürte, daß er mir in den Kopf stieg und mich besänftigte. Du bist betrunken, betrunken, betrunken, sagte ich vorwurfsvoll zu mir, und weil du heute abend betrunken bist, wirst du dich morgen schuldig fühlen. Ich dachte, du hättest diesen Unsinn endgültig aufgegeben, was ist denn mit dir los, warum kommst du überhaupt zu diesen Versammlungen der Neider und führst nicht nur deinen Neid, sondern auch noch deinen Haß vor? Du bist ein Clown, Tierney, eine komische, aber unerfreuliche Figur. Hast du Angst, dein Buch zu beenden, ist das dein Kummer, hast du Angst, mit diesem Buch auf dem Markt zu erscheinen, wie Aquinas sagt, oder war es gar nicht Aquinas? Werde nüchtern, du würdeloser Trottel. Geh nach Hause.

Bußfertig ging ich ins Badezimmer. Ich öffnete die Badezimmertür. Das Licht brannte. Als ich die Tür hinter mir zuzog, blickte ein Mädchen vom Waschbecken hoch. Sie trug einen lila Pullover und einen billigen schwarzen Rock. Sie malte sich gerade die Lippen an.

»Verzeihung«, sagte ich.

»Ist schon gut! Ich bin sofort fertig; bleiben Sie.«

Ich nickte, mäßig betrunken, setzte mich auf den Korb für Schmutzwäsche und schaute sie an. Sie malte sich die Lippen an und preßte sie dann zusammen, um die Schminke zu verteilen. Ich fand diese Bewegung aufreizend. Mit zwei Fingern fuhr sie sich durch das Haar und zupfte eine Stirnlocke zurecht. »Wissen Sie«, sagte sie, »Sie hatten völlig recht mit dem, was Sie über Jackson Clayburn gesagt haben. Schade war nur, daß es tatsächlich so klang, als wären Sie neidisch.«

Ich sah sie immer noch an. Ich fand sie hübsch. Nicht schön wie die in dem orangefarbenen Kostüm, aber auf eine praktische und annehmbare Weise hübsch. Ich betrachtete ihren Rücken, ihr Gesäß und ihre Beine. Im Spiegel sah ich mir ihr Gesicht an. Jung. Sie war jetzt fertig mit ihrer Frisur, nahm einen Ring vom Waschbecken und steckte ihn an den Ringfinger der rechten Hand. Dann griff sie nach ihrer Brille auf der Glasplatte über dem Becken und setzte sie auf. Da erinnerte ich mich plötzlich an sie. Das Mädchen mit der Brille. Diejenige, die gesprochen hatte, als Clayburn – nein, nachdem Clayburn weggegangen war.

»So«, sagte sie, »jetzt mache ich Ihnen Platz.«

»Nein, bleiben Sie. Wollen Sie eine Zigarette?«

Sie setzte sich auf die Kante der Badewanne. Sie nahm ihre Brille ab. In meinem betrunkenen Zustand empfand ich es als eine sehr rührende Geste. »Damit Sie Bescheid wissen«, hörte ich meine betrunkene Stimme sagen, »ich war nicht neidisch auf Clayburn. Ich habe mich nur über jemand anderen geärgert.«

»Meinen Sie Max Bronstein?«

»Wie kommen Sie darauf?«

»Ach«, sagte sie. »Ich kenne Max. Ich sah, wie Sie sein Mädchen anstarrten.«

»Wirklich?« sagte ich geistreich. Ich bot ihr eine Zigarette an und gab ihr Feuer. »Ich bin ebenfalls Schriftsteller«, sagte ich.

»Ich weiß.«

»Ich meine damit nicht Zeitschriftenartikel«, sagte ich. »Ich habe Erzählungen für Literaturblätter geschrieben.«

»Ja«, sagte sie. »Ich habe Ihre Arbeiten gelesen.«

»Sie lügen.«

»Das tue ich nicht. Ich erinnere mich an eine Erzählung mit dem Titel *The Jugglers*. Sie war großartig.«

»Sie sind wundervoll«, sagte ich.

»Sie brauchen auf Max nicht neidisch zu sein«, sagte sie zu mir. »Sie sind ein viel besserer Schriftsteller, als er es jemals sein wird.«

»Danke. Wie heißen Sie?«

»Guinevere.«

»Sie lügen.«

»Nein«, sagte sie. »Das ist tatsächlich mein Name.«

Aus irgendeinem Grund war es zum Lachen: Guinevere, und ich machte schon den Mund auf, um laut loszuprusten, aber rechtzeitig fiel mir noch ein, daß man, wenn ich lachte, meine schlechten Backenzähne sehen konnte. Deshalb verkniff ich mir das Lachen. »Sie sind einmalig«, sagte ich zu ihr.

Sie überhörte es. »Verraten Sie mir eines«, sagte sie. »Warum haben Sie nicht weitere Erzählungen geschrieben? Hat Ihre Ehe Sie daran gehindert?«

»Woher wissen Sie, daß ich verheiratet bin?«

»Jane Melville ist Ihre Frau – das heißt, so hieß sie früher. Unsere Kinder gehen in denselben Kindergarten.«

Bleierne Ernüchterung bemächtigte sich meiner. Eine Freundin von Jane. Unsere Kinder im Kindergarten. Jane mußte ihr von meinen Geschichten erzählt haben; Jane sprach mit allen Leuten darüber. Sie redete also Janes wegen mit mir, nicht wegen meiner Erzählungen.

»Sie haben meine Frage nicht beantwortet«, sagte sie. »Waren Ihre Familienpflichten und die Sorge um das tägliche Brot daran schuld?«

»Wahrscheinlich«, sagte ich. »Aber zur Zeit arbeite ich an einem Roman.«

»Das sagen alle nicht schreibenden Schriftsteller.«

»Es ist mein Ernst«, sagte ich. »Ich habe meine Stellung aufgegeben und habe meine alte Mutter aus Irland herüberkommen lassen, damit sie sich um die Kinder kümmert. Jane fängt nächste Woche wieder an zu arbeiten, und ich werde dann meinen Roman beenden.«

»Das ist wundervoll.« Sie stand auf und berührte mich beinahe in dem kleinen Badezimmer. Erwartungsvoll sah sie mich an, einen offenen wollüstigen Ausdruck in ihren kurzsichtigen Augen. Ich legte meine Arme um sie, ließ meine Zunge spielen, spürte ihre Zunge, meine Hände glitten an ihren Schenkeln hinunter, und so standen wir dort, in der Enge, leicht hin und her schwankend, küßten uns, wurden dabei immer erregter und hätten am liebsten die Tür abgeschlossen.

»Ist jemand drinnen?« sagte eine Stimme.

Wir ließen uns los. Sie blickte mich an, als solle ich irgend etwas tun, deshalb ging ich zur Tür, öffnete sie und sagte: »Geh doch bitte weg.«

Es war Pat Gallery. Ganz dicht hinter ihm stand Jane, die sich mit Louise unterhielt. Verwirrt verließ ich das Badezimmer, schloß die Tür und flüsterte Gallery zu: »Verschwinde bitte, Pat! Es ist jemand drinnen.«

»Meinst du dich?« sagte Gallery.

»Nein, jemand anders.«

»Was hast du denn vor?« sagte Gallery und fing an zu lachen.

Ich zog ihn von der Tür weg. »Still! Ein Mädchen ist drinnen.«

»Na – großartig.«

»Halt die Klappe.« Ich drehte mich nach Jane und Louise um. Sie beobachteten mich. Im gleichen Augenblick öffnete sich die Badezimmertür, und heraus kam das Mädchen. Meine Frau, die sich ihr Teil denken konnte, bekam einen Schock, der ausgereicht hätte, die größte Klatschbase zum Schweigen zu bringen.

»Ach, da sind Sie ja«, sagte das Mädchen zu mir. »Wie wäre es, wenn wir in die Küche gingen und uns einen Drink holten?«

(Zusammenfassend für meine Verteidigung: Hör zu, Darling, ich bin in das Badezimmer gegangen, die Tür war nicht abgeschlossen, und drinnen war das Mädchen, sie kennt dich und die Kinder, und sie sagte, sie wäre gleich fertig und ich solle warten. Natürlich ist überhaupt nichts passiert, wir haben nur geredet, und dann klopfte Pat Gallery an die Tür.)

»Kommen Sie mit?« sagte das Mädchen.

Mochte Jane sich auch noch so sehr darüber aufregen: Die ganze Geschichte war reiner Zufall; sie beschuldigte mich, ohne die Tatsachen zu kennen. Folgsam, zugleich aber mit dem Gefühl, ungerecht behandelt und verdächtigt worden zu sein, ergriff ich den Arm des Mädchens und führte es an Jane und Louise vorbei durch das Wohnzimmer und in die Küche. »Was wollen Sie haben, Guinevere?«

»Wodka«, sagte sie. »Und irgend etwas dazu. Sagen Sie: Wenn Sie an irgend etwas glaubten – wären Sie bereit, alles dafür aufzugeben?«

»Woran glauben?« sagte ich, während ich den Wodka in verschmierte Gläser goß.

»Mein Gott – beispielsweise an Ihre Schriftstellerei.«

»Restlos.«

»Ich meine, würden Sie alles aufgeben: Familie – und sogar die Kinder?«

»Natürlich.«

»Warum tun Sie es dann nicht?«

»Was soll das? Stehe ich hier vor einem Kongreßausschuß?«

»Jetzt hören Sie mir einmal genau zu«, sagte sie, nahm ihre Brille ab und starrte mich mit unverhüllter kurzsichtiger Intensität an. »Ich möchte Sie inspirieren. Oder vielleicht möchte ich, daß Sie mich ebenfalls inspirieren. Ich bin auch Schriftstellerin. Ich glaube, begabte Menschen wie Sie und ich sollten den Mut haben, auch schwierige

Dinge zu tun. Wir müssen rücksichtslos sein – finden Sie nicht auch?«

Rücksichtslos. Da war dieses Wort schon wieder. Sie wollte also, daß wir beide uns gegenseitig dazu inspirierten, unsere Familien aufzugeben – oder? Und, bei Gott, ich würde sie inspirieren! Betrunken blickte ich an die Decke und sah die Kordel, die von der Lampe herunterhing. Ich würde ihr meine Rücksichtslosigkeit schon beweisen. Ich griff nach der Kordel und zog daran, zog Dunkelheit über uns beide, griff nach ihr, fand sie, schwankte in der Enge der Küche hin und her, während wir uns küßten und gegenseitig inspirierten.

»Brendan?«

Ich erstarrte.

»Brendan!«

Es war Louises Stimme. Ich wandte mich der Küchentür zu und sah den Schattenriß einer weiblichen Gestalt. »Die Birne ist durchgebrannt«, log ich.

»Jane hat gesehen, wie du das Licht ausgemacht hast«, hörte ich Louises Stimme sagen. »Sie geht nach Hause.«

Zusammen mit dem Mädchen wanderte ich aus der Dunkelheit der Inspiration in die Helligkeit des Wohnzimmers. Louise sagte: »Brendan, du solltest dich schämen. Und du dich auch, Jean.«

Das Mädchen zuckte die Achseln, setzte die Brille auf und lächelte mich an. Louise verschwand.

»Wieso Jean?« sagte ich. »Ich dachte, Sie heißen Guinevere?«

»Nein, Jean Revere heiße ich. Brendan, was werden Sie jetzt tun?«

Wenn sie die Brille aufgesetzt hatte, war sie nicht hübsch. Ich dachte an Jane, die jetzt weinend auf der

Straße nach einem Taxi suchte. Dieses Mädchen hier war falsch – eine Idiotin. Was hatte ich bloß angestellt?

»Was werden Sie jetzt tun?« fragte das Mädchen noch einmal.

»Gute Nacht«, sagte ich zu ihr und wandte mich ab und drängte mich durch die Leute, die im Wohnzimmer herumstanden. Laut und jovial holte Pat Gallery mich in der Diele ein. »Hallo, Brendan...«

»Hast du Jane gesehen?«

»Sie ist gerade weggegangen. Brendan...«

Ich ließ meinen Mantel, wo er war. Ich machte einen Bogen um Gallery, öffnete die Wohnungstür und rannte in großen polternden Sätzen die Treppen hinunter, so daß meine Knie weich waren, als ich unten ankam. Ich sprang die letzten Stufen hinunter auf die leere Straße, die vom Sprühregen naß war; ein lauwarmer Wind ließ bereits an den Sommer denken. Nirgends war sie zu sehen. Vielleicht versuchte sie dort hinten, wo die Straße die Eighth Avenue kreuzte, ein Taxi heranzuwinken. Ich rannte an einer Reihe geparkter Wagen entlang und keuchte, immer wieder ausweichend, weiter, bis ich die Kreuzung erreicht hatte. Aber dort war sie auch nicht.

Unschlüssig wie ein durchgebrannter Gaul blieb ich stehen und blickte mich verwirrt um. Wohin jetzt? Mir gegenüber war die *White Horse Tavern*, und als ich betrunken die schwarzgestrichene Fassade und die altmodischen Fenster anstarrte, die mich an irische und schottische Kneipen erinnerten, da überkam mich plötzliches Heimweh. Ich vergaß Jane, ich vergaß die Gegenwart. Dort drüben, gleich auf der anderen Straßenseite, war das schlichte provinzielle Leben, das ich hinter mir gelassen hatte. Dort drüben erwartete mich Ted Ormsby, das Bierglas in der Hand, zu einem abendlichen Plauderstündchen. Dort drüben. Zu Hause. Auf der anderen Straßenseite. In stolpernder Eile verließ ich den Gehsteig. Ich trat an eines der Fenster und blickte hinein.

Zwei Jungen in gelben Mohairpullovern lehnten an der Theke, liebestrunkenen Blickes ganz ineinander versunken. Eine Frau mit dem Gesicht eines Bullenbeißers und Ponyfransen in der Stirn saß betrunken in einer Ecke und stritt sich erbittert mit einem bärtigen Kerl, der ein schwarzes Hemd trug und ein silbernes Medaillon an einer langen Silberkette. Eine Frau in weißem Schwesternkittel trank Gin mit einem kleinen Indianer. Und am Fenster saß ein älterer Mann, ein Straßenkehrer, wirr vor sich hinmurmelnd. Plötzlich hob er seinen wüsten Kopf und unsere starrenden Blicke begegneten sich.

Ich zog mich zurück. Diese Sehnsucht nach der Heimat, dieser Schwall sumpfiger Empfindungen war genauso diffus und falsch wie die Träume jener alten irischen Säufer, die sich in den wenigen Lokalen der Third Avenue, die noch nicht zu Martini-Schlupfwinkeln der Sentimentalisten des *New Yorker* geworden waren, mit gepanschtem Whisky vollaufen ließen. Heimat – das war jetzt hier; das war am Riverside Drive, wo meine Mutter die schlafenden Kinder hütete, wo Jane jeden Moment weinend und wütend eintreffen würde.

Unsicher kam ich langsam wieder zu mir. Dort hinten, in einem der Häuser, wollte ein Mädchen mit Brille, daß ich sie dazu inspirierte, ihren Mann und ihre Kinder zu verlassen; dort hinten forderte ein betrunkener Arzt ständig literarische Rücksichtslosigkeit, verwandelte ein Filmproduzent das ganze Leben in literarische Bezüge, hielt ein Werbetexter Vorträge über »schöpferische schriftstellerische Arbeit«. Das literarische Leben in New York war eine einzig große Scharade, bei der die Leute vorgaben, anders zu sein, als sie in Wirklichkeit waren. Ihr Ehrgeiz blieb private Phantasie; weder glaubten sie mit Überzeugung an irgend etwas, noch hatten sie den Mut, irgend etwas zu verwirklichen. Gehörte auch ich zu ihnen? War es mir mit meinem Manuskript wirklich Ernst? Und wenn es mir Ernst war: Warum war ich dann betrunken, küßte fremde Mädchen und rannte dann durch die Straßen, um meine Frau zu suchen? Warum arbeitete ich heute nacht nicht? War ich wirklich bereit, ein Flaubert zu sein, der sein ganzes Leben auf der endlosen Suche nach dem richtigen Wort in Croissett verbrachte? War ich bereit, wie Gide der Zukunft eines einsamen alten Schriftstellers entgegenzusehen, der in unendlicher Verlassenheit in irgendeinem Hotelzimmer lebt? War ich bereit, nun endlich mein lang gegebenes Versprechen einzulösen, meinen vom Wasser des Schulbrunnens erstickten herausfordernden Schrei, oder war ich ein neidischer Journalist, ein betrunkener, sich selbst betrügender Idiot?

O nein, ich bin kein betrunkener Idiot. Ich habe meinen Posten aufgegeben. Ich habe nahezu alle Brücken hinter mir abgebrochen. Nächste Woche fange ich von neuem an. Diesmal werde ich mein Buch zu Ende schreiben und dann auf den Literaturmarkt hinuntersteigen, mag mich erwarten, was will. Ich werde nicht versagen. Ich werde mein Leben in Ordnung bringen. Ich werde rücksichtslos sein.

Wild gestikulierend, stolperte ich in die Eighth Avenue. Ein Taxi wendete mit kreischenden Reifen und hielt in einiger Entfernung. Ich rannte ihm nach.

Um elf Uhr schaltete Mrs. Tierney den Fernsehapparat ab, sprach ihre Gebete und ging dann mit einem Buch zu Bett. Es war ein Roman von Nevil Shute, und zwar jene Art von Geschichte, über die Brendan die Nase rümpfen würde; aber trotzdem war es eine gute Geschichte. Sie hatte das Buch mitgenommen, weil es in Australien spielte, und jetzt lag sie auf dem Rücken, hielt das Buch auf Armeslänge vor sich und las über Australien und die Atombombe. Im Schlafzimmer war es sehr heiß; hier war es immer heiß... Kreischend vor Lachen rannten unten am Strand zwei Kinder durch das von Salzwasser getränkte Seegras und in wilden Sprüngen auf den weißen Sand und das Meer zu. Der große dunkle Mann, der wie ein roter Indianer heulte, jagte sie, und von der Düne aus, wo sie stand, wurden die drei immer kleiner und kleiner, waren schon weit entfernt – drei kleine schwarze Punkte, die sich dicht an den schaumigen Ausläufern der hohen Brecher entlangbewegten. Sie kniete und öffnete den Picknickkorb; es war ein neuer Weidenkorb, auf den sie sehr stolz war. Nacheinander holte sie den kleinen Primuskocher, die weißen emaillierten Tassen und Teller, die Messer und Gabeln sowie die verschiedenen Gewürzstreuer hervor. Sie wickelte den Obstkuchen aus dem Wachspapier, dann die Schinkenbrote, und war sich sehr wohl bewußt, daß er sie beobachtete. Es war ein Scherz; er war erst zwanzig. Er war ein Vetter von Grattan und wollte Priester werden. Natürlich hatte sie nie durchblicken lassen, daß sie genau wußte, wie sehr er sich insgeheim für sie interessierte. Sie beugte sich zu ihm hinüber, um den Teller mit den Broten hinzustellen, und dabei blieb ihr Rock an dem Dreibein des Primuskochers hängen und rutschte so hoch, daß der obere Rand ihrer Strümpfe und ihre nackten Schenkel zu sehen waren. Sie machte den Saum ihres Rockes wieder frei, konnte sich jedoch nicht versagen, zu ihm hinüberzublicken, um zu sehen, welche Wirkung der Anblick ihrer Beine auf ihn hatte; und als sie sah, daß sein Gesicht blutrot geworden war, hänselte sie ihn mutwillig. »Was ist denn los, Denis?« fragte sie und griff mit der einen Hand unter sein Kinn. Er fuhr zusammen, als hätte er einen Schlag bekommen; dann aber packte er plötzlich ihre Schultern, warf sie auf den heidebewachsenen Dünensand – das Heidekraut kitzelte sie im Nacken – und küßte sie, und dabei wälzte er sich mit ihr unter dem blauen Picknickhimmel hin und her. Und was wäre wohl geschehen, wenn der Himmel sich nicht plötzlich verändert hätte, wenn nicht dunkle Wolken heraufgekommen wären, als ärgere ihn das, was er sah, wenn nicht die ersten Tropfen eines Regenschauers gefallen wären. »Denis, hör auf«, flüsterte sie und befreite sich von ihm. »Es regnet. Sie werden gleich hier sein.« Angst ließ ihn den Griff lockern, aber sie rührte sich nicht, sondern blieb neben ihm liegen und tat, als wäre sie ohnmächtig geworden. Denn er war hübsch, und obgleich sie wußte, daß Grattan und die Kinder jeden Augenblick zurückkommen könnten, hatte sie nur den einen Wunsch, daß er sie noch einmal küßte, und das tat er auch. Zuerst blieb sie schlaff liegen, aber dann konnte sie sich nicht mehr halten und küßte ihn ebenso wollüstig. Es war nicht Denis, den sie küßte, es war Rory, ihr eigener Sohn Rory, der tot war, der damals gar nicht bei ihr auf der Düne, sondern unten am Strand war, ein kleiner Junge, der mit seinem Vater spielte. Ich träume. Ein Traum ... Gott verzeih mir, es war mein eigener Sohn, den ich eben im Traum geküßt habe. Was habe ich in meinen Träumen nur für schreckliche Dinge getan.

Das Buch von Nevil Shute war auf den Fußboden gefallen. Sie beugte sich aus dem Bett und hob es auf. *Das letzte Ufer*... Auch ich habe von einem Strand geträumt. Tatsächliche Sünden sind schon schlimm genug, aber geträumte Sünden sind einfach entsetzlich. Was bin ich nur für ein schrecklicher Mensch. Sie lag im Bett und blickte zu der weißen Decke hinauf, und dabei hörte sie die Sirene eines Krankenwagens auf dem Broadway. Warum habe ich einen solchen Traum, so heiß und so schön und so voller Sünde; und am Ende ist es immer ein Alptraum? Warum habe ich Denis damals verführt, ich war doch älter als er, ich war seine Verlockung zur Sünde. Nur der Regen hat uns davor bewahrt. Fünf Minuten später, dann hätten uns Grattan und die Kinder überrascht. Ich sprach ein Dankgebet für den Regen, und dabei fiel mir ein, daß ich Gott damit zu meinem Komplizen gemacht hatte. Später konnte ich nicht mehr beten. Ich konnte Ihn nur um Vergebung bitten, aber wird Er mir jemals vergeben, wird Er es? Und Denis: Als ich ihn im folgenden Sommer in Dublin traf, sagte er mit eisiger Stimme zu mir, daß er meinetwegen seiner Berufung nicht gefolgt wäre. Ich hatte eine Seele vom Dienst an Gott zurückgehalten – ja, das habe ich getan. Und Er hat es mir zurückgezahlt, denn im folgenden Jahr hatte ich eine Fehlgeburt, drei Fehlgeburten hintereinander, und bis zu Brendans Geburt glaubte ich, nie mehr ein Kind bekommen zu können. Sieben Jahre lagen dazwischen. Und was ist seitdem alles geschehen: Rory im Krieg geblieben, Grattans langes Krankenlager, Sheila davongelaufen, und jetzt Brendan und seine ungetauften Kinder – das alles zeigt, daß es mir heimgezahlt wird. Selbst Moira: Du hast sie mir weggenommen und in ein Kloster gehen lassen. Die

Priester haben unrecht; Du bist nicht allverzeihend. Du verzeihst nie.

Ein Geräusch an der Wohnungstür; sie hörte, wie die Tür geöffnet und dann wieder zugeschlagen wurde. Schnell streckte sie den Arm aus und machte die kleine Nachttischlampe aus. Schritte gingen den Korridor entlang in die Küche. Plötzlich kam ihr der Gedanke, daß diese Schritte vielleicht gar nicht Jane oder Brendan gehörten. Sie dachte an die geöffnete Tür des Kinderzimmers; wenn sie nun plötzlich einen Fremden erblickten und schrien? Aufgeregt, aber keineswegs ängstlich – denn sie mußte an die Kinder denken – stand sie auf, zog sich den Morgenmantel über und ging hinaus, um nachzusehen.

Falscher Alarm! Es war Jane; von Brendan jedoch keine Spur.

Jane sah sie nicht. Sie war allein in der Küche, lief hin und her, und während Mrs. Tierney sie aus der Dunkelheit des Korridors beobachtete, füllte sie zwei große Löffel Eiscreme auf einen kleinen Glasteller, öffnete eine Dose Pfirsiche, legte zwei halbe Pfirsiche oben auf die Eiscreme, holte eine Büchse aus dem Eisschrank und spritzte eine Portion Schlagsahne über die Pfirsiche. Dann ging sie zum Büfett, holte ein Glas Maraschino-Kirschen heraus und legte vier Kirschen als Dekoration auf die Schlagsahne. Schließlich nahm sie einen Teelöffel, setzte sich vor den gefüllten Teller und aß drei Löffel. Dann hielt sie inne und blickte zum Eisschrank hinüber. Ihr Kopf sank nach vorn, ihre Schultern bebten. Sie begann zu weinen.

Ich sollte mich wieder in mein Bett legen, sagte sich Mrs. Tierney; das hier geht mich nichts an. Aber trotz dieser Einsicht näherte sie sich der Küchentür. »Was ist denn los, Liebes?«

Jane fuhr zusammen, drehte sich jedoch nicht um. »Ach, Sie sind es«, sagte sie und starrte auf ihren Teller. »Wie – wie geht es den Kindern?«

»Sie waren sehr artig, machten überhaupt keine Schwierigkeiten. Und wie war es auf der Party?«

»So – so.«

»Ich hörte nur, wie Sie nach Hause kamen«, sagte Mrs. Tierney. »Ich war mir nur nicht ganz sicher, ob Sie es waren. Wo ist Brendan?«

Jane aß einen Löffel Eis, bevor sie antwortete. »Er ist immer noch auf der Party.«

Kein gutes Zeichen, dachte Mrs. Tierney. Aber nicht zuviel fragen. »Also, Liebes, dann will ich Sie jetzt in Ruhe lassen.«

Jane blickte noch immer von ihr weg. Geduckt saß sie vor ihrem Teller, ein hübsches Kind, das Haar zu einem leichten Helm aufgetürmt, die Schultern hochgezogen, so daß die Schulterblätter leicht hervortraten, als sie sich vorbeugte, um wieder einen gefüllten Löffel in den Mund zu schieben. Sie trug eine Halskette aus seltsam geformten gelben Steinen, ein antikes silbernes Armband und einen schmalen Ehering aus Platin. Sie wirkte zu jung, um diesen Ring zu tragen.

Mit dem Teelöffel rührte sie in dem Eis herum, kratzte es zusammen, und fischte sich ein Stück Pfirsich heraus. Dann hob sie den Löffel zum Mund, aber mitten in dieser Bewegung hielt sie inne, und zum erstenmal drehte sie sich um und blickte ihre Schwiegermutter an. »Gute Nacht«, sagte sie mit scharfer, ungnädiger Stimme, und Mrs. Tierney, die ihrem Blick nicht auswich, sah in Janes Augen den verächtlichen Ausdruck eines Kindes, das im nächsten Moment den Kopf seiner Puppe auf dem Fußboden zerschlägt. Entsetzt wandte Mrs. Tierney sich ab und verließ ihren Platz an der Küchentür.

»Einen Augenblick noch«, sagte Jane.

Also würden sie sich doch noch unterhalten – von Frau zu Frau; ihr war es nur recht.

»Kennen Sie Ihren Sohn eigentlich gut?« sagte Jane. »Ich meine, wissen Sie irgendwelche Dinge über ihn, die ich nicht weiß?«

»Was meinen Sie damit?«

»Sie kennen ihn länger als ich ihn; das meine ich damit.«

»Aber doch nur so lange, wie er heranwuchs«, sagte Mrs. Tierney. »Nach diesen langen Jahren ist er mir fast fremd geworden.«

»War er als Junge auch schon egoistisch?«

»Gott, ja – wahrscheinlich. Er war immer in sich gekehrt, schon als Kind.«

»Das ist er immer noch«, sagte Jane. »Er denkt immer nur an sich. Manchmal glaube ich beinahe, er haßt mich.«

Während sie dies sagte, lief ihr die Wimperntusche, vermischt mit Tränen, von den Augenwinkeln herunter. Mrs. Tierney reichte ihr ein sauberes Taschentuch, das sie in ihrem Morgenmantel fand. Es wurde angenommen.

»Noch eines«, sagte Jane. »Was würden Sie tun, wenn Sie sähen, wie Ihr Mann eine andere Frau in den Armen hält?«

Mrs. Tierney dachte an Grattan, seinen Widerwillen, geküßt oder berührt zu werden. Sie sah ihn vor sich, wie er ihr sein Gesicht pflichtschuldig entgegenhielt, und spürte das Kitzeln seines dichten Bartes. Grattan – und irgendeine fremde Frau küssen? Das war albern. Sie lachte.

»Was ist daran so komisch?« sagte Jane und starrte sie an.

»Ach«, sagte Mrs. Tierney, »mein Mann war sehr prüde und zurückhaltend. Ich kann mir nicht vorstellen, daß er so etwas getan hätte.«

»Und Brendan? Könnten Sie es sich bei ihm vorstellen?«

»Bei Brendan?« Bei dem kleinen Brendan? Und dennoch war er ihr Fleisch und Blut; bei Sheila hatte sie viel Schlimmeres für möglich gehalten, bei Sheila, die nie hören wollte, was man sich über ihren ständig betrunkenen Freund erzählte. »Ich bin mir nicht ganz sicher«, sagte sie. »Aber das ist eine Seite von ihm, die ich wohl nicht so genau kenne, nicht wahr?«

»Aber es überrascht Sie nicht?«

»Nein, ich glaube nicht.«

»Dafür aber mich«, sagte Jane. »Für wen hält er sich eigentlich? Ich hätte Lust, die Kinder zu nehmen und zu verschwinden.«

Mrs. Tierney blickte auf den dunklen Kopf hinunter; in ihrem Blick lag kein Mitleid. »Und warum?« fragte sie. »Ist er es nicht wert, daß man um ihn kämpft?«

»Er hat sich so verändert«, sagte Jane und fing wieder an zu weinen. »Früher war er nie so wie jetzt, für wen hält er sich eigentlich, dabei ist er im Bett nicht mal besonders großartig, ich bin im Bett viel besser als er, und er hat überhaupt keinen Grund, mich so zu behandeln, denn es gibt eine Menge Männer, die verrückt nach mir sind, und ich hätte ihn schon unzählige Male betrügen können. Wenn er aber glaubt, ich ließe mir alles gefallen, dann irrt er sich gewaltig. Das tue ich nämlich nicht, bestimmt nicht.«

Weinend, den ganzen Körper vom Schluchzen erschüttert, legte sie den Kopf auf die Tischplatte. Das geschmolzene Eis verschmierte ihr Haar. Vorsichtig streckte Mrs.

Tierney ihre Hand aus, um den Teller wegzunehmen, hielt jedoch dann inne.

Allein die Vorstellung, darüber zu reden, ob sie oder ihr Mann im Bett besser gewesen wäre! Sie haben keine Würde, diese Amerikaner. Aber hier war alles anders. Hier gab es kein Gesetz, das vorschreibt, man müsse in einer Ehe aushalten. Ob ich wohl bei Grattan geblieben wäre, wenn es kein Gesetz gegeben hätte, das mich gehalten hätte? Vielleicht nicht.

»Jane«, sagte sie. »Kommen Sie, Jane, nehmen Sie sich zusammen. Setzen Sie sich ordentlich hin. Soll ich Ihnen ein feuchtes Tuch für Ihr Gesicht holen? Warten Sie – ich bin gleich wieder da.«

Im Badezimmer feuchtete sie ein frisches Gesichtstuch an. Als sie es gerade auswrang, hörte sie, daß die Wohnungstür geöffnet wurde. Jane mußte es ebenfalls gehört haben, denn das Schluchzen verstummte. Unschlüssig blieb Mrs. Tierney stehen, das feuchte Tuch in der Hand; sie hatte nur den einen Wunsch, zu Hause und nicht hier zu sein. Schließlich war es eine Angelegenheit, die nur die beiden etwas anging. Sie ließ das Tuch in das Waschbecken fallen und verließ lautlos das Badezimmer, um in ihr Schlafzimmer zurückzukehren. Aber im Korridor torkelte Brendan hinter ihr her und klopfte an die Schlafzimmertür. »Jane? Jane? Darling, laß mich rein. Es tut mir so leid ... Jane? ... Ich möchte mit dir reden ... Jane? ... Mach auf!«

Sein guter blauer Anzug war völlig zerknittert, sein schwarzer Strickbinder verrutscht und das weiße Hemd am Kragen aufgeknöpft. Sein dunkles Haar war zerzauster als gewöhnlich, und sein Gesicht wirkte blaß und kränklich. Er war betrunken. Er wandte sich von der Tür ab und verschwand torkelnd im Wohnzimmer. Mrs. Tierney ging zu ihrem eigenen Zimmer, aber auf dem kahlen Boden des Korridors waren ihre Schritte deutlich zu hören. Im Wohnzimmer drehte Brendan sich um und sah sie. »Mama?« sagte er. »Komm doch mal einen Moment her.«

»Nein, Brendan, es ist schon spät. Gute Nacht.«

»Mama?«

»Mama?« sagte ich, und da stand sie, mit dem alten grauen Haar und einem Haarnetz darüber, wie ein alter Gaul, der auf die Peitsche wartet, eingehüllt in ihren alten blauen Morgenmantel, als warte sie auf die Strafpredigt...

...Und ich – ich goß mir einen Whisky ein – war Macbeth, Macbeth, der dem Lied der Musen gelauscht hatte, gesungen von den lügenden Hexen, Macbeth, der zu später Stunde allein auf den Zinnen steht, während die Eulen rufen, Macbeth, der sich – verwirrt von dem seltsamen Gebaren seiner Frau – an eine der Kammerfrauen wendet. »Komm her«, sagte ich zu ihr. »Komm her, meine Kammerfrau.«

»Was redest du denn da, Brendan?«

»Komm her, liebe Mutter, o meine Mutter. Ich möchte mit dir reden. Wenn ich mein Haus nicht in Ordnung bringen kann, sind alle Pläne vergeblich.«

Ich goß mir mehr Whisky ein, trank ein paar Schlucke und ging zum Fenster. Dort draußen, jenseits des Hudson, sah ich in der Ferne das Ufer von Jersey. Die Lichter des Vergnügungsparks von *Palisades Park* waren erloschen. Ich spürte, daß mein Wald von Birnam nahe war. »Sag mir«, begann ich. »Hast du mit meinem Eheweib gesprochen?«

»Ach, hör doch auf, Brendan. Du bist angeheitert.«

Angeheitert? Ich fand den altmodischen Ausdruck lächerlich. Mein Lachen röhrte durch die späte Stunde, und die Eulen riefen. »Ich bin betrunken, Mutter, betrunken«, sagte ich. »Meine Frau hat mich aus dem Ehegemach ausgesperrt. Was glaubst du wohl, warum sie das getan hat?«

»Das solltest du eigentlich selbst wissen.«

»Aha. Also habt ihr beide miteinander geschwatzt?«

»Brendan, das ist eine Sache, die mich nichts angeht. Ich gehe jetzt zu Bett.«

»Glücklicherweise hast du wenigstens ein Bett. Ich habe nämlich keines.«

»Soll ich dir ein paar Decken auf das Sofa legen?«

Das bernsteinfarbene Naß schaukelte in meinem Glas. Ich trank aus dem Kelch. Betäubt, betrunken, viel betrunkener als vor einer Stunde, und warum? Seit dem Kuß in der Küche hatte ich kein Glas mehr angerührt. »Nein«, sagte ich. »Keine Decken. Macbeth hat den Schlaf ermordet.«

»Wovon redest du eigentlich? Du bist angeheitert, du solltest dich schämen. Ich mache dir jetzt dein Bett zurecht, oder willst du es noch einmal bei Jane versuchen?«

»Nein. Nicht bei Jane. Nicht ins Bett.«

»Dann gute Nacht. Und ich an deiner Stelle würde aufhören zu trinken.«

»Warte«, sagte ich. »Bitte, warte. Ich möchte ...« (Aber was wollte ich, ich wollte jemanden, mit dem ich reden konnte, ich wollte erklären, eine neue Seite aufschlagen, verstehst du, Mutter, hör mir doch zu, liebe Mutter, ich möchte mit dir sprechen, meinen Kopf an deine Brust legen.) »Bitte«, sagte ich. »Es ist noch so früh.«

»Es ist nicht früh, es ist spät. Und morgen muß ich in die Frühmesse.«

»Ach ja. Die Messe. Wenn die Messe nur die Antwort wäre.«

»Die Messe ist die Antwort.«

»Ach, Mama, Mama. Es gibt viel weniger Dinge im Himmel, als deine Philosophie sich träumen läßt.«

»Woher weißt du das?« sagte sie. »Wer hat dir erzählt, was im Himmel ist?«

»Niemand. Das ist es ja gerade. Das ist doch der Grund, warum ich die Schriftstellerei zur Religion gemacht habe.«

Sie lächelte. »Das nennst du eine Religion?«

»Immerhin ist es eine Art Glaubensbekenntnis, daß durch eigene Kraftanstrengungen ein Teil von mir den Leichenbestatter überleben wird.«

»Brendan, das ist keine Religion, das ist pure Eitelkeit. Willst du mir etwas verraten? Bisher hast du nichts Besonderes geleistet – woher bist du dir so sicher, daß du in Zukunft etwas Großartiges leisten wirst?«

»Nur zu, liebe Mutter. Nur immer zu, jetzt fängst du auch noch damit an!«

»Und du bläh dich nur immer auf! Für wen hältst du dich eigentlich? Für Shakespeare? Was bedeutet das schon?«

»Es bedeutet sogar sehr viel.«

»Nicht für Gott – nicht für Ihn.«

Es hatte keinen Sinn! Ich ging zum Büfett und goß mein Glas wieder voll. »Heute abend scheine ich kein Glück zu haben«, sagte ich. »Jane hat sich im Schlafzimmer eingeschlossen, und wir beide streiten uns hier.«

»Es tut mir leid, Brendan, aber angefangen hast du, nicht ich.«

»Meinetwegen, dann habe ich eben angefangen. Aber denkst du jemals an meine Probleme, Mama? Glaubst du, es ist so einfach, dieses Leben zu bestehen, ohne zu wissen, warum oder wozu man da ist?«

»Es ist sicherlich nicht einfach«, sagte sie. »Aber wem willst du die Schuld dafür zuschieben? Dein Vater und ich – wir haben unser möglichstes getan, dich zu lehren, warum und wozu.«

»Hör auf«, sagte ich. »Es hat keinen Sinn, daß wir uns darüber unterhalten, nicht wahr? Zwischen uns gibt es nichts Gemeinsames mehr. Machen wir uns nichts vor, wir leben nicht einmal mehr in der gleichen Welt.«

»Ach, Brendan«, sagte sie. Sie machte ein Gesicht, als wolle sie weinen, und betrunken und wütend, wie ich war, hatte ich das Gefühl, ebenfalls weinen zu müssen. »Es tut mir leid«, sagte ich. »Es ist nicht deine Schuld, es ist allein meine Schuld.«

»Ich an deiner Stelle«, sagte sie, »würde für eine Minute mal nicht mehr an mich, sondern an meine Frau denken. Ich würde hingehen und mich bei ihr entschuldigen.«

»Aber wenn sie mich nicht einmal hineinläßt?«

»Versuche es doch noch einmal.«

Ich hob mein Glas, um einen Schluck zu trinken.

»Und hör auf zu trinken«, sagte sie. »Brendan, was soll aus dir werden, wenn du weiter so trinkst?«

»Ich höre schon auf«, erwiderte ich. »Sofort. Und wenn ich auch bisher noch nichts Besonderes geleistet habe – warte es nur ab. Ja, warte es ab, meine alte Kammerfrau. Und Max Bronstein und der verdammte Jackson Clayburn und diese bildschönen Mädchen mit ihren orangefarbenen Hintern, sie sollen nur abwarten. Ich werde es ihnen schon zeigen!«

»Brendan!«

»Verzeihung.« Ich stellte das Whiskyglas auf die Anrichte, nahm die Krawatte ab und zog das Jackett aus. »Morgen«, sagte ich sehr ernst und sehr betrunken, »werde ich einen Kater haben, der mir den ganzen Tag zu schaffen machen wird. Jane wird schlechter Laune sein; die Kinder werden Krach machen. Aber morgen ist der letzte vergeudete Tag. Am Sonntag werde ich ein völlig veränderter Mensch sein. Du wirst es erleben. Von jetzt an gibt es keine vergeudeten Tage mehr. Und nun will ich versuchen, etwas zu schlafen.«

»Soll ich dir eine Decke holen?«

»Nein.« Ich ging zu ihr, nahm sie in die Arme und lehnte meine Stirn gegen die ihre. »Gute Nacht«, sagte ich. »Und mach bitte das Licht aus.«

Ich legte mich auf das Sofa, zog meine Schuhe aus und nahm die Füße hoch. Ich sah sie in der Tür stehen, alt und schwerfällig, in ihrem blauen wollenen Morgenmantel, das graue Haar in einem Haarnetz. Unbeirrt in ihrem Glauben.

»Gute Nacht, Brendan.«

Das Licht ging aus. Durch das Fenster sah ich den Widerschein der Straßenlaternen vom Riverside Drive. Hinter den Straßenlaternen floß der nächtliche Fluß ins Meer hinunter. Und ich glitt auf dem dunklen Fluß dahin, glitt in den Schlaf.

Um drei Uhr wachte Jane auf; sie hatte auf dem Bauch ausgestreckt auf dem Bett gelegen und noch nicht einmal das Partykleid ausgezogen. Er lag nicht in dem Bett neben ihr – er war weggegangen, zurück zu jenem Mädchen. Er hatte sie verlassen. Entsetzliche Wut, die sogar Unsinn plötzlich sinnvoll erscheinen ließ, trieb sie auf den Korridor hinaus, wo sie nach ihm suchte, in dem einzigen Wunsch, ihn umzubringen. Nirgends in der Wohnung brannte Licht. Er war verschwunden. Aber wie konnte sie ihn umbringen, wenn er weggegangen war? Das alles war so ungerecht, daß sie am liebsten geweint hätte, aber dazu war jetzt keine Zeit. Sie lief in die Küche – auf dem Tisch der Teller mit dem geschmolzenen Eis, die Stühle kreuz und quer, aber kein Mensch da –, dann die Diele, wo sie nach dem Lichtschalter für das Wohnzimmer suchte. Zu Weihnachten waren ihre Eltern einmal auf die Bermudas gefahren und hatten sie und ihre Schwester Barbara in der Schule von Poughkeepsie zurückgelassen. Sie hatte entsetzliche Angst davor, allein gelassen zu werden.

Als sie das Licht jedoch angeknipst hatte, sah sie, daß sein Jackett auf dem Fußboden lag, daß seine Schuhe auf dem Teppich standen und daß er auf dem Sofa lag und schlief. Er war nicht weggerannt. Er stöhnte, als das Licht anging, und murmelte irgend etwas im Schlaf. Ob er vielleicht von dem Mädchen träumte? »Brendan«, sagte sie. »Brendan?« Sie schüttelte ihn.

Er fuhr hoch, als hätte sie gesagt, das Haus stünde in Flammen. »Was ist los?«

»Brendan, du weißt, was los ist.«

»Ach so«, sagte er. »Das.«

Sie starrte ihn an. Sie begann zu weinen.

»Hör zu«, sagte er, »es tut mir leid. Ich weiß auch nicht, was in mich gefahren ist. Ich glaube, ich war nur auf Max wütend, und deswegen war ich auf alle wütend.«

»Auf dieses Mädchen scheinst du allerdings nicht gerade wütend gewesen zu sein.«

»Es tut mir leid, Darling. Es tut mir wirklich leid.«

Damit war also die Sühnelitanei eröffnet. Sie absolvierten ihren Wechselgesang demütig wie Mönch und Nonne, zumal sie alle ungewöhnlichen Erklärungen auswendig kannten und voller Vertrauen waren, daß sie durch diesen Wechselgesang wieder Vertrauen, Ergebenheit, Gehorsam und Zutrauen in ihrer Ehe erlangen konnten. Binnen weniger Minuten sahen sie sich der Alternative von zwei Ritualen gegenüber, die derartige Geständnisse normalerweise beendeten – einem Liebesakt oder der gegenseitigen Analyse ihrer Fehler. Und weil es so spät war, weil er getrunken hatte, weil sie mit eigenen Augen gesehen hatte, wie er eine andere Frau geküßt hatte, und weil sie sich ihrer Überlegenheit versichern mußte, entschieden sie sich an diesem Abend für den ersten Ritus: Ihre Hände streiften ihm das Hemd ab, seine Hände strichen an ihrem Körper nach oben, zogen den Reißverschluß ihres Kleides auf, streiften das Kleid von ihren Schultern, ihre Hände waren an der Schnalle seines Gürtels, seine Hände an ihrem Büstenhalter, ihre Hände an seinen Genitalien, seine Hände an ihren Schenkeln, Hände am Gurtband, Hände auf dem Fleisch, geschlossene Augen, Mund auf Mund, die Körper bewegten sich in fieberhafter Trance, als wäre der Akt selbst ein Akt der Kommunion, als nähme der eine damit alle Vergehen, alle Schuld des anderen auf sich.

Aber bald langweilte es sie. Was er tat, war immer genau vorauszusagen. Für ihn bestand Sex aus einem bestimmten Vorspiel, aus einer einzigen Position und einer rituellen Beendigung durch das Anzünden einer Zigarette. In seinem ganzen Verhalten war er ein typischer Angelsachse, niemals der dunkelhäutige Verführer. Und dennoch war der Liebesakt die einzige Lösung für Streitigkeiten, Tränen und Enttäuschungen, die sie kannnte. Und wenn er befriedigt war, würde er auch für die feinere Art der Inquisition bereit sein, die sie beabsichtigte.

Und während sie also, eine Zigarette rauchend, auf dem Boden des Wohnzimmers lagen, nackt und warm und ruhig, wechselte sie in den zweiten Teil der Litanei über, indem sie mit dem Treueid begann.

»Ich liebe dich, Brendan.«

»Ich dich auch.«

»Wirklich? Schläfst du wirklich lieber mit mir als mit einem neuen Mädchen?«

»Natürlich.«

»Warum hast du dich dann heute abend mit diesem Mädchen abgegeben?«

»Ich war betrunken. Und abgesehen davon habe ich dir bereits erzählt, daß ich mich über Max geärgert hatte.«

»Warst du eifersüchtig, weil er diesen Leckerbissen bei sich hatte?«

»Welchen Leckerbissen?«

»Du weißt genau, wen ich meine. Ich habe selbst gesehen, wie du mit ihr geredet hast. Dieses Modell.«

»Ist sie ein Modell?«

»Wieso? Interessiert sie dich?«

»Natürlich nicht.«

»O ja, du interessierst dich für sie. Du wolltest mit ihr schlafen, und weil du das nicht konntest, hast du dich mit dieser Revere eingelassen.«

»Sei doch nicht albern.«

»Aber es stimmt«, sagte sie. »Es stimmt.«

Um sie zum Schweigen zu bringen, aber auch aus Schuldbewußtsein, begann er, sie von neuem zu lieben, diesmal jedoch langsamer, mit dem einzigen Verlangen, sie zu befriedigen. Und da ihre Mission zur Hälfte erfüllt war, ließ sie zu, daß sie sich entspannte und belohnt wurde, und auf diese Weise genoß sie es mehr als sein wildes Gebaren beim erstenmal. Er war kein dunkelhäutiger Verführer, keine schwarzen Locken auf männlicher Brust erregten die Warzen ihrer Brüste. Aber zumindest geschah diesmal alles auf eine Weise, die ungewohnt war: auf dem Fußboden ihres Wohnzimmers im Dunkeln, mitten in der Nacht.

»Was war das?« sagte er.

Sie lauschten. Er sprang auf. »Eines der Kinder?«

Es war ein schwerer Schritt, nicht der eines Kindes. Er strebte zum Badezimmer. Die Tür des Badezimmers wurde geschlossen. Wie ertappt schlichen sie im Dunkeln umher, tasteten nach Kleidungsstücken, verstohlen wie Einbrecher...

Geräusche aus dem Badezimmer, donnernd in der nächtlichen Stille. Die Tür öffnete sich. Im Lichtschein des Badezimmers erschien Mrs. Tierney für einen kurzen Moment; sie schaltete das Licht aus und ging dann den Korridor entlang in ihr eigenes Zimmer zurück. Die Tür ihres Zimmers schloß sich.

»Verdammt noch mal«, sagte Brendan. »Ausgerechnet jetzt, wo wir...«

»Ich komme mir vor, als lebte ich in einem Aquarium«, sagte sie. »Komm her.«

Sie ließ die Kleidungsstücke fallen und ging quer durch das Zimmer und trat ungeniert an das Fenster. Sie blickte auf die Straßenlaternen hinunter, auf die leere Straße, und sie verspürte eine leise Enttäuschung. Kein wilder Fremdling stand da unten an der Ecke und bewunderte ihren überraschend reifen Körper, kein dunkelhäutiger Verführer ließ seine Zigarre fallen und starrte zu ihr hinauf, mit Augen, die vor Verlangen funkelten.

Aber vielleicht sah sie ihn nur nicht; vielleicht lauerte er hinter jener Baumreihe am Ufer des Flusses und beobachtete sie?

»Jane, um Himmels willen, wirst du sofort vom Fenster weggehen!«

»Ich komme schon«, sagte sie. Aber noch einmal wandte sie sich zum Fenster, zeigte dem Fremdling alles, was sie zu zeigen hatte, und reizte ihn, der jenseits der Bäume stand, doch zugleich, ohne es zu merken, reizte sie Brendan, denn er trat plötzlich hinter sie, zerrte sie vom Fenster weg und zuckte plötzlich zusammen, weil sie ihn in die Hand gebissen hatte.

»Verdammt noch mal, Jane, das tut weh.«

»Dann schlage mich doch«, sagte sie. »Verprügele mich.«

Aber das tat er natürlich nicht; solche Dinge begriff er nie. Er küßte und streichelte sie auf seine übliche Weise, und wenige Minuten später griff er über sie hinweg nach seinen Zigaretten. Warum war er so ein lausiger Liebhaber? Ab Montag würde sie in der Stadt in einem Büro arbeiten. Wie wohl die Männer waren, die in Louises Büro arbeiteten?

Er versetzte ihr einen Klaps auf das Gesäß. »Hat dir eigentlich schon mal jemand gesagt, daß du einen hinreißend fetten Hintern hast?«

»Er ist nicht fett.«

»Doch.«

»Jedenfalls brauche ich nicht erst meine Brille abzunehmen, wenn ich einen Mann küssen will«, sagte sie. »Was habt ihr beide eigentlich im Badezimmer gemacht?«

»Nichts. Nur geredet.«

Das war natürlich eine Lüge, aber wenn schon. Sie war nicht einmal mehr eifersüchtig. Sie drehte ihren Kopf zur

Seite und betrachtete den Widerschein der Straßenlaternen. Jenseits dieser Laternen, im Dunkeln, stand irgendein dunkelhäutiger Mann, der nur darauf wartete, sie zu vergewaltigen. Er würde seine Beute zu dem wartenden Boot hinuntertragen, die Hand auf dem Mund seines Opfers, während das Boot langsam den nächtlichen Fluß hinab zum Meer glitt. Was waren das wohl für Männer, die bei Louise arbeiteten? Am Montag würde sie ihr gelbes Seidenkleid ins Büro anziehen. Darin sah sie besonders jung aus.

Jeder Park ist eine Welt für sich, abgegrenzt von allen anderen. Auf dem Spielplatz im Central Park, in der Nähe des Kindergartens, den die beiden kleinen Tierneys besuchten, hatte Mrs. MacAnaspey, die bei weitem regelmäßigste Besucherin, zwei Wochen damit verbracht, das Kommen und Gehen der Neuen zu beobachten. Die Kinder kannte sie bereits. Die Mutter, ein Künstlertyp, die die beiden Kinder bislang begleitete, hatte sie gleich nicht ausstehen können.

Aber die Neue war vielversprechender. Und als sie deshalb an einem warmen Tag, als alle Bänke in der Nähe des Spielplatzes besetzt waren, die zögernd näher kommende Mrs. Tierney bemerkte, während die beiden Kinder zu den Schaukeln liefen, nahm Mrs. MacAnaspey einen Stoß Zeitungen hoch und nickte Mrs. Tierney zu, um ihr damit zu sagen, daß sie einen Platz freigehalten hätte.

Als Mrs. Tierney sich setzte, war Mrs. MacAnaspey gezwungen, ein Stückchen zu rücken, und dadurch wurde Bubbles auf ihrem Schoß gestört. Seine kleinen Augen, die unter den langen, ihm fast bis zur Schnauze reichenden weißen Haaren kaum zu sehen waren, suchten den Grund dieser Störung zu erforschen. Laut bellend äußerte er seinen Protest.

Mrs. Tierney, die dankbar lächelte, sah, wie die beringte Hand von Mrs. MacAnaspey sich bewegte, um den kleinen weißen Hund zu besänftigen, der wie ein Muff auf ihrem Schoß lag. Sicherlich war Mrs. MacAnaspey verwitwet, denn sie trug Trauerkleidung: schwarzen Seidenmantel, schwarzseidenes Chiffonkleid, schwarze Strümpfe und Schuhe sowie eine Kette aus kleinen Perlen um den geröteten Hals.

»Aber Bubbles«, sagte Mrs. MacAnaspey, »nun sei doch ruhig.«

Sie wandte sich an Mrs. Tierney. »Warm ist es heute, nicht wahr?« begann sie.

»Ja, ein herrlicher Tag. Was haben Sie für einen niedlichen kleinen Hund.«

»Ja, er ist ein süßer Kerl. Nicht wahr, Bubbles?«

»Ist das ein kleiner Terrier?«

»Aber nein!« sagte Mrs. MacAnaspey. »Es ist ein Malteser Hündchen. So heißt diese Rasse. Kein Malteser-Terrier, sondern ein Malteser Hündchen. Es ist eine sehr alte Rasse, Könige liebten diese kleinen Hunde besonders. Wenn Sie einmal in das Kunstmuseum gehen, können Sie auf den alten spanischen Gemälden diesen Hund auf dem Schoß von Königen und Königinnen sehen. Bubbles ist ein königliches Hündchen.«

»Ach, wirklich?«

»Ja, ein kleiner Frechdachs ist er außerdem«, sagte Mrs. MacAnaspey und streichelte Bubbles Kopf. »Sind das Ihre Enkel – da drüben bei der Schaukel?«

»Ja.«

»Früher kam immer die Mutter mit hierher«, sagte Mrs.

MacAnaspey. »Ich kenne jeden, der in den Park kommt. Dieser Frechdachs«, sagte sie und strich über Bubbles' Kopf, »mag den Park besonders gern. Und er ist der Boß, verstehen Sie? Ich meine, was er will, will ich auch. Wenn er ißt, esse ich auch. Wenn er nicht ißt, esse ich ebenfalls nicht. Sie sind Irin, nicht wahr?«

»Ja.«

»Ich habe nämlich neulich gehört, wie Sie mit den Kindern sprachen, und da habe ich sofort zu Bubbles gesagt, das ist eine Irin. Mein verstorbener Mann war ebenfalls Ire und stammte aus Boston. Ich dagegen bin deutscher Abstammung. Sind Sie hier geboren?«

»O nein, ich bin erst vor einem Monat herübergekommen.«

»Was Sie nicht sagen! Hast du gehört, Bubbles, sie ist erst vor einem Monat herübergekommen; was sagst du dazu, Bubbles? Ist Ihr Mann auch mitgekommen?«

»Nein. Er ist tot.«

»Ja, ja die Männer gehen immer zuerst, nicht wahr? Und daß man Kinder hat, könnte man genausogut vergessen. Meine Tochter wohnt in Kalifornien. Vorige Woche rief sie mich an, nur um guten Tag zu sagen. Seit Ostern hatten wir nichts mehr von ihr gehört, nicht wahr, Bubbles? Also ruft sie einfach an, um guten Tag zu sagen, aber im Grunde wollte sie, daß ich ihr irgend etwas von Hammacher Schlemmer besorge. Sie rufen immer nur an, wenn sie etwas wollen, nicht wahr, Bubbles? Sehen Sie da drüben den Mann, den mit dem Halstuch?«

»Ja – er kommt oft hierher, nicht wahr?«

»Ja, er wohnt drüben auf der anderen Straßenseite. Drei Herzanfälle hat er in den letzten beiden Jahren gehabt. Sind Sie nur auf Besuch, oder bleiben Sie für immer hier?«

»Ich habe vor zu bleiben. Meine Schwiegertochter geht wieder arbeiten, da habe ich mit den Kindern alle Hände voll zu tun.«

»Und die beiden machen es Ihnen wohl nicht leicht, was? Sie sehen müde aus – was meinst du, Bubbles?«

»Das kommt von der Hitze«, sagte Mrs. Tierney. »Ich bin nämlich nicht daran gewöhnt.«

»Sie spricht von Hitze – hast du das gehört, Bubbles? Anfang Mai findet sie es schon heiß. Warten Sie nur bis zum Sommer. Heiß! Im Sommer stirbt man hier vor Hitze.«

Bubbles setzte sich auf und blinzelte Mrs. Tierney an. Er schnüffelte, und seine Zunge, nicht größer als ein Primelblatt, leckte ihr Handgelenk.

»Du magst sie«, sagte Mrs. MacAnaspey entzückt. »Und wenn du sie magst, mag ich sie auch – was, Bubbles?«

Und so freundeten sie sich an.

Die Bekanntschaft mit Mrs. Katharine Duke kam durch Lisa zustande. Lisa rannte mit ihrem Ball herum, stieß ihn mit dem Fuß weiter und schoß ihn direkt in Mrs. Dukes Gesicht, das von der Sonne wie gegerbt war. Dabei wurde der Sonnenreflektor verschoben, dessen Bänder um das kastanienbraun gefärbte Haar von Mrs. Duke gebunden waren. Mrs. Tierney ging sofort hinüber und entschuldigte sich. Mrs. Duke hatte bereits gemerkt, daß Mrs. Tierney den Kindern nicht erlaubte, um die Bänke herumzurennen, auf denen Fremde saßen, und sich dabei die Lunge aus dem Halse zu schreien – im Gegensatz zur Mutter der Kinder, die nichts dabei gefunden hatte. Sie erlaubte den Kindern auch nicht, sich schmutzig zu machen, und kaufte ihnen nicht jede Stunde irgendwelche Bonbons oder Eis, wie es einige junge Mütter taten. Mrs. Duke, die niemals über ihr Alter sprach und es sich wohl auch selbst nicht eingestand, wußte sehr wohl, daß man sich in der Gesellschaft jüngerer Leute ebenfalls jünger fühlt; Mrs. Tierney gegenüber gestand sie jedoch ein, daß ihr die Art der älteren Generation manchmal vertrauter wäre. Ihre einzige Tochter war mit einem Mann verheiratet, der für eine große Nahrungsmittelfirma arbeitete und im Ausland lebte. Sie erzählte Mrs. Tierney, daß ihre Tochter sie wie eine Altersgenossin behandelte, sie Kitty nannte, und manchmal während dieser Art von Unterhaltung dachte Mrs. Tierney unwillkürlich, ob Mrs. Duke nicht überhaupt die jüngste Mutter wäre, die je ein Kind empfangen hatte. Nach allem, was Mrs. Duke berichtete, konnte sie damals nicht älter als höchstens fünfzehn gewesen sein. Mr. Duke lebte in Pittsburgh, wo auch Mrs. Duke bis zu ihrer Scheidung gewohnt hatte. Sie zeigte Mrs. Tierney einmal eine Fotografie von ihm, die in einer Pittsburgher Zeitung erschienen war. Darauf sah er ziemlich alt aus.

Mrs. Duke kam nur an sonnigen Tagen zum Spielplatz; aber an diesen Tagen erschien sie sehr früh und ging erst spät. Ihr Mittagessen, das sie sich immer mitbrachte, bestand unveränderlich aus einem Becher Joghurt, vier getrockneten Feigen und einer Vitamintablette. Sie erzählte Mrs. Tierney, daß sie täglich zwei Stunden lang Gymnastik mache und ihr Gesicht und ihren Hals nachts mit einer Spezialcreme einriebe. Sie hatte einen Freund, der sie in Konzerte und zu Ballettvorführungen begleitete und an manchen Sonnabenden zusammen mit ihr in den Park kam. Er war sehr braun gebrannt, und wäre nicht sein graues Haar gewesen, man hätte ihn für einen jungen Mann in den

Zwanzigern halten können. Er besaß ein Antiquitätengeschäft in den East Sixties, und wenn man Mrs. Duke glauben konnte, hatte er einen erlesenen Geschmack.

Mit Mrs. MacAnaspey sprach Mrs. Duke nicht. Als Mrs. MacAnaspey einmal beobachtete, daß sich Mrs. Tierney mit Mrs. Duke unterhielt, sagte sie mit vernehmlicher Stimme zu Bubbles, daß gewisse Leute sich lieber ihrem Alter entsprechend aufführen sollten.

Die einzige regelmäßige Parkbesucherin, die mit allen anderen regen Kontakt hatte, war Mrs. Hofstra, eine rundliche mütterliche Person, die merkwürdige Keramikketten trug, die sie selbst entworfen und angefertigt hatte. Ihr Mann, ein Autohändler, hatte geschäftlich Erfolg gehabt, und da sie jetzt den ganzen Tag über ein Dienstmädchen hatte, war Mrs. Hofstra mit fünfundfünfzig Jahren in eine Malklasse eingetreten und nahm außerdem an einem Schriftstellerkursus und an einem Töpfereilehrgang teil. Doch an jedem Montag-, Mittwoch- und Freitagnachmittag unterbrach sie ihre vielfältigen Studien, um ihren Enkel zum Spielplatz zu bringen, damit ihre Tochter im Memorial Hospital einen Sozialfürsorgekurs mitmachen konnte.

Mrs. Hofstra war die erste regelmäßige Parkbesucherin, die Mrs. Tierney mit einem Kopfnicken begrüßt hatte, und sie war die einzige, die nicht daran interessiert zu sein schien, ausschließlich über sich selbst zu sprechen. Mrs. Hofstra wollte vielmehr wissen, welchen Eindruck Amerika auf Mrs. Tierney machte, wie sie über Irland dachte, welche Erfahrungen sie als Mutter gemacht und welche Meinung sie von Picasso hatte. Mrs. Hofstra interessierte sich sehr für Picasso.

»Ein derart schöpferischer Mensch«, sagte sie. »Mit achtzig hat er noch den Körper eines jungen Mannes. Und wissen Sie auch warum, Mrs. Tierney? Weil seine Schaffenskraft ihn jung erhalten hat. Es besteht nämlich eine enge Beziehung zwischen schöpferischer Tätigkeit und Jugendlichkeit.«

»Dann ist es ein Jammer, daß nicht jeder von uns ein Genie sein kann«, meinte Mrs. Tierney dazu.

»Aber Sie vergessen dabei das Wichtigste«, sagte Mrs. Hofstra. »Ich meine, es gibt überall um uns herum so wunderbare Möglichkeiten für eine schöpferische Aktivität. Ich hatte selbst keine Vorstellung davon; mir ging es wie Ihnen, bis ich mich dafür interessierte. Nehmen Sie beispielsweise die Malklasse, die ich jetzt besuche. Zum größten Teil malen wir abstrakt, aber Sie können sich gar nicht vorstellen, wie es innerhalb unserer Gruppe derart wunderbare spontane Ausbrüche gegeben hat. Wir haben unter uns Malern, die gar nicht wußten, welche schöpferischen Fähigkeiten in ihnen steckten, bis sie es ausprobierten. Und das gleiche erlebte ich in unserem Schriftstellerkurs. Meine Liebe, Sie haben gar keine Vorstellung davon, wieviel Freude es bereiten kann, sich hinzusetzen und wirklich zu schreiben. Vielleicht liegt hier auch Ihre Stärke, da Ihr Sohn selbst Schriftsteller ist. Schließlich ist Genialität doch erblich, nicht wahr?«

»Vielleicht – aber nicht von mir«, sagte Mrs. Tierney. »Das Äußerste, was ich zustande bringe, ist ein Brief.«

»Aber woher wollen Sie das wissen, wenn Sie es nicht ausprobiert haben?« fragte Mrs. Hofstra. »Nehmen Sie beispielsweise Picasso. Angenommen, er hätte es nie probiert? Er wäre heute ein alter Mann, völlig unbekannt, und würde in irgendeinem Elendsviertel von Barcelona hausen.«

»Ist er denn nicht trotzdem ein alter Mann?« wollte

Mrs. Tierney wissen. »Ich dachte, Sie hätten vorhin gesagt, er sei achtzig.«

»Ja, aber er ist nicht alt – er ist jung«, sagte Mrs. Hofstra. »Er sieht jung aus, fühlt sich jung und ist immer noch produktiv. Das allein zählt.«

»Trotzdem ist er achtzig«, sagte Mrs. Tierney. »Mag er sich noch so jung fühlen – er ist trotzdem ein alter Mann. Er mag sich fühlen, wie er will: Lange wird er auf dieser Welt nicht mehr sein.«

»Das ist negatives Denken, meine Liebe. Aber das Gegenteil von Tod ist schöpferische Arbeit, oder vielleicht nicht? Wenn man schöpferisch tätig ist, verjüngt man sich selbst, ist das nicht logisch?«

»Aber wenn man nun keine derartige Begabung hat?« sagte Mrs. Tierney. »Ich meine, die meisten Leute sind doch nun einmal ganz gewöhnliche Sterbliche.«

»Aber woher wollen Sie das wissen?« fragte Mrs. Hofstra triumphierend. »In fast jedem Menschen liegen verborgene Quellen, schlummern ungeweckte Talente. Und wenn ich an mich selbst denke, dann muß ich sagen, daß ich äußerst erstaunt war.«

Das erinnerte Mrs. Tierney an Brendans Geschwätz. Sie sahen nur die Wahrheit, die sie sehen wollten. Trotzdem hatte sie Mrs. Hofstra gern. Mrs. MacAnaspey und Mrs. Duke waren nette Menschen, denen zuzuhören Spaß machte; mit Mrs. Hofstra hingegen konnte man sich unterhalten. Und Gott allein wußte, daß sie in letzter Zeit Menschen brauchte, mit denen sie sprechen konnte.

Drei Wochen waren seit jener Party vergangen, von der Brendan betrunken nach Hause gekommen war, und sie mußte wirklich sagen, daß Brendan seitdem hart gearbeitet hatte. Er war kaum mehr zu Hause, sondern immer in jenem Zimmer, in dem er arbeitete. Jane war jetzt ebenfalls wieder berufstätig, und mit keinem Wort war mehr davon die Rede, daß Mrs. Tierney herübergekommen war, um hier ihren Urlaub zu verbringen. Es war vielmehr, als hätte sie statt der beiden Kinder jetzt vier in der Wohnung.

»Aber man verlangt viel zuviel von Ihnen«, sagte Mrs. Hofstra, die sich ausführlich nach den Pflichten und Tätigkeiten von Mrs. Tierney erkundigt hatte. »Sie haben überhaupt keine Zeit für sich selbst.«

»Zeit für mich selbst? Ach, als mein Mann gestorben war, da hatte ich viel zuviel Zeit für mich. Jetzt sind die Tage kurz, und das ist die Hauptsache.«

»Natürlich, Künstler können manchmal sehr fordernd sein«, sagte Mrs. Hofstra. »Trotzdem beneide ich Sie, daß Sie mit Ihrem Sohn und seiner Frau zusammenleben. Sie müssen wahnsinnig interessante Gespräche führen.«

Mrs. Tierney blickte zum Spielplatz hinüber. Gespräche? Der kleine Liam stand oben auf der Rutschbahn. Lisa saß auf einer Schaukel. Gespräche? Abendbrot mit den Kindern, und dann sitze ich um acht Uhr abends in meinem Zimmer vor dem Fernsehapparat. Gespräche. Glaubst du, daß Lisa sich erkältet hat? Würden Sie so nett sein und Liams Badewasser einlassen? Gespräche. Bist du müde, Mama? Ich hoffe, die Kinder werden dir nicht zuviel. Wir gehen jetzt weg. Du bleibst doch daheim, nicht? Vielen Dank – es wird nicht spät werden.

Sie mußte Frank Finnerty, ihren Vetter ersten Grades, unbedingt anrufen. An einem Abend mal, wenn sie nicht müde war – vielleicht nächste Woche. Inzwischen war der Park die einzige Möglichkeit zu Gesprächen für sie. Und sie freute sich auf diese Gespräche. Nett war das, den Weg entlangzugehen und überall die Damen sitzen zu sehen, um dann zu überlegen, welche man mit seiner Gegenwart beehren sollte.

»Sieh mal, wer da kommt, Bubbles«, sagte Mrs. Mac Anaspey dann wohl. »Das ist doch die Dame, die du so gern magst. Wie geht es Ihnen, meine Liebe? Warm heute, nicht wahr?«

»Entsetzlich warm.«

»Dabei sind es erst dreiundzwanzig Grad im Schatten«, sagte Mrs. MacAnaspey. »Es liegt nicht an der Hitze, sondern an der Feuchtigkeit.«

Dreiundzwanzig Grad im Mai – da war es jetzt schon sehr viel wärmer, als es jemals zu Hause im Hochsommer wurde. Und sie hatte nur Kleidung für Winter und Frühjahr mitgenommen. Sie würde sich also ein paar Sommerkleider anschaffen müssen. Geld, das war hier das Schrecklichste. Zu Hause hatte das wenige, was sie besaß, nur ihr gehört; sie hatte es ausgeben können, wie sie wollte. Aber hier gab Brendan ihr hin und wieder zwanzig Dollar, um dafür Lebensmittel zu kaufen, und wenn sie ihm das Wechselgeld zurückgeben wollte, machte er eine abwehrende Handbewegung, als wäre sie ein Dienstmädchen, das auf ein Trinkgeld wartete. Scheußlich war es. Sie setzte sich neben Mrs. MacAnaspey und nahm Lisas Ball sowie Liams Wasserpistole an sich, bevor sie die Kinder zu den Schaukeln schickte. Irgendwie war es in dieser Stadt immer so stickig, daß man ständig das Gefühl hatte, keine Luft zu bekommen.

»Die Kinder«, sagte Mrs. MacAnaspey, »haben jetzt sehr viel bessere Manieren, seit Sie sich um sie kümmern.«

An den letzten beiden Wochenenden hatte sich Jane, wenn sie aus dem Büro nach Hause gekommen war, auf Lisa und Liam gestürzt, als wären sie Waisenkinder, hatte mit ihnen gespielt, hatte sie verwöhnt und alle Disziplin wieder zunichte gemacht, die Mrs. Tierney ihnen im Laufe der Woche beigebracht hatte. Aber diese mütterliche Aufmerksamkeit dauerte nie länger als einige Stunden. Nachdem Jane ihre Pflichten als Mutter erst einmal losgeworden war, hatte sie gar nicht mehr das Verlangen, sie wieder zurückzubekommen. Zumindest nicht für den ganzen Tag. Es ist einfach lächerlich, sich so aufzuführen. Fast kommen ihr die Tränen, nur weil ich dafür gesorgt habe, daß die Kinder ihre Kleidungsstücke ordentlich auf den Stuhl legen. »Glauben Sie nicht, daß die beiden dafür noch zu jung sind«, sagte sie. »Zu jung?« sagte ich. »Man ist nie zu jung, um gutes Benehmen zu lernen.« Und dann das Theater mit den Eßproblemen, wie sie es nennt. Bei den schwarzen Babys in Afrika gibt es keine Eßprobleme, stimmt's? Wie meine alte Tante immer sagte: »Wenn man den Weg zum Mund nicht findet, braucht man auch nichts.«

O Gott, ist es heiß. Die Luft ist stickig wie schlechter Atem. »Natürlich spielt da die Umgebung auch eine große Rolle«, sagte Mrs. MacAnaspey. »Ich finde immer, daß Kinder in einer vornehmen Wohngegend nie so ungezogen sind. Die Gegend um den Riverside Drive gehörte ja früher einmal zu den vornehmsten. Das war allerdings, bevor sich die Puertorikaner in diesem Viertel ansiedelten. Heutzutage ist dort ein Menschenleben nicht mehr allzuviel wert, wenn man sich nachts auf die Straße wagt.«

»Ach, so schlimm ist es meiner Ansicht nach nicht«, sagte Mrs. Tierney. »Letzten Sonntag habe ich viele dieser Leute bei der Messe gesehen. Schließlich sind es Katholiken – genau wie wir.«

»Katholiken?« sagte Mrs. MacAnaspey. »Das ist die

Sorte Katholiken, die einen mit dem Rosenkranz erwürgt, weil man einen Dollar im Portemonnaie hat.«

Die Katholiken waren hier nicht gerade tolerant, hatte Mrs. Tierney bereits festgestellt. In den Sonntagspredigten der Priester kam selten einmal das Wort Gott vor; dafür sprachen sie um so häufiger von den Kommunisten, von den Chinesen und so weiter. Und dann dieser Bischof im Fernsehen, ausstaffiert mit Kruzifix, Talar und Barett, und dann erzählte er Witze, von denen einige nicht gerade geschmackvoll waren. Besonders fromm wirkte dieser Mann keineswegs. Was nun Mrs. MacAnaspey betraf, so mußte gesagt werden, daß sie allen Menschen gegenüber äußerst kritisch war.

»Gran? Granny?«

Es war Lisa, die ganz blaß angestürzt kam. Was wohl jetzt wieder los war, dauernd war irgend etwas los mit diesen Kindern, für ihr Alter waren sie noch schrecklich unselbständig. »Was ist denn, Lisa?« sagte sie.

»Liam ist hingefallen, dort drüben.«

Mrs. Tierney erschrak; ein Mann kam vom Spielplatz herüber, mit Liam auf den Armen. Als sie ihm entgegenging, sah sie, daß sein Gesicht schmutzig war. Schmutz vermischt mit Blut, ein klaffender Riß auf der Stirn, und sein Gesicht war totenblaß. »Er stand auf der Rutschbahn«, sagte der Mann. »Ganz oben stand er und wartete, daß er an die Reihe käme. Eines der Kinder hat ihn geschubst, und da ist er die Leiter hinuntergefallen.«

Die Leiter? Sie sah sich um. Von oben waren es gut drei Meter. Die Krankenschwester in ihr gewann die Oberhand, als sie Liam dem Mann abnahm. Das Kind weinte nicht einmal. Es hatte einen Schock bekommen. »Ist er auf den Kopf gefallen, oder hat sein Körper den Sturz abgefangen?« fragte sie, als sie Liams Kopf anhob und in seine Augen blickte, um zu sehen, ob seine Pupillen verengt waren. Irgendwie wirkten sie kleiner als sonst, aber ganz sicher war sie sich nicht.

Der Mann war sich auch nicht sicher. Er hatte zwar gesehen, daß Liam hinuntergefallen war, hatte jedoch nicht beobachtet, wie er gefallen war.

»Hast du es gesehen, Lisa?«

»Nein, Gran.«

»Es ist nur eine Platzwunde«, sagte Mrs. MacAnaspey, die nicht aufgestanden war, weil sie Bubbles nicht stören wollte. Mrs. Tierney fiel ein, daß Menschen, die Hunde lieben, für Kinder nichts übrig hatten. Sie drehte Mrs. MacAnaspey den Rücken zu, und mit dem Kind auf den Armen ging sie zum Springbrunnen und säuberte die Wunde. Sie war nicht tief, aber das Kind machte den Eindruck, als hätte es eine Gehirnerschütterung. Möglicherweise war es sogar ein Schädelbruch.

»Ist er verletzt?« sagte Mrs. Duke, die näher kam und deren Gesicht von Sonnenöl glänzte.

»Besorgen Sie mir doch bitte schnell ein Taxi«, sagte Mrs. Tierney. »Wo ist das nächste Krankenhaus? Lisa, hole schnell deinen Ball und meine Handtasche und komm sofort wieder zurück.«

Während sie auf das Taxi warteten, übergab Liam sich. Das war kein gutes Zeichen. Wo blieb denn das Taxi, warum beeilte es sich nicht, wo war das nächste Krankenhaus, was war, wenn das Kind wieder bewußtlos wurde und starb? Brendan war am anderen Ende der Stadt, und Jane saß irgendwo in ihrem Büro; außer ihr also kein Mensch, der sich um das Kind kümmern konnte. Sie durfte jetzt den Kopf nicht verlieren. Das Kind begann zu weinen, und das gab ihr wieder Hoffnung. »Schön ruhig, Liam«, sagte sie. »Bleib schön ruhig. Wir fahren jetzt dahin, wo die Wunde wieder heil gemacht wird – du brauchst keine Angst zu haben.«

Als sie endlich im Taxi saßen, drückte sie seinen Kopf sanft gegen ihren Busen. Lisa, die kleine häßliche Lisa, saß kerzengerade neben ihr und sagte kein Wort. Später erinnerte sie sich, daß sie auf die beiden eingeredet hatte, wie die Wunde gleich verbunden würde, es würde auch gar nicht weh tun, man wollte sie nur dem Doktor zeigen. Sie sagte dem Fahrer, er solle sie vor dem Eingang der Ambulanz absetzen. »Meinen Sie die Aufnahme?« sagte der Fahrer. O gnädiger Gott, gib, daß sie ihn nicht aufnehmen müssen, daß man mir sagt, es sei nichts, und daß man uns wieder nach Hause läßt.

Sie gab dem Fahrer einen Dollar, als der Wagen bremste, und schon war sie ausgestiegen; lief die Treppe hinauf und einen Korridor entlang, und dabei hielt sie das Kind auf den Armen wie ein Opferlamm. Ein paar Puertorikaner lungerten im Korridor herum, eine Krankenschwester kam vorbei, sah sich die Wunde auf Liams Stirn an und wies Mrs. Tierney in einen Raum, in dem sie warten sollte. Das kleine Mädchen könne hierbleiben, meinte sie.

»Lisa, Schatz«, sagte Mrs. Tierney, »bleib hier auf der Bank sitzen. Es wird nicht lange dauern.«

Aber es dauerte doch lange. In dem kleinen Untersuchungszimmer war kein Arzt, nur eine Puertorikanerin, eine kleine dunkelhäutige Frau, die kleine goldene Ohrringe und ein Kleid mit einem weiten, gebauschten Rock trug; auf dem Schoß hatte sie einen weinenden Säugling, der ebenfalls in einem hübschen Kleidchen steckte und kleine goldene Ohrringe trug – genauso wie die Mutter.

Liam fing an zu weinen. »Du bist ein lieber Kerl«, sagte sie zu ihm. »Du bist ein sehr lieber Kerl. Es wird nicht lange dauern.«

Der Assistenzarzt (es mußte ein Assistenzarzt sein, denn für alles andere war er zu jung) trug einen weißen Friseurkittel; er war ohne Krankenschwester gekommen. Zuerst untersuchte er das Kind der Puertorikanerin. »Ausziehen«, sagte er. Die Puertorikanerin verstand ihn nicht, so daß er wieder hinausging und einen Pfleger holte, der spanisch sprechen konnte. »Wie lange ist das Kind schon krank?« fragte er durch den Dolmetscher. »Seit einer Woche«, sagte der Dolmetscher. »Um Himmels willen«, sagte der Assistenzarzt leise. Dann wandte er sich an Mrs. Tierney. »Und was ist mit diesem kleinen Mann los? Hat er sich den Kopf aufgeschlagen?«

»Er ist die Rutschbahn hinuntergefallen«, sagte sie. »Er ist auf Asphalt gefallen und hat sich übergeben.«

»Schwester!« rief der junge Arzt. »Messen Sie bei dem Jungen die Temperatur.« Dann beschäftigte er sich wieder mit dem Baby der Puertorikanerin, das jetzt bis auf die Ohrringe splitternackt war. Während er den Säugling untersuchte, kam die Schwester, säuberte Liams Wunde und maß seine Temperatur. Mrs. Tierney versuchte zu lesen, was die Schwester schrieb, konnte es jedoch nicht. Liam schien Fieber zu haben.

Der Arzt sagte zu dem Dolmetscher, das Kind müsse in die Klinik aufgenommen werden und die Mutter solle warten. Dann wandte er sich wieder Liam zu, fühlte seinen Puls, untersuchte mit einem Auriskop die Ohren, sah sich die Pupillen an, horchte die Brust ab und fragte: »Na, wie geht's, alter Freund? Tut dir irgend etwas weh? Zeig mir mal genau, wo es weh tut.«

Liam sagte: »Ich habe mir den Kopf aufgeschlagen, das tut mir weh.«

Der Doktor streichelte seine Wange und wandte sich an die Schwester. »Sofort röntgen«, sagte er. Dann verließ er das Zimmer, bevor Mrs. Tierney noch etwas sagen konnte.

Die Schwester fing an, die Wunde zu verbinden. »In welcher Versicherung sind Sie?« fragte sie.

»Das weiß ich nicht«, sagte Mrs. Tierney. »Ich kenne mich darin noch nicht aus.«

»Sie wissen nicht einmal, in welcher Versicherung Sie sind?« sagte die Krankenschwester schnippisch.

»Ich bin die Großmutter. Und ich habe seinem Vater noch nicht Bescheid gesagt.«

»Wenn Sie die Versicherung nicht wissen, müssen Sie ins Büro.«

Mrs. Tierney spürte, wie die Wut in ihr hochkam. »Ich laufe Ihnen schon nicht weg«, sagte sie zu der Schwester. »Ich muß mich um zwei Kinder kümmern, eines wartet draußen. Wenn Sie nichts dagegen haben, werde ich später Bescheid sagen.«

Dick, altmodisch, schlampig, dazu noch dieser schreckliche irische Tonfall – bei solchen Leuten wußte man nie, dachte die Schwester. Mit hochmütigem Gesicht wandte sie sich an Mrs. Tierney. »Wie Sie wollen«, sagte sie verärgert, »aber das ist nun mal Vorschrift. Bevor Sie weggehen, müssen Sie es erledigen. Jetzt nehmen Sie den Jungen mit nach draußen und setzen sich auf die Bank. Wir werden Sie dann zum Röntgen aufrufen.«

Im Korridor drängten sich noch mehr Menschen, und es war noch lauter als vorher – aber Lisa saß – dem Himmel sei Dank – immer noch da, wo sie hingesetzt worden war. Sie brauchten nur kurze Zeit zu warten, aber Lisa wurde immer aufgeregter. Dann erschien ein älterer Neger in einer weißen Jacke und sagte: »Kommen Sie bitte mit dem Jungen hier herein.« Sie sagte Lisa noch, daß sie ihre Plätze freihalten solle, und trug Liam dann in das Röntgenzimmer. Der Neger (sie hatte ihn für einen Krankenpfleger gehalten, dabei war er der Röntgenarzt) gab ihr eine Gummischürze, die sie sich umband, und brachte das Kind in die richtige Lage für eine Schädelaufnahme. Liam war zuerst verdutzt, aber nach der dritten Aufnahme lag er so still, daß Mrs. Tierney spürte, wie ihr Herz anfing zu hämmern. Vielleicht war diese Schläfrigkeit der Beginn eines Komas? Sie versuchte, sich an ihre Ausbildung zu erinnern, aber die Einzelheiten waren ihr nicht mehr klar. Der ältere Neger lächelte sie an, zeigte dabei seine rosarote Zunge, und dann blinzelte er ihr zuversichtlich durch seine Brille zu. »Fertig«, sagte er. »Nehmen Sie ihn wieder mit nach draußen, und setzen Sie sich auf die Bank. Ich brauche nur ein paar Minuten, um die Aufnahmen zu entwickeln.«

Lisa saß immer noch auf der Bank, Gott sei Dank. Sie mußten warten. Sie beobachtete Liam, sprach mit ihm und wartete auf irgendwelche Anzeichen von großer Müdigkeit. Zuerst Bewußtlosigkeit, dann Tod – das Kind tot. O Gott, wenn sie Jane und Brendan gegenübertreten müßte, und ihr Kind wäre tot. Er darf nicht sterben, o Gott, er darf nicht sterben; ich will alles tun, was Du von mir verlangst, strafe mich, wie Du willst, aber laß ihn nicht sterben. O Maria, ich bete zu Dir, einer Mutter, und bitte Deinen Sohn, ihn zu schützen.

»Können wir jetzt nach Hause, Gran?« fragte Lisa.

»Gleich, Schatz, bald.«

Wenn er stirbt, überlegte sie, kann er nicht in den Himmel kommen, er wird in die Vorhölle kommen; das ist der Ort für Kinder, die nicht getauft sind: In der Vorhölle bleiben sie für alle Ewigkeit, kommen nie vor das Angesicht Gottes. Oh, Brendan, Brendan, warum hast du ihn nicht taufen lassen, was haben deine lächerlichen Einwände jetzt für einen Sinn, du kannst so viele Bücher schreiben, wie du willst, aber deine Pflicht hast du nicht erfüllt. In die Vorhölle.

O mein Gott, betete sie. Beschütze ihn. Wenn Du ihn beschützt, werde ich dieses Unrecht wiedergutmachen, das verspreche ich Dir, das verspreche ich Dir feierlich.

»Ich will nach Hause«, sagte Lisa und fing an zu weinen. »Warum können wir nicht nach Hause?«

»Es wird nicht mehr lange dauern, Schatz«, sagte sie. »Liam, tut dein Kopf noch weh? Liam? Bist du müde? Liam, sieh mich an.«

Aber er drehte den Kopf zur Seite und schloß die Augen. Zusammen mit einem Mädchen, das einen Stenogrammblock in der Hand hielt, kam die Schwester vorbei. »Die Frau da drüben«, sagte die Schwester. Das Mädchen mit dem Stenogrammblock hockte sich vor Mrs. Tierney hin und begann, sie nach der Versicherung, der Adresse und dem Beruf des Vaters, der Telefonnummer, dem Beruf der Mutter und der Büroadresse auszufragen. Dann sagte sie, die Röntgenaufnahme koste fünfunddreißig Dollar. Schließlich ging sie wieder weg.

»Liam?« sagte Mrs. Tierney. »Bist du müde, Liam?«

In Notfällen, hieß es im Katechismus – warum hatte sie daran noch nicht gedacht? Die Taufe. In Notfällen kann jeder Laie, ob Mann oder Frau, die Taufe vollziehen. Ich taufe dich im Namen des Vaters und des Sohnes und des Heiligen Geistes. Wasser, sie brauchte nur ein wenig Wasser, um seine Stirn damit zu besprengen und die Worte zu sprechen...

»Lisa, Schatz«, sagte sie. »Würdest du bitte da drüben zu dem Tisch gehen und sehen, ob du ein Glas Wasser besorgen kannst, und es mir herbringen? Willst du das für mich tun, Schatz?«

Aber als Lisa gerade gehorsam aufstand, erschien der ältere Neger im Korridor, begleitet von dem jungen Doktor. Sie verschwanden im Röntgenzimmer, und bevor Lisa den Tisch der Schwester erreicht hatte, kamen beide wieder heraus. Der Arzt trat an die Bank, auf der sie saßen.

»Das hätten wir also«, sagte er. »Die Röntgenaufnahmen sind gut geworden. Es ist zwar noch nicht endgültig, aber soviel ich gesehen habe, ist es keine Fraktur. Nehmen Sie ihn also mit nach Hause, halten Sie ihn ruhig und im Bett, und falls es ihm schlechter gehen sollte, bringen Sie ihn sofort hierher. Schwester?«

Die Schwester kam näher.

»Machen Sie einen Termin für übermorgen aus. Wir werden uns die Sache dann noch einmal ansehen, um ganz sicherzugehen.«

»In Ordnung«, sagte die Schwester. Sie holte einen Notizblock hervor und schrieb etwas darauf.

»Halten Sie ihn vor allem ruhig«, sagte der Doktor. »Es wird schon wieder werden.«

»Vielen Dank, Doktor, vielen Dank.«

Der Arzt nickte und drehte sich um. Als er zum Untersuchungszimmer zurückging, sah Mrs. Tierney, wie er Lisa begegnete, die langsam mit einem Pappbecher voll Wasser den Korridor entlangkam. Die Schwester gab Mrs. Tierney einen Zettel mit dem Termin und sagte:

»Das hätten wir dann also. Nehmen Sie ihn mit nach Hause. Haben Sie Ihre Anschrift im Büro angegeben?«

»Ja.«

»Dann ist alles in Ordnung.«

»Vielen Dank.«

Mrs. Tierney steckte den Zettel in ihre Handtasche, hängte sich die Handtasche über den Arm, beugte sich dann hinunter und hob Liam auf; jetzt war sie nicht mehr so ängstlich, ihm zu schaden. »Nun komm, Liebling«, sagte sie. »Es ist alles in Ordnung.«

»Hier ist das Wasser, Gran.«

»Vielen Dank, Schatz, aber ich kann es dir jetzt nicht abnehmen, ich habe keine Hand frei. Möchtest du es trinken?«

»Aber du wolltest es doch haben, Gran.«

»Nein, jetzt ist es nicht mehr nötig. Du kannst es trinken. Wir fahren jetzt nach Hause. Und zu Hause machen wir uns etwas ganz Kaltes zu trinken.«

Zum Mittagessen gehe ich nicht mehr in irgendein Lokal. Statt dessen gehe ich von meiner Klause in der West 11th Street drei Blöcke weiter, besorge mir ein Sandwich und einen Becher Kaffee und kehre dann sofort zu meiner Arbeit zurück. Ich lebe nicht in New York, sondern in der Welt meiner Romanfiguren. Ich biege in eine falsche Straße ein, überquere die Kreuzung bei Rotlicht und bin dauernd in Gefahr, überfahren zu werden. Heute morgen zum Beispiel verließ ich den U-Bahnhof durch den falschen Ausgang und stand plötzlich auf der 14th Street. Aber selbst dieser Irrtum hatte anscheinend seine geheime Bedeutung, weil ich, was ich sonst nicht tue, am Sheridan-Theater vorbeikam. An der Mauer, zwischen grellen Plakaten, die *Alias Jesse James* und *Gunfight at Dodge City* ankündigten, entdeckte ich eine kleine Tafel.

GEORGES CLEMENCEAU
DIESE TAFEL SOLL AN DEN AMERIKA-AUFENTHALT VON FRANKREICHS GROSSEM PREMIERMINISTER WÄHREND DES KRIEGES ERINNERN. SECHS MONATE LANG LEBTE, PRAKTIZIERTE UND LEHRTE ER IM JAHRE 1870 ALS ARZT IN DEM GEBÄUDE, AN DESSEN STELLE SICH JETZT DAS SHERIDAN-THEATER ERHEBT.

Ich las es voller Freude; es war ein Omen. Mit geneigtem Haupt war dieser Feuergeist am »Silver Dodge Diner« vorbeigekommen, hatte die West 11th Street überquert, hier hatte er als Arzt praktiziert und gelehrt, war in den zweiten Rang des Sheridan-Theaters hinaufgestiegen, um eine sozialistische Flugschrift zu verfassen; ein Weltverbesserer, in dem bereits das Feuer künftiger Revolutionen loderte, der Gerechtigkeit für Dreyfus verlangt, sich für die Taxis der Marne, *Les Splendeurs et Misères de la Gloire*, eingesetzt hatte. Und trotzdem hatte sich damals, an der Ecke der West 11th Street, niemand nach ihm umgedreht; er war, wie ich, ein unbekannter Einwanderer. Genaugenommen war er damals auch in meinem Alter gewesen. (In diesem, meinem dreißigsten, Lebensjahr habe ich plötzlich ein gewisses Interesse für das Alter anderer Leute entwickelt. Bisher waren die Leute immer älter als ich, oder sie waren so jung wie ich. Jetzt sind sie manchmal jünger als ich. In solchen Fällen möchte ich gar nicht wissen, was sie bisher erreicht haben. Joseph Conrad begann auch erst mit achtunddreißig Jahren. Und wir alle verneigen uns heute vor diesem Polen.) Ich wandte mich ab, und auf dem Weg zu meinem Arbeitszimmer entwarf ich den Text für meine eigene Tafel.

Ich achte jetzt sehr auf Omen. Auch die heutige Begegnung mit Max Bronstein gehört dazu, obgleich ich unhöflich und kurz angebunden war, als er nachmittags bei mir auftauchte.

Er trug einen kurzen schwarzen Regenmantel, einen komischen grünen Hut und neue gelbe Schuhe. Er rauchte eine Zigarre, die in seiner Hand ebenso unnatürlich wirkte wie in der Hand eines Babys. Es war nachmittags gegen vier, und ich merkte, daß er getrunken hatte.

»Tag, alter Knabe. An der Arbeit?«

»Bis eben.«

»Gut – und wie kommst du voran?«

»Es geht.«

»Großartig!«

Unsicher setzte er sich auf die Kante meines Tischgestells und hätte dabei beinahe die Blätter des Manuskripts hinuntergeschoben. Ich erwischte sie im letzten Augenblick. Dann hörte ich ihn mit seinem Zahnersatz klappern, den er verstohlen mit der Zunge säuberte. Schließlich nahm er die ewige Sonnenbrille ab und steckte sie in ein Etui. Mir fiel auf, daß es nicht mehr aus Plastik war.

»Ich habe gerade mit Gardiner Key gegessen«, sagte er.

»Ach.«

»Wir haben dabei über dich gesprochen.«

»So.«

»Was ist los, Brendan? Bist du wütend auf mich?«

»Nichts. Ich war beim Arbeiten.«

»Tut mir leid«, sagte er. »Aber ich dachte, daß es dich vielleicht interessierte.«

»Wie geht es Jackson Clayburn?« sagte ich mit mürrischer Stimme.

»Dem? Ach, richtig, seit damals haben wir uns ja nicht gesehen. Hör mal zu, dieser Clayburn ist doch nur ein Idiot. Das kannst du mir glauben.«

»Immerhin sucht er laufend hübsche Mädchen für dich zusammen – oder?«

»Jetzt weiß ich es wieder«, sagte er. »Ich war damals mit Clayburns Küken zusammen, und du hieltest mir einen riesenlangen Vortrag darüber, daß Erfolg den Menschen verdürbe. Ich gehöre nicht zu den Leuten, die Erfolg haben, verdammt noch mal. Mein Buch ist ja noch nicht einmal veröffentlicht.«

»Aber es wird demnächst veröffentlicht, oder?«

»Stimmt! Und dasselbe passiert mit deinem, wenn du es fertig hast. Hör zu: Als ich heute mit Key zu Mittag aß, war Sidney Gerston dabei, das ist der Cheflektor des Verlages, und ich bin hergekommen, um dir folgendes zu sagen: Ich habe deinen Namen erwähnt, und Gerston kannte eine deiner Erzählungen. Er war interessiert, Mann.«

»Woran interessiert?«

Max antwortete nicht. Er ging zum Fenster und warf seine Zigarre auf die Straße. »Von Zigarren wird mir übel. Key hat mir zwei geschenkt. Willst du die andere?«

»Nein.«

Wieder war das Klappern seiner Brücke zu vernehmen. »Na schön – jedenfalls habe ich Gerston erzählt, daß du an einem Roman sitzt. Ich habe ihm erzählt, daß du seit zwei Jahren daran arbeitest, und daß du deinen eigentlichen Beruf jetzt deswegen aufgegeben hättest. Das stimmt doch, nicht?«

»So ungefähr.«

»Jedenfalls war Gerston ganz aufgeregt; er möchte das Manuskript sehen. Er sagte, wenn ihnen das, was du ihnen zeigst, gefiele, wären sie eventuell bereit, dir mit einem Vorschuß weiterzuhelfen. Er wollte deine Telefonnummer haben, aber ich habe gesagt, ich wolle erst mir dir reden.«

»Warum?«

»Ach Gott – ich habe dich eine ganze Weile nicht gesehen, ich dachte, daß du vielleicht einen anderen Verleger gefunden hättest. Ich wollte dich nicht in Verlegenheit bringen.«

»Sehr komisch.«

»Nein – es ist mein Ernst. Wenn du willst, bringe ich dich gleich mit Gerston in Verbindung. Wenn ihm dein Buch gefällt, könntest du ihn doch um fünfzehnhundert Dollar bitten? Du kriegst sie bestimmt. Bei mir war es genauso.«

»Welche meiner Erzählungen hat Gerston denn gelesen?«

»Das hat er nicht gesagt. Aber zumindest kannte er deinen Namen.«

Fünfzehnhundert Dollar: Sie würden mir ermöglichen, mein Buch in Ruhe abzuschließen; dem gegenüber die Alternative, es unter dem gräßlichen Druck der leeren Haushaltskasse fertigschreiben zu müssen, wodurch ich in meiner Ellbogenfreiheit erheblich eingeengt wäre. Es würde bedeuten, daß Jane endlich aufhört, jedesmal die Stirn zu runzeln, wenn ich eine Flasche kaufe oder zum Abendbrot ein anständiges Steak vorschlage. Darüber hinaus wäre es auch ein Beweis dafür, daß ich nicht auf gut Glück schreibe. Welche Erzählung hatte Gerston von mir gelesen? Ich fing langsam an, aufgeregt zu werden. Ich sah

Max an, Max, der unzuverlässig war wie ein Streuner, jenen Max, der an mich gedacht hatte, als er selbst Glück gehabt hatte, *mon semblable*, dessen erster Erfolg in gewisser Weise alles ausgelöst hatte, was ich seitdem getan hatte. Ich hatte ihm Unrecht getan; zwischen uns hatte sich nichts geändert, er war immer noch der alte Max, der mitten in der Nacht bei seinem Freund anruft. In diesem Moment wußte ich, daß er mein einziger wahrer Freund war.

Und dennoch – ist so etwas überhaupt zu begreifen? – hatte ich keine Lust, mich an seine Rockschöße zu hängen; ich wollte nicht einmal, daß er versuchte, mir zu helfen. »Meinetwegen«, sagte ich, als gewähre ich ihm eine Gunst. »Wenn du willst, kannst du ihm meine Telefonnummer geben.«

»Großartig. Jetzt komm, damit wir irgendwo einen darauf trinken.«

»Nein, danke.«

»Warum nicht?«

Ich nannte ihm den wirklichen Grund nicht; ich erinnerte mich an jenen Tag vor Monaten, als er mich einen Sklaven genannt hatte, weil ich mich geweigert hatte, auf seinen Erfolg anzustoßen. »Weil ich arbeiten muß«, sagte ich. »Ich habe kein Interesse daran, ausgerechnet jetzt zu versumpfen. Das hier«, sagte ich und deutete auf das Manuskript. »Das hier interessiert mich jetzt allein.«

Er seufzte. »Klar«, sagte er. »Natürlich.«

»Was ist eigentlich mit dir?« fragte ich. »Ich dachte, du könntest es gar nicht erwarten, endlich zu verreisen und mit deinem neuen Buch anzufangen.«

»Das stimmt, und ich fahre auch bald«, sagte er mit seinem gequälten, unsicheren Lächeln.

»Was hält dich denn zurück?« sagte ich. »Angst vor dem zweiten Roman?«

Er griff in seine Tasche und holte die Sonnenbrille heraus. »Also dann – vielen Dank, alter Junge«, sagte er. »Vielen Dank, alter Junge.«

Die Tür schloß sich, und ich hörte, wie er mit schwerfälligen Schritten die hölzerne Treppe hinabstieg. Warum hatte ich ihn so behandelt, warum rief ich ihn nicht zurück, entschuldigte mich, dankte ihm für seine Hilfe und ging dann mit ihm fort, um im San Remo ein Bier mit ihm zu trinken? Was ist mit mir los?

Es war gemein. Er durfte nicht fernsehen. Lisa durfte. Er war krank. Die dumme alte Gran hatte nein gesagt. Er müsse liegenbleiben, sagte Gran. Es war gemein. Er wollte auch fernsehen. »Ich will fernsehen!« brüllte er.

Er lauschte. Alle waren weggegangen und hatten ihn allein gelassen. »Ich will auch fernsehen!«

Lisa kam herein. »Bist du wohl still«, sagte sie. »Du bist krank. Du sollst jetzt schlafen.«

»Ich will auch fernsehen!«

»Gran sagt nein.«

»Ich mag die alte Gran nicht. Wo ist Mami? Ich will zu Mami!«

»Bist du wohl still«, sagte Lisa. Sie ging und schloß die Tür. »Schrei doch, schrei doch«, sagte sie. »Jetzt kann dich keiner hören.«

Er begann zu weinen. Es war gemein. Er war krank. Er hatte ein Loch im Kopf. Er war im Krankenhaus gewesen. Er war krank.

»Gran!« kreischte er.

»Du sollst still sein«, sagte Lisa. »Altes Heulbaby!

Wenn du schreist, wirst du wieder krank, und dann bist du tot.«

»Selber tot!« schrie er. Sie war groß. Das war gemein. »Du bist selber tot«, sagte er. Und weinte.

Lisa saß auf der Fensterbank. Ihre Brille war verschmiert, sie nahm sie ab und putzte die Gläser mit einem Zipfel ihres Rockes. Sie war froh, daß er nicht tot war. Sie war froh, daß er nicht im Krankenhaus war. Mami und Daddy hätten ihm alles geschenkt, wenn er im Krankenhaus geblieben wäre. Und wenn er tot wäre, dann würden sie traurig sein. Dabei hatte er nur ein dummes Loch im Kopf. Er war ein kleiner Angeber. Alle glaubten, er wäre so tapfer, aber sie wußte, daß er nur ein gräßlicher Angeber war. Gran mochte sie viel lieber als ihn. Gran hielt ihn auch nicht für so tapfer.

»Gran mag mich lieber als dich«, sagte sie zu ihm. »Gran sagt, ich helfe ihr so.«

»Ach du«, sagte er verzagt. Er begann, an seinem Verband zu zupfen.

»Laß das sein. Das darfst du nicht. Oder ich sage es Gran.«

Aber er ließ es nicht sein. Er wollte den Verband abmachen. »Wenn du ihn abmachst, fängt es wieder an zu bluten, und wenn es anfängt zu bluten, bist du tot, und wenn du tot bist, kommst du in eine Schachtel und wirst in die Mülltonne geworfen«, sagte sie zu ihm.

Er hörte auf. Er sah sie an. »Woher weißt du das?«

»Weil ich es weiß. Und dann kommen die Mülleute und schmeißen dich mit dem Müll und dem ganzen stinkigen Zeug in das Müllauto und fahren dich auf einen großen Schuttabladeplatz und zünden dich an.«

»Aber dann gehe ich nach Hause und sag es Mami«, erklärte er.

»Du Doofer – du kannst gar nicht nach Hause gehen. Weil du nämlich ganz verbrannt bist.«

»Dafür hast du noch nie ein Loch im Kopf gehabt«, sagte er. »Und du bist auch noch nie im Krankenhaus gewesen. Ich mußte ins Krankenhaus.«

Sie sah sich selbst in einem weißen Krankenhausbett, neben sich viele Schachteln und Tüten mit Bonbons, und Daddy und Mami beugten sich über sie, und alle machten ein trauriges Gesicht und sagten arme kleine Lisa. Und er mußte draußen vor der Tür warten, und keiner kümmerte sich um ihn.

»Du warst gar nicht richtig im Krankenhaus«, sagte sie. »Du bist gleich wieder weggeschickt worden.«

Sie stand auf und hüpfte quer durch das Zimmer. Niemand würde sich um sie kümmern, wenn Mami und Daddy nach Hause kämen. Sie würden gleich in dieses Zimmer rennen und über den armen kleinen Liam jammern. Am liebsten hätte sie ihn gekratzt; dann aber begnügte sie sich damit, ihn drohend anzusehen, als wolle sie ihn kneifen, und schnipste mit den Fingern ein paarmal, um ihm angst zu machen.

»Wenn du mich kneifst, sage ich es Gran«, sagte er. Er hatte Angst – das war gut. Aber dann hörte sie es läuten. Sie hüpfte hinaus und zog die Tür hinter sich ins Schloß. Gran kam aus der Küche, trocknete sich die Hände ab und ging zur Tür, um aufzumachen. Gran sah aus, als hätte sie Angst. Warum hatte sie Angst? Es war doch nur Mami. Mami nahm nie ihren Schlüssel; sie läutete immer. Warum hatte Gran Angst vor Mami? Gran war doch schon groß.

»Hallo, Jane. Na, wie war's heute? Sehr anstrengend?«

»Guten Tag. Wie geht es denn? Ist Brendan schon zu Hause?«

»Nein. Liam hatte einen kleinen Unfall.«

»Einen Unfall?« sagte Mami. Dabei machte sie ein Gesicht, als erführe sie gerade, man hätte irgend etwas Furchtbares angestellt. »Was für einen Unfall?«

»Er ist von der Rutschbahn gefallen und hat sich den Kopf aufgeschlagen. Aber keine Angst, Liebes, es ist alles in Ordnung. Es war nur eine kleine Wunde, die nicht einmal genäht zu werden brauchte. Ich bin mit ihm im Krankenhaus gewesen.«

»Im Krankenhaus?« stieß Mami entsetzt hervor.

»Ja, weil ich Angst hatte, es könnte eine kleine Gehirnerschütterung sein, aber er ist sofort geröntgt worden; es ist alles in Ordnung. Der Arzt meinte nur, wir sollten ihn einen Tag im Bett lassen und abwarten, wie es ihm dann ginge.«

»Ach du lieber Gott«, sagte Mami. »Wo ist er?«

Sie rannte los, den Korridor entlang, sagte weder guten Tag zu Lisa noch sonst irgend etwas, sondern lief einfach los, um nach ihrem lieben kleinen Liam zu sehen, der sich doch bloß den Kopf aufgeschlagen hatte. Gran, die hinter ihr herging, bemerkte es wohl, und sagte zu Lisa: »Ach, du bist da, Liebling. Warum bist du nicht beim Fernsehen?«

»Ich mag nicht«, sagte Lisa.

»Dann kannst du mir gleich in der Küche helfen.«

Dann betrat auch sie das Krankenzimmer. Mami kniete neben dem Bett und küßte ihn. »Mein armer Schatz«, sagte Mami. »Mein armes Lämmchen.« Und Gran stand da und sah Mami und Liam an. Lisa sah, daß Gran Angst hatte. Sie hatte immer noch Angst. Warum?

Da fing Mami an zu weinen, und Gran sagte: »Jane –

Jane, es gibt gar keinen Grund, sich Sorgen zu machen. Es geht ihm gut.«

Dann fing Liam an zu weinen. Natürlich, das tat er ja immer. »Was ist denn passiert, Schatz?« fragte Mami. »Sag es deiner Mami.«

»Ein Junge hat mich geschubst«, rief Liam. »Ein Junge hat mich geschubst.«

»Nein. Du hast ihn zuerst geschubst«, sagte Lisa.

»Aus welcher Höhe ist er denn gefallen?« fragte Mami Gran.

»Ganz oben von der Rutschbahn«, sagte Lisa.

»Aber wer hat denn auf ihn aufgepaßt?« sagte Mami.

»Hunderte von Malen ist er schon auf der Rutschbahn gewesen«, sagte Gran. »Ich saß auf der Bank und unterhielt mich mit einer Dame. Mit dieser Mrs. MacAnaspey, von der ich Ihnen schon erzählt habe.«

»Aber haben Sie denn nicht auf ihn aufgepaßt?« fragte Mami.

»Ich habe nicht selbst gesehen, wie er herunterfiel – wenn Sie das meinen«, sagte Gran. »Deswegen bin ich mit ihm auch sofort ins Krankenhaus gefahren. Ich wollte ganz sicher sein, daß es keine Fraktur war.«

»Was ist eine Fraktur?« sagte Lisa.

»Laß das jetzt«, sagte Gran. »Komm mit. Du kannst mir bei Liams Abendbrot helfen.«

Lisa ließ sie jedoch allein gehen. Mami nahm Liam wieder in ihre Arme. »Mein armer Schatz«, sagte Mami zu ihm. »Du hättest tot sein können.«

»Tot und im Mülleimer«, sagte Liam.

»Aber nicht doch, Schatz.«

»Doch, und die Mülleute hätten mich dann ganz verbrannt.«

»Wer hat dir das erzählt?«

Lisa trat ganz dicht hinter Mami. Sie blickte ihn starr an. Er würde es schon noch bedauern, wenn er sie jetzt verraten würde, sie würde es ihm heimzahlen. Sie warnte ihn: Es würde ihm leid tun. Er blickte sie an mit ängstlichen Augen. Er wußte, daß er nichts sagen durfte. Sein Blick wanderte durch das Zimmer, und dann rief er laut: »Gran hat es mir erzählt.«

Mami wurde plötzlich ganz starr. Immer noch auf den Knien, wandte sie sich um und blickte dahin, wo Gran gestanden hatte, aber Gran war nicht mehr da. Sie war in der Küche. »Was hat sie dir erzählt, Schatz?« fragte Mami. »Was hat Gran dir erzählt?«

»Sie hat gesagt, es würde wieder anfangen zu bluten, wenn ich dauernd an dem Verband zöge, und dann würde ich sterben, und die Mülleute würden mich in das Müllauto werfen und mich verbrennen.«

Er schrie jetzt. Er schrie immer, wenn er log.

Aber Lisa merkte, daß Mami ihm glaubte. »Das ist nicht wahr, Schatz«, sagte Mami. »Mrs. Tierney? Mrs. Tierney, können Sie bitte einen Moment herkommen?«

Gran kam aus der Küche herüber. Lisa war froh. Jetzt würde sie es ihm zeigen, dem kleinen Schwindler.

»Sage Granny, was du mir eben erzählt hast«, sagte Mami. »Das mit dem Müll.«

Aber er hatte Angst. Er fing an zu weinen.

»Was ist denn los?« fragte Gran.

»Er sagt, Sie hätten ihm erzählt, wenn er den Verband abmache, würde er wieder anfangen zu bluten, und die Mülleute würden ihn mitnehmen.«

Gran lachte. »Wie Kinder nur auf solche Ideen kommen? Du weißt doch selbst, daß ich das nicht gesagt habe.«

Aber Mami glaubte ihm. Lisa sah, daß Mami ihm glaubte. »Mein Armer«, sagte Mami zu ihm. »Nicht weinen, mein Schätzchen. Kein Mensch wird dich in die Mülltonne tun, das werde ich nie zulassen.«

»Er ist völlig außer sich, der arme Kleine«, sagte Gran. »Du mußt ganz tapfer sein, Liam; höre auf zu weinen. Ich bringe dir gleich etwas Schönes zum Abendbrot. Lisa, möchtest du mitkommen und mir helfen?«

»Jaaa«, sagte Lisa. Warum auch nicht? Mami umarmte diesen kleinen Schwindler schon wieder. Sie ging mit Gran in die Küche.

»Hier ist das Tablett«, sagte Gran. »Lege eine Papierserviette, einen Löffel und eine Gabel darauf. Es ist für Liam.·

»Nein«, sagte Lisa. »Das tue ich nicht.«

»Und warum nicht?«

»Warum ist immer alles für ihn? Warum muß ich immer alles tun, weil ich die Größere bin?«

»Lisa«, sagte Gran. »Ärgere mich bitte heute nicht – ich fühle mich nicht wohl. Und ob du mir hilfst oder nicht, mir ist es völlig egal.«

Gran schien dem Weinen nahe. Sie hatte Gran noch nie weinen sehen. Mami weinte manchmal, aber Gran war doch schon richtig alt, und alte Leute durften nicht weinen. »Meinetwegen«, sagte sie. »Ich helfe dir.«

Gran setzte sich auf den Stuhl, der vor dem Küchentisch stand. Sie zwinkerte mit den Augen, weinte aber nicht. Doch plötzlich, ganz unvermutet, streckte sie ihre Arme aus und zog Lisa an sich. Sie preßte Lisas Kopf gegen ihren Busen und hielt ihn dort fest und wiegte sich langsam hin und her. »O Kind«, flüsterte sie. »O Kind.«

*Explosive Pink, Embroidered Faille*, schrieb Jane und verwendete dazu eine Schrifttype, die ihr eigentlich nicht sehr gefiel, die Louise jedoch über alles liebte. Und das stand fest: Was Louise wollte, bekam sie auch. Jahrelang konnte man ihre engste Freundin gewesen sein – aber wehe, wenn man für sie arbeitete. Beispielsweise dieser Eilauftrag. Vor einer dreiviertel Stunde hatte ein mürrisches Mädchen aus Louises Büro einen Umschlag auf Janes Reißbrett geworfen. An den Umschlag war eine rosafarbene Hausmitteilung geheftet.

Von: Werbeleiter
An: Jane Tierney
Dringend, denn die Druckerei braucht es morgen früh.
Vorlegen zur Genehmigung.

Louise

Kein Wort einer Entschuldigung. Sie konnte mit der Sache frühestens um halb sieben fertig sein. Und dabei hatte Jane ausgerechnet heute versprochen, frühzeitig zu Hause zu sein, damit Brendans Mutter in die Kirche gehen könnte.

Vito Italiano, Janes Chef, kam aus seinem Glaskasten und schnalzte mit den Fingern nach dem Boten. »Einen doppelten Eiskaffee«, sagte er. Er blickte Jane an, die im Augenblick die einzige Person im Raum war. »Wollen Sie auch einen?«

Sie schüttelte den Kopf. Es hatte keinen Sinn, sich an ihn zu wenden, er war Louises rechte Hand, ein dunkelhaariger, ehrgeiziger Typ in rosarotem Hemd, enggeschnittenen Hosen und schwarzen italienischen Sandalen. Sonst allerdings war mit ihm nicht viel los. Jane hatte einiges über ihn gehört. Und in letzter Zeit war ihr auch selbst einiges aufgefallen.

Er trat hinter sie, sie spürte, wie ihre Rückenmuskeln sich anspannten. »Was machen Sie denn jetzt noch hier? Was soll das?«

Sie holte tief Luft und hielt den Atem an, während sie den Buchstaben M fertig zeichnete. Obgleich sämtliche Fenster offenstanden, war die Luft stickig und schwül, als müsse jeden Moment ein Gewitter losbrechen. Der Bote war verschwunden – hatte Italiano ihn vielleicht absichtlich weggeschickt? Jedenfalls waren sie allein. Er wartete, bis das M fertig war, und trat dann ganz dicht hinter sie, als wolle er ihre Arbeit prüfen. Entsetzt spürte sie, daß sich etwas Hartes gegen ihr Gesäß preßte. Sie wich zur Seite, und im gleichen Augenblick wurde er unpersönlich: ganz der Boß. »Eilauftrag, was? Am besten, Sie bringen die Sachen heute noch nach oben.«

»Das habe ich auch vor«, sagte sie. »Wenn Sie mich jetzt entschuldigen?« Sie holte wieder tief Luft und begann mit dem B.

»Widerlich – diese eiligen Sachen. Wenn Louise nur endlich anfangen würde, alles einigermaßen einzuteilen oder wenigstens rechtzeitig Bescheid zu sagen.«

Sie war überrascht. Noch nie hatte sie erlebt, daß er Louise kritisierte. Sie begann mit dem Buchstaben R.

»Sie hätten ja verabredet sein können für heute abend.«

Sie überhörte diese Bemerkung. Sie beendete das R und schob das Pauspapier weiter. In diesem Augenblick trat er wieder dicht hinter sie, nahm ihre Gesäßbacken in beide Hände und preßte sie zusammen, als taxiere er ihr Gewicht. Sie war empört. »Lassen Sie das«, sagte sie. »Lassen Sie das – haben Sie mich verstanden?«

»Was soll ich lassen?«

»Ich habe keine Lust, mir von Ihnen so etwas gefallen zu

lassen, verstanden? Ich werde es melden. Und jetzt verschwinden Sie, und lassen Sie mich in Ruhe.«

Er antwortete nicht. Er stand vor ihr, blickte sie an, und dabei lächelte er, lächelte und lächelte und war ein Schuft. Seine Haut war von einer dunklen Tönung, die nichts mit Sonnenbräune zu tun hatte, seine Zähne waren groß und weiß. Er hatte die Hemdsärmel hochgekrempelt; die schwarzen Haare auf seinen Armen waren dicht wie ein Fell, so daß das goldene Uhrarmband fast darin verschwand. Während sie ihn anstarrte, packte sie erneut das Entsetzen über die freche und gemeine Art, mit der seine Finger ihren Körper berührt hatten. »Verschwinden Sie«, sagte sie; aber diesmal zitterte ihre Stimme.

Er lachte. Einen irrwitzigen Augenblick glaubte sie, er würde sie mit Gewalt auf Patsy Armstrongs Schreibtisch werfen und ihr seine kräftigen Zähne in den Hals schlagen. Unmöglich natürlich – während der ersten Woche, die sie hier gearbeitet hatte, hatte sie jeden Gedanken daran aufgegeben, mit einem ihrer Kollegen eine Liebelei anzufangen; aber als sie in seine Augen blickte, gewahrte sie darin etwas, was sie vorher nicht gesehen hatte. War er nicht jener dunkelhäutige Mann in Fleisch und Blut, jener Mann, von dem vergewaltigt zu werden sie sich immer erträumt hatte?

»Ich habe dich schon lange beobachtet, Janey. Vom ersten Tag an habe ich dich beobachtet. Du bist das einzig wahre Weib in diesem ganzen Laden.«

Als er dies sagte, kam gerade der Bote mit einem Pappbecher Eiskaffee zurück. Sofort veränderte sich Italiano völlig. Mit ganz normaler Stimme sagte er: »Übrigens werde ich mir die Sachen lieber noch ansehen, bevor Sie sie nach oben bringen. Verstanden?«

»Aber vor halb sieben oder sieben werde ich kaum damit fertig sein.«

»Das macht nichts. Ich komme gegen halb sieben noch einmal vorbei.« Er drehte sich um und ging in seinen Glaskasten zurück. Patsy Armstrong und Dick Duryea kamen herein und fingen an, ihre Schreibtische aufzuräumen. Janes Kleid war mit kaltem, feuchtem Schweiß so vollgesogen, daß es an den Schulterblättern klebte, als sie nach dem Pauspapier griff. Es war jetzt fünf Minuten vor halb sechs. In wenigen Minuten waren alle weg, um halb sieben würde Italiano allein zurückkommen. Und dann? Wenn du dir selbst nicht trauen kannst, überlegte sie, bleibt eigentlich nur eines übrig: Du mußt ebenfalls verschwinden. Geh sofort nach Hause.

Was aber würde geschehen, wenn sie diesen Auftrag nicht fertigmachte? Die Vorstellung, daß sie dann wieder in das Milieu zurück müßte, in dem sie noch vor einem Monat gesteckt hatte, als sie im Park saß und Lisa und Liam beim Spielen beaufsichtigte, war äußerst deprimierend, und es wäre eine Rückkehr zu schmutzigem Geschirr und Langeweile, zur Eintönigkeit der täglichen Schinderei, wie alle Mütter sie erlebten, zu dem Gefühl, vom Leben übersehen zu werden, zu dem Bewußtsein, noch jung zu sein und doch schon in uralter Routine gefangen zu sein. Vorbei war es dann auch mit dem wöchentlichen Lohnscheck von hundertdreißig Dollar netto, und würde außer Louise noch jemand genauso großzügig mit dem Gehalt sein? Das allein war der Grund, warum sie geduldig weiterschrieb: *Chinese Willow Wand Diet*, als Italiano und die anderen gegangen waren, und versuchte, jeden Buchstaben so vollkommen zu zeichnen, wie es ihr möglich war. Sie hatte plötzlich ein schlechtes Gewissen, als ihr ihre wartende Schwiegermutter wieder einfiel. Sie nahm den Hörer ab und rief zu Hause an.

»Hallo – wer ist da?« sagte die Stimme ihrer Schwiegermutter.

»Ich bin es. Ich wollte schon früher anrufen. Leider kann ich nicht so rechtzeitig nach Hause kommen, daß Sie vor dem Abendbrot noch in die Kirche gehen können.«

Keine Antwort. Abweisendes Schweigen.

»Vielleicht können Sie auch nach dem Abendbrot noch gehen?« schlug Jane vor.

»Zur Beichte kann ich nur zwischen fünf und sieben gehen.«

»Ach, das tut mir aber leid. Ich kann aber nichts dafür. Ich muß noch einen Eilauftrag erledigen.«

Stille.

»Jedenfalls komme ich nach Hause, sobald ich kann. Wie geht es den Kindern?«

»Sie sind wohlauf.«

»Haben Sie schon Abendbrot gegessen?«

»Nein – noch nicht. Ich lese ihnen gerade eine Geschichte vor.«

»Ach so. Dann will ich Sie nicht länger aufhalten. Auf Wiedersehen.«

Stille. Dann hörte Jane, wie sie den Hörer auflegte. Merkt denn diese verdammte Frau nicht, daß ich – und nicht Brendan – die Brötchen für die Familie verdiene? Sie und ihre abweisende Stimme! Sie und ihre Kirche. Sie und ihre sadistischen Geschichten, die den Kindern Angst und Schrecken einjagen, und dazu ihre entwaffnende Unfähigkeit, sich um die Kinder zu kümmern. Diese Mrs. Tierney! Immer geschäftig, immer hilfsbereit.

Wie war denn noch das Wort dafür? Allgegenwärtig. Ja, das stimmte – sie war allgegenwärtig.

Und das schlimmste dabei war, daß man von Brendan kein Mitgefühl erwarten durfte. Er begriff es einfach nicht. Auch diese Geschichte mit Italiano würde er nie begreifen. Er würde nie einsehen, daß man auch dann in eine gewisse Situation geraten kann, wenn man es gar nicht gewollt hatte.

Sie hielt den Atem an und zeichnete ein O, und dabei fiel ihr ein, daß Giotto, als er vom Papst um einen Beweis seiner Kunst gebeten worden war, einen Pinsel ergriffen und einen vollkommenen Kreis gemalt hatte. Sie dagegen konnte es versuchen, sooft sie wollte: Ihr Kreis würde nie vollkommen sein. Nichts schien jemals so zu werden, wie sie es beabsichtigt hatte – weder ihr Aussehen noch ihr sexuelles Leben und nicht einmal die Kinder. Nichts war bisher vollkommen gewesen, und nichts würde wahrscheinlich jemals vollkommen sein. Schön und gut, sie war eingesprungen, damit Brendan sein Buch fertigschreiben konnte; was aber würde sein, wenn diese Mrs. Tierney auch weiterhin bei ihnen wohnen bliebe? Konnte die Zukunft jemals ein vollkommener Kreis sein, solange sich dieser entsetzlich falsche Ton genau in seinem Mittelpunkt befand?

Hör endlich damit auf, sagte sie sich. Alles zu seiner Zeit. Aber sie konnte nicht aufhören. Wie sollten sie diese Mrs. Tierney jemals wieder loswerden, außer sie wie einen Gangster, der ihr Glück gestohlen hatte, ins Ausland abzuschieben? Brendan hatte natürlich versprochen, daß es nicht für immer wäre. Aber hatte er diese Sache gründlich überlegt – hatte er das jemals?

Sie hielt den Atem an, zeichnete ein T und setzte dann

einen Punkt dahinter. Eilig verglich sie ihre Zeichnung mit dem Entwurf. Wenn Italiano eklig sein wollte, konnte er sie zwingen, die ganze Arbeit noch einmal zu machen. Und er würde eklig sein – falls...

Immerhin war es schon zehn vor sieben; sie war fertig, und er war noch nicht aufgetaucht. Wenn sie ihre Arbeit gleich in Louises Büro brachte, war Louise vielleicht noch da und konnte die Angelegenheit selbst klären? Hoffnungsvoll schob Jane die Zeichnungen in das Kuvert, klammerte den Entwurf daran und ging in den Korridor hinaus. Kein Mensch konnte von ihr verlangen, den ganzen Abend hier zu warten, oder? Sie drückte auf den Knopf des Aufzugs, merkte jedoch, daß er bereits unterwegs war. Als sie richtig begriff, was das bedeuten konnte, hielt der Aufzug bereits vor ihr, und die Tür öffnete sich. Lächelnd sah Vito Italiano sie an.

»Ich dachte, Sie kämen nicht mehr«, sagte sie.

Er kniff das eine Auge leicht zusammen. Er wußte, was sie dachte – dieses Blinzeln verriet es ihr. »Aber jetzt bin ich da. Dann wollen wir uns deine Sachen einmal ansehen.«

Sie gingen zu ihrem Tisch. Als sie im Zimmer waren, gab sie ihm den Umschlag und überließ es ihm, ihn zu öffnen. Auf diese Weise vermied sie, daß er sich über sie beugen würde. Aber das Lächeln, mit dem er den Umschlag ergriff, sagte ihr, daß er ihre Gedanken genau kannte. Aus der Tasche seines schwarzen rohseidenen Sportjacketts holte er einen teuren Montblanc-Füllfederhalter, besserte sorgfältig einige Kleinigkeiten an den Buchstaben aus und verglich ihre Arbeit dann mit dem Entwurf. Schließlich drehte er sich um, blickte sie vielsagend an und setzte lächelnd, mit einem schwungvollen

Schriftzug, seinen Namen unter die Zeichnung. »Das hätten wir also«, sagte er. »Jetzt laufen Sie schnell hinauf, legen das hier auf Louises Tisch, und dann verschwinden wir und trinken irgendwo noch ein Glas zusammen.«

Er übergab ihr Umschlag und Entwurf.

»Aber Vito, es ist schon spät...«

»Komm her«, sagte er. Seine Hände packten ihre bloßen Unterarme. Er war kräftig. Er zog sie an sich und küßte sie, und der Umschlag fiel zu Boden. Es war keineswegs so, wie sie es sich immer erträumt hatte, denn es geschah nicht gegen ihren Willen. Sie vergrub ihr Gesicht an seinem schrecklichen rosaroten Hemd; sie klammerte sich an ihn; sie erwiderte seinen Kuß, merkte, daß sie vor wollüstiger Erwartung zitterte, und war überrascht, als er sie plötzlich losließ.

Er bückte sich, hob den Umschlag auf und gab ihn ihr. »Ich warte hier«, sagte er. »Beeil dich.«

Gehorsam drehte sie sich um und ging zum Aufzug, und ihr Gang war so, als paßten ihre Schuhe nicht, als wären ihre hohen Absätze abgebrochen. Im Aufzug legte sie die Stirn gegen die kalte Aluminiumwand. Sie betrat Louises Büro, einen kleinen Raum mit einem Damenschreibtisch, auf dem – in typisch weiblicher Unordnung – Aufnahmen von Spencer, Louises siamesischer Katze, von Roddy, ihrem niedlichen kleinen Neffen, und ein Foto von ihr selbst, das ein berühmter Modefotograf gemacht hatte, standen. Auf einem Regal an der Wand hinter dem Schreibtisch standen – sorgsam aufgereiht – weitere Schwarzweißfotografien; Aufnahmen von Mannequins und Modeschöpfern, jede mit einer handschriftlichen Widmung für Louise. Auf dem Fensterbrett und überhaupt auf jeder Ecke und Kante standen Veilchen und japanische Zwergbäume, um die sie sich jeden Morgen selber kümmerte. Von der Decke hing an einer goldenen Kette ein großer weißer französischer Vogelkäfig herab. Darin hing ein Mobile aus japanischen Papiervögeln, die sich in der heißen, reglosen Luft jedoch nicht bewegten.

Als Jane jetzt in diesem Zimmer stand, sah sie es mit ganz neuen Augen. Das hier war gleichbedeutend mit Erfolg im Berufsleben. Von diesem Schreibtisch aus konnte Louise ihrer Freundin Jane den Befehl geben, Überstunden zu machen, konnte ahnungslos etwas in Bewegung setzen, das Janes Leben völlig verändern konnte. Von dieser sterilen Zentrale aus, die weniger ein Büro als vielmehr das wahre Heim ihrer Bewohnerin war, konnte ein dunkelhaariger Unhold losgelassen werden, um sie zu vergewaltigen. Es war nicht fair. Es war nicht fair, weil Louise nicht das Recht hatte, über so viel Macht zu verfügen, denn Louise war nichts weiter als eine hochnäsige lesbische alte Jungfer, die so tat, als wären diese spießigen kleinen Gewächse ihre Kinder, die das Bild ihres hübschen kleinen Neffen in einen völlig falschen und unwahren Zusammenhang gestellt hatte – denn wo, fragte sich Jane, wo war das Bild ihres anderen Neffen, jenes häßlichen kleinen Kerls, den sie bei sich hatte, als ich sie damals bei Saks' traf? Wie kannst du es wagen, Louise, wie kannst du es wagen, mich in derartige Schwierigkeiten zu bringen?

Aber natürlich hatte es keinen Sinn, Louise die Schuld zuzuschieben für das, was geschehen war. Es hatte keinen Sinn, irgend jemandem die Schuld an dem Übel zuzuschieben, das bereits während der ganzen letzten Jahre in einem gesteckt und immer nur auf die Möglichkeit gewartet hatte, hervorzubrechen. Denn sie hatte ihn auch geküßt, sie hatte sich an ihn geklammert, er hätte mit ihr tun können, was er wollte. Wenn man sich das vorstellte! Vito Italiano in dem scheußlichen Anzug, diese Art von Mann, mit dem man nicht mal als Tote gesehen werden wollte, war erst heute in ihr Leben getreten. Und jetzt wartete er unten auf sie. Und wenn sie nach unten und damit wieder zu ihm ging, war sie verloren.

Sorgfältig legte sie Entwurf und Umschlag auf Louises Schreibtisch. Sie hatte nichts Unrechtes getan. Erst vor einem Monat hatte Brendan dasselbe getan, wenn nicht noch mehr, und zwar in der Küche von Dortmunder mit dieser gräßlichen Revere. Wir haben also nur gleichgezogen, oder? Im Augenblick habe ich nicht den geringsten Anlaß, ein schlechtes Gewissen zu haben.

Wenn ich jetzt nach Hause fahre.

Wenn ich aber zu ihm hinuntergehe?

Sie drehte sich um und rannte aus Louises Büro. Als sie die Tür schloß, schaukelte das französische Vogelbauer an seiner Kette, und die japanischen Papiervögel flatterten und wirbelten um ihre dünnen Drahtfäden. Sie stürzte zum Aufzug, der immer noch mit offenen Türen wartete. Sie ging hinein, zögerte, und drückte dann in panischer Eile, gleichsam mit geschlossenen Augen auf einen Knopf. Der Aufzug fuhr abwärts, an Italiano vorbei, bis zum Erdgeschoß. Sie rannte über den Terrazzoboden der Eingangshalle und hinaus auf die Straße, wo es so ruhig war wie immer um sieben Uhr. Dann drehte sie sich um und blickte zum fünften Stock des Gebäudes hoch, als hätte sie Angst, daß ihr ein dunkelhaariger Mann nachschaute. Sie entdeckte niemanden. Wie gehetzt rannte sie zur Lexington Street und zur U-Bahn.

Ich lief an den Steinlöwen vorbei und die Treppe der Bibliothek hinunter, ohne auf die Sonne des späten Nachmittags und die Menschenmenge zu achten, die sich die Fifth Avenue entlangschob. Ich hatte etwas nachschlagen müssen, und jetzt schrieb ich in Gedanken weiter. Ich war mit meinem Helden in einem Krankenhaus. Eine ganz in Weiß gekleidete Nonne (verschleiert, rätselhaft, wunderbar) ging weg, um festzustellen, ob der Same dieses Mannes Frucht getragen hatte. Würde es ein Junge oder ein Mädchen werden? Meinem Helden war es völlig egal; er wollte das Kind nicht, er war auf seine Vaterschaft noch nicht genügend vorbereitet. Die Nonne kam zurück. »Noch nicht«, sagte sie. Mein Held wandte sich ab und dachte dabei an Dostojewski, mit einer Binde vor den Augen, wartete auf das Krachen und den Anprall der Kugeln, die die Soldaten gleich auf ihn abfeuern würden. Er vernahm Hufgetrappel im Hof; ein Kurier des Zaren, das Begnadigungsschreiben. »Noch nicht. Lebe weiter«, sagte mein Held und wiederholte die Worte des Offiziers, der das Erschießungskommando befehligte.

Mir wurde plötzlich bewußt, daß ich diese Worte mitten auf der 42nd Street laut vor mich hingesprochen haben mußte. Ich merkte es an einer dicken Frau in einem blauen Baumwollkleid, mit einem lustigen Hut auf dem Kopf, an den irgendein Andenkenverkäufer vom Times Square das Wort FLO geheftet hatte. Sie hing am Arm ihres Mannes, eines großen alten Burschen in durchscheinendem Nylonhemd, brauner Hose und Wildlederschuhen, dessen umgehängte Kamera ihn sogleich als Touristen auswies, und der ebenfalls einen lustigen Hut trug, auf dem zu lesen war, daß der Mann JOHN hieß. Diese beiden also blieben stehen, starrten mich an, und dann wechselten sie vielsagende Blicke voller Mitgefühl. Ich starrte sie ebenfalls an und wollte irgend etwas sagen, um ihnen zu beweisen, daß ich nicht verrückt war, daß ich normalerweise nicht mit mir selbst redete – irgend etwas, das ihr nachsichtiges Lächeln in bedingungslose Hochachtung verwandeln würde. Aber was konnte ich sagen? Betäubt und mit starrem Blick, ein wahrer Tor, beobachtete ich, wie sie sich an mir vorbeidrückten, dann schritt ich fluchend auf die U-Bahn-Station zu. Mein Held war geflohen; ich war mir selbst überlassen, und dieses Selbst wirkte lächerlich.

An der 59th Street stiegen ein paar farbige Pfadfinder in die U-Bahn. Einige hatten Trommelstöcke bei sich, andere Querflöten, die in Futteralen steckten, und andere wiederum trugen Mundstücke von Signalhörnern und Trompeten. Sie waren guter Laune. Ein kleiner Junge setzte sich neben mich und ahmte mit seinen Trommelstöcken die Gebärde einer strickenden Frau nach; schließlich fing er an, auf seiner schwarzen Kniescheibe den Rhythmus eines Marsches zu trommeln. In Barcelona war ich einmal im Tibidabo, dem Vergnügungspark, in einen Bogengang geraten, der mit kuriosen Relikten aus der mechanischen Wunderwelt König Edwards vollgestopft war. Ich hatte einen *jeton* in eine Musikbox geworfen, auf der die Flaggen der Konföderierten und der Union aufgesteckt waren. Hinter Glas tanzten zum dünnen Klang einer Banjomusik und dem Knirschen des Mechanismus winzige Negerbabys und Negermamis ruckartig auf und ab. Auf einem Podium über den Tänzern standen größere Puppen, die die Musikanten einer Negerkapelle darstellten, und eine dieser Figuren, ein kleiner Mohr, schlug mit seinen Stökken ebenso ruckartig und heftig auf eine flache Trommel wie der kleine farbige Pfadfinder, der neben mir saß. Und mir fiel auch wieder ein, daß ich – nachdem ich den Mechanismus in Gang gesetzt hatte – feststellte, daß die Negermusiker in Wirklichkeit Affengesichter hatten, und bei näherem Hinsehen hatten auch die tanzenden Plantagenarbeiter ähnliche Affengesichter: ein widerlicher Scherz des Musikboxherstellers. Boshafte Spanier, die dieses Ding gebaut hatten! Als ich jedoch die Rückseite inspizierte, entdeckte ich, daß die Maschine vor fünfzig Jahren in Trenton, New Jersey, hergestellt worden war. Was hatte sich in diesen fünfzig Jahren verändert – hier in Amerika? Wie kann der Junge, der neben mir saß, in lässiger Unwissenheit die Flagge grüßen, wie kann er das Lied *Land of the Free* singen? Aber wer sagt das? Hat nicht auch der junge Brendan Tierney einmal als katholischer Pfadfinder Irlands seine Hand erhoben, um die Dreieinigkeit von Vater, Sohn und Heiligem Geist zu grüßen, habe ich nicht einmal *Faith of Our Fathers* gesungen, mit untergeschlagenen Beinen auf den nassen Brettern gesessen, wo die Hänge des Mourne-Gebirges zum Meer hin abfallen? Und dennoch: Wenn der Pfadfinder Brendy Tierney in der Untergrundbahn neben mir säße, seine Verdienstabzeichen auf den Ärmel genäht, welche Parole könnte ich ihm nennen, um zu beweisen, daß wir beide ein und dieselbe Person sind? Wir verändern uns. Der Pfadfinder Tierney in mir ist gestorben, so wie auch Brendy Tierney, der geldverdienende Familienvater, tot ist. Der Mann, der ich in den vergangenen Wochen geworden bin, ist nur mit jenem Schriftsteller verwandt, der eines Tages auf einem Balkon in Nizza oder in San Francisco sitzen und versuchen wird, sich an dieses Jahr und diese Stadt zu erinnern – an diesen Augenblick, in dem er wahrhaftig geboren wurde. Aber wird er sich meiner noch erinnern? Wird er sich der Qualen, der Erregungen, der Depressionen und jenes Gefühls erinnern, daß dieses Buch ein Tunnel ist, durch den ich auf Händen und Füßen kriechen muß? Trotzdem kann ich und will ich nicht aufhören. Ist das der Drang, von dem Pat Gallery gesprochen hat? Werde ich zu dem Fuchs, der seine Großmutter auffrißt?

Mit der Abgeklärtheit des einsamen Wolfes (ein Wolf in einem Sommeranzug von Macy) betrat ich das Haus, fuhr mit dem alten, langsamen Aufzug nach oben, trottete den Gang entlang, erfüllt von dem festen Entschluß, zeitig Abendbrot zu essen und dann in den heißen sommerlichen Straßen einen langen einsamen Spaziergang zu machen. Als ich jedoch die Wohnungstür aufschloß, rannten beide Kinder wild durch die Diele. Die Wohnung selbst war laut, stickig und ein einziges Durcheinander – für einen Schriftsteller der ungeeignetste Ort, seine Gedanken zu sammeln. Meine Mutter war in der Küche und bereitete das Abendbrot vor. Und wo war Jane?

»Ach, Brendy, ich bin froh, daß du kommst. Ich muß in die Kirche, und Jane hat gerade angerufen, daß sie erst später kommt. Das Abendbrot für die Kinder habe ich fertig. Könntest du dich darum kümmern, daß sie ordentlich essen?«

»Aber warum denn so eilig, Mama?«

»Ich kann nur zwischen fünf und sieben zur Beichte gehen. Und jetzt ist es schon halb sieben.«

(Aber was, um Christi willen, hat sie denn zu beichten? Die Ermordung meines Abends?)

»Tag, Daddy.«

Vor mir steht Liam mit einem dicken Verband um den Kopf. Mein geliebter Sohn. Ich hebe ihn hoch und gebe ihm einen Kuß.

»Sollte Liam nicht im Bett bleiben, Mama?«

»Ach, dem geht es wieder gut. Der steckt voller dummer Gedanken, so daß es sinnlos ist, ihn im Bett zu lassen.«

Meine Mutter kommt aus der Küche, setzt sich dabei den Hut auf und zieht weiße Handschuhe an. Verdrossen sehe ich ihr dabei zu.

»Das Abendbrot für die Kinder steht auf dem Tisch. Ich bin bald wieder zurück.«

»Hat Jane denn nicht gesagt, wann sie nach Hause kommt?«

»Davon hat sie nichts gesagt. Sie hat nur gesagt, daß sie noch einen Eilauftrag erledigen müsse. Auf Wiedersehen, Kinder. Auf Wiedersehen, Brendan.«

Hat Flaubert jemals in einer Küche gesessen und zugesehen, wie sich zwei kleine Kinder auf ihre Art durch Büchsenmais, Würstchen, Tomatensalat und Eiscreme hindurcharbeiten? Hat Dostojewski jemals Kakao eingegossen? Oder waren sie in der Lage, derartige Dinge zu ignorieren, weil die Macht der Konzentration bei ihnen echt war, was sie bei mir nicht ist?

Das Telefon.

»Telefon, Daddy.«

»Ich weiß.«

»Und willst du nicht hingehen?«

Ich ging in das Wohnzimmer. Pat Gallerys Stimme.

»Brendan? Hör zu! Yvonne und ich fahren gleich mit Charlie Lupus in das ›Great Shanghai‹, um dort zu essen. Ich habe eine Flasche hier. Können wir vorbeikommen und bei dir schnell einen Schluck trinken?«

Was hätte James Joyce wohl geantwortet?

Ich wenigstens sagte ja.

Als Mrs. Tierney aus der Kirche zurückkam, ging es in der Wohnung wie in einem Tollhaus zu. Jane war noch nicht zu Hause. Die Kinder rannten wie wild gewordene Indianer durch sämtliche Zimmer, und im Wohnzimmer saßen zwei fremde Männer und ein Mädchen mit Brendan zusammen, und alle machten einen äußerst vergnügten Eindruck.

»Ach, da bist du, Mama«, rief Brendan. »Komm doch zu uns, ich möchte dich bekannt machen. Das hier ist Dr. Pat Gallery, und das ist Charles Lupus, ebenfalls Arzt.«

»Der ist mit Vorsicht zu genießen – ist nämlich Psychoanalytiker«, sagte das Mädchen.

»Und das hier ist Yvonne, Pats Frau. Meine Mutter.«

»Es ist mir ein besonders großes Vergnügen, Sie kennenzulernen«, sagte Dr. Gallery mit übertrieben irischem Akzent. »Nehmen Sie Platz, Mrs. Tierney, nehmen Sie Platz. Trinken Sie ein winziges Gläschen von dieser Mixtur mit uns?«

Der andere Arzt, ein kleiner, dünner Kerl mit Fliege und kurzgeschorenem Haar, nickte flüchtig, als wäre er unterbrochen worden, und wandte sich dann wieder an Gallerys Frau, eine rothaarige hübsche Frau, die ein wenig beschwipst war, wie Mrs. Tierney vermutete.

»Was ich damit meine, ist folgendes!« sagte er. »Selbstverständlich hat es zu allen Zeiten phallische Weiber gegeben, aber erst in Amerika und erst in diesem Jahrhundert haben sie es auf einer größeren Ebene zur kulturellen Vorherrschaft gebracht.«

»Aber nein, Charles«, sagte Gallerys Frau. »Das kann ich nicht einfach durchgehen lassen. Es gibt einen Punkt, der mir langsam zum Halse hinaushängt, und das ist die Art und Weise, wie ihr Analytiker jeden weiblichen Ehrgeiz dahin gehend reduziert, als handle es sich dabei nur um Neid auf den Penis.«

Mrs. Tierney, die nicht ganz sicher war, ob sie richtig gehört hatte (hatte Mrs. Gallery tatsächlich Penis gesagt?), blickte Brendan an. Der fing ihren Blick auf, unterbrach seine Unterhaltung mit Gallery, kam zu ihr, ergriff ihren Arm und flüsterte: »Hör zu, Mama, ich überlege gerade, ob du nicht die Kinder in die Badewanne stecken könntest? Gib ihnen irgendwelches Spielzeug, damit sie beschäftigt sind. Jane ist noch nicht nach Hause gekommen, und ich habe keine Ahnung, wann diese Leute wieder verschwinden.«

»Gut, Brendan.« Sie ließ sich von ihm zur Tür bringen. »Aber ich kann die beiden doch nicht zusammen in die Wanne stecken. Dazu sind sie schon zu alt.«

»Aber Mama – sie sind doch noch die reinsten Babys.«

Gut! Als sie den Korridor entlangging und die Kinder rief, spürte sie ein Brennen im Gesicht. Natürlich waren sie noch die reinsten Kinder, und nur sie hatte eine schmutzige Phantasie! Zumindest hatte sie es nie erlaubt, daß Sheila mit Brendan in diesem Alter zusammen in der Badewanne saß. Und hatte diese Frau tatsächlich Penis gesagt, oder hatte sie es sich nur eingebildet? »Lisa und Liam!« rief sie. »Kommt – jetzt wird gebadet!«

Aber natürlich kamen die wild gewordenen Indianer nicht. Sie mußte die beiden erst einfangen. Als sie die Kinder ins Badezimmer brachte, hörte sie die Stimme von Dr. Lupus. »Ich spreche von jenen Frauen, die tatsächlich oder in ihrer Phantasie die Rolle des Geldverdieners übernommen haben. Ich meine den konkurrierenden, den aggressiven Typ.«

»Oder anders gesagt: die Sackjägerin«, sagte Gallery.

»Mensch, Pat, leise«, sagte Brendans Stimme warnend. »Sonst hört dich meine Mutter.«

»Ach, deine Mutter hat so einen reizenden Akzent«, sagte Gallery. »Einen reizenden, einen ganz reizenden Akzent. Ein Jammer, daß du deinen fast verloren hast, Brendan.«

Mrs. Tierney zog die Tür des Badezimmers zu und schloß ab. Sack, hatte sie gesagt; meinte er damit etwa die Hoden? Sie erblickte im Spiegel des Medizinschränkchens ihr Gesicht: Es war rot, wie bei einem Sonnenbrand. »Beeilt euch, Kinder«, sagte sie. »Zuerst wascht ihr euch die Hände.«

»Warum ist Ruthie nicht mitgekommen?« sagte Lisa.

»Wer ist Ruthie?«

»Na, Ruthie Lupus. Der im Wohnzimmer sitzt, ist ihr Daddy. Er ist Arzt für Verrückte.«

»Du bist auch verrückt«, sagte Liam.

»Selbst verrückt.«

»So, Kinder«, sagte Mrs. Tierney. »Nehmt tüchtig Seife. Komm, Liam, ich helfe dir.« (Gnädiger Gott, kein Wunder, daß ihre Freunde so selten hierherkommen, wenn es solche sind.) »Und wenn ihr euch gewaschen habt«, sagte sie, »bringe ich euch zu Bett und lese euch noch eine hübsche Geschichte vor.«

»Ich will fernsehen«, sagte Liam.

»Nein, eine Geschichte«, sagte Lisa.

»Jetzt gebt endlich Ruhe. Das werden wir sehen, wenn es soweit ist. Trocknet euch Gesicht und Hände ab.«

Sie langte über die Kinder hinweg, um den Wasserhahn abzustellen, und als das kalte Wasser ihre Fingerspitzen benetzte, mußte sie an das warme, abgestandene Weihwasser denken, in das sie vorhin, in der Kirche, ihre Finger getaucht hatte. Der Priester, bei dem sie gebeichtet hatte, hatte ihr nicht helfen können. Er hatte gesagt, sie müsse Brendan dazu bringen, daß er die Kinder zur Kirche brächte und taufen ließ. Als wenn Brendan dazu jemals seine Zustimmung geben würde. Der Priester hatte sich erboten, Brendan und Jane zu besuchen. Was hatte es für einen Sinn? Priester lebten immer hinter den Mauern ihrer Kirche. Sie verstanden nie etwas.

Sie schloß die Augen. Aufregung wäre schlecht für sie, hatte der Arzt gesagt. Aber gestern nachmittag, im Korridor des Krankenhauses, hatte sie Gott ein Versprechen gegeben. Die Taufe war ein Sakrament; ohne Taufe würden diese Kinder nicht in den Himmel kommen. Sie war ein besonderes Sakrament: In Notfällen konnte jeder Laie, ob Mann oder Frau, sie vollziehen. Jane war nicht zu Hause; beide Kinder waren bei ihr im Badezimmer. Und Wasser hatte sie hier auch. Sie brauchte nichts anderes als die Worte und Wasser. Sie schlug die Augen wieder auf und sah sich in dem Spiegel, der über dem Waschbecken hing – eine Frau mit gerötetem Gesicht und schuldbewußten Augen. Würde den Kindern auffallen, daß irgend etwas an ihr merkwürdig war? »Nehmt die Handtücher«, sagte sie. »Trocknet euch die Hände ab.«

»Ich bin fertig«, schrie Lisa gellend.

»Ich auch. Ich auch.«

»Wartet noch einen Augenblick, Kinder«, sagte sie. Ihre Hand zitterte, als sie den Zahnputzbecher aus Plastik vom Regal nahm. Sie hielt ihn unter den Wasserhahn und ließ ihn vollaufen. Dann wandte sie sich mit hämmerndem Herzen um, ging zur Badewanne und setzte sich auf den Rand. »So, Kinder, und jetzt werden wir etwas tun. Komm her, Liam, du bist zuerst dran.«

»Ich will nicht mehr gewaschen werden«, sagte Liam.

»Das sollst du auch nicht. Komm her, Schatz.«

Sie tauchte ihre Finger in den Plastikbecher und besprengte dann seine Stirn mit einigen Wassertropfen, wobei sie sorgfältig vermied, daß einer auf den Verband fiel. »Ich taufe dich, Liam Brendan«, sagte sie, »im Namen des Vaters und des Sohnes und des Heiligen Geistes. Amen.«

»Wer ist der Vater?« sagte Lisa. »Daddy?«

»Nein, Schatz. Gott.«

»Und wer ist der Geist?«

»Das ist auch Gott.«

»Wer ist Gott?« fragte Liam.

»Das weißt du doch«, sagte Lisa, »das Jesus-Buch.«

»Jetzt bist du an der Reihe, Lisa«, sagte Mrs. Tierney und bemühte sich, ihre Stimme ganz normal klingen zu lassen.

»Ich will nicht. Was soll dieses Spiel?«

»Es ist kein Spiel, Schatz. Komm jetzt.«

»Kriege ich auch einen Bonbon, wenn ich es tue?«

»Ja, Schatz.«

»Ich auch?« sagte Liam. »Kriege ich auch einen Bonbon?«

»Ja, Liam. Jetzt komm her, Lisa. Halte deine Zöpfe zurück. So ist es recht. Jetzt.«

Sie besprengte Lisas Stirn mit Wasser. »Ich taufe dich, Elizabeth Jane, im Namen des Vaters und des Sohnes und des Heiligen Geistes. Amen.«

»Du hast mich ganz naß gemacht«, protestierte Lisa.

»Dann trocknet eure Gesichter ab. Hier. Und jetzt gehen wir in die Küche, und dann bekommt jeder einen Bonbon.«

»Jeder kriegt zwei. Das hast du versprochen.«

»Meinetwegen – jeder zwei.« Sie legte ihre Arme um die beiden und zog sie lachend an sich. Die Kinder starrten sie an; bestimmt war es ein Spaß für Erwachsene. Sie lachte und lachte. »Kommt jetzt«, sagte sie. »Kommt jetzt mit, ihr kleinen Christen.«

Als Jane die Wohnung betreten hatte, schob sie die Wohnungstür fest hinter sich ins Schloß und lehnte sich dagegen, als hätte sie endlich den rettenden Hafen erreicht. Während der ganzen Heimfahrt mit der U-Bahn hatte sie unter der fürchterlichen Vorstellung gelitten, daß Italiano ihr folgte. Aber jetzt, als sie den Türriegel vorschob, wurde diese Vorstellung von einer anderen ersetzt: Sie sah ihn vor sich, wie er im Büro wartete, immer wütender wurde und schließlich beschloß, bei ihr zu Hause anzurufen. Hatte er etwa schon angerufen?

Sie ging den Korridor entlang. Mrs. Tierney war im Kinderzimmer und las den beiden eine Geschichte vor.

»Hat jemand für mich angerufen?«

»Nein, Liebes.«

»Tag, Mami.«

»Tag, ihr Süßen. War es heute schön?«

Mrs. Tierney, die auf Lisas Antwort wartete, wußte, daß die Zeit ihrer Prüfung gekommen war. »Ja«, sagte Lisa. »Wir haben zusammen gespielt – nicht wahr, Gran?«

»Ja, und ihr habt es sehr schön gemacht«, sagte Mrs. Tierney schnell, während sich Jane in ihrem Seidenkleid hinunterbeugte, um Liam den Gutenachtkuß zu geben. Mrs. Tierney sah, daß das Seidenkleid ihrer Schwiegertochter ganz verschwitzt war; zwischen den Schulterblättern beginnend, zeichnete sich ein Kreuz ab, ein Kruzifix, das am Rücken entlang verlief, und plötzlich verspürte sie ein flüchtiges Mitgefühl mit diesem Mädchen, das nach einem anstrengenden Tag in einem stickigen Büro nach Hause kam, seine Kinder bereits im Bett vorfand, wo sie von der Schwiegermutter, der man nicht trauen konnte, betreut wurden, während das Abendessen noch zubereitet werden mußte und drei Fremde, die zuviel tranken, im Wohnzimmer herumsaßen. Und außerdem war hinter ihrem Rücken irgend etwas mit den Kindern geschehen.

Jane ging zu Lisa, gab ihr einen Kuß und wandte sich dann an Mrs. Tierney.

»Es tut mir leid wegen heute abend«, sagte sie. »Ich meine, daß Sie nicht in die Kirche gehen konnten.«

»Das hat sich geregelt, Liebes. Sie sehen müde aus. Lassen Sie mich das Abendessen zubereiten.«

»Was ist Kirche?« fragte Liam.

»Du sollst jetzt schlafen, Darling«, sagte Jane. »Kommen Sie mit?« fragte sie Mrs. Tierney.

Sie gingen hinaus und schlossen die Tür hinter sich. »Ich weiß gar nicht, was ich zum Abendessen auf den Tisch bringen soll«, sagte Jane. »Ich habe nicht genug im Hause, um diese vielen Leute satt zu bekommen. Und wir können es uns nicht leisten, in ein Restaurant zu gehen – zumindest nicht in solche, in die diese Leute immer gehen. Haben Sie schon gegessen?«

Warum redet sie mich nie mit meinem Namen an, dachte Mrs. Tierney. »Ja, Liebes, ich habe bereits gegessen.«

»Dann wollen wir lieber hineingehen und auch etwas trinken. Oder wollen Sie noch in die Kirche?«

»Nein, ich bin schon dort gewesen. Ich meine, Brendan hat sich um die Kinder gekümmert, während ich weg war.«

»Was soll denn das? Was hat denn diese kleine Konferenz zu bedeuten?« sagte eine laute Stimme. Es war Dr. Gallery, der mit einem Teller voll Eiswürfel aus der Küche kam. »Tag, Janey«, sagte er und legte einen Arm um Jane, die – um gerecht zu sein – keinen Spaß daran zu finden schien, wie Mrs. Tierney feststellte.

»Komm rein«, sagte Dr. Gallery. »Sie auch, Mrs. Tierney. Sie müssen uns retten.«

»Retten? Wovor?« fragte Mrs. Tierney, und es gelang ihr sogar, dabei zu lächeln.

»Vor Freud müssen Sie uns retten. Haben Sie jemals etwas von Dr. Sigmund Freud gehört, Mrs. Tierney? Oder ist er im heiligen Irland unbekannt?«

»O nein – Sie würden Augen machen«, sagte Mrs. Tierney und ging mit den beiden zum Wohnzimmer; es war so typisch, daß diese Amerikaner irischer Abstammung alle wirklichen Iren für genauso dumm und unwissend hielten, wie sie selbst waren, dachte Mrs. Tierney. Natürlich hatte sie von Freud gehört. Grattan hatte einmal gesagt, daß die Kirche seine Schriften auf den Index gesetzt hätte. Er war so eine Art Sexualarzt, ähnlich wie dieser andere alte Gauner, Woronoff hieß er wohl, mit seinen Affendrüsen.

Sie betraten das Wohnzimmer, wo Brendan gerade mit lauter Stimme redete. »Die Schwierigkeit bei der Analyse«, sagte Brendan, »besteht darin, daß sie zu einer Religion geworden ist – mit einem Messias, einer Heiligen Schrift und sogar mit einem Judas wie beispielsweise Ferenczi und Reich, und dazu noch eine ganze Priesterschaft.«

»Reines Vorurteil«, sagte Dr. Lupus.

»Ist ehrliche Skepsis denn immer Vorurteil?« brüllte Brendan.

»Brendan«, sagte Jane, »ich bin nach Hause gekommen. Willst du mir nicht wenigstens guten Tag sagen?«

»Verzeihung, das hatte ich vergessen. Willkommen zu Hause, mein Herr und Meister.«

Irgendwie verstand Mrs. Tierney nicht, warum die anderen diese Bemerkung für so außerordentlich komisch hielten. Nur Jane fand sie nicht komisch.

»Deine Mutter«, sagte Dr. Gallery, »hat mir erzählt, daß der Name Freud selbst im Land der Heiligen und Gelehrten bekannt ist. Habe ich recht, Mrs. Tierney?«

Mrs. Tierney nickte unsicher, und Brendan sagte: »Also, Mama, was ist mit dem Schluck, den ich dir versprochen habe? Hier, trinke das, es wird dir guttun.«

Es war purer Gin – fast purer Gin; den ganzen Schlund konnte man sich damit verbrennen. Kein Wunder, daß alle angeheitert waren. Sie beobachtete den Arzt, der sich zu dem rothaarigen Mädchen hinüberbeugte. »Na ja, das hängt davon ab, was man unter abnormal versteht«, sagte er. »Abnormität *per se* braucht sich keineswegs immer auszuwirken. Ich hatte einmal einen Patienten«, sagte er und senkte dann seine Stimme zu einem Flüstern.

»Fäkalien?« sagte das Mädchen und unterbrach das Flüstern. »Mein Gott!«

Fäkalien! (Wäre ich nicht früher Krankenschwester gewesen, dann wären das jetzt böhmische Dörfer für mich.) Fäkalien! Keiner achtete darauf. Jane saß am Fenster, sie sah müde aus und machte einen abwesenden Eindruck. Brendan redete mit Dr. Gallery, der ihm gar nicht zuhörte, sondern versuchte, selbst zu Wort zu kommen. Wegen der Hitze waren alle Fenster geöffnet, und von der Straße hörte man ständig das quietschende Bremsen der Autos. Es war, als säße sie im Theater und beobachtete Leute auf der Bühne. Sie spielten ihre Rollen, aber keiner der Schauspieler konnte sie sehen. Denn sie selbst saß im Dunkeln.

Kaum zu glauben, daß sie erst vor einer knappen halben Stunde, nur wenige Schritte von diesem lauten Zimmer entfernt, ein Sakrament vollzogen hatte – vielleicht das Wichtigste in ihrem ganzen Leben getan hatte. Warum saß sie hier mit diesen Betrunkenen zusammen, die laut über Hoden und solche unanständigen Sachen redeten, bei diesen Verrückten, die an nichts glaubten, höchstens an ihr eigenes wahnsinniges Ich? Und das waren also die Leute, die Brendan als seine Freunde bezeichnete. Gott helfe ihm.

Unbemerkt erhob sie sich und verließ das Zimmer. Sie durchquerte die Diele und betrat ihre kleine Zelle, um das Dröhnen des schmutzigen Geredes auszusperren. Sie blickte die kahlen weißen Wände an und bemerkte dabei den Druck, der von irgendeinem chinesischen Heiden stammte. Ich habe keine Lust mehr, ihnen immer zu Gefallen zu sein, beschloß sie. Morgen wird hier an dieser Wand ein Kruzifix hängen.

Bella, Max Bronsteins Schwester, steckte ihren Kopf aus der Küche. »Noch einen Teller Suppe?«

»Nein«, sagte Max mit vollem Mund.

»Kann ich dann das Hähnchen bringen?«

»Ja«, sagte Max. Ganz allein saß er an seinem Schreibtisch in dem kleinen dunklen Zimmer, das er mit seiner Katze bewohnte. In dem Zimmer standen außerdem zwei Küchenstühle, eine Reiseschreibmaschine, eine Bettcouch, ein Sessel, der von der Heilsarmee stammte, und fünfhundert Bücher, die zum größten Teil aus den Bibliotheken von Bronx, Brooklyn und Manhattan gestohlen waren. An der Wand hing ein Kalender mit lauter hübschen Mädchen; auf dem Kaminsims stand ein Fernglas, und in der winzigen angrenzenden Küche, in der Brendan einmal bewiesen hatte, daß man nicht einmal die Katze von Max darin herumschleudern konnte, hing eine Reihe erotischer japanischer Zeichnungen, die er billig von einem Freund übernommen hatte, der geheiratet hatte. »Du solltest mal sehen, wie die Mädchen darauf reagieren«, hatte der Freund gesagt. Aber das einzige Mädchen, das diese Zeichnungen bisher gesehen hatte, war Bella.

Bella war unverheiratet und arbeitete als Sekretärin an der Universität von New York. Einmal im Monat besuchte sie Max und kochte ihm ein anständiges Essen. Sie hielt ihren Bruder für ein Genie. Er hielt sie für dumm. Doch was bedeutete es schon, überlegte er.

»So«, sagte Bella und brachte das gebratene Hühnchen herein. »Und jetzt erzähle erst einmal, wie das Mittagessen mit dem Verleger war.«

»Aber das liegt doch schon Wochen zurück!«

»Also schön, dann habe ich dich also schon seit Wochen nicht mehr gesehen.«

»Außerdem ist es völlig uninteressant.«

»Trotzdem erzähl es mir.«

»Also gut – Key war selbst da«, sagte Max. »Und Sidney Gerston, ein Cheflektor.«

»Aber erzähl mir erst mal, wo ihr gegessen habt. Bei Sardi?«

»Warum sollten wir ausgerechnet bei Sardi essen? Key ist Verleger, nicht Schauspieler. Wir haben in einem Lokal gegessen, das ›Pierre‹ hieß.«

»In der Klatschspalte von Leonard Lyons steht immer, daß viele große Schriftsteller bei Sardi essen.«

»Das behauptet Leonard Lyons!«

»Aber lassen wir das. Was gab es denn zu essen?«

Max legte seine Gabel hin. Lohnte es sich, endlich wieder einmal ein ordentliches Abendbrot zu essen, wenn man sich dafür mit Bella unterhalten mußte? »Wen interessiert es schon, was wir gegessen haben?«

»Du brauchst nicht gleich böse zu werden«, sagte Bella demütig. »Worüber habt ihr gesprochen?«

»Über mein Buch. Worüber hätten wir denn sprechen sollen?«

»Und dann?«

»Die beiden haben mir von ihren Plänen wegen der Werbung erzählt. Eine rein geschäftliche Sache. Das verstehst du nicht.«

»Und was haben sie sonst noch gesagt?«

»Nichts. Ich habe Gerston von Brendan Tierney erzählt; er hatte bereits von ihm gehört. Also strich ich Brendan ziemlich heraus und erzählte den beiden, daß er an einem Roman schriebe und daß sie sich das Manuskript sichern sollten. Sie waren interessiert und bedankten sich bei mir.«

»Das Ärgerliche bei dir ist«, sagte Bella, »daß du dich nicht genug um deine eigenen Dinge kümmerst. Würde sich dein Freund Brendan auch so für dich einsetzen?«

Verdrossen stopfte Max seinen Mund voll und kaute. Vor vier Jahren, als er Brendan kennengelernt hatte, war Brendan schon bei der Zeitschrift gewesen, und Max hatte versucht, dieser Zeitschrift einige seiner Sachen zu verkaufen. Damals hatte Brendan ihm geholfen. Aber heute? »Er hat sich verändert«, sagte Max zu Bella. »Weißt du, damals bin ich nach dem Essen extra zu ihm gefahren, um ihm alles zu erzählen. Und weißt du, was passierte? Er hat sich nicht mal bei mir bedankt, sondern hat mich praktisch hinausgeworfen, weil er arbeiten wollte. Ja, er hat sich sehr verändert, das ist wahr.«

»Jetzt möchte ich wissen«, sagte Bella, »warum ein Schriftsteller wie du seine Zeit mit einem *nebbich* wie Brendan verschwenden muß? Warte nur, bis dein Roman erscheint – und wenn er Erfolg hat, wirst du schon sehen, wie er angerannt kommt.«

Ach, Bella, was weißt du schon? Das einzige, was Brendan niemals tun wird, ist, wegen meines Erfolges angerannt zu kommen. Verstehst du nicht, daß Brendan mir etwas bedeutet, was du mir nie und nimmer bedeuten wirst? Sein Neid gibt mir größeren Auftrieb als deine ganzen langweiligen Lobreden. Erfolg, Bella, Erfolg besteht darin, daß Leute, die man früher vielleicht selbst beneidet hat – daß diese Leute einen jetzt beneiden. Erfolg ist eine sehr komplizierte Angelegenheit, Bella.

»Nein«, sagte er. »Brendan ist mein bester Freund, und er ist ein begabter Bursche. Ich habe Gerston auch gesagt, daß er begabt ist, und habe ihm Brendans Telefonnummer gegeben, obgleich er sich wie ein Hurensohn aufgeführt hat.«

»Es ist so bedauerlich, Max, daß du dich von anderen Leuten so ausnutzen läßt.«

Und das Bedauerliche ist, daß du zu dämlich bist, um mich zu begreifen. Ich brauche Brendan. Ich hasse ihn in gewisser Weise. Ich hasse seine stechenden Augen, von denen das eine größer ist als das andere. Ich hasse die Art, wie er sich aufführt, wenn er trinkt. Physisch habe ich geradezu Angst vor ihm: vor seinen riesigen Händen, die aus den Ärmeln heraushängen. Ich hasse seine gemeinen, verletzenden Bemerkungen, die Art, wie bei ihm ganz gewöhnliche Worte zu einer Beleidigung werden. Aber ich brauche ihn. Er spricht all die ärgerlichen und neidischen Dinge aus, die ich zwar verspüre, aber nicht ausdrücken kann. Und daß er mich beneidet, hat einen besonderen Reiz für mich. Wie an jenem Abend, als ich mit dem Mädchen von Jackson Clayburn zu Dortmunder kam, und er glaubte, sie gehöre zu mir. Ich habe genau gemerkt, wie er ihren Prachthintern unverwandt anstarrte und dachte, ich hätte meine Hand drauf. Seit jenem Abend versucht er, es mir gleichzutun. Aber wenn es ihm nun gelingt? Angenommen, sein Buch wird ein großer Erfolg, größer als meiner? Ich habe ihn Gerston gegenüber herausgestrichen, teils weil ich ihn mag, teils weil ich wollte, daß auch er später zu mir aufblickt. Bin ich vielleicht zu weit gegangen? Immerhin ist es möglich, daß Gerston sein Buch besser gefällt als meines.

»Möchtest du noch von dem Hähnchen?«

Frank Finnerty hatte Knackwurst gekauft, weil es so einfach war. Man brauchte die Würstchen nur zusammen mit Kohl, Kartoffeln und einer Prise Salz in einen Kochtopf zu tun, und schon war das Essen fertig. Kohl hatte er bereits zu Hause und auch Kartoffeln, obgleich es in New York längst keine so guten Kartoffeln gab wie damals in Irland. Daß er sich daran erinnerte; aber es war beinahe das einzige, an das er sich von früher erinnern konnte. Seit einunddreißig Jahren lebte er jetzt schon in den Vereinigten Staaten.

Auf dem Heimweg kaufte er den *Journal-American* und verglich seine Sozialversicherungsnummer mit den Nummern, die die Zeitung täglich veröffentlichte. Seit Jahren schon war er ein begeisterter Anhänger dieser Glücksspiel-Werbeaktionen der Zeitungen, und zweimal hatte er sogar schon kleinere Geldbeträge gewonnen. Er spekulierte auch mit kleinen Summen an der Börse, und kaum war er zu Hause (in seiner Wohnung mit den zwei Zimmern zu festgesetzter Miete in den East Fifties, ganz in der Nähe jenes Postamtes, dessen stellvertretender Leiter er war), legte er die Zeitung neben seinen bequemen Sessel, um noch die letzten Börsenmeldungen zu lesen, bevor sein Gast kam. Obgleich er an den Wochentagen abends normalerweise keinen Alkohol trank, goß er sich diesmal ein Glas Old Grand-Dad-Whisky ein.

Finnerty war Junggeselle. Seit die ganze Bande vom Postamt im vorigen Jahr nach der Weihnachtsfeier seine Wohnung heimgesucht hatte, war keine Frau mehr hiergewesen. Trotzdem war es diesmal etwas völlig anderes, denn diese Frau war eine Cousine ersten Grades, mußte etwa zehn Jahre älter sein als er, war Witwe und hatte erwachsene Kinder. Imelda, seine Schwester, die drüben in Letterkenny wohnte, hatte ihm geschrieben, daß die Frau herüberkäme, um zu ihrem Sohn zu ziehen. Finnerty hatte gehofft, nichts von ihr zu hören. Heutzutage bedeutete Irland für ihn genausowenig wie der St. Patrick's Day und der jeweils fällige merkwürdige Brief von zu Hause. Er trug am 17. März nicht einmal mehr etwas Grünes im Knopfloch. »Ich muß es den Leuten doch nicht unbedingt auf die Nase binden«, pflegte er mit einem Blick auf Fred Schultz zu sagen, dessen Mutter eine gebürtige Irin war und der an diesem Tag ein vierblättriges Kleeblatt, eine vergoldete Harfe und eine grüne Krawatte trug. Wozu sich Gemüse ins Knopfloch stecken? Wegen Irland? Das war aus und vorbei.

Um sieben, hatte er gesagt, aber kurz nach halb sieben, noch bevor er sein Glas ausgetrunken und die Zeitung nach dem Börsenbericht der Algoma Mines durchgesehen hatte, klingelte es bereits. Es war, als hätte er den Briefmarkenschalter aufgemacht und stellte fest, daß ihm eine Schlange von Kunden bereits Geld zuschob, bevor er sich überhaupt hingesetzt hatte. »Ja, ja«, sagte er zu der Klingel, »ich komme ja schon.«

Er drückte auf den Türöffner und machte die Wohnungstür auf. Er sah, wie sie das Treppenhaus betrat; sie war etwas kurzatmig, als sie die Treppen hochstieg, eine schwere Frau mit grauem Haar; ihre beringte Hand hielt sich am Geländer fest. Einen Augenblick lang konnte er sich nicht auf ihren Familiennamen besinnen. Wer war denn noch dieser Arzt, den sie geheiratet hatte? Imelda hatte es doch geschrieben.

»Bis ganz nach oben!« rief er ihr hinunter, und als sie dann mit ihm auf gleicher Höhe war, lächelte er und hielt ihr seine Hand hin. »Ich bin Frank Finnerty. Ich freue mich, Sie kennenzulernen. Kommen Sie bitte herein.«

»Ich habe sofort gesehen, daß Sie ein Finnerty sind«, sagte sie. »Sie haben die Nase der Finnertys. Wir sind uns schon einmal begegnet, aber das ist lange her. Sie können damals höchstens neun oder zehn gewesen sein.«

»War das etwa in Letterkenny?« fragte er.

»In Creeslough. Sie waren mit Ihrem Vater bei uns zu Besuch.« An seinen Vater konnte er sich nicht mehr erinnern – für ihn war er nur noch ein Mann auf einer vergilbten Fotografie. Aber mit dem Namen Creeslough verband ihn dunkel irgendeine Erinnerung. »Gab es da nicht einen Wasserfall?« fragte er. »Ich glaube mich zu erinnern, daß es da einen Wasserfall gab, in dem die Lachse sprangen.«

»Ja, das ist Pull More. Das große Loch, auf gälisch. Da haben wir gewohnt.«

»Ich glaube, ich kann mich noch dunkel daran erinnern«, sagte er. »Stellen Sie sich vor, ich kann mich daran noch erinnern. Irgendwo in der Nähe war ein Kalkofen – nicht wahr?«

»Das stimmt tatsächlich.«

»Wie finden Sie das?« sagte er, schüttelte seinen schmalen, kahlen Kopf, und ein erfreutes Lächeln erhellte seine sonst so ernsten Züge. »Pull More. Ich sehe es vor mir, klar und deutlich wie auf einem Bild. Setzen Sie sich, setzen Sie sich. Sie heißen doch Eileen mit Vornamen, nicht?«

Sie sah ihn lächelnd an. Sie verstand seine Freude. Auch sie erinnerte sich jetzt oft an einzelne Szenen aus ihrer Kindheit; in ihrer Erinnerung war jede Einzelheit so klar und deutlich, wie das bei Erlebnissen aus späteren Jahren nur noch selten der Fall war. Auch sie sah Pull More genau vor sich. Sie sah die Steinbrücke, die über die Straße hinwegführte, und die kleine Lücke in den Ginsterbüschen, zwischen denen ein Pfad in die Schlucht zu Füßen des Wasserfalls hinunterführte. Sie konnte sich sogar an das Rauschen der herabstürzenden Wassermassen erinnern: laut in der Morgendämmerung, wenn man aufwachte, laut in der Nacht, wenn man gerade einschlief. Es war der Klang der Heimat. Voller Zuneigung blickte sie ihn an, denn wie viele Leute gab es noch auf dieser Welt, die den Klang der Heimat kannten?

Finnerty sah sie ebenfalls lächelnd an. Merkwürdig, daß die bloße Erinnerung an einen kleinen Wasserfall, den man als Kind gesehen hatte, einem einen derartigen Auftrieb geben konnte. Sobald er sonst das Postamt verließ, hatte er das Gefühl, ein Motor zu sein, der abgestellt worden war. Wochenenden und Urlaub – das waren langweilige Tage. Er freute sich nie auf seinen alljährlichen Urlaub, und als einmal eine Angelfahrt, die er mit Kollegen vom Amt geplant hatte, ins Wasser gefallen war, hatte er die ganzen drei Wochen damit verbracht, die 42nd Street auf und ab zu gehen, sich binnen vierundzwanzig Stunden vier verschiedene Filme je zweimal anzusehen, in Automatenrestaurants zu essen und schließlich betrunken in irgendeinem nahegelegenen Lokal zu landen. Pensionierung – das war eine Sache, an die er gar nicht denken mochte, und manchmal, wenn er nicht schlafen konnte, überlegte er, was wohl aus ihm werden würde, wenn er nicht mehr *Frank Finnerty, Inspector, Station H*, wäre. Dieser Wasserfall war wie eine Brücke in die Vergangenheit, zu dem Menschen, der er einst gewesen war, bevor er in die Staaten gekommen war. Ganz deutlich hörte er das Wort *Creeslough* und sah einen Wasserfall. Und als sie sich noch eine Weile unterhalten hatten, konnte er sich auch noch an andere Dinge aus dieser Zeit erinnern.

Damit war der Abend für ihn gerettet. Sie aßen in der Küche, und Mrs. Tierney hatte anerkennende Worte für die Ordnung in seiner Junggesellenwohnung; sie meinte, daß sich die Männer daheim in Irland nie so gut allein zu helfen wüßten wie er. Und mit Hilfe ihres Gedächtnisses konnte er sich wieder an viele Einzelheiten dieses Besuches auf dem Hof seines Onkels erinnern. Sie erzählte ihm von einem Scherz, den sich ihr Vater einmal erlaubt hatte, als sein Vater zu Ostern zum Tanzen gegangen war. Sie erzählte ihm, daß sein Vater manchmal mit ihr getanzt hätte und daß er ein ausgezeichneter Tänzer war. Und Finnerty, der gebannt zuhörte, versuchte, das, was sie über seinen Vater erzählte, mit der vergilbten Fotografie, die auf der Kommode in seinem Schlafzimmer stand, in Einklang zu bringen, mit dem Bild dieses jungen Mannes in akademischer Robe, der sein zusammengerolltes Diplom in der Hand hielt und auf der einen Seite von einer griechischen Säule, auf der anderen von einer Topfpalme flankiert wurde. *Madden Photographers, 12 Bridge Walk, Londonderry*. In den letzten Jahren hatte er sich dieses Bild kaum mehr angesehen. Nach ihrem ersten Besuch betrachtete er es häufig.

Nur ein einziges Mal war das Gespräch an diesem Abend in eine Sackgasse geraten. Das war, als er sie fragte, womit sie hier ihre Zeit ausfüllte.

Sie hatte plötzlich sonderbar gelächelt. »Ich bin eine Magd«, sagte sie. »Ein unbezahltes Dienstmädchen. Man hält mich dauernd in Trab.«

»Ja, Kinder«, sagte er. »Das ist immer schwierig. Sie verlangen so viel, nicht wahr? Manchmal bin ich doch sehr froh, daß ich nicht geheiratet habe.«

»Irgendwie verstehe ich dabei eines nicht«, sagte sie. »Sie sind so egoistisch. Wenn man immer nur an sich selbst denkt, wie soll man denn da in der Lage sein, Kinder aufzuziehen.«

Finnerty sah sie unbehaglich an. Anscheinend kam sie also mit ihrem Sohn und dessen Frau nicht gut zurecht. »Ja, die jüngere Generation – man hört so viel darüber. Einige junge Leute von meinem Amt ...«

»Wenn ich jünger wäre«, unterbrach sie ihn, »hätte ich wahrscheinlich schon den Mund aufgemacht. Aber je älter man wird, desto weniger Mut hat man. Oder vielleicht will man auch nur seine Ruhe haben.«

»Ja, ja – leben und leben lassen, das sage ich auch immer«, meinte Finnerty vorsichtig. »Abgesehen davon ist hier vieles ganz anders als drüben.«

»Ich verstehe einfach nicht«, sagte sie, »wie man ein

Leben leben kann, ohne auch nur einmal an jene Dinge zu denken, die wirklich wichtig sind. Verstehen Sie mich nicht falsch, aber ich gebe nicht meiner Schwiegertochter die Schuld, sondern meinem eigenen Sohn. Und da ich ihn erzogen habe, muß ich wohl für sein jetziges Verhalten verantwortlich gemacht werden.«

»Das ist allerdings schlimm«, sagte Finnerty. »Obgleich ich vermute, daß Sie jederzeit wieder zurück können, wenn es Ihnen hier nicht mehr gefällt?«

»Zurück?« sagte sie. »Seit mein Mann starb, habe ich zu Hause nichts mehr zu tun. Sie müssen wissen, vorher hatte ich ein großartiges Leben, es ging uns gut, und ich hatte immer zu tun. Wissen Sie, ich bin herübergekommen, weil ich glaubte, ich könnte mich bei den Kindern nützlich machen. Aber manchmal überlege ich, ob ich wirklich eine Hilfe bin. Wenn alles falsch ist und man nichts dagegen tut, kann das doch auch eine Todsünde sein.«

»Ich würde mich da heraushalten, was immer auch geschieht«, sagte Finnerty höflich. »Vergessen Sie nicht, daß Sie mit diesen Leuten zusammen leben müssen.«

»Ja«, sagte sie, und wieder lächelte sie auf diese sonderbare Art. »Das ist das Traurige daran. Man muß mit diesen Leuten zusammen leben.«

Er blickte auf den Teppich; er wußte nicht, wohin er sonst hätte blicken sollen. Wenig später wechselte er das Thema. Sie kehrten wieder in die Vergangenheit zurück, in jenes Land, an das er sich dunkel erinnerte, und um zehn Uhr, als er sie zur U-Bahn begleitete, lachte und redete sie mit ihm, als ob sie ihn schon seit Jahren kenne. Er wußte, was das bedeutete. Er wußte, daß Menschen, die viel allein waren, allzuviel lachten und redeten, wenn sie einmal eingeladen waren. Am Eingang des U-Bahnhofs sagte er, sie solle ihn doch wieder einmal besuchen, und sie sagte, daß sie sehr gern wiederkommen würde. Und als er umkehrte, um nach Hause zurückzugehen, hatte er das Gefühl, als wäre seine Brust zusammengeschnürt. Er kannte diese Einsamkeit nur zu gut.

Vito Italiano tauchte neben dem Times-Hochhaus aus dem U-Bahn-Schacht, tänzelte durch den dichten Verkehr, wand sich durch die Massen der Touristen, die den Times Square besichtigten, und überquerte mit schnellen Schritten die 44th Street, geckenhaft in seinem kurzen schwarzseidenen Jackett, den enganliegenden Röhrenhosen, dem malvenfarbenen Hemd, das mit einem Bändchen abschloß, der schwarzen Strickkrawatte und den modischen Schuhen. Beim Blue Ribbon Restaurant bog er dann links ein, mit der behaarten Faust stieß er die Pendeltür auf. Wo war Lester?

Der umzingelte Lester Krim, sein Freund und Bewunderer, winkte ihm von seinem aus zwei Barhockern bestehenden Posten mitten vor der dichtbesetzten Theke zu. Mit schnellen Schritten näherte sich Vito ihm, um von seinem rechtmäßig angestammten Platz Besitz zu ergreifen.

»Ja bitte, meine Herren?« fragte der deutsche Wirt, als Krim den zweiten Hocker freigab und Vito sich hinaufschwang.

»Würzburger vom Faß. Zweimal.«

»Du kommst spät«, sagte Krim anklagend. »Was hat dich aufgehalten?«

Vito lächelte. Er kippte seinen Hocker so weit nach hinten, bis er in Gefahr war, umzustürzen; dann ließ er ihn mit lautem Knall wieder auf allen vier Beinen landen. Die

Männer mit den doppelten Martinis, die zu beiden Seiten saßen, mißbilligten seinen Scherz und rückten von ihm ab. Krim zahlte.

»Ein Hintern!« sagte Vito. »Alles dran. Wovon du träumst.«

»Meinst du das Küken aus deinen Jagdgründen?«

»*No, Signore*«, sagte Vito. »Ich rede nicht von gewöhnlichen Hintern. Ich rede von einem außergewöhnlichen, einmaligen, exklusiven, konkurrenzlosen Auslesehintern. Ausgewählt, gehegt, angezapft und genau im richtigen Augenblick genossen.«

»Los«, sagte Krim. »Wer ist es?«

Vito antwortete nicht. Genüßlich nahm er erst einmal einen großen Schluck. Er zündete sich eine Zigarette an, schloß die Augen und lächelte. »Spätlese, ungefähr achtundzwanzig oder neunundzwanzig«, sagte er. »Sexualgehalt ungefähr hundertvierzig Prozent. Dunkel, üppig, ausgereift. Ein edles Gewächs, etwas für Genießer.«

»Mensch, nun spiele hier nicht den Weinkenner«, sagte Krim. »Wer ist es?«

»Verheiratet«, sagte Vito, »zwei kleine *bambini*, Ehemann irgendwie Schriftsteller, Aufenthaltsort: meine eigene Abteilung, seit mehr als einem Monat unter Beobachtung. Erstes Gefecht vor ungefähr einer Woche, zweiter Angriff heute.«

»Hast du sie schon rumgekriegt?«

»Es geht nicht darum, sie rumzukriegen, Lester. Es ist eine Frage der Strategie. Und heute läßt sich immerhin sagen, daß ich einen Brückenkopf gebildet habe.«

»Aber eben hast du gesagt, daß es schon seit einem Monat geht. Das ist in deinem Fall ausgesprochen lange, Mann.«

Vito schüttelte den Kopf. »Eine komische Geschichte. Zwei Wochen lang hatte ich sie ständig vor der Nase und merkte nichts. Aber dann, vorige Woche, sitze ich eines Nachmittags in meinem kleinen Kabuff, und da steht sie da draußen, über ihr Reißbrett gebeugt. Und *mamma mia, mamma mia*, da hat es bei mir gezündet.«

»Und dann?« sagte Krim.

»Und dann bin ich aufgestanden und hingegangen und habe so getan, als wolle ich mir ihre Arbeit ansehen. Und dann habe ich ihren Hintern in beide Hände genommen. Mensch! Hat die mich vielleicht angefaucht.«

»Und du hast ein dummes Gesicht gemacht.«

»Ja, ich habe ein dummes Gesicht gemacht, das stimmt, aber nicht so, wie du dir das denkst. Ich habe ein dummes Gesicht gemacht, weil ich mitgespielt habe. Ich ging weg, habe ein paar Martinis getrunken, und um sieben bin ich wieder ins Büro gestiefelt. Sie war immer noch da und machte ihre Arbeit fertig. Daraufhin habe ich sie zu einem Drink eingeladen, und sie glaubte, ich gehöre zu denen, die sich mit einem Mädchen verabreden. Aber falsch, völlig falsch. Kapiert?«

»Kapiert«, sagte Krim. Dabei hatte er nichts kapiert.

»Ergebnis: Ich schickte sie für eine Minute nach oben und verschwand inzwischen. Schluß.«

»Und was war heute?«

»Abwarten. Die ganze Woche bin ich auf die kühle Tour gereist. Habe sie behandelt, als wäre sie Luft für mich, und passiert ist überhaupt nichts. Aber die ganze Woche über war ich immer da. Wenn sie zu mir herüberblickte, merkte sie, daß ich sie beobachtete.«

»Du hast also abgewartet – richtig?«

»Richtig. Die Kanone ist geladen. Und sie sitzt da und

wartet, daß sie endlich losgeht, denkt dauernd daran, daß sie losgehen könnte. Und je mehr sie daran denkt, desto nervöser wird sie. Kapiert?«

»Kapiert.«

»Und jetzt kommt der Punkt, wo die Strategie einsetzt. Zunächst mal ist sie eine persönliche Freundin von Louise Rogers, unserer Werbeleiterin. Und Louise ist natürlich eine Gefahr. Schlimm, Mann, sehr schlimm. Das macht alles so schwierig. Ich meine, diese schöne weiße Dame aus dem tiefen Süden braucht nur einmal zu quietschen, und schon stürzt sich die ganze Bande auf den armen Neger.«

Krim lachte. Das war typisch Vito. »Was hast du also gemacht?«

»Ich habe nachgedacht«, sagte Vito. »Dabei wurde mir ganz klar, einerseits möchte sie schon, andererseits aber auch nicht. Und du kannst Gift darauf nehmen: Diesmal weiß ich genau, wann sie soweit ist. Eine zweischneidige Angelegenheit, wenn eine Frau es nicht mehr aushält. Aber die ist jetzt soweit.«

»Noch einmal dasselbe«, sagte Krim zu dem Wirt.

»Also«, sagte Vito, »komme ich endgültig zu dem Schluß, daß sie zwar will, aber hinterher behaupten möchte, sie sei vergewaltigt worden. Ich konnte ihn nicht hindern, Euer Gnaden, er hat mich überfallen. Na schön. Deshalb habe ich heute gewartet, bis Dick und Patsy weggegangen waren. Dann verschwand ich in dem Raum, wo das Material lagert. Ich vergewisserte mich, daß niemand da war, und dann ließ ich ihr durch den Botenjungen Bescheid sagen, daß ich sie sprechen wollte. Ich wartete, und als sie kam, schloß ich die Tür. Bums!«

»Weiter!« sagte Krim gespannt. »Was passierte dann?«

Vito schloß die Augen, und seine weißen Zähne wurden sichtbar, als er in süßer Erinnerung lächelte. »Gesagt habe ich nichts – kein Wort. Ich ging bloß zu ihr und hielt sie fest. Sie hatte ein grünes Kleid an. Und darunter nur Slip und BH. Eine tolle Figur.«

Wieder lächelte er und quälte Krim. »Und weißt du, was sie tat? Sie biß mich. Hier.«

Er lockerte seine Krawatte, öffnete den Kragen, zog das malvenfarbene Hemd zur Seite und zeigte Krim in seinen schwarzen haarigen Zotteln die Spuren, die ihre Zähne an seinem Halsansatz hinterlassen hatten. »Verdammt weh hat es getan«, sagte er. »Deswegen packte ich sie an den Handgelenken und schob sie an die Wand. Sie hätte zwar schreien können – das war das Risiko, das ich dabei auf mich nahm. Aber nein. Sie wehrte sich zwar, aber ich merkte genau, daß sie nur so tat. Sie fing an zu stöhnen. Hielt die Augen geschlossen. Wollte gern, daß ich anfinge, wollte aber zugleich nicht wissen, daß ich es tat. Kapiert?«

»Ist ja wie bei Lady Chatterley«, sagte Krim. Er hatte das Buch gelesen, und es hatte ihn gelangweilt. »Wie dieses Weibsbild in dem Buch: Zu Hause kommt sie zu kurz, und deswegen sucht sie eine Romanze...«

»Dieses Küken sucht keine Romanze«, sagte Vito. »Die sucht eine Orgie.«

»Dasselbe wie in dem Buch...«

»Wer redet hier von Büchern? Ich erzähl' dir von diesem Mädchen! Interessiert es dich oder nicht?«

»Aber natürlich, Vito. Ich hatte nur...«

»Ich nahm sie mir also vor, und sie ächzte und stöhnte, und dann – bums! Ich stoße sie weg, drehe mich um und verschwinde.«

»Aber warum denn?«

»Reine Psychologie. Wie hätte es denn weitergehen sollen, wenn ich sie schon heute nachmittag aufs Kreuz gelegt hätte? Immerhin bestand die Möglichkeit, daß sie dabei einen Hintergedanken hatte. Abgesehen davon wäre es auch viel zu riskant gewesen, weil uns jemand hätte stören können. Aber so, mein Lieber, wird sie mir sogar helfen, am Abzug zu ziehen, wenn die Kanone das nächste Mal losgeht. Und was dann passiert – das kannst du dir wohl vorstellen!«

Kummervoll starrte Krim in den Spiegel hinter der Theke, sah sein eigenes und Vitos Spiegelbild über einer Reihe zugekorkter Likörflaschen. Eine verheiratete Frau, die Sex auf die Schnelle wollte, ohne lästiges Vor- und Nachher. Aber wer, außer Vito, hatte schon so viel Glück? Für einen hoffnungsvollen Augenblick versetzte sich Krim in Vitos Lage und sah sich selbst, wie er der Lady Chatterley im Lagerraum das grüne Kleid herunterriß. Für einen neidvollen Augenblick erwog er die Möglichkeit, daß Vito löge, daß es nur eine seiner Phantasiegeschichten wäre, die er selbst erfand. Für einen schmerzlichen Augenblick verglich er sich mit Vito und erinnerte sich seiner eigenen betrüblichen Mißerfolge. Er dachte an die einsamen Abende, die er in Striptease-Lokalen herumsaß. Er beobachtete Vito, wie der mit der Zunge den Bierschaum von den Lippen leckte. Dreckiges Schwein.

Als Jane nach Hause kam, saß ihre Schwiegermutter mit Hut und Handschuhen im Wohnzimmer. Die Kinder waren bereits zu Bett gebracht, obgleich es erst sechs Uhr war.

»Aber warum?« fragte Jane erbost.

»Weil Frank Finnerty, mein Vetter, mich zum Essen in

ein Restaurant eingeladen hat. Ich dachte, es wäre einfacher für Sie, wenn ich die Kinder zu Bett brächte, bevor ich gehe.«

Was hatte es für einen Sinn, mit ihr zu reden. Jane ging ins Kinderzimmer. Obgleich es noch hell war, war die Jalousie heruntergelassen. Die Kinder waren in ihren Schlafanzügen und sahen einen Zeichentrickfilm im Fernsehen. Sie schaltete den Apparat aus und zog die Jalousie hoch.

»Warum tust du das?« fragte Lisa.

»Deswegen. Gib mir einen Kuß, Liebling.«

Beide kamen zu ihr, und sie bückte sich, um sie in die Arme zu nehmen, und drückte ihre kindlichen Gesichter gegen die grüne Seide ihres Kleides. Dabei dachte sie an ein anderes Gesicht, das sie nachmittags an ihr Kleid gepreßt hatte. Ihr war übel.

»Und jetzt ab in die Betten, und dann lese ich euch eine Geschichte vor.«

»Nein – wir wollen den Film sehen.«

»Bitte, Mami, den Film.«

»Das einzige, was euch noch interessiert, ist das Fernsehen«, sagte Jane mit wütender und erstickter Stimme. »Ich wette, euch würde es gar nichts ausmachen, wenn ihr eure Mami überhaupt nicht mehr seht.«

Verdutzt starrten sie die Kinder an.

»Wir wollen Huckleburry Hound sehen«, sagte Liam.

Was hatte es für einen Sinn? Manchmal war sie so wütend und aggressiv – allen Kinderpsychologen zum Trotz –, daß sie die beiden am liebsten verhauen hätte. Aber das kam natürlich nicht in Frage. Sie schaltete den Apparat wieder ein, und als sie in den Korridor trat, wollte Mrs. Tierney gerade zur Wohnungstür hinaus. »Gute Nacht,

Liebes«, sagte sie zu Jane. »Ich werde nicht allzu spät zurück sein.«

Komm doch um Himmels willen endlich einmal ganz spät zurück.

Sie ging ins Wohnzimmer. Hätte sie in dem Augenblick, als er sie anfaßte, laut geschrien, dann hätte er wahrscheinlich sofort aufgehört. Oder wenn sie ihm nur damit gedroht hätte, es Louise zu sagen. Wenn es noch einmal passierte, würde sie es Louise sagen. Oder sie würde sonst etwas tun. Und es würde wieder passieren. Sie wußte es genau, und er wußte es ebenfalls. Oh, lieber Christus, wenn er doch jetzt hier bei mir wäre, dann würden wir in unser Schlafzimmer gehen – nein, nicht in unser Schlafzimmer, sondern woandershin. In das kleine Zimmer. In das Zimmer dieser Mrs. Tierney.

Sie verließ das Wohnzimmer und wollte gerade den Abendbrottisch decken, als sie an dem kleinen Zimmer vorüberkam. Wenn Vito bei mir wäre, würden wir hier hineingehen; ich würde die Tür öffnen wie jetzt, und ich würde mit Vito auf jenem Bett unter dem kleinen schwarzen Kruzifix liegen. Es würde das Fest von San Gennaro im Village sein, und dieses Zimmer würde sein Zimmer im Village sein, und draußen, auf der Straße, würde Musik ertönen, würden bunte Lampen brennen, während wir hier lägen, unter diesem Kruzifix, und es wäre genau der richtige Ton, weil er, als Italiener, wahrscheinlich katholisch ist.

Aber das hier ist nicht das Village; das hier ist unser kleines Zimmer.

Was hat dieses Ding eigentlich hier zu suchen?

Warum hat diese dumme Alte das Ding hingehängt?

Warum kann sie das Zimmer nicht so lassen, wie ich es eingerichtet habe?

Wütend, wie sie war, steigerte sie sich in den vollkommen unlogischen Gedanken hinein, daß alles, was sie heute verstörte – dieses Kruzifix, diese Mrs. Tierney, die Kinder, die vor dem Fernsehapparat hockten, statt sich auf ihre Mutter zu freuen, die Sache mit Vito und dem Lagerraum –, daß alles allein Brendans Schuld war. Wenn er sie nicht gebeten hätte, diese Stellung zu übernehmen, wenn er nicht den Wunsch gehabt hätte, seine Mutter herüberzuholen, dann wäre das alles gar nicht passiert. Gar nichts wäre passiert.

Alles war seine Schuld.

In diesem Augenblick der Wut hörte sie, daß jemand die Wohnungstür aufschloß. Schuldbewußt drückte sie die Tür des kleinen Zimmers zu, überzeugt, daß Mrs. Tierney aus irgendeinem Grund noch einmal zurückgekommen war. Aber es war nicht Mrs. Tierney, es war Brendan. Er ging direkt ins Wohnzimmer.

»Hat jemand für mich angerufen?«

»Nein«, sagte sie. Sie folgte ihm.

»Weißt du das genau? Max meinte nämlich, daß Gerston mich anrufen würde.«

»Es hat niemand angerufen.«

»Was gibt es zum Abendbrot?« sagte er und setzte sich mit der Zeitung in einen Sessel.

»Das weiß ich nicht. Ich habe mich noch nicht darum gekümmert.«

»So.« Er versenkte sich in die Zeitung.

»Wußtest du eigentlich, daß sie in dem kleinen Zimmer ein Kruzifix an die Wand gehängt hat?« sagte Jane.

»Wirklich?«

»Und mehr hast du dazu nicht zu sagen?«

»Wieso denn? Schließlich ist es ihr Zimmer.«

Es hatte keinen Sinn. Sie trat an das Fenster. Die ersten Regentropfen fielen auf das Pflaster und überzogen es mit einem Punktmuster.

»Brendan«, sagte sie. »Was würdest du tun, wenn ich dir sagte, daß ich die Arbeit aufgeben und mich wieder selbst um die Kinder kümmern möchte?«

»Was?« Er hörte nicht einmal zu, so vertieft war er in die Zeitung. Was kümmert es ihn, was ich jetzt durchmache?

Das Telefon läutete. »Ich gehe schon hin«, sagte er. Das wenigstens hatte er gehört.

»Hallo? Ja... Ja, Max hat es mir erzählt. Ja... Ja, das stimmt. ... Ich hoffe, ungefähr im Herbst fertig zu werden... Wirklich? Welche meiner Erzählungen? ... Ach, die... Sie hat Ihnen gefallen? ... Vielen Dank... Ja, Max sprach davon... Sicher. Ich werde Ihnen die Kapitel zuschicken. Natürlich... Ja, in Ordnung, einen Augenblick bitte.«

Er wandte sich an Jane. »Gib mir einen Bleistift und einen Zettel – schnell.«

Sie tat, was er sagte.

»Wie war die Adresse noch? Ja.« Er begann zu schreiben. »Also gut. Ich werde es Ihnen nächste Woche schikken. Großartig... Und vielen Dank. Herzlichen Dank. Auf Wiederhören.«

Er legte den Hörer hin. »Das war Sidney Gerston; du erinnerst dich, daß ich dir von ihm erzählt habe? Er ist der Lektor und möchte mein Buch kennenlernen.«

Sein Gesichtsausdruck war erregt; selten hatte sie ihn so aufgeregt gesehen. »Und vergiß nicht«, sagte er, »Max glaubt, daß ich einen Vorschuß von fünfzehnhundert Dollar bekomme, wenn ihnen das Manuskript gefällt. Begreifst du, was das bedeutet?«

»Das wäre wunderbar«, sagte sie. »Aber Brendan, ich möchte dich etwas fragen. Wärst du sehr ärgerlich, wenn ich meine Stellung aufgäbe?«

»Warum willst du sie aufgeben?«

»Weil ich dort unglücklich bin. Genügt das nicht?«

»Aber das verstehe ich nicht; du hast mir doch selbst gesagt, daß dir der Posten gefiele. Hör zu, Jane: Selbst wenn ich die fünfzehnhundert Dollar bekomme, reicht es nicht, daß wir alle davon leben können, bis das Buch fertig ist.«

»Von Geld war überhaupt nicht die Rede. Ich habe von mir gesprochen.«

»Das stimmt, aber durch die Sache mit dem Vorschuß bist du doch nur auf diese Idee gekommen.«

»Das ist nicht wahr. Ich hatte dich schon einmal gefragt, bevor das Telefon läutete, aber du hast gar nicht hingehört.«

»Ach, Darling«, sagte er, »sei doch vernünftig. Mit deinem Gehalt und diesem Vorschuß könnten wir ganz bequem zurechtkommen. Mit dem Vorschuß allein können wir uns aufhängen.«

»Bequemlichkeit – das ist wohl alles, was dich interessiert.«

»Aber wer hat sich denn immer darüber beklagt, daß so gespart werden muß – du oder ich? Darling, ich verstehe dich einfach nicht.«

»Weil du mir nie mehr zuhörst.«

Sie wandte sich ab, verließ das Zimmer und ging den Korridor entlang, bis zu ihrem letzten, ihrem einzigen Zufluchtsort. Sie schloß die Tür ab, und wie schon so oft zuvor setzte sie sich auf den Klosettdeckel und wartete auf die Tränen. Aber sie kamen nicht. Erschöpft, nervös und mit dem Gefühl, jeden Augenblick laut schreien zu müssen, senkte sie den Kopf. Aber die Tränen kamen nicht.

»Jane? Bist du hier drinnen? Jane?«

Ja, ich bin hier drinnen. Und morgen werde ich vielleicht vergewaltigt, hörst du? Nein, nicht vergewaltigt, verführt, und ich möchte verführt werden, Brendan, ich kann nicht mehr an mich halten, verstehst du das? Ich kann nicht mehr an mich halten. Hilf mir doch – warum willst du mir nicht helfen?

»Jane?«

»Laß mich doch in Ruhe!«

Heute habe ich mich bei Max entschuldigt. Ich habe ihn angerufen, weil sich Gerston nun doch noch mit mir in Verbindung gesetzt hat. In den letzten drei Wochen hatte ich schon geglaubt, daß Max – um sich zu rächen wegen meines ungehobelten Benehmens damals, als er mir erzählt hatte, daß Gerston sich für mein Buch interessiere – ganz bewußt vergessen hatte, Gerston meine Telefonnummer zu geben. Gestern rief Max dann an und sagte, daß Gerston sich mit mir in Verbindung setzen wollte.

Also bin ich Max gegenüber ungerecht gewesen.

Aber ich kann nicht sagen, daß mein Gerechtigkeitssinn der Anlaß war, mich heute bei ihm zu entschuldigen. Vielmehr konnte ich durch Max vielleicht herausbekommen, was Gerston tatsächlich von den Kapiteln hielt, die ich ihm zuschicke. Das bedeutet natürlich, daß Max eine gewisse Macht über meine Zukunft besitzt. Und das paßt mir nicht. Als ich daher zustimmte, mich mit Max auf ein Bier zu treffen, war ich entschlossen, Streit zu machen. Er wollte in die Cedar Bar, ich zu Eddy. Schließlich gab ich nach, war aber sauer.

»Mir gefällt es hier«, sagte er, als wir die Cedar Bar betraten. »Was hast du eigentlich gegen dieses Lokal?«

»Die Cedar Bar«, mäkelte ich, »ist eine Kneipe wie tausend andere auch. Bei Eddy dagegen ist es völlig anders. Da herrscht eine gewisse Atmosphäre.«

»Aber dies ist doch ein nettes Lokal«, sagte er. »Ich meine, schau dir mal die Leute an, die hier ein Glas Bier trinken: Sie sind völlig anspruchslos.«

»Das ist es doch gerade.«

»Nun mal langsam«, sagte er. »Was mir bei Eddy nicht gefällt, ist diese unechte irische Heimatatmosphäre. Vielleicht hat sie früher mal gestimmt, aber heute ist es doch bloß noch Angabe. Nur Dickköpfe wie Gallery halten es für vornehm, zu Eddy zu gehen. Hast du das noch nicht gewußt?«

Er hatte keine Ahnung, wie sehr er mich damit beleidigte. Wie konnte er auch, denn sonst hätte er das nicht gesagt. Wie ein Kleinstadt-Lothario, dem es zwar egal ist, was die Leute über seine Moral denken, der aber wütend wird, wenn jemand ihm sagt, er hätte zum Essen die falsche Gabel genommen, so bin ich von der Furcht besessen, bestimmte Nuancen des New Yorker Lebens nicht genügend zu kennen. Ich war wütend, weil ich nicht selbst darauf gekommen war, daß es bei Eddy tatsächlich so aussah, wie er behauptete. Als ich an Gallery dachte, dessen Lieblingslokal es ist, war ich überzeugt, daß Max recht hatte. Mein anderes Ich dagegen – mein weiseres, verbitterteres Ich – war wütend, daß ich mich in meiner Oberflächlichkeit einfach übertölpeln und durch trügerische Begründungen immer wieder hin und her zerren ließ.

»Du bist natürlich ganz anders als Gallery, was?« brüllte ich. »Na schön, ist ja großartig. Offen gestanden, um mit Wellington zu reden: Ich weiß nicht, was du diesen Philistern antun willst, aber bei Gott – ich habe Angst vor dir.«

Ein versöhnliches Lächeln flog so plötzlich über sein Gesicht, daß ich wußte, mein Ärger hatte ihn zum Rückzug veranlaßt. »Ich verstehe dich nicht ganz, alter Junge«, sagte er. »Was meinst du damit?«

»Denkst du eigentlich jemals darüber nach, wie konventionell dein unkonventionelles Benehmen ist? Das meine ich! Murgers Buch modernisiert, nur ohne Phantasie und Geschmack. Du wohnst im Village, du trägst Sandalen und läßt dir einen Bart wachsen, du drückst dich um eine ordentliche Stellung, hältst dir aber eine Katze. Du lebst ein ausgesprochen stereotypes Leben: du bist einer von Tausenden.«

»Gut, gut«, sagte er. »So ist es eben für mich einfacher. Dabei kann ich auch ein bißchen den Juden spielen. Den Leuten gefällt es nun einmal, wenn man in das erwartete Schema paßt. Weißt du, Brendan, ein stereotypes Leben zu führen hat eine Menge Vorteile. Man braucht sich nicht besonders anzustrengen. Wenn ich mich entschließe, den Juden oder den Künstler zu spielen, kann ich mich schnell in meine Rolle einleben; ich kann auf all die Bücher, die ich gelesen habe, Filme und Schauspiele, die ich gesehen habe, zurückgreifen. Anstrengend ist es also nicht.«

»Und wenn Pat Gallery den stereotypen Iren spielt, genießt du das auch?«

»Natürlich. Weil ich mich ihm dann überlegen fühle. Die Leute mögen theatralische Iren, und mag so ein Clown auch noch so witzig sein, er bleibt doch immer ein betrunkener, lärmender, irischer Clown. Aber für den Clown macht es sich bezahlt. Verstehst du – wir anderen sind lange nicht so ehrlich wie du. Du bist ein Hurensohn, ich weiß, aber zumindest führst du kein stereotypes Leben. Das ist bewundernswert, aber sei uns anderen gegenüber bitte nicht so hart.«

Auch Jesus war Jude; er hielt auch die andere Wange hin, und dieser Charakterzug von Max rührte plötzlich an all meine Unsicherheiten. Wer war ich denn, daß ich ihm einen Vortrag hielt – ich, der ich einen Verleger für mein Buch suchte, um mein eigenes Ich zu päppeln? Wer war ich denn, daß ich über die Gestalten von Murger spottete – ich, der ich feige bis zu meinem neunundzwanzigsten Lebensjahr gewartet habe, bevor ich die Welt der bürgerlichen Berufe verließ? Und sind meine Motive wirklich so ehrlich? Besitze ich tatsächlich eine wichtige Philosophie, die ich der Welt aufzwingen muß, oder versuche ich lediglich, mich selbst aufzublähen, indem ich andere zwinge, mich anzuhören?

»Max«, sagte ich, »warum schreibst du eigentlich?«

»Was meinst du damit, Mann?«

»Warum schreibst du? Was willst du damit erreichen – Ruhm, Reichtum oder etwas Unsterblichkeit? Oder willst du die Welt verändern?«

»Die Welt verändern?« sagte er. »Ich weiß es nicht. Unsterblichkeit? Bin ich ein Mystiker? Werde ich mich hinsetzen und anfangen zu kritisieren, wenn man mir zu Ehren *Kaddisch* singt? Nein, Brendan, ich schreibe, weil ich das Grundbedürfnis habe, geliebt zu werden. Freud nennt es Liebesverlangen.«

Dieser verdammte Freud. Meiner Ansicht nach gehört Liebe überhaupt nicht hierhin. Lob, ja – aber Liebe? Letzte Nacht hat Jane geweint, weil ich darauf bestanden hatte, daß sie ihre Stellung nicht aufgibt. Sie tat mir nicht einmal leid. Ich will ihr Gehalt, das ist alles. Liebe ich sie immer noch? Liebe ich meine Kinder immer noch? Ich weiß es nicht. Ich denke nur noch an dieses Buch.

»Ich habe einmal mit einem Analytiker gesprochen«, sagte Max. »Und er hat mir erzählt, der Grund, daß ich Romane und Erzählungen schreibe, reiche bis in die Zeit zurück, als ich noch ein Kind war und im Geschäft meines Onkels nicht helfen wollte, die Waren zu verpacken. Ich hätte deshalb ein schlechtes Gewissen, aber ich unterdrückte es, verstehst du? Wenn ich mich jetzt weigere, eine richtige Stellung anzunehmen, wenn ich statt dessen Erzählungen schreibe, dann spiele ich nur – so meinte er –, weiche ich der Wirklichkeit aus. Und wenn ich lausige Sachen für irgendwelche Zeitschriften schreibe, um wieder mal einen Dollar zu verdienen, ich tue nichts anderes, als Waren zu verpacken: Ich büße. Verstanden? Doch da taucht nun folgende Frage auf: Angenommen, ich kann eines Tages tatsächlich davon leben? Werde ich dann wieder aufhören, weil ich nicht mehr spiele, sondern Waren verpacke? Das ist eine interessante Frage!«

Er verstummte, nahm die Sonnenbrille ab und starrte an mir vorbei; ein schlankes, hochgewachsenes Mädchen, das dunkle Haar zu einer phantasievollen Frisur toupiert, betrat gerade die Bar. Sie trug ein grünes Seidenkleid, und wie bei den Chinesinnen war der Rock an der Seite hoch geschlitzt. Schweigend saß Max da, hatte völlig vergessen, worüber er geredet hatte; sein Mund war schlaff geworden, und seine Augen starrten gierig hinüber, als sie sich auf einen Barhocker in der Nähe hochzog. Dabei klaffte der Schlitz weit auseinander, und ein weißer üppiger Schenkel wurde sichtbar. Ich blickte hin. Ich spürte nichts. Gar nichts. Und das war nicht das erste Mal. In den letzten

Wochen ist es mir immer so ergangen, wenn ich ein Mädchen ansah. Früher dagegen, bevor ich besessen war von dem Wunsch, diesen Roman zu schreiben, konnte der Anblick eines hübschen Mädchens augenblicklich meine sämtlichen Meditationen über den Haufen werfen und mich in einen geistlosen Gaffer verwandeln. Mit einer merkwürdigen Sehnsucht erinnere ich mich der Beklemmung, die ich bei sinnlos vergeudeten Nachmittagen in irgendeinem Tingeltangel-Lokal empfunden hatte, erinnere mich an untätige Stunden, in denen ich an meinem Tisch saß und irgendein Mädchen an einem Fenster auf der anderen Straßenseite beobachtete. Ist das nun für immer vorbei? Bin ich durch meine neue Tätigkeit zu einem Einsiedler geworden, der über diesen Dingen steht? Und wenn das stimmt und ich für derartige Dinge nicht mehr empfänglich bin: wie will ich dann in der Lage sein, über Gefühle zu schreiben?

»Jetzt sieh dir bloß dieses Prachtweib da drüben an«, flüsterte Max. »Mann, o Mann!«

Max war immer noch empfänglich.

Lisa, des albernen alten Spiels mit den Bausteinen überdrüssig, schlenderte zur Schlafzimmertür und ging dann ein Stück in die Diele hinein. Was sie dort erblickte, jagte sie jedoch in das Kinderzimmer zurück, und ihre Hand zupfte drängend an Liams Hemd. »Komm schnell, sieh mal!«

Sie zerrte ihn in die Diele und deutete auf die offenstehende Tür von Grans Zimmer. Der Anblick dieser Erwachsenen, so dick und schwer in ihrem blauen Morgenmantel, die da jetzt auf den Knien lag und an die Wand starrte, verschlug selbst Liam die Sprache, der doch sonst immer kicherte und alles ausplauderte. Aber das hier war kein Spiel. Es war auch nicht so, als wenn sie Mr. Carney beobachteten, wenn er an die Mülleimer pinkelte. Das hier war zum Fürchten. Grans Lippen bewegten sich, aber kein Wort war zu hören. Sie schien diesem kleinen Spielzeugmann, der an der Wand hing, irgend etwas zuzuflüstern. Aber warum hatte sie die Tür offengelassen? Sonst machte sie die Tür doch immer zu. Vielleicht hatte sie es absichtlich getan, um uns angst zu machen, überlegte Lisa. Sie schreibt auch immer Briefe an alte Nonnen in schwarzen Kapuzen.

Plötzlich hatte Lisa nur noch den Wunsch, ganz schnell wegzurennen; sie zerrte Liam mit sich, und beide verschwanden in ihrem Zimmer. Liam hatte keine Angst. »Wanga, wanga«, sagte er. »Ich bin der große weiße Häuptling.«

»Sei doch still«, sagte sie. Sie ließ ihn mit den Bausteinen weiterspielen und schlich wieder zu der Tür zurück, als ob sie von dem Anblick, der sich ihr da in der Diele bot, magisch angezogen würde. Gran lag immer noch auf den Knien, ihre Lippen bewegten sich – spinnerte alte Gran, unheimliche alte Gran. Vielleicht war Gran eine alte Hexe, die Zaubersprüche aufsagte. Und Lisa und Liam waren ganz allein in dem Hexenhaus.

»Mami!« schrie Lisa. »Ich will zu Mami!«

Schwerfällig und taumelnd wie ein Tier, das aufzustehen versucht, nachdem es angeschossen worden ist, erhob sich Mrs. Tierney. Sie sah, daß das Kind in sein Zimmer rannte, und sie lief hinter ihm her. Als sie das Zimmer betrat, hockte Lisa wie ein Affe in einer Ecke, das Gesicht in den Händen verborgen. Sie schrie, als Mrs. Tierney sich ihr näherte.

»Was ist denn los, Liebling, was ist passiert?«

»Geh weg!« kreischte Lisa.

»Was ist mit ihr, Liam – hat sie sich weh getan?«

»Weiß ich nicht.«

»Lisa, ist dir nicht gut?«

Lisa schrie.

»Wovor hast du denn Angst, Schatz? Sag es Gran.«

»Vor dir«, sagte Liam. »Vor dir und dem Mann an der Wand.«

»Wovon redest du denn eigentlich, Kind?«

»Von deinem Puppenmann an der Wand.«

»Von welchem Puppen ...? Meinst du etwa das Kruzifix? Aber das ist doch Jesus. Weißt du das nicht mehr – ich habe euch doch von dem kleinen Jesus erzählt?«

»Das da an der Wand ist doch kein Mensch! Das ist eine Puppe«, sagte Liam, und seine Stimme klang genauso wie die einer Mutter, wenn sie durch eine alberne Bemerkung gereizt worden war.

»Nein, es ist die Figur eines richtigen Menschen«, sagte Mrs. Tierney.

»Jesus ist doch bloß eine Geschichte«, sagte Liam. »Wie im Fernsehen.«

Lisa schrie von neuem.

»Lisa«, sagte Mrs. Tierney. »Komm her, Schatz, steh auf. Du hast keinen Grund, dich zu ängstigen.«

»Nein«, kreischte Lisa.

»Bitte, Liebling.«

»Nein, laß mich in Ruhe.«

»Sprich nicht in diesem Ton mit mir, Miss«, sagte Mrs. Tierney.

»Geh weg.«

»Also gut, dann gehe ich jetzt. Und Liam geht auch. Wir

lassen dich hier allein. Dann wirst du eben nicht mit uns in den Park gehen.«

»Geh weg.«

Mrs. Tierney drehte sich um und verließ das Zimmer.

»Gran ist böse auf dich«, sagte Liam.

»Ist mir egal.«

»Du hast Angst. Du bist ein Angsthase.«

»Das bin ich nicht.«

»Bist du doch. Angsthase.«

»Du bist noch viel zu klein«, sagte Lisa. »Sie ist eine Hexe. Du weißt gar nicht, was eine Hexe alles tun kann.«

»Weiß ich doch.«

»Weißt du nicht.«

»Angsthase.«

»Kinder«, sagte Mrs. Tierney, die wieder in das Zimmer kam. »Hört auf, euch zu streiten. Kommt jetzt, räumt hier auf; ich habe beschlossen, doch noch mit euch beiden in den Park zu gehen. Lisa, es tut mir leid, wenn ich dich geängstigt habe, Schatz. Jetzt gib mir einen Kuß, und dann wollen wir los.«

Lisa rührte sich nicht.

»Angsthase«, sagte Liam.

»Das bin ich nicht.«

»Nun komm schon«, sagte Mrs. Tierney. »Willst du mir nun einen Kuß geben oder nicht?«

»Angsthase«, sagte Liam.

Lisa warf ihm einen Blick zu und küßte widerstrebend die Wange der Hexe.

Der Zettel glitt über die schräge Fläche von Janes Reißbrett und blieb neben ihrem Bleistift liegen. Die Nachricht war in Blockbuchstaben geschrieben.

MITTAGESSEN UM HALB EINS, CHINESISCH, WARTE IN DER HALLE AUF MICH.

Jenseits des Reißbretts, einen guten Meter von ihr entfernt, wartete der Wegelagerer auf ihre Anwort. Keinen Laut – oder ich schieße. Gleich links von ihm saß Patsy Armstrong, die gerade Norma von einem Film erzählte, den sie gestern abend im Fernsehen gesehen hatte. Dick Duryea und Carl Heffner knobelten, wer den Frühstückskaffee bezahlen sollte. Eine völlig normale Szene. Er wartete.

»Also«, sagte er. Es war keine Frage; es war ein Befehl. Ihre Hand schloß sich um den Zettel und zerknüllte ihn zu einem kleinen Ball. Sie spürte, daß ihr Gesicht glühte, als sie nickte. Ja.

Er drehte sich um und ging in seinen Glaskasten zurück. Sinnlos, jetzt zu schreien. Es war auf so völlig unerwartete Weise geschehen: an einem Freitagvormittag um zehn Uhr, vor allen Leuten. Patsy erzählte immer noch von der Fernsehsendung; Dick und Carl hatten angefangen, ein Layout zu entwerfen, und er dort in seinem Kasten telefonierte mit einem Graveur in der Druckerei. Chinesisch essen? Eine vollkommen normale Angelegenheit, mit seinem Chef zum Essen zu gehen; das passierte ständig und zu jeder Zeit.

Ihre Frisur! Warum war sie nicht schon gestern zum Friseur gegangen? Warum hatte sie sich erst für nächste Woche angemeldet? Und worüber würden sie beim Mittagessen sprechen? Büroklatsch, oder über sich selbst? Wo wohnte er, wo war er zur Schule gegangen, was tat er sonst, und was mochte er besonders? Sie hatte keine Ahnung.

Es schien eine Ewigkeit bis zwölf zu sein. Dann verschwand sie in der Damentoilette und verbrachte zwanzig hektische Minuten damit, zwei verschiedene Frisuren auszuprobieren. Um zwölf Uhr fünfundzwanzig fuhr sie mit dem Aufzug nach unten; in der Halle war das übliche Mittagsgedränge, Tausende von Leuten, die zum Essen gingen. Wie sollte sie ihn finden? Um zwölf Uhr einunddreißig, als er sich genau sechzig Sekunden verspätet hatte, erlebte sie wieder die quälende Vorstellung, daß alles nur ein grausamer Spaß gewesen wäre, ein neues Geplänkel in dem Spannungskrieg, den er in der vergangenen Woche mit ihr gespielt hatte. Er würde nicht kommen. Er hatte das alles nur getan, damit sie kapitulierte, und jetzt würde er nicht kommen.

Doch als sie fest überzeugt war, daß er nicht kommen würde, schoß er wie ein Pfeil aus einem der Aufzüge heraus, schängelte sich durch die Menge hindurch, schlitterte mit zufriedenem Lächeln auf sie zu und ergriff ihre Hand, als wären sie ganz junge Leute, die miteinander »gingen«. Er führte sie bis zur Lexington Avenue und schnipste mit dem Finger nach einem Taxi.

»Wohin fahren wir? In ein chinesisches Restaurant?«

Er lachte, als hätte sie etwas irrsinnig Komisches gesagt. »Four twenty-five West Fifty-seventh«, sagte er zu dem Taxichauffeur. Dann lehnte er sich zurück und ergriff ihre Hand. »Du siehst großartig aus«, sagte er. »Einfach großartig.«

Four twenty-five West Fifty-seventh. Als sie dort hinkamen, konnte sie nirgends ein Restaurant entdecken; das Haus sah wie ein Wohnhaus aus. Als er das Taxi bezahlte, suchte sie die Front des Häuserblocks nach einem chinesischen Zeichen ab, aber sie entdeckte nur einige Schilder: Dr. J. Jackson, Zahnarzt; Al-El Produktion, Aufnahmestudio; H. Weitzmann, Modeneuheiten, Großhandel. Der Hausflur mußte dringend gestrichen werden und roch fürchterlich nach einem Reinigungsmittel; den Aufzug mußte man selbst bedienen, und im Treppenhaus hing eine lange Tafel mit den Namen der Wohnungsinhaber. Es war tatsächlich ein ganz gewöhnliches Wohnhaus.

»Was ist das für ein Haus?« fragte sie, als er sie zum Aufzug führte.

»Ein Freund von mir hat hier eine Wohnung«, sagte er. »Manchmal gehe ich über Mittag hierher.«

Wozu? O Gott. Aber er hatte doch gesagt, sie wollten chinesisch essen – oder? Also immer nur denken: wir werden chinesisch essen.

Im vierten Stock zog er einen Schlüssel aus der Tasche und sperrte die Tür auf. Sie las den Namen auf dem kleinen Schild neben der Klingel. *L. Krim*. Wer war dieser Krim? Als sie die kleine Diele betrat, schlug ihr die warme, abgestandene Luft einer Wohnung entgegen, die den ganzen Tag über leer steht, deren Fenster geschlossen und deren Jalousien heruntergelassen sind. Das Wohnzimmer, das sie vor sich sah, wirkte verwohnt, ein wenig verkommen; zwei altersschwache Sessel standen herum, dazu entsetzliche bananengelbe kleine Tische, Zeitschriften stapelten sich auf dem Kaminsims, ein greller weinfarbener Teppich bedeckte den Boden, und über einem Sofa, das zu schmal war, um als Bett zu dienen, hing ein entsetzlich abstraktes Bild, anscheinend von einem Amateur. Hinter ihr wurde die Wohnungstür geschlossen.

»So«, sagte er, »jetzt trinken wir erst einmal einen kalten Martini.«

Er verschwand in der Küche und kam kurz darauf mit einem Tablett zurück, auf dem zwei beschlagene Gläser und ein Krug mit eisgekühltem Martini stand. Er gehörte zu jenen Leuten, die »Martin« dazu sagen. Sie sah ihn förmlich vor sich, wie er sich in irgendeinem Nachtklub als Mittelpunkt der Gesellschaft aufspielte und die Darsteller auf der Bühne durch Zwischenrufe belästigte.

»So muß man es machen«, sagte er und rührte die eiskalte Flüssigkeit in dem Krug um. »Man läßt Gin und Gläser über Nacht im Eisschrank, und im allerletzten Augenblick tut man ein paar Tropfen Wermut dazu. Auf diese Weise bleibt er pur. Kein Eis. Kapiert?«

Er reichte ihr ein Glas. »Hier«, sagte er. »Nun leg mal endlich die Hemmungen ab. Zwei meiner Martins taugen genausoviel wie ein ganzer Kursus bei Mr. Freud persönlich.«

Wenn er nur nicht reden würde, dachte sie und schenkte ihm ein falsches Lächeln. Die Türklingel schrillte.

»Das ist unser Essen«, sagte er. Er ging zur Tür, und herein trat ein Asiate in mittleren Jahren, der ein weißes Jackett anhatte und einen Weidenkorb in der Hand hielt, aus dem er verschiedene Pappbehälter herausholte. Als der Chinese bezahlt wurde, blickte er zu ihr herüber, grinste, und dann kniff er ganz schnell eines seiner Schlitzaugen zu. Was sollte das heißen? Wie oft hatte er sein Essen schon hierhergeliefert? War sie nur eine Frau von unzähligen?

»So«, sagte Vito, nachdem er den Chinesen hinausgelassen hatte. »Jetzt wollen wir mal nachsehen. Es gibt süßsaure Rippchen, Brötchen, überbackenen Reis, Mandelhühnchen und Erbsen. Einverstanden?« Er begann, die Behälter in die Küche zu tragen.

Es war so unmöglich. Sie fing an zu lachen, und einen Augenblick überlegte sie, ob ihr Lachen vielleicht hysterisch klänge. Es war so unvorstellbar: An einem Freitag um ein Uhr saß sie hier in einer Wohnung, in der Nähe der Carnegie Hall, aß Erbsen und trank »Martins«, mit einem leibhaftigen, dunkelhäutigen, wenn auch komischen Verführer.

Er kam aus der Küche zurück.

»Was ist so komisch?«

»Das chinesische Essen«, sagte sie lachend. »Von wegen chinesisch essen!«

Einen Augenblick lang glaubte sie, ihn beleidigt zu haben. Mitten in der Bewegung stockte er, einen Karton in der Hand. Dann aber wurden seine Zähne sichtbar, denn seine Lippen verzogen sich zu einem brutalen Grinsen. »Weißt du was?« sagte er. »Du hast ein Gemüt wie ein Abwasserkanal.«

»Ach ja?«

»Und weißt du noch was? Ich auch.«

Er stellte die Kartons auf den Couchtisch, griff nach dem Krug mit dem Martini und goß ihr Glas wieder voll. Sie mußte dabei an ein Kinderfest denken, bei dem sich die Kinder genauso höflich benehmen, wie sie es bei den Erwachsenen gesehen haben, obgleich sie wissen, daß alles nur ein Spiel ist. Sie lächelte also, nickte und prostete ihm zu. Als sie tranken, beobachteten sie sich gegenseitig über den Rand der Gläser hinweg. Ihre gute Laune verschwand. Sie sah, wie er mit der linken Hand an den Hosenschlitz griff, und dann fiel ihr auch auf, daß sich die knappsitzende Hose an dieser Stelle wölbte. Er merkte, daß sie es gesehen hatte, und sofort lächelte er auf seine gerissene und schmutzige Art. »Stimmt«, sagte er. »Ich kann es kaum mehr abwarten.«

Seine Hand kam ihr entgegen, nahm ihr das Glas ab und

stellte es auf den kleinen Tisch. Und dann, o Gott, dann war es wie in dem Traum, als würde sie mitten auf der Straße plötzlich niedergeschlagen. Die Zeit blieb stehen. Sekundenlang wußte sie zwar, wo sie war; sie lag auf dem Sofa, dabei hatte sie doch schon vor einiger Zeit beschlossen, daß das Sofa dafür zu schmal wäre. Sie lag auf dem Sofa. Die Zeit blieb stehen: Sie lag auf dem Fußboden. Irgend etwas drückte im Rücken; es war ihre Handtasche. Wieder fiel er über sie her, und sie stöhnte und klammerte sich an ihn. Es war ein Verkehrsunfall; sie konnte sich nicht erinnern, was geschehen war. Das Haar hing ihr ins Gesicht. Mit einer Handbewegung strich sie es zur Seite und richtete sich auf. Sie sah einen ihrer Schuhe unter dem Tisch, und ihr Kleid lag über der Lehne eines Sessels. Er redete obszöne Worte auf sie ein. Seine Hand packte ihre Schulter, drückte sie zu Boden. Und wieder blieb die Zeit stehen.

Sie stand jetzt aufrecht; wo war das Badezimmer? Betäubt, wie betrunken, durchquerte sie das Zimmer und hörte sich dabei kichern. Sie hörte ihn lachen; dann schloß sie ihm die Badezimmertür vor der Nase zu; wer war dieses Mädchen, dieses alte Weib mit der verwuschelten Frisur, das sie aus dem Spiegel anstarrte und wie verrückt grinste? Sie mußte sich irgendwo hinsetzen. Sie fühlte sich schwach.

Auf dem Regal über der Badewanne entdeckte sie einen Taschenbuchroman, einen Elektrorasierer, eine Flasche Aqua Velva und einen aufgerissenen Briefumschlag. Sie sah sich alles genau an, als wären es merkwürdige Kiesel, die sie am Strand gefunden hatte. Sie griff nach dem Umschlag und las die Adresse: *Lester Krim, 425 W. 57th Street, New York, N. Y.* Das hier ist also die 57th Street in New York, und es ist Mittagspause, und unten essen die Leute in Cafés und Restaurants zu Mittag. Jetzt, in diesem Augenblick. Das

Barometer zeigte auf schön, es wird also warm bleiben. In diesem Augenblick fahren Autos durch den Holland-Tunnel, und die Nachmittagszeitungen werden bereits auf den Straßen verkauft. Manhattan hat sich nicht verändert; alles läuft genauso ab wie an jedem anderen Tag um die Mittagszeit. Ich jedoch bin hier.

Sie ließ das kalte Wasser laufen und wusch sich das Gesicht. Dann schminkte sie sich die Lippen. Er klopfte an die Badezimmertür, sie sagte »Ja?«, und er öffnete die Tür. Er trug Jockey-Unterhosen. (Es gehörte nun einmal zu diesen Leuten.) In der Hand hielt er einen Karton, und mit vollem Mund sagte er: »Wie wäre es mit einem Rippchen, Süße?«

Sie kicherte; das war ein Fremder. Die ganze Geschichte war ein Traum. Und wenn es nicht Wollust war, dann war es gar nichts. Er hieß Vito Italiano und war aus dem Büro, ein unbekleideter Fremder, der süßsaure Rippchen aß. Aber dieser dunkelhäutige Fremde: Sie betrachtete seinen dunklen muskulösen Körper, betrachtete die schwarzen Locken, die seine Brust und seinen Bauch bedeckten, vom Hals bis zu den weißen Jockey-Unterhosen.

»Komm«, sagte er. »Es ist zehn nach zwei. Willst du was essen?«

Sie schüttelte den Kopf.

»Wie wäre es dann mit einem Bier? Es ist eisgekühlt.«

»Bier?« sagte sie. Wovon redete er eigentlich? Er nahm es jedoch als Zustimmung und brachte ihr ein gefülltes Glas. Sie setzte sich auf das schmale Sofa und trank das Bier wie ein Kind, dem man befohlen hatte, es solle endlich das Glas Milch austrinken.

»Ich will dir was sagen«, sagte er. »Wenn du noch eine Weile hierbleiben willst, dann sage ich im Büro Bescheid, daß ich dich wegen eines Layouts zu Kohner und Woods geschickt hätte. Vielleicht möchtest du ein Nickerchen machen?«

»Nein.«

»Na schön – dann ist es wohl besser, wir essen schnell und gehen dann. Louise wird explodieren, wenn ich nicht um Punkt drei zur Sitzung bei ihr bin.«

»Ach«, sagte sie. Sie würden also nicht für alle Zeit in dieser Wohnung eingeschlossen bleiben; sie würde nicht auf das nächtliche Lichtermeer der Stadt blicken; sie würden nicht die Vorhänge vorziehen und ein für allemal jener anderen Welt vor diesem allen den Rücken kehren. Er war der dunkelhäutige Schuft, der sie vergewaltigt hatte; er war jedoch außerdem auch noch ihr Chef. Um drei Uhr würde er an Louises schwedischem Teakholztisch sitzen und die Werbung für zukünftige Projekte besprechen. Es war Mittagspause. Mittag war vorüber.

»Möchtest du noch ein paar Erbsen? Sie sind gut.«

Sie schüttelte den Kopf, als er ihr den Karton hinhielt. Das Essen war kalt geworden.

»Gib mir mein Kleid herüber«, sagte sie.

Heute, am Sonntag, lastet die erste Hitzewelle des Sommers auf uns; es ist eine drückende feuchte Wärme, die sich auch auf das Gemüt auswirkt. Als ich aufwachte, verspürte ich nicht wie sonst den Drang, in meine Klause zu gehen, sondern eine träge sonntägliche Gleichgültigkeit. Ich erinnerte mich an Janes Klage, daß ich gar keine Zeit mehr für die Kinder hätte, und so beschloß ich, zu Hause zu bleiben und den Familienvater zu spielen, eine Rolle, die mir früher als etwas ganz Selbstverständliches erschien.

Soweit meine guten Absichten. Seit dem Frühstück war

erst eine Stunde vergangen; ich lag schlapp auf dem Sofa im Wohnzimmer, erschöpft von den schweißtreibenden Scherzen, eine Vatergestalt, die vorzeitig aufgegeben hatte. Jane saß am Fenster, die Knie bis zum Kinn hochgezogen, und erinnerte mich dabei, wie so oft, an das Bild, das ich mir von ihr als Kind machte. (Das ganze Wochenende war sie sehr still gewesen, wahrscheinlich immer noch verstimmt, weil ich ihr nicht erlaubt hatte, die Stelle wieder aufzugeben.) Die Kinder waren ebenfalls im Zimmer, denn der gute Daddy, der nicht mehr mitspielte, hatte eingewilligt, den Fernsehapparat ins Wohnzimmer zu stellen. Meine Mutter war natürlich in der Kirche.

Lisa spielte mit den verschiedenen Kanälen Roulett.

»Und an jenem Sonntagmorgen«, sagte eine Frauenstimme, »beschloß der Herr, nach Jerusalem zu gehen. Warum aber tat Jesus ...« – »Aus Bonn kamen keine neuen Verlautbarungen. Aus Moskau liegt ein Bericht vor, daß die sowjetischen Astronauten ...«

»Ich will das Jesus-Programm sehen«, sagte Liam. »Ich will ein Götzenbild sehen.«

»In einer Ansprache vor der National Association of Manufacturers, die der Präsident gestern abend in Denver hielt, sagte er ...«

»Lisa, dreh ab«, sagte Jane.

Lisa drehte ab.

»Brendan?«

Ich kannte diesen Tonfall. Genausogut hätte sie sagen können: »Brendan, die Wohnung steht in Flammen, aber die Kinder dürfen es nicht merken.« In stummer Enttäuschung legte ich die sonntägliche Literaturbeilage der *Times* beiseite.

»Also, Liam«, sagte Jane. »Welches Götzenbild?«

»Das Jesus-Götzenbild«, sagte Liam. »Jesus war ein kleiner Junge wie ich. Er war Gott und zugleich ein Junge. Kein Mädchen. Ein Junge.«

»Wer hat dir das erzählt? Gran?«

»Ja, Gran.«

»Lisa, was hat Gran noch erzählt?«

Aber Lisa antwortete nicht.

»Sie hat Angst, weil Gran eine Hexe ist«, sagte Liam.

»Jetzt hört mir mal gut zu«, sagte ich. »Gran ist meine Mutter. Und ich erlaube nicht, daß ihr so über sie sprecht.«

»Aber sie ist trotzdem eine Hexe, Daddy«, sagte Lisa. »Sie schreibt Briefe an eine Nonne in schwarzer Kapuze, und wenn sie vor diesem Mann an der Wand steht, sagt sie Zaubersprüche auf mit Wasser und einem Heiligen Geist.«

Ich sah Jane an. Wieviel hatte sie davon begriffen? Wenn es so war, wie ich vermutete, dann würde es jetzt den entsetzlichsten Streit geben. Aber sie schien nichts kapiert zu haben. Sie sagte: »Lisa, was hat Gran euch noch erzählt?«

»Sie hat gesagt, wir wären kleine Christen.«

»Und was hast du gesagt? Hast du ihr gesagt, daß wir nicht daran glauben?«

»Ich habe gesagt, wir wären nicht religiös«, erklärte Lisa. »Weil du immer gesagt hast, das soll ich sagen, Mami, wenn die Leute mich danach fragen.«

»Das war richtig, Liebling. Ihr braucht vor Gran keine Angst zu haben.«

»Ich habe aber doch Angst vor ihr. Sie ist eine Hexe.«

Ich wartete. Und sah alles voraus: Konferenzen im Schlafzimmer, Tränen, Drohungen und Bitten. Herunter mit dem Kopf meiner Mutter. Aber nichts geschah. Sie blickte Lisa an, seufzte und erhob dann ihre Hände, Handflächen nach oben, in einer resignierten Bewegung.

»Darf ich das Fernsehen wieder anstellen?« fragte Liam – gesegnet sei sein egozentrisches kleines Herz. Sofort stand ich auf und schaltete den Apparat ein. »Also, Kinder, wenn ihr das nächste Mal mit Mami Einkaufen geht, dann achtet auf den Karton mit der Giraffe obendrauf . . .«

Hatte Jane es tatsächlich überhört? Denn selbst wenn sie nicht vermutete, was ich ahnte: Warum nahm sie das Gerede über die Hexe so gelassen hin? Ich betrachtete sie, wie sie, die Knie bis an das Kinn hochgezogen, nachdenklich auf den Fluß hinausstarrte, und ihr Schweigen war irritierender als Tränen oder ein Wutanfall. Inzwischen hatte meine eigene Wut ein Ausmaß erreicht, die für einen Muttermord genügt hätte. Mama und ihre fürchterlichen Märchen. Aber ich würde sie mir schon vorknöpfen.

Der Sonntag war ein für allemal dahin. Die Buchstaben der Zeitung tanzten mir vor den Augen. Betäubt von dem Geschwätz aus dem Fernsehapparat, saß ich da, ein Gefangener meiner schlimmsten Ahnungen. Waren erst zehn Minuten verstrichen oder eine ganze Stunde, als ich hörte, wie die Wohnungstür aufgeschlossen wurde? Sofort stand ich auf und verstreute die einzelnen Seiten der Zeitung über den ganzen Fußboden. Ich ging in die Diele, und dort stand sie in ihrem schwarzen Strohhut und mit den weißen Baumwollhandschuhen, ein Meßbuch in der Hand.

»Mama, können wir einen Moment in dein Zimmer gehen?«

»Meinetwegen, Brendan.«

Ich ging voraus. Als ich die Tür zu ihrem Zimmer öffnete, sah ich das Kruzifix, den Anlaß meiner gegenwärtigen Schwierigkeiten. »Das ist neu, nicht wahr?«

»So?« sagte sie. »Ich war immer der Ansicht, es sei schon zweitausend Jahre alt.«

Auf meiner Kopfhaut bildete sich Schweiß, als ich mich auf ihr Bett setzte. Meine Mutter zog die Hutnadel heraus, nahm den schwarzen Strohhut ab und legte ihn auf die Kommode.

»Setz dich«, sagte ich. »Ich möchte mit dir sprechen.«

»Ach, mehr möchtest du nicht«, sagte sie und lächelte, als sie sich auf den einzigen Sessel setzte. »Die Art, wie du mich aufforderst, in dieses Zimmer zu gehen, ließ mich schon glauben, du wolltest mich verprügeln.«

Mit jenem Lächeln, mit jener Bemerkung zerstörte sie die letzte leise Sympathie, die ich für sie empfunden hatte. »Was sind das für Geschichten, die du den Kindern erzählst?« fragte ich.

»Welche Geschichten, Brendan?«

»Mama, du weißt genau, welche Geschichten ich meine. Dieses Zeug über Jesus und kleine Christen.«

»Und – was ist denn schon dabei? Es wird ihnen bestimmt nicht schaden, etwas über den christlichen Glauben zu erfahren.«

»Erkläre mir eines«, sagte ich. »Was hättest du wohl getan, wenn irgend jemand zu Hause in deine Familie gekommen wäre und hinter deinem Rücken angefangen hätte, uns etwas beizubringen, an das du nicht glaubst?«

Sie antwortete nicht.

»Mama, ich habe dich etwas gefragt.«

Sie griff nach ihrem Meßbuch und hielt es in ihrem Schoß. Sie blickte auf das Meßbuch hinunter, sagte jedoch nichts.

Sie hatte Angst zu antworten; ich wiederum hatte Angst, die nächste Frage zu stellen. Zaubersprüche mit

Wasser, Heiligem Geist, ihr seid Christen – das alles hatte sie den Kindern erzählt. Vielleicht aber bildete ich mir alles nur ein, da Jane anscheinend nichts gemerkt hatte? Und vielleicht würde ich sie erst auf den Gedanken bringen, wenn ich sie danach fragte? Ich versuchte also, diese Frage indirekt zu stellen.

»Sieh einmal, Mama«, sagte ich. »Was hat es für einen Sinn, daß du die Köpfe der Kinder mit religiösen Dingen vollstopfst, wo sie nicht einmal Christen sind?«

Ihre Hände umklammerten das alte Meßbuch, abgegriffen von dreißigjährigem Gebrauch, zwischen den leicht verschmutzten Seiten lagen Todesanzeigen von Leuten, die sie gekannt hatte. Ihr Gesicht wurde rot, ärgerlich, und wie ein Kind suchte sie fieberhaft nach einer Möglichkeit, mir den Hieb heimzuzahlen, den ich ihr versetzt hatte. Endlich fiel ihr etwas ein; sie legte das Meßbuch auf den Nachttisch. »Das stimmt nicht ganz, Brendan. Sie sind getauft.«

»Wo wurden sie denn getauft?«

»Hier, in dieser Wohnung. Ich habe es selbst getan.«

»Aber du bist doch kein Priester. Das zählt nicht.«

»Wirklich, Brendan? Im Notfall, sagt der Katechismus, kann jeder Laie – ob Mann oder Frau – die Taufe vollziehen. Weißt du nicht einmal das mehr?«

»Einen Moment – einen Moment.«

»Und es war ein Notfall«, sagte sie, »weil du nie eingewilligt hättest, daß die Taufe in einer Kirche vollzogen würde. Jetzt aber ist es geschehen; du kannst es nicht rückgängig machen.«

In diesem Augenblick haßte ich sie. Sie war das Symbol meiner Vergangenheit, mit all dem störrischen Aberglauben, dem blinden, gefühlsbetonten Glauben. Die Wut, die man als Kind verspürt, wenn Mami alles besser weiß; die Wut, die man als Heranwachsender kennenlernt, wenn die Eltern sich weigern, uns die Entscheidung unserer eigenen Angelegenheiten zu überlassen, die tiefe Frustration in den Beziehungen zwischen den Generationen – das alles brachte meine Hand zum Zittern, als ich auf das Kruzifix an der Wand deutete. »Weißt du, daß Liam das da für ein Götzenbild hält?« hörte ich mich brüllen. »Und weißt du, daß Lisa dich für eine Hexe hält?«

Sie lächelte – dieses zum Wahnsinn reizende Lächeln einer Mutter, die es besser weiß. »Ach«, sagte sie, »was macht es dieser Welt schon aus, wenn ein kleiner Junge glaubt, Er sei ein Götze? Oder möchtest du vielleicht, daß ich mich in meinem Glauben nach einem Kind richte?«

»Darum geht es gar nicht. Es geht vielmehr darum, daß du den Kindern fürchterliche Angst einjagst. Was glaubst du wohl, was Jane sagen wird, wenn sie erfährt, daß du die beiden getauft hast; wie könnte ich dich dann noch in dieser Wohnung behalten?«

»Ist Jane denn hier der Herr im Haus?«

»Jane unterstützt mich, solange ich an meinem Buch arbeite.«

»Das Buch«, sagte sie. »Alles dreht sich hier um das Buch, nicht wahr? Nicht der Glaube macht dir Kummer. Es geht nur um das berühmte Buch.«

»Wieso sollte der Glaube mir Kummer machen?« sagte ich. »Du hast mich bis obenhin damit vollgestopft, und genutzt hat es dir überhaupt nichts.«

Sie senkte den Kopf. »Die Gottlosen ziehen das Schwert«, sagte sie.

»Daran bist du selbst schuld, Mama. Weißt du eigentlich, was du dauernd versuchst? Du versuchst, zwei Seelen zu gewinnen, nachdem du bei den anderen beiden versagt hast.«

»Welchen beiden?« sagte sie mit verstörter und zugleich wütender Stimme.

»Bei Sheila und mir.«

»Danke, Brendan.«

»Aber es ist doch wahr, nicht? Du bist einzig und allein um deine eigene Erlösung besorgt, nicht um die von Lisa und Liam.«

Ich hatte es gesagt, ohne nachzudenken; aber in dem Augenblick, als ich es ausgesprochen hatte, merkte ich, daß ich zumindest einen Teil der Wahrheit getroffen hatte. Sie starrte mich an – zu verletzt, um zu weinen, zu entsetzt, um sich zu rächen.

»Das glaubst du«, sagte sie. »Und was willst du nun von mir? Daß ich nach Hause fahre?«

»Das habe ich nicht gesagt, Mama; ich möchte nicht, daß du uns verläßt. Ich möchte nur, daß du mir versprichst, dich nicht mehr in die Erziehung meiner Kinder einzumischen.«

»Du sagst, du möchtest nicht, daß ich euch verlasse«, sagte sie. »Begreifen tue ich allerdings nicht, warum du mich überhaupt hierhergeholt hast. Warum hast du das getan, Brendan? Sage mir jetzt endlich die Wahrheit.«

Sie wartete – störrisch und stolz, eine alte Frau, die von ihrer Enkeltochter für eine Hexe gehalten wird. Nur ein einziges falsches Wort, und sie würde uns verlassen. Das wußte ich genau. »Ich dachte, du wärst einsam seit Vaters Tod«, erwiderte ich. »Und davon abgesehen dachte ich mir, daß du uns bei den Kindern helfen könntest.«

»Ja, ihr brauchtet ein Kindermädchen.«

»Ich wollte kein Dienstmädchen – das zu behaupten ist ungerecht von dir. Dich wollte ich hierhaben.«

»Wirklich, Brendan?« sagte sie, und als ihre dunklen, traurigen Augen auf einmal trübe wurden, war ich wieder der kleine Junge, der vor den Tränen seiner Mutter Angst hat und von ihnen gerührt ist. Ich ging zu ihr, kniete neben ihrem Sessel nieder, legte meine Arme um sie, und für einen Augenblick verbarg ich mein Gesicht an ihrem Busen.

»Natürlich wollte ich dich hierhaben. Komm jetzt, Mama, sei nicht mehr traurig.« Ich hob meinen Kopf und küßte ihre alte, weiche Wange. Einen Augenblick hielt ich sie ganz fest, und in diesem Augenblick war sie meine Mutter. Sie hatte mich großgezogen. Ich würde alles wieder in Ordnung bringen. Aber während ich sie in meinen Armen hielt, dachte ich an Jane, die im Wohnzimmer wartete – brütend und stumm.

»Noch etwas«, sagte ich. »Ich glaube, Jane weiß nicht, daß du die Kinder getauft hast. Und ich möchte auch nicht, daß du es ihr erzählst.«

Ich spürte, wie ihr Körper in meinen Armen starr wurde. Sie hob das Gesicht und sah mich an. Sie schien überrascht. War ihr Gesichtsausdruck etwa ein Anzeichen dafür, daß sie von mir enttäuscht war?

»Das also ist es, was du möchtest? Ich soll es Jane nicht erzählen.«

»Es wäre besser.«

»Also gut. Ach, Brendan, ich falle euch doch nur zur Last. Dabei hasse ich es, anderen zur Last zu fallen.«

Ich küßte sie. »Das tust du nicht«, sagte ich.

Aber sie hatte recht.

Ich ließ sie allein, ging in den Korridor hinaus und blickte ins Wohnzimmer. Jane war nicht mehr da. Ich stand in der Tür und erinnerte mich pötzlich des blinden bettelnden Negers, der manchmal am Times Square in die U-Bahn steigt. Jetzt war ich dieser Bettler. Er steigt in den Wagen und bewegt sich unauffällig bis zur Verbindungstür, ein Schauspieler, der sich nach dem Kreidezeichen auf dem Boden der Bühne richtet. Auf ein Zeichen – das Rucken des anfahrenden Zuges – zieht er einen Stock aus Leichtmetall aus dem Jackett, und aus der Hosentasche holt er einen kleinen Zinnbecher hervor. Breitbeinig, um das Gleichgewicht nicht zu verlieren, beginnt er dann – tap-tap-tap/einen Schritt vorwärts/Pause, tap-tap-tap/einen Schritt rückwärts/Pause – seinen langsamen Marsch des Mitleids und des schlechten Gewissens, und den Stock streckt er dabei wie einen großen Zeigefinger von sich.

Wie jener Bettler hatte ich mit meinem Zinnbecher geklappert, hatte eine Kapitulation als Gabe von meiner Mutter geschenkt erhalten. Dieses Klappern immer noch im Ohr, ging ich weiter – tap-tap-tap/einen Schritt vorwärts/tap-tap-tap/Jane. Ich betrat unser Schlafzimmer.

Ein Strahl der Sonne, die hoch über dem Hudson stand, fiel genau auf das Doppelbett, auf dem sie lag: ein vor sich hinbrütendes indianisches Mädchen, das an die Decke starrte; das Haar hatte sie gelöst. Als unbeholfener männlicher Mittler zwischen streitenden Frauen tastete ich nach dem nächsten Schritt: Ich gab bekannt, daß meine Mutter und ich gerade einen erbitterten Streit gehabt hätten. Ich sagte, daß meine Mutter mir angeboten hätte, nach Irland zurückzukehren. Ich sagte, daß sie mir feierlich versprochen hätte, den Kindern gegenüber nie mehr von Religion zu sprechen.

Jane starrte an die Decke. Mich sah sie nicht an.

»Jedenfalls«, sagte ich, »werden die Kinder es uns ja auch erzählen, wenn sie ihr Ehrenwort bricht. Und falls sie es tut, werde ich sofort etwas unternehmen.«

»Was unternehmen?« sagte sie. Immer noch sah sie mich nicht an.

»Wenn es nötig ist, schicke ich sie nach Irland zurück. Aber mach dir keine Gedanken – sie ist jetzt eingeschüchtert. Ich habe ihr die Hölle ziemlich heiß gemacht.«

Sie drehte den Kopf zu mir und sah mich an. »Wirklich? Was nennst du Hölle?«

Tap-tap-tap. Einen Schritt vorwärts. Sofort begann ich, eine barsche und völlig erfundene Version unserer Unterhaltung zu improvisieren, eine Version, die zeigen sollte, daß ich meiner Mutter selbstsüchtige Motive vorgeworfen hatte. (Hatte ich sie ihr eigentlich vorgeworfen? Ich bezweifle es. Meine Mutter hat Angst, aber bereuen tut sie nichts.) Aber Jane zuliebe wurde daraus die Geschichte eines Menschen, der etwas Falsches getan hat, dafür bestraft worden ist und nun in Demut bereut. Natürlich erwähnte ich die Taufe nicht.

»Du bist also zufrieden, nicht wahr?« sagte Jane.

»Ja, allerdings. Und ich möchte, daß auch du es vergißt.«

Wieder starrte sie an die Decke.

»Bitte, Jane!«

»Liegt dir überhaupt etwas daran, daß ich es vergesse?« sagte sie. »Hast du mir nicht erst gestern gesagt, daß ich meine Stellung nicht aufgeben dürfte, daß ich der Kinder wegen durchhalten müßte, ob es mir passe oder nicht?«

»Das ist nicht wahr, Darling. Vergiß nicht, daß es auch

meine Kinder sind. Ich fühle mich für sie verantwortlich – verstehst du?«

»Du übernimmst also die Verantwortung, ja?«

»Natürlich. Ich gebe dir mein Ehrenwort, daß sie nach Hause fährt, wenn noch ein einziges Mal etwas Derartiges hinter unserem Rücken geschieht.«

»Gut«, sagte sie. »Aber vergiß nicht, das ist ein Versprechen.«

Hosianna! Ich hatte gesiegt. Weihwasser, Heiliger Geist, Auflegen der Hände, das Schlimmste war geschehen, und irgendwie hatte ich mich, tap-tap-tap, vorwärts getastet und die bedingungslose Kapitulation meiner Mutter sowie einen von seiten Janes erstaunlichen Waffenstillstand errungen. Aber gleichzeitig mit diesem Triumphgefühl spürte ich, wie das Verlangen in mir wach wurde (ein Ereignis, das in den letzten Wochen selten genug war). Ich sah Janes Schultern, die unter dem braun- und weißgestreiften Leinenkleid bebten, und ich überlegte, was zuerst da sein würde: meine Annäherung oder ihre Tränen. Ich setzte mich auf ihr Bett, nahm sie in die Arme, küßte sie, knöpfte das Oberteil ihres Kleides vorn auf, küßte ihre nackten Brüste, erwies ihr meine Reverenz und war in meinem Sieg äußerst großmütig.

Aber irgend etwas stimmte nicht. Das Beben, das ich für das Signal der üblichen Tränenflut gehalten hatte, war eher Zittern, als hätte sie Angst vor meiner Berührung.

»Was ist denn los?« sagte ich.

»Nichts.«

»Dann komm doch – zieh das Kleid aus.«

Gehorsam richtete sie sich im Bett auf und zog das Kleid über den Kopf. Wegen der vormittäglichen Sonne ließ ich die Jalousie herunter, wegen der Kinder schloß ich die Tür ab, und dann legte ich mich schwitzend, aber siegesgewiß neben sie. Es war merkwürdig; ich hatte das Gefühl, als wäre ich endlich Herr in meinem eigenen Hause, und seltsamerweise spiegelte sich dieses Gefühl auch in der Art wider, in der wir uns liebten. Jane liebkoste mich, als sei ich ein verzeihender, nicht ein gelegentlich gefühlloser Ehemann. Sie war ganz anders als sonst, nicht aggressiv und wild in ihren Bewegungen, sondern passiv, verängstigt und beinahe so, als täusche sie nur um meinetwillen Sinnlichkeit vor.

Natürlich kenne ich sie viel zu gut, um das zu glauben. Wenn sie nicht befriedigt ist, klagt sie und besteht auf einer Wiederholung. Aber an diesem Vormittag sagte sie gar nichts. Sie lag nur still und stumm neben mir.

Sie hatte sich einer Laune von mir gefügt – so ungefähr sah es aus. Doch wie gesagt, ich fühlte mich als Herr der Situation. Mein Versuch von heute morgen, das Familienoberhaupt, den Sonntagsvater zu spielen, wirkte jetzt wie eine irreale, unnötige Farce. In irgendeiner Krise seines persönlichen Lebens hat Balzac sich darüber mit den Worten hinweggesetzt: »Und jetzt zum Wichtigen. Wer wird Eugénie Grandet heiraten?«

Ich richtete mich im Bett auf.

»Jane«, sagte ich, »hättest du etwas dagegen, wenn ich jetzt in die Stadt fahre und weiter an meinem Buch arbeite?«

»Nein – ich gehe dann mit den Kindern in den Park.«

Sofort begann ich, mich anzuziehen.

*Halb acht*! Das Gesicht zurechtmachen, anziehen und dann nichts wie weg – warum hat er mir nicht gesagt, wie spät es schon ist, wie viele Male habe ich ihm während des letzten Monats gesagt, er möchte doch um Himmels willen dafür sorgen, daß ich nicht wieder so spät nach Hause käme. Um Brendan mache ich mir keine Gedanken; dafür fängt sie jetzt an, es merkwürdig zu finden. Und wenn sie dahinterkommt! Abgesehen davon, die Kinder, o Gott, ich sehe sie überhaupt nicht mehr. Die armen Würmer...

Puder, Lidschatten und Lippenstift: Zitternd legt sie alles im Badezimmer auf das Regal neben Krims Elektrorasierer. Krim wartet sicher unten in der Bar, daß Vito ihm Bescheid sagt, er könne wieder heraufkommen...

Ach, du lieber Himmel, dieser Bluterguß unter meiner Brust, woher habe ich denn den...

Lidschatten, Lidstrich, jetzt ganz ruhig. Ist Sex denn überhaupt die Aufregung und die Anstrengung dieses Abends wert, wenn ich doch nur den Wunsch habe, ins Bett zu kommen und zu schlafen und nicht, aufzuwachen und festzustellen, daß Brendan statt seiner im Bett liegt, Brendan, der immer noch mit seinem Buch beschäftigt ist...

Die Lippen. Ganz ruhig jetzt, und das Kleid, wo ist mein Kleid, wo ist mein Strumpfgürtel, etwa draußen?

Aber die Sachen müssen hier irgendwo sein! »Vito, wo ist mein Strumpfgürtel, hast du ihn gesehen? ... Vito?«

Vielleicht in der Küche?

»Vito!«

Oh, diese verdammte stinkende Ratte, und ich dachte, er mache nur Spaß. Weg. Bestimmt zu einer Nutte, die es auch nicht mehr erwarten kann. Das ist zwar verrückt, aber lieber Gott, warum bin ich überhaupt in diese Geschichte hineingeraten. Mir ist übel, übel, übel – das ist mir. Ich gehöre dringend zu einem Analytiker, denn das ist masochistisch und...

Hier ist der Gürtel. Aber das Kleid, wo ist das Kleid? Auf dem Sofa.

Wie spät ist es jetzt? Zwanzig vor – ich muß weg, verdammt soll er sein, er hätte doch warten und mir ein Taxi holen können...

Der Reißverschluß – bitte, bitte, nicht haken.

Ein Taxi. Ist das Geld in der Handtasche?

Ich hatte doch noch fünf Dollar, das weiß ich genau, wo sind sie, ah, hier ist das Portemonnaie, was habe ich nur mit dem Geld gemacht, nicht einmal mehr ein Dollar in Kleingeld, und mit der U-Bahn dauert es Stunden. Oh, Vito? Vito, hilf mir, du gemeiner Hund, warum hast du nicht warten können...

Die Bar, wetten, daß er mit seinem Freund Krim unten in der Bar sitzt und Krim genau erzählt, wie es mit uns beiden war, bestimmt...

Die Schuhe?

Alles in Ordnung, alles da. Wenn ich mir vorstelle, ich vergäße meine Schuhe, nächstens vergesse ich noch meinen Kopf, ein Glück, daß er angewachsen ist. Bitte, laß ihn in der Bar sein, die U-Bahn, ich bin sonst erst um halb neun zu Hause, und selbst Brendan wird es merkwürdig finden...

»Hallo – wollen Sie nach unten?«

Lächeln, ihn anlächeln. Dieser dreckige alte Kater von einem Hausmeister in seinen Filzlatschen, das Gesicht schlecht rasiert, überall winzige Blutspuren, als wäre er in der letzten Nacht durch eine Gegend gestreunt, wo andere Katzen ihn so zugerichtet haben...

»Ist Ihnen nicht zu warm?«

Lächeln. Nicken. Kennt er mich, hat er mich schon so oft gesehen, daß er glaubt, ich sei Krims Freundin, oder kennt er auch Vito und weiß, daß er immer hierherkommt, denn jedesmal, wenn man kommt oder geht, ist er da, er ist gleichsam das Gebäude, sein fleischgewordener Geist, er geht nie weg...

Erdgeschoß, danke schön, lächeln, und jetzt laufen, laufen, oh, bitte laß ihn in der Bar sein, laß ihn dort sein...

Aber in der Bar, an der Ecke des Häuserblocks, saßen nur die Obsthändler aus dieser Gegend, Lastwagenfahrer, Lieferboten und Postangestellte. Und auf einem Hocker, am hinteren Ende des Tresens, ein Glas Bier in der fetten Hand, vor sich ein zusammengefaltetes Exemplar der *New York Post*, sah sie die kugelrunde Gestalt von Lester Krim. Als sie näher kam, suchte sie mit den Blicken nach einem anderen Glas auf der Theke, nach Vitos Glas; sicher war Vito gerade auf der Herrentoilette oder zum Telefon gegangen. Doch nirgends ein zweites Glas.

»Tag, Süße.«

Wie konnte er es wagen, sie Süße zu nennen.

Aber mit ihren hohen Bleistiftabsätzen, in dem knappen hellbraunen Baumwollstrickkleid, das ihr dieses Jahr zu eng geworden war, das Haar noch in Unordnung und mit leicht wankendem Gang wußte sie sehr genau, wie sie in dieser Bar wirken mußte, und sie verdiente es auch nicht anders, oh, lieber Gott, nur jetzt nicht daran denken. Er drehte sich langsam auf fetten Hinterbacken herum, flott und geschniegelt, in seinem stramm gewölbten blauen Sommeranzug. Ein weißes Taschentuch, mit seinen Initialen bestickt, sah aus seiner Brusttasche heraus, haarlos glatte Waden wurden über den dicken weißen Socken sichtbar, und seine fetten Füße steckten in bequemen schwarzen Schuhen. Einladend klopfte er auf den Hocker, der neben seinem stand. Sie setzte sich nicht.

»Haben Sie Vito gesehen?«

»Ich dachte, er ist bei dir, Süße.«

»Das war er auch; aber ist er nicht vor kurzer Zeit hier aufgetaucht?«

»Nein. Was gibt es denn? Ich dachte, ihr beiden wärt oben in meiner Wohnung?«

»Ja, das waren wir auch, aber ...«

Wie konnte man einen solchen Satz weitersprechen; er mußte glauben, wir hätten uns gestritten, oder er denkt, daß Vito vor mir davongelaufen ist. Oh, warum bin ich überhaupt hierhergekommen? Nur weg.

»Jedenfalls habe ich mich ziemlich verspätet«, sagte sie. »Ich muß mich beeilen. Würden Sie Vito sagen, daß ich schnell weg mußte – falls Sie ihn sehen?«

Sie drehte sich um und wollte gerade hinaus ...

»He, einen Moment.«

Er sagte es so laut, daß sie stehenbleiben mußte. Alle sahen herüber.

»Was ist?«

Seine Augen, groß und verzerrt hinter der beschlagenen Hornbrille, wanderten von den Beinen an ihrem Körper hoch bis zum Gesicht und dann langsam wieder abwärts; es war ein fürchterliches Abtasten. »Soll ich dir ein Taxi besorgen oder so was?«

Ein Taxi, o Gott, das habe ich ganz vergessen, vielleicht kann er mir etwas Geld leihen, aber ich möchte ihm nichts schulden, Vito könnte es ihm zurückgeben ...

Sie tat, als suche sie in ihrer Handtasche. »Genaugenommen wollte ich mir von Vito Geld für das Taxi leihen.«

Sein Lächeln war, als zöge man einen zähen Teig auseinander. »Das geht schon in Ordnung«, sagte er. »Ich kann dir was leihen, Süße.«

Die Schenkel lüfteten sich vom Hocker, eine fette Hand winkte und befahl ihr, näher zu kommen.

Sie trat einen Schritt vor. Weil er auf dem Barhocker saß, war sein Gesicht über ihrem.

»Hör mal zu, wie wäre es mit einem Drink – was? Ich meine, einen kleinen, bevor wir ein Taxi holen?

»Nein, ich muß mich beeilen, ich habe mich schon zu sehr verspätet. Könnten Sie mir vielleicht ein paar Dollar leihen? Vito würde sie Ihnen morgen zurückgeben.«

Er wedelte mit seiner Hand durch die Luft. »He, Harry, Bedienung. Nun komm schon. Auf ein Glas, Süße.«

»Nein.«

»Zwei Manhattans«, sagte er zu dem Barmixer.

»Wollen Sie mir das Geld für das Taxi nun borgen oder nicht?«

»Wieviel denn?« sagte er. »Fünfzig Dollar?«

»Sie gemeiner Schuft«, sagte sie. Vito und Vitos Welt, in der Männer so etwas sagen konnten! Nur weg von hier.

»He? He, Jane?«

»Lassen Sie mich los.«

»Verdammt noch mal, ich pumpe euch meine Wohnung, sooft ihr sie braucht – dann kannst du zumindest ein Glas mit mir trinken, was ist los mit dir?«

»Lassen Sie mich endlich gehen.«

»Was ist denn hier los?« sagte der Barmixer, der zurückkam.

»Nichts«, sagte Krim und ließ sie los.

Sie rannte auf die Straße.

Für Mrs. Tierney war es demütigend. Es war der einzige Abend während der letzten zwei Wochen, an dem sie ausgehen wollte, und wieder einmal verspätete sich Jane.

Mrs. Tierney mußte warten, bis Brendan um halb acht nach Hause kam, und dann vergeudete sie ihre eigenen wenigen Pennys, um mit einem Taxi in die Stadt zu fahren, und selbst das bedeutete, daß ihr Vetter seit einer halben Stunde an der Straßenecke auf sie wartete, und das bei dieser Hitze. Dabei hatte der Arme den ganzen Tag schwer gearbeitet.

So war es kein Wunder, daß sie jetzt ein wenig durcheinander war – angesichts der vielen Dinge, die sich vor ihr ausbreiteten: Obst, Wassermelonen, Quark, Salate, Rollmops, Ochsenzunge, Sandwiches mit Leberwurst, Pastrami, Hühnerleber, Lachs, Schweizer Käse, italienischer Käse, Hackbraten, Fleischpastete, überbackener Schinken mit Nudeln, Schweinerippchen, Leber mit Zwiebeln, Roastbeef, Corned beef mit Kohl, Spaghetti, Ravioli, Makkaroni und Lasagne, daneben Pumpernickel und Roggenbrot, Kümmelbrötchen, Mohnbrötchen und Zimtbrötchen. Und das alles war nur erst der Anfang, denn die Theke war fast zwanzig Meter lang, und hinter dem Glas standen Tabletts mit Dutzenden von anderen Gerichten. Verwirrt von dieser Auswahl und eingeschüchtert durch die Ungeduld des Mannes hinter der Theke, wählte sie nur eine Tasse Tee, einen Schinkensalat und ein Stück Sahnekuchen; Frank Finnerty stellte alles auf ein Tablett und trug es zu einem Tisch.

Das Lokal lag am Times Square. Es war ziemlich voll, und als sie endlich einen leeren Tisch fanden, war die Tischplatte nicht nur schmutzig, sondern überall standen noch Teller herum. Ein Angestellter kam, um alles abzuräumen; er begann damit, daß er zwei Aschenbecher auf einen Teller leerte, auf dem sich noch eine halbe Portion befand, und dann stapelte er alle schmutzigen Teller aufeinander, ohne die Essensreste abzuwischen. Angesichts dieser Verschwendung und dieser Unachtsamkeit wurde ihr übel. Das Lokal hatte eine Klimaanlage und war mit grünen Gewächsen geschmückt, die bei näherem Hinsehen jedoch gar keine Pflanzen waren, und Tische und Stühle, die aus Holz zu sein schienen, bestanden in Wirklichkeit aus irgendeinem Plastikzeug. Finnerty erzählte ihr, daß er oft hier äße. Die Speisen, sagte er, wären erstklassig. Als sie jedoch in den Kuchen biß, erlebte sie eine bekannte Enttäuschung. Die amerikanischen Speisen sind nur für das Auge, nicht aber für die Zunge bestimmt. Es war dasselbe wie mit den falschen Holztischen und den grünen Gewächsen, die keine Pflanzen waren – anscheinend konnte sich niemand mehr erinnern, wie die wirklichen Dinge gewesen waren.

Finnerty verschwand, um Eiswasser zu holen. Als Mrs. Tierney die vielen Tischreihen entlang blickte, fiel ihr auf, wie viele der Leute allein aßen.

Allein. Als Brendan mir letzten Monat diesen Kuß gab und mich bat, trotz allem zu bleiben, da war ich überzeugt, daß sich alles ändern würde. Er würde netter sein. Freundlicher. Und ich hatte doch ein Recht, es anzunehmen, oder nicht?

Es ist keine Einbildung, in dem Moment, in dem ich ein Zimmer betrete, greifen beide nach Büchern und Zeitungen, damit sie sich mit mir nicht zu unterhalten brauchen. Und manchmal, wenn ich eine ganz gewöhnliche Bemerkung mache, dann hält Jane den Atem an, als wäre ich mit dem Messer auf sie losgegangen. Oder noch schlimmer: Sie sieht mich über den Tisch hinweg an, und ihre Augen sagen: »Du alter Störenfried du, ja, das bist du und sonst nichts.« Es ist keine Einbildung, es ist Wirklichkeit.

Allein. Haben sie mich während des ganzen letzten Monats nicht immer gemieden? Warum soll ich mir das gefallen lassen? Das Leben ist zu kurz, das hatte der Mann doch gesagt.

Angeblich soll es ja eine Alterserscheinung sein, wenn man anfängt, sich schlecht behandelt zu fühlen. Alte Leute bilden sich immer ein, sie würden beleidigt, auch wenn es gar nicht der Fall ist.

Aber in meinem Fall ist es keine Einbildung. Ah, da kommt Frank schon zurück; es hat keinen Sinn, ihn mit meinen Sorgen zu belasten. Es ist so nett von ihm, daß er mich hierher eingeladen hat, es ist auch nett, sich zur Abwechslung einmal mit einem Menschen unterhalten zu können. »Nun, Frank, und was macht die Arbeit?«

»Flau. Die Postmengen werden im Sommer immer weniger. Dafür haben wir aber Ärger mit den Adressenänderungen, wenn die Leute in Urlaub fahren.«

»Und was ist mit Ihnen? Wann nehmen Sie Ihren Urlaub?«

Sein langes, blasses Gesicht wurde unruhig, und er starrte auf seinen Teller, als hätte er in irgend etwas Saures gebissen. »Ende Juli. Ich und ein Kollege fahren nach Kanada zum Angeln.«

»Das muß sehr schön sein.«

»Na ja«, sagte er, »um ganz ehrlich zu sein, ich mache mir aus Urlaub nicht viel. Drei Wochen sind eine lange Zeit, ohne Arbeit.«

»Ich wußte gar nicht, daß Sie Ihre Arbeit so sehr lieben.«

»Was mir daran gefällt, das sind die Kollegen«, sagte er. »Ich meine, wenn man so lebt wie ich, dann ist es immer wichtig, daß man Gesellschaft hat. Ich weiß gar nicht, was ich tun soll, um die Zeit totzuschlagen, wenn ich in fünf Jahren pensioniert werde.«

Sie nickte, denn das kannte sie. Dromore Estates und das winzige Häuschen. »Aber vielleicht können Sie dann etwas anderes finden, Frank?«

»Nicht in meinem Alter, nicht in dieser Stadt. Das, was ich kriegen könnte, wären Sachen, die sonst keiner will.«

»Wissen Sie«, sagte sie, »ich überlege immer, ob ich nicht irgend etwas tun könnte, wenn Brendan mich nicht mehr braucht, um auf seine Kinder aufzupassen.«

»Soll das heißen, daß Sie da weg wollen?«

Wieso kam er darauf; ahnte er etwas? »Aber nein, ich rede doch von der Zukunft, nicht von jetzt.«

»Aber es gefällt Ihnen nicht, das Zusammenleben mit Brendan, nicht wahr? Man macht es Ihnen ganz schön schwer, was?«

Sie starrte ihn an und versuchte, ein Lächeln auf ihr Gesicht zu bringen. »Mit Brendan? Aber überhaupt nicht. Brendan ist mir gegenüber sehr anständig. Ich habe nur wegen später gefragt, wenn meine Enkelkinder größer geworden sind. Ich dachte, ich könnte vielleicht ganztägig auf die Kinder anderer Leute aufpassen.«

»Für einen Dollar pro Stunde? Davon kann man doch nicht leben.«

»Aber daneben könnte ich doch noch anderes machen. Kochen zum Beispiel.«

»Als Dienstmädchen? In Ihrem Alter – eine Frau wie Sie? Wenn das Ihr Sohn jemals zulassen sollte, gehört er erschossen.«

»Bitte verstehen Sie mich nicht falsch, Frank. Ich habe mit Brendan noch gar nicht darüber gesprochen. Ich habe vielmehr nur überlegt...«

»Söhne und Töchter«, sagte er bitter. »Ich bin froh, daß ich nicht geheiratet habe. Eins steht fest, ich kann für mich selbst sorgen. Ich brauche niemanden zu fragen, wenn ich etwas will. Ja, ich brauche mir nur um mich selbst Sorgen zu machen.«

Sinnlos, ihm gegenüber ungeduldig zu werden, denn er begreift es nicht; er gehört zu jenen Menschen, die andere beleidigen, ohne es zu merken. Woher sollte er auch wissen, daß man seine Kinder immer noch lieben kann, selbst wenn man von ihnen nicht mehr geliebt wird? Woher sollte er wissen, daß ein Kuß oder ein freundliches Wort von Brendan, selbst heute, ein Zeichen dafür ist, daß man hier auf Erden noch gebraucht wird? Armer Frank.

Die rotgoldenen Reklamelichter vor den Fenstern des Lokals verwandelten sich plötzlich in dunkelrotes Blut, erloschen und flammten dann wieder rotgolden auf. Auf einer riesigen Reklamefläche warb ein gemaltes Gesicht für Camel-Zigaretten. Alle fünf Sekunden wurde ein großer Rauchring durch das Loch, das den Mund bildete, über den Platz hinweggeblasen. Genau wie Frank starrte das Gesicht auf der Reklamefläche vor sich hin, mit Augen, die nichts sahen, blies Rauch hinaus und tat, als lebe es. Aber es fühlte nichts. Und es würde so lange weiter Qualm ausstoßen, bis es eines Tages, wenn es verschmutzt und alt war, übermalt und durch ein neues Plakatgesicht ersetzt würde, das wiederum so tat, als lebe es, das jedoch ebenfalls kein Gefühl hatte. Frank lebte nur für sich selbst. War das noch Leben?

Ach, Brendy, an jenem Tag, als du mir einen Kuß gabst, fragte ich dich, ob ich dir zur Last fiele. »Das tust du nicht«, sagtest du. Es war zwar eine Antwort, aber was bedeutet eine solche Antwort schon? Sie erinnerte mich an jene Zeit, als ich Grattan immer fragte, ob man mir ansähe, daß ich älter würde. (Und man sah es mir tatsächlich an.) »Natürlich nicht«, erwiderte er jedesmal.

Auch das war eine Antwort.

Aus dem Zustand völliger Versunkenheit in die Arbeit an meinem Buch bin ich wieder in das Leben zurückgeholt worden. Sidney Gerston, der Lektor, dem ich vor sechs Wochen die ersten Kapitel geschickt hatte, schrieb mir vorgestern, daß er sie gelesen hätte, daß er »äußerst interessiert« wäre und daß er und sein Chef Gardiner Key heute gern mit mir im Harvard Club zu Mittag essen würden. Ob mir ein Uhr passe? Dieser einfache Text klang wie Poesie in meinen Ohren. Selbstverständlich hätte ich gern noch etwas mehr über sein Urteil gehört, aber nach sechs Wochen voller Unruhe über die Möglichkeit einer Ablehnung freute ich mich unsagbar. Ich bin völlig außer mir.

So stand ich also, kindisch in meiner Panik, an einem heißen Julitag, zwei Minuten vor eins, an der Ecke der 44th Street: Sitzt mein Haar, und sieht man den Fleck auf meinem Hemd auch nicht – es war nur ein Malheur; paßt die graue Seidenkrawatte, die ich mir gekauft habe, weil die englischen Schauspieler in den Filmen damit immer so elegant aussehen? Mein blauer Sommeranzug paßt mir nicht mehr; wie immer wirken die Ärmel zu kurz. Meine Schuhe sind verstaubt, obgleich sie blank geputzt waren, als ich von zu Hause wegging. Wenn die beiden glauben, ich wäre provinziell oder arm, dann versuchen sie vielleicht, die Situation auszunutzen, indem sie mir einen kleineren Vorschuß anbieten. Konnte ich diese ganze Geschichte nicht noch absagen und statt dessen einen Brief schreiben?

In diesem Zustand völliger Unentschlossenheit war ich bereits zweimal am Harvard Club vorübergegangen, ohne ihn zu finden, und meine panische Angst wuchs, als ich feststellte, daß ich mich mittlerweile um drei Minuten verspätet hatte. Als ich dann sorgfältig die Hausnummern mitzählte, kam ich schließlich zu der Ansicht, daß der unauffällige Eingang, neben dem keinerlei Schild angebracht war, der Zugang zum Club sein müßte. Ich trat also ein und wurde sofort von einem Portier in Empfang genommen, der mich nach meinen Wünschen fragte. Ich bin nicht in der Lage, die Empfangshalle zu beschreiben: Ich weiß nur noch, daß die Angestellten des Clubs aussahen, als gehören sie hierher, was man von den Mitgliedern des Clubs (Männer in ganz gewöhnlichen Straßenanzügen) nicht sagen konnte. Ich weiß noch, daß man mich bat zu warten, und das tat ich auch, sozusagen Gewehr bei Fuß, während ein Portier, der sich nach meinem Namen erkundigt hatte, einen langen Gang hinunterging, dann einen Raum durchquerte, in dem Schach gespielt wurde, und schließlich einen weiteren Raum betrat, in dem einige Männer in tiefen Ledersesseln saßen und im Halbdunkel anscheinend Zeitschriften oder Zeitungen lasen. Nach einer Weile tauchte der Portier wieder auf, und ihm folgte ein Mann, der unter den Blicken der in Öl gemalten ehemaligen Harvard-Studenten den Gang entlangschritt, als wäre er ein Staatschef, der einen offiziellen Besuch machte, und als wären die Gemälde die Ehrenkompanie. Bei seinem Anblick (war es Key oder Gerston?) hatte ich nur einen Wunsch: mich zu verstecken. Wie konnte ein solcher Mann überhaupt Interesse an meiner Arbeit haben? Was hatte ich mit einem Bewohner derart etablierter Gefilde gemeinsam? Aber wie üblich siegte die Arroganz meiner Unsicherheit über meine Befürchtungen. Ich hielt standhaft meinen Posten, als der Portier ihm etwas zuflüsterte und auf mich deutete. Der Portier ging weg. Der Fürst kam auf mich zu.

Im ersten Augenblick hielt ich ihn irrtümlicherweise für einen Engländer. Sein Sommeranzug, der in London nach Maß geschneidert war, wirkte in New York zu auffällig, zu tailliert und ein wenig homosexuell. Sein Haarschnitt war ebenfalls englisch, denn er trug das Haar ungewöhnlich lang, so daß ihm die grauen Locken fast bis auf den Kragen fielen. Sehr gerade und überlegen kam er auf mich zu, eine Erscheinung, die aus einem Gemälde Hogarths zu stammen schien, mit bläulichen, etwas vollen Lippen, cholerischen Wangen und einem großen Siegelring an der Hand, mit der er die meine ergriff. »Wie geht es Ihnen? Ich bin Gardiner Key. Reizend von Ihnen, daß Sie gekommen sind.« Auch diese Redensart mochte typisch englisch sein, aber der Tonfall beruhigte mich sofort, denn er sprach mit dem Akzent des Südstaatlers; es war eine angenehme, gesellig warme Stimme. Sein Händedruck war trocken und fest; danach klopfte er mir auf die Schulter, drehte mich seitwärts und steuerte mich durch den ersten Raum. Dabei sah er sich um, als wage etwa eines der Clubmitglieder, ihm zu widersprechen; schließlich schob er mich gewandt an eine große Bar, an der Getränke serviert wurden. Wir standen an der Theke; Barhocker gab es nicht.

»Sid Gerston wird auch gleich kommen«, sagte er. »Was trinken Sie, Mr. Tierney? Gin und Soda? Heiß ist es heute, nicht wahr?«

Ich bestätigte es. Das Vorderteil meines Hemdes bewies es.

»Arbeiten Sie hier in der Stadt?« fragte er.

»Ja.«

»Haben Sie eine Stellung?«

»Nein. Ich habe meine Stellung aufgegeben, um das Buch fertigzuschreiben.«

»Aha.« Er wandte sich von mir ab und blickte an der Theke entlang. »Da hinten kommt Sid.«

Sidney Gerston, der sich mit schnellen Schritten näherte, war klein und dunkel; er trug einen elegant geschnittenen schwarzen Anzug, wie sie von den Direktoren der Ritz-Hotels bevorzugt werden. Er wollte nichts trinken, woraufhin Key uns in den Nebenraum führte und uns aufforderte, an einem großen Tisch Platz zu nehmen. Er läutete, um einen zweiten Gin mit Soda für mich zu bestellen, und lehnte sich dann in seinen Sessel zurück, wobei seine graue Löwenmähne durch die hohe Rückenlehne etwas in Unordnung gebracht wurde. »Also, Sid«, sagte er. »Erzählen Sie diesem jungen Mann, was wir von seinem Manuskript halten.«

»Ich habe einige Notizen mitgebracht«, sagte Gerston. Die Notizen, die er aus einer Innentasche hervorzog, schienen auf die Rückseite eines Geschäftskuverts geschrieben zu sein. Ich verspürte ein vorübergehendes Prikkeln der Entrüstung.

»Also schön«, sagte Gerston. »Zuallererst: Wenn der Schluß des Buches dem entspricht, was Sie uns bisher vorgelegt haben, dann glauben Mr. Key und ich, daß wir möglicherweise einen Bestseller an der Hand haben.«

»Richtig«, sagte Key. »Wenn Sie das Tempo durchhalten, gehe ich jede Wette ein, daß Sie eines Tages zu den erfolgreichsten jungen Romanciers unseres Hauses gehören.«

Bestseller. Erfolgreich. Mein lieber Herr Bach, diese

Kirchenmusik ist überhaupt keine Kirchenmusik; es sind sehr hübsche Melodien für ein Unterhaltungskonzert, und Sie werden damit ein Superhit werden. Ich, der schwanzwedelnd und mit zusammengekrümmtem Leib zu ihnen gekommen war, um von ihnen gestreichelt zu werden, hatte statt dessen zwei Tritte gegen den Kopf bekommen; denn war das nicht ein positiver Beweis, daß mein Buch ihrer Ansicht nach keinen literarischen Wert besaß, sondern lediglich den Rohstoff für eine dieser Chroniken bildete, die die Wunschträume vieler Menschen erfüllen; entsprechend verpackt und verkauft, würde es dem Hause Key Reichtum bringen.

Meinen zweiten Gin mit Soda stürzte ich auf einen Zug hinunter. Gerston redete immer noch, aber wen interessierte es? »... eine oder zwei unwichtige Fragen, es handelt sich dabei ausschließlich um Fragen des Geschmacks. Das ist jedoch alles ausgesprochen unwichtig ...«

(Also hatte ich mich mein ganzes Leben lang selbst betrogen, hatte mir eingebildet, Talent zu besitzen, das ich gar nicht besaß ...)

»... um auf einen wichtigen Punkt zu sprechen zu kommen, uns wird zwar gelegentlich mal ein Buch angeboten, das zweifellos von literarischer Bedeutung ist, aber leider muß ich sagen, daß diese Bücher nur selten einen größeren Leserkreis finden. In Ihrem Fall hingegen haben wir das Gefühl, daß es sich um ein Buch handelt, das nicht nur in literarischen Kreisen ein Erfolg sein wird, sondern wir glauben vielmehr, daß es einen recht erheblichen Leserkreis finden wird, und vergessen Sie nicht, daß gerade das ...«

»Einen Moment«, unterbrach ich ihn. »Haben Sie eben von einem literarischen Erfolg gesprochen?«

»Natürlich. Das Buch besitzt einen sehr hohen literarischen Wert. Es ist ausgesprochen gut und spannend geschrieben.«

»Das ist es wirklich«, sagte Key und strich seine Löwenmähne zurück. »Großartig gemacht. Und daß es spannend ist, beweist beispielsweise, daß ich den Text hintereinander weggelesen habe und es gar nicht erwarten kann, auch den letzten Teil zu lesen. Ich nehme an, Sie sind schon ziemlich weit?«

»Ja, ich arbeite seit zwei Jahren an dem Buch, und seit ich meine Stellung aufgegeben habe, bin ich ein großes Stück weitergekommen.«

»Und wann glauben Sie endgültig fertig zu sein?«

»Im September, denke ich.«

»Großartig. Angenommen also, wir zahlten Ihnen als Beweis unseres Interesses einen Vorschuß von fünfhundert Dollar. Und wenn Sie das vollständige Manuskript abliefern, würden wir Ihnen noch einmal weitere fünfzehnhundert Dollar zahlen. Wären Sie damit einverstanden?«

»Das wäre sehr schön«, sagte ich; was ich danach noch sagte, weiß ich nicht mehr. Denn plötzlich tat auch der Gin seine Wirkung; ich fühlte mich so großartig wie noch nie, und ich schwöre, daß ich eine derartige Seligkeit in meinem ganzen Leben noch nie verspürt hatte. Wir aßen zu Mittag, sie redeten, und ich tat so, als höre ich zu, aber meine Gedanken waren weit weg, bewegten sich freudig im Reich der Spekulation. Ein literarischer Erfolg und gleichzeitig ein großer Leserkreis. Meine Kurzgeschichten waren also kein Schlag ins Wasser gewesen. Endlich war ich, ganz offiziell, ein Schriftsteller.

Ist es ein Wunder, daß ich, als ich mich um Viertel nach drei von den beiden verabschiedete, leicht durcheinander war? Ich erinnere mich noch, daß ich zur Sixth Avenue hinüberschlenderte, vor dem Schaufenster eines Ladens stehenblieb, in dem antiquarische Zeitschriften angeboten wurden, und ich überlegte, ob Sammler eines Tages auch nach jenen Zeitschriften suchen würden, in denen meine ersten Erzählungen erschienen waren. Und doch waren diese Erzählungen nicht mehr so wichtig. Das hier war wichtig: Ich war heute zur Welt gekommen, heute hatte ich den Beweis dafür erhalten, daß die Suche meines Lebens nicht vergeblich gewesen war. Denn mein ganzes Leben lang war ich ein Suchender gewesen; keine Schicksalsgöttin hat mich in den Nächten und den Tagen verfolgt. Ich selbst bin der Jäger, ich selbst suche die Schicksalsgöttin, aber bis zum heutigen Tag hat nie ihre Fährte meinen Weg gekreuzt, und die Gerüchte über ihre Nähe, denen ich jahrelang nachgegangen war, enttäuschten mich stets: die Straße blieb leer und die Spur trügerisch. Während ich jedoch in der Sixth Avenue in das Schaufenster jenes Ladens starrte, in dem man alte Zeitschriften kaufen konnte, wußte ich plötzlich, daß ich ihr endlich auf der Spur war. Ich war Brendan Tierney, ein freier Mann und zugleich ein Schriftsteller, und in diesem Augenblick hätte ich mit niemandem getauscht, ob es sich nun um einen Lebenden oder um einen Verstorbenen gehandelt hätte. Ich war jung; ich hatte gezeigt, daß ich mich nicht zu Unrecht gerühmt hatte. Die Veröffentlichung meines Buches würde mein ganzes Leben verändern. Mein Einzug nach Jerusalem hatte begonnen.

So wie Elend allein nicht zu ertragen ist, so verlangt auch der Triumph nach einem Publikum. Vielleicht sollte ich den guten alten Max anrufen. Du mußt mich jetzt mit mehr Respekt behandeln, Max, denn ich bekomme einen größeren Vorschuß als du. Sie glauben, daß mein Buch sowohl ein literarischer Erfolg werden als auch einen großen Leserkreis erobern wird – verstehst du, Max? Du und deine Mädchen in orangefarbenen Kostümen.

Ich entdeckte eine Telefonzelle.

»Max?«

»Brendan – bist du es?«

»Ja. Hör zu, Max, ich bin in der Stadt. Habe gerade mit unserem Verleger zu Mittag gegessen. Wie wäre es, wenn wir uns im San Remo auf ein Bier träfen?«

»Dann machen sie also dein Buch«, sagte Max.

»Klar machen sie es, sie sind schon ganz wild darauf, weil sie glauben, daß ich der erfolgreichste junge Romancier des Landes werde. Key hat das gesagt. Nun komm, damit wir uns zusammensetzen und die Geschichte feiern können.«

Am anderen Ende der Leitung war Stille.

»Max?«

»Hör zu, Brendan, ich bin gerade an der Arbeit.«

»Das ist doch Unsinn; das kannst du mir nicht antun. Nur auf ein Bier!«

»Du hast es mit mir doch genauso gemacht«, sagte Max. »Wiedersehen, Brendan.«

Er legte auf.

Erfolg züchtet Neid: Damit muß man rechnen. Und ich fand, daß sein Neid verständlich war; ich an seiner Stelle wäre wohl auch auf mich neidisch gewesen. Schließlich hatte ich ihm früher einmal gesagt, daß er eines Tages Angst vor mir haben würde.

Gut – wen sonst konnte ich mit meiner Nachricht beeindrucken? Vielleicht Pat Gallery, aber Pat hatte nachmittags Sprechstunde, vor fünf war er nie fertig, und es ihm am Telefon zu sagen hatte keinen Sinn. Ich wollte es ihm in Eddys Bar von Angesicht zu Angesicht sagen, damit er anderen erzählte, daß er es ja immer gewußt hätte. Pat war also später an der Reihe. Jetzt war es aber erst halb vier. Wen?

Jane. Ihr Büro lag ganz in der Nähe; sie konnte herüberkommen und mit mir anstoßen. Sie hatte sich doch immer einen gottverdammten Bestseller gewünscht – oder etwa nicht? Also gut, Jane, du bekommst alles, was du dir gewünscht hast, und ich werde das bekommen, was ich haben wollte: literarischen Erfolg und einen weiten Leserkreis, verdammt noch mal. Ich fand noch eine Münze.

»Mrs. Tierney? Meinen Sie Jane Tierney?«

»Ja. Mrs. Brendan Tierney.«

»Einen Augenblick bitte.«

»Hallo, wen möchten Sie sprechen?«

»Mrs. Brendan Tierney!«

»Meinen Sie Jane? Bleiben Sie am Apparat. Hallo, Süße, du wirst am Telefon verlangt. Auf Apparat zwei.«

(Wer nennt sie denn da Süße – wer kann das sein?)

»Hallo.«

»Jane, hier ist Brendan.«

»Ach, du bist es. Wie war es beim Mittagessen?«

Ich erzählte es ihr.

»Aber das ist doch wunderbar, Brendan, ganz wunderbar! Ich bin so glücklich. Hat er das wirklich gesagt?«

»Natürlich.«

»Ach, das ist die schönste Nachricht seit Jahren. Bist du nicht sehr aufgeregt?«

»Ein bißchen«, sagte ich. »Hör zu – ich möchte, daß du schnell herkommst, damit wir die Geschichte mit einem Glas begießen.«

»Aber das ist unmöglich, Darling. Ich stecke mitten in einer eiligen Sache.«

»Dann läßt du sie eben liegen. Heute ist der wichtigste Tag in unserem Leben.«

»Ich kann die Sache nicht einfach liegenlassen; alles wartet darauf, daß ich fertig werde, damit es dann gleich in die Druckerei gehen kann. Wie wär's, wenn wir heute abend feiern, sobald ich nach Hause komme?«

»Nein«, sagte ich. »Ich muß dich sofort sprechen. Zum Teufel mit dem ganzen Saftladen.«

»Aber du hast selbst gesagt, daß wir den Saftladen noch brauchten.« (Natürlich, das stimmte. Fünfhundert waren schön und gut, aber...)

»Meinetwegen«, sagte ich. »Dann muß ich eben bis heute abend warten. Kommst du rechtzeitig nach Hause?«

»Ich werde es versuchen. Und noch einmal herzlichen Glückwunsch.«

Sie legte den Hörer auf. Und wer blieb jetzt noch? Natürlich hatte ich noch weitere Freunde, aber alle waren bei der Arbeit. Abgesehen davon würde meine Mitteilung sehr viel größeren Eindruck machen, wenn ich sie ganz beiläufig fallenließ. Telefonieren schien sinnlos. Wer blieb also übrig? Welchen Gegner konnte ich mit dieser Geschichte noch zu Boden schlagen? »Wieso bist du eigentlich so fest überzeugt, daß du in Zukunft etwas Großes leisten wirst?« Diese Worte fielen mir in der Telefonzelle wieder ein, und entschlossen ging ich in die Hitze der Sixth Avenue hinaus. Wahrscheinlich würde sie mit meinen Kindern gerade im Park sein. Kinder, euer Daddy ist ein großer Mann; eines Tages werdet ihr es auch merken. Und du, Mutter, mit deinem ungläubigen Lächeln – warte nur, bis ich dir alles erzählt habe.

Betrunken, verschwitzt und wegen der Hitze völlig außer Atem, glücklich, mit wirrem Kopf, drauf und dran, laut zu singen – so winkte ich ein Taxi heran und sagte dem Fahrer, er solle mich gegenüber der 96th Street am Central Park absetzen. Morgen würde ich in meine Klause im Village zurückkehren, um die letzten einsamen und mühseligen Wochen hinter mich zu bringen, verkürzt jedoch durch das Bewußtsein, daß ich nicht mehr auf gut Glück schrieb. ... Von Brendan Tierney, einem jungen Autor, der alle Voraussetzungen mitbringt, ... unserer Meinung nach ist Brendan Tierney das vielversprechendste Talent von ungeahntem Ausmaß, ... ein Buch, das aus der Fülle zeitgenössischer Literatur herausragen wird... usw. usw.... Von Brendan Tierney, ... in mehrere Sprachen übersetzt, ... auch ins Japanische... Exemplare in allen großen Bibliotheken, einschließlich Alexandrien...

Eine winzige weiße Kugel rollte kläffend um meine Beine, als ich den Weg zum Spielplatz entlangging. Hunde mögen mich nicht. Als ich mit meinem Fuß eine drohende Bewegung machte, flatterte eine schwarze Krähe auf mich zu; ihre hageren Züge waren vor Wut verzerrt. »Hierher, Bubbles, hierher, Bubbles – lassen Sie meinen Hund in Ruhe.«

»Dann sorgen Sie erst einmal dafür, daß er mich in Ruhe läßt.«

»So ein kleiner Hund, was kann der Ihnen schon antun?« Sie nahm die gräßliche kleine Bestie auf den Arm, eilte zu ihrer Bank zurück und starrte mich unverwandt an, als ich vorüberging. Auf einer Bank, ein Stückchen weiter entfernt, saß meine Mutter, vertieft in ernsthafte Unterhaltung mit einer merkwürdigen Gestalt, deren Hals und Arme mit groteskem Keramikschmuck behängt waren und in deren

Schoß – Gott steh mir bei – ich ein Exemplar von Suzukis »Einführung in den Zen-Buddhismus« liegen sah. Zen? Mama? Und ich in meiner Unschuld machte mir Gedanken, daß sie sich hier in New York vielleicht einsam fühlte! Ich blieb stehen. Sie hatte mich noch nicht gesehen. Sie hörte ihrer Nachbarin zu, die auf mich aufmerksam wurde, meiner Mutter etwas zuflüsterte und dann in meine Richtung deutete. Erschrocken blickte meine Mutter auf.

»Brendan, was machst du denn hier; was ist los?«

»Nichts, Mama. Wo sind die Kinder?«

»Bei den Schaukeln.«

Liams kleiner Hintern fiel vom Himmel, um von Lisas Händen aufgefangen zu werden. Bis in die Baumwipfel flog er hoch, und seine winzige Gestalt hob sich gegen die fernen Türme Manhattans ab, schwang frei in der Luft, ohne zu wissen, was die Zukunft brachte, und ohne zu wissen, daß er seinen Vater einmal übertreffen müßte. Meine Kinder. Plötzlich verspürte ich eine tiefe Liebe zu ihnen. Aber dennoch werden die Bücher meine wahren Kinder sein. Scheußliche Erinnerungen an meine Ankunft in Amerika stiegen in mir auf: Zollbeamte, die näher kamen, während ich mit geöffneten Koffern auf dem Pier wartete. Einer griff mit der Hand hinein, und dabei entdeckte er ein paar Mappen mit Erzählungen und Gedichten: Versuche, aus denen nichts geworden war.

»Was ist das?«

»Meine Kinder«, sagte ich vorschnell und fühlte, wie mir vor Scham und Schreck beinahe schlecht wurde.

»Was?« sagte der Zollbeamte.

»Persönliche Papiere; ich bin Schriftsteller.«

Aber ich werde ihn in der Hölle wiedersehen und ihm den Hals umdrehen, weil er damals so lachte, sich dann über seinen Tisch beugte und seinem Kollegen berichtete, was dieser Nachtwandler eben gesagt hatte. Aber wer hatte schließlich Schuld daran, wenn nicht ich; welcher Schriftsteller sagte auch so etwas, ausgenommen vielleicht irgendeine altehrwürdige Poetin aus Bloomsbury, die auf der alljährlichen Veranstaltung der Gesellschaft zur Pflege der Dichtkunst mit hoher Stimme sprach. Hätte M. Gustave Flaubert es gesagt, so wäre es uns durch Mr. Francis Steegmüller natürlich überliefert worden. Hat man sein Ziel erreicht, dann ist alles verziehen und vergessen. Aber wer wird mir verzeihen, der ich jung und nackt auf dem Markt stehe, dessen Ware noch nicht erprobt ist, während mir die Klinge allgemeiner Verachtung bereits halbwegs zwischen den Schulterblättern steckt? Ein oft erlebter Alptraum, aber als ich ihn mir auf dem Weg zum Spielplatz wieder ins Gedächtnis zurückrief, fiel mir ein, daß man heute auch mir verziehen hatte; nach allem, was Key und Gerston gesagt hatten, und nach unserem Gespräch ...

»Mama«, sagte ich, »ich habe eine großartige Nachricht. Mein Buch wird veröffentlicht.«

Die Zen-Mutter hatte ich völlig vergessen. »Ist das nicht einfach wunderbar«, sagte sie zu meiner Mutter. »Herzlichen Glückwunsch, Sie müssen sehr stolz sein! Und auch Ihnen herzliche Glückwünsche«, sagte sie und lächelte mich an. »Wie wunderbar, wie wunderbar zu wissen, daß Ihr schöpferisches Können endlich anerkannt wird.«

»Brendan, das ist Mrs. Hofstra, eine gute Bekannte«, sagte meine Mutter. »Mrs. Hofstra interessiert sich sehr für Kunst.«

»Ich interessiere mich nicht nur für Kunst, sondern bin

auch selbst schöpferisch tätig. Natürlich nur als Schülerin und Amateurin – verstehen Sie? Kein so schöpferisches Talent wie Sie!«

Mutter, schrie ich stumm, Mutter, ich muß mit dir sprechen, ich bringe dir die wichtigste Nachricht meines Lebens, ich möchte nicht deine Bekannten kennenlernen, komm mit...

»Mama«, sagte ich, »hättest du vielleicht einen Augenblick Zeit für mich?«

»Selbstverständlich, Brendan.« Sie erhob sich. »Wenn Sie uns bitte entschuldigen wollen, Mrs. Hofstra?«

»Aber natürlich, meine Liebe. Ich muß mich sowieso wieder mit meinem Buch beschäftigen. Reizend, Sie kennengelernt zu haben, Mr. Tierney. Eine Ehre, sollte ich wohl sagen.«

»Sie interessieren sich für Zen?« fragte ich sie.

»Aber ja. Ein wunderbarer Mann, dieser Dr. Suzuki. Fast achtzig und immer noch eine Persönlichkeit, die Energie und Tatkraft ausstrahlt.«

»Und Sie verstehen Zen?«

»Nun«, sagte sie lächelnd. »Das Geräusch einer klatschenden Hand. Ist das nicht sehr tiefsinnig?«

»Das kann man wohl sagen.«

Ich nahm den Arm meiner Mutter und steuerte sie den Weg entlang.

»Brendan«, sagte sie, »ich schäme mich deinetwegen. Du hättest wirklich etwas höflicher sein können. Gott weiß, wie sehr Mrs. Hofstra sich gewünscht hat, dich kennenzulernen. Ich weiß gar nicht, woher du deine schlechten Manieren hast.«

Ich fühlte mich in die Vergangenheit zurückversetzt: Zehn Jahre war ich alt, und wir waren zu Hause im Park, und ich hatte vergessen, einen ihrer Bekannten zu grüßen. Die wichtige Nachricht, um derentwillen ich extra hierhergekommen war, war überhaupt nicht in ihre zärtlichen und stumpfen Gedanken gedrungen, in denen ich immer noch der kleine Brendy war, ein Kind in Liams Alter. Und ich wiederum verspürte ihr gegenüber nicht die Gereiztheit, die ich bei Erwachsenen sonst empfand, sondern die Erbitterung eines Erwachsenen gegenüber einem verstockten Kind. Kein Wunder, daß ich angesichts dieser durcheinandergeratenen Persönlichkeiten zu wütend war, um noch etwas zu sagen.

»Ich finde«, fügte sie noch hinzu, »du hättst dich zumindest für die Glückwünsche bedanken können.«

»Aber Mama! Ich bin hierhergekommen, um dich zu sprechen, nicht aber irgendeine Fremde. Es interessiert dich wohl überhaupt nicht? Dich interessiert nur, was eine mir völlig fremde Frau denkt.«

»Das ist nicht wahr, Brendan.« Sie blieb mitten auf dem Weg stehen, wandte mir das Gesicht zu und legte ihre Hand auf meinen Arm. »Natürlich freue ich mich. Das hast du gut gemacht. Ich bin stolz auf dich. Hier« – sie hob ihr Gesicht und küßte mich auf die Wange –, »ich weiß noch, daß du schon als Junge ein Buch schreiben wolltest. Ich bin sehr froh darüber.«

War sie es wirklich? War dies der Augenblick, auf den ich mein Leben lang gewartet hatte, war dies die endgültige und bedingungslose Kapitulation jener Kräfte, die meinen Sturz vorausgesagt hatten? Meine Mutter war immer noch meine Mutter: und ich war immer noch ihr Kind. Ich war schlechter Laune; Liebe und Respekt verlangte ich von ihr! Und sie wußte es; deshalb hatte sie mich geküßt und mich ermutigt. Hier auf dem Weg zum Spielplatz durchlebte ich noch einmal jene Ereignisse unter dem Brunnen. Ich zitterte, und wie damals hätte ich am liebsten losgeheult. War dies die endgültige Erfüllung? Mehr war es nicht?

»Hast du Jane schon gesprochen?« fragte sie.

»Ich habe es ihr am Telefon gesagt. Vielleicht gehen wir heute abend aus und feiern ein bißchen. Würde es dir passen?«

»Aber natürlich, mein Junge.«

»Gut«, sagte ich, »ich wollte dir nur Bescheid sagen. Dann gehe ich jetzt.«

»Auf Wiedersehen, Brendan. Das war eine schöne Nachricht.«

Eine schöne Nachricht!

Und dann? An das, was nach dem Verlassen des Parks und meinem Anruf bei Pat Gallery geschah, mit dem ich mich in Eddys Bar treffen wollte, kann ich mich nicht mehr erinnern. Ich fuhr in die Stadt; ich weiß noch, daß ich die Fifth Avenue entlangging und vor dem Schaufenster von Scribner stehenblieb und versuchte, mir eine Pyramide aus Exemplaren meines Romans vorzustellen, die hinter der Schaufensterscheibe aufgebaut wäre. Es war keine sehr befriedigende Vorstellung. Schließlich waren dort im Laufe der Jahre Tausende von schlechten Romanen zu Pyramiden aufgebaut worden. Meine Mutter war meinetwegen froh, das war alles. Ich war der kleine Brendy, und im Park war ich zu einer Frau unhöflich gewesen, die sie kannte. Meinen Kampf mit ihr hatte ich noch immer nicht gewonnen; solange ich lebte, würde ich ihn nicht gewinnen. Ein einziges Buch bewies noch lange nicht, daß ich recht hatte. Ich war noch nicht gerächt.

Aber Pat – Hibernophile Patrick Hubert O'Sullivan Gallery – war genau der richtige Mann, den ich jetzt für meine Selbstbestätigung brauchte. Ich wollte sein Gesicht beobachten, deshalb hatte ich ihm am Telefon noch nichts gesagt. Ich wartete also bei Eddy, wartete zwei Gin-Tonics lang auf den Anblick seiner kurzen grauen Haare, seiner pompösen Brille und seines gutgeschnittenen Anzugs. Dann würde der große Augenblick kommen. Dann würde eitel Freude herrschen. Oder etwa nicht?

Als er kam, lud ich zu neuen Drinks ein. »Warum?« fragte er. Und ich erzählte es ihm. Ich war zwar bescheiden, ließ jedoch keine Einzelheit aus. Während ich erzählte, beobachtete ich, wie er nach seinem Glas griff, den Blick auf mich geheftet, den Mund leicht geöffnet. Ich wartete auf seine Begeisterung.

»Großartig«, sagte er mit einer Stimme, schal wie abgestandenes Sodawasser. »Das ist einfach großartig, Brendan. Das ist eine gute Nachricht, wirklich.«

Ich wartete. Bestimmt würde er doch außer sich geraten, losbrüllen, Eddy rufen, damit er käme und es auch hörte?

»Ja, das muß eine große Freude für dich sein«, sagte er.

Was war denn los? Warum wirkte er so deprimiert? Steckte er mitten in einer persönlichen Krise, oder glaubte er mir nicht? »Was ist mit dir los, Pat? Ich dachte, du würdest dich freuen; schließlich bestätigt es doch dein Urteil.«

»Nichts ist los. Ich finde alles großartig.«

Wieder dieses schale »großartig«. War er etwa eifersüchtig? War es möglich, daß er eifersüchtig war? Oder bekümmerte ihn sonst irgend etwas an meiner Geschichte, etwa die Sache mit dem Bestseller? Das war es. »Stört dich die Sache mit dem Bestseller?« fragte ich, aber während ich noch sprach, sah ich, daß es das nicht war, denn sofort klammerte er sich wie ein Ertrinkender daran.

»Ein Bestseller, ja, das stört mich ein wenig«, sagte er. »Ich meine, man muß den Dingen ins Auge sehen; noch kein Werk von wirklich großem Wert hat sofort bei einem großen Leserkreis Zustimmung gefunden – oder? Zumindest nicht dann, wenn es wirklich neu war. Offensichtlich glaubt Key, daß dein Buch in irgendeine seiner hübschen Schubladen paßt.«

Ach, das war es gar nicht; er war nur neidisch. Er hatte das Recht verloren, den Gönner zu spielen und mich in meinem Egoismus zu bestärken – das war es. Ich sah es seinem Gesicht an. Aber er hatte eine aggressive Bemerkung gemacht, und darauf mußte ich eingehen. »So ist es nun auch wieder nicht«, sagte ich. »Es hat schon eine ganze Reihe guter Bücher gegeben, die von einem großen Leserkreis sofort anerkannt worden sind.«

»Von einem gewissen Leserkreis – ja«, sagte er. »Aber waren es Bestseller? Nenne mir doch ein paar.«

Aber irgendwie konnte ich, so völlig unvorbereitet, keinen Titel nennen. Natürlich kam hinzu, daß mich der Alkohol betäubt hatte, viel stärker noch die Enttäuschung. Ein einziges Buch würde nichts beweisen – das sah ich jetzt. Selbst Pat gegenüber nicht. Und im Rückblick auf diesen Nachmittag fiel mir ein, daß Max mich gemieden hatte und daß meine Mutter »froh« gewesen war. (Jane hingegen, die nicht mit mir anstoßen konnte, war wenigstens netter zu mir gewesen als alle anderen.) Jane hatte sich wirklich gefreut, oder? Gallery war mir plötzlich völlig egal; meine Frau wollte ich bei mir haben. »Einen Moment«, sagte ich und vermied es, auf die Geschichte mit dem Bestseller einzugehen. »Ich muß Jane anrufen. Sie will mich hier abholen.«

»Dann los«, sagte er. Es schien ihm völlig egal zu sein, ob ich zurückkäme oder nicht.

Ich rief also in Janes Büro an. Das Telefon läutete und läutete. Nach sehr langer Zeit meldete sich eine Putzfrau und sagte, alle wären schon nach Hause gegangen. Ich rief zu Hause an. Meine Mutter sagte, Jane wäre noch nicht gekommen.

Um Viertel nach fünf räumte Jane ihren Schreibtisch auf, fuhr mit dem Aufzug nach unten und schob sich durch die Drehtüren, die auf die Straße hinausführten. Es war Büroschluß; überall in Manhattan gingen Männer und Frauen nach Hause. Wenn sie jetzt nach rechts abbog, kam sie zu ihrer U-Bahn. Sie bog nach links ab. Sie ging bis zur nächsten Querstraße, und nachdem sie die Hälfte des nächsten Blocks erreicht und die Straße überquert hatte, verschwand sie in einem Lokal, das »The Little Danube« hieß: ein langer dunkler Raum, der um diese Zeit nur von einem Streifen fluoreszierenden Lichtes über dem Serviertresen erhellt wurde. Hinter der Theke erstreckte sich der schmale Gastraum bis zu zwei Türen mit der Aufschrift ER und SIE; in dem schummerigen Halbdunkel wirkten die Tische wie Reihen von Grabsteinen, die mit weißen Leichentüchern verhüllt waren. Man konnte kaum erkennen, ob hier jemand saß. Manchmal war er hier, manchmal aber auch nicht. Genau wußte sie es nie.

Wenn er nicht kam, hinterließ er weder eine Nachricht noch eine Entschuldigung. Er benahm sich wie ein Geheimagent, im Büro übersah er sie völlig, genoß hingegen das geheimnisvolle Spiel mit den Zetteln, die Festlegung des jeweiligen Treffpunkts und die Vorsichtsmaßnahmen, die darin bestanden, daß sie getrennt kamen und gingen. Anscheinend bereitete ihm der Gegensatz zwischen ihrem verworfenen Betragen hinter der verschlossenen Tür von Krims Wohnung und ihrem formellen Auftreten in der Öffentlichkeit großes Vergnügen. Noch nie hatte er sie hier geküßt. Und im Taxi geschah es höchstens einmal, daß er ihre Hand hielt. Für Jane bedeutete das alles schmerzliche Erregung: schmerzlich, weil sie seiner nie ganz sicher sein konnte. Manchmal, wenn sie von ihm einen Zettel mit der neuen Verabredung erhalten hatte, saß sie eine ganze Stunde in der Düsternis von »The Little Danube«, verachtete sich, haßte ihn und verließ schließlich wütend das Lokal. Manchmal verlangte er von ihr, daß sie während der Mittagspause und am gleichen Tag noch einmal nach der Arbeit in Krims Wohnung käme. Aber manchmal erhielt sie auch zwei oder drei Tage lang keinen Zettel, und wenn sie zu ihm hinüberstarrte, übersah er sie einfach. Er liebte sie nicht; er benützte sie. Zuerst war sie darüber froh gewesen, denn es bedeutete, daß es keine größeren Komplikationen geben würde. Jetzt aber erschreckte es sie.

An diesem Abend war er gekommen. Natürlich. Es war ja vorauszusehen, daß er an dem einzigen Abend, an dem sie ihn abweisen mußte, hier erscheinen würde. Er saß im Schatten einer Nische an der Wand, vor sich ein Glas auf dem sonst leeren Tisch. Er stand auch nicht auf, als sie kam, und kaum hatte sie sich gesetzt, als er schon dem Kellner pfiff, eine Angewohnheit, die sie haßte. Der Kellner hob einen Finger, um zu zeigen, daß er verstanden hätte, und sie saßen sich stumm gegenüber, bis das Glas vor ihr stand und der Kellner wieder verschwunden war. Kellnern traute Vito nicht.

»Heute abend kann ich nicht«, sagte sie.

»Wieso nicht?«

»Erinnerst du dich an den Anruf, der heute nachmittag für mich kam? Es war mein Mann.«

»Ach?«

»Er hat für sein Buch einen Verleger gefunden. Und er möchte, daß ich heute abend früh nach Hause komme, damit wir es feiern können.«

»Dann wirst du eben etwas später kommen – das ist alles.«

»Nein, Vito, das geht nicht.«

»Warum nicht? Hast du etwa Angst vor ihm?«

»Natürlich nicht. Ich möchte bloß nicht, daß er irgend etwas merkt. Ich möchte nicht zerstören, was wir uns geschaffen haben.«

Einen Augenblick schwieg er. Dann beugte er sich über den Tisch und sagte plötzlich in wütendem Flüsterton: »Jane, du hast dir nichts geschaffen – verstehst du, nichts, es sei denn, du kommst heute abend mit.«

Unter dem Tisch verschränkte sie verzweifelt die Hände, damit das Zittern aufhörte, das sie plötzlich befallen hatte. Aber es hörte nicht auf. »Du bist ein richtiger Zuhälter, Vito. Du bist ein schmieriger, stinkender Zuhälter – das bist du.«

»Aber es gefällt dir! Das hast du mir selbst gesagt.«

»Nein, das habe ich nicht. Wenigstens nicht deine brutale Art. Außerdem ist es nicht fair. Denk an die vielen Male, die du mich versetzt hast.«

»Schließlich sind wir ja nicht verheiratet, oder?«

»Bitte, Vito. Bitte, ich möchte keinen Streit mit dir.«

»Dann fange auch nicht an. Am besten, wir verziehen uns für eine Weile in Krims Wohnung.«

»Aber ich kann doch nicht. Heute abend ist es unmöglich. Und das ist endgültig.«

Seine Hand griff über den Tisch hinweg und packte ihren bloßen Unterarm. Es tat weh. »Moment«, sagte er. »Damit du auch genau weißt, was du sagst, Süße. Wenn du jetzt nicht mitkommst, werde ich dich nie wieder auffordern. Kapiert?«

»Das ist nicht fair.«

»Wer redet hier von fair? Ich versuche nur, dir klarzumachen, daß ich nicht in der Gegend herumlungere und auf dich warte, während du mit deinem Mann losziehst. Verstanden? Das paßt mir nicht, mein Kind.«

»Ach, um Himmels willen«, sagte sie und zog verstört ihren Arm zurück. »Hör doch endlich auf, wie ein zweitklassiger Marlon Brando zu reden.«

Er griff nach seinem Glas; sie glaubte schon, er wolle es ihr ins Gesicht schleudern. Aber er trank es nur in einem Zug aus, stellte es wieder auf den Tisch, stand auf...

»Vito, warte. Es tut mir leid. Bitte, Vito...«

»Wiedersehen«, sagte er. Er ging zur Theke, warf einen Fünf-Dollar-Schein hin und ging zur Tür hinaus, ohne auf das Wechselgeld zu warten. Ja, eine schlechte Imitation von Marlon Brando, mehr ist er nicht, mehr kann er gar nicht sein...

In panischer Angst suchte sie auf der Bank nach ihrer Handtasche (natürlich war sie unter den Tisch gefallen), fand sie in dem Augenblick, als der Kellner mit dem Wechselgeld kam, rannte an ihm vorbei und auf die Straße hinaus. Er hatte gerade die nächste Kreuzung erreicht. Sie sah, wie er zwei Finger in den Mund steckte und gellend pfiff: seine übliche Art, sich ein Taxi zu besorgen.

»Vito, Vito!«

Sie fing an zu laufen, was durch ihre hohen Absätze sehr erschwert wurde...

»Vito.«

... sah, wie sich sein Gesäß in dem engen grauen Seidenanzug bewegte, als er sich bückte, um in das Taxi zu steigen...

»Vito, wir treffen uns bei Krim...«

Die Tür des Taxis knallte zu, der lange gelbe Wagen rollte an, und sie sah sein Gesicht nur noch im Profil; jenes dunkelhäutige, brutale Gesicht, das dem Rücken des Taxifahrers zugewandt war. Hatte er sie noch gehört? Das Taxi verschwand im Verkehr, und sie war allein, schwitzte plötzlich in der Glut der Straße; ein fremder Mann starrte sie an, als er an ihr vorüberkam. Verloren wandte sie sich um, ging zur Straßenecke und überlegte dabei, wo das Taxi ihn wohl hingebracht hätte; o bitte, Darling, komm zurück, du gemeiner Zuhälter.

Vielleicht war er in das Lokal gefahren, um Krim zu sagen, daß er die Wohnung jetzt nicht mehr brauchte. Oder vielleicht hatte er, nachdem er ihren Schrei gehört hatte, beschlossen, doch noch in die Wohnung zu gehen und dort abzuwarten, ob sie wohl angerannt käme. Ja, ich werde angerannt kommen. Sie winkte einem Taxi, aber der Wagen fuhr weiter. Sie ging bis zur nächsten Querstraße und winkte verschiedenen Taxis zu, bevor sie endlich Glück hatte.

»Wohin, Lady?«

Ja, wohin, Lady? Wenn er nun nicht da ist? Warum habe ich nur das mit Brando gesagt? Wer hätte gedacht, daß er so leicht gekränkt ist? Oder hatte er nur auf einen Anlaß gewartet, um sich mit mir zu streiten?

Er ist meiner überdrüssig.

Als sie das Taxi an der West 57th Street bezahlte, zögerte sie einen Augenblick. Das Lokal oder Krims Wohnung? Im Lokal würde es einfacher sein. Sie ging hinein. Vier Männer in Hemdsärmeln saßen weit hinten an einem Tisch. Eine betrunkene alte Frau saß auf einem der Barhocker und versuchte, die Aufmerksamkeit des Wirts zu erregen. Sonst war niemand da. Nicht einmal Krim.

Vitos eigene Wohnung war in der Delancey Street. Das wußte sie. Sie war zwar nie dort gewesen, und er schien auch keine Lust zu verspüren, über seine Wohnung und sein Leben zu sprechen. Eines Sonntagnachmittags, als sie mit solcher Sehnsucht an ihn gedacht hatte, daß sie bereit war, auch seine Wut zu ertragen, hatte sie im Telefonbuch nachgesehen und dann seine Nummer gewählt. Aber es hatte sich niemand gemeldet. Ob er jetzt nach Hause gefahren war? Nein, sie glaubte es nicht.

Sie verließ das Lokal und ging wieder auf die Straße hinaus. Sie ging den Häuserblock entlang bis zu dem Gebäude, in dem Krims Wohnung lag. In Filzschuhen, ehemaligen Armeehosen und einem durchsichtigen Nylonhemd saß der Hausmeister neben der Tür. Er rauchte eine Zigarre. »Wie geht's«, sagte er. Er stand auf, folgte ihr in das Treppenhaus und drückte für sie auf den Knopf des Aufzugs. Warum konnte er sie nicht in Ruhe lassen? Dieser dreckige alte Kater. »Ist Ihnen heute nicht zu warm?« fragte er. »Drüben, an der East Side, ist vergangene Nacht bei der Hitze eine Frau verrückt geworden, ist auf die Straße gerannt, splitternackt wie an dem Tag, an dem sie geboren wurde, und mit einem großen Metzgermesser in der Hand. Zwei Burschen und einen Polizisten hat sie niedergestochen, ehe man sie in den Wagen nach Bellevue reinkriegte.«

Er spielte die Rolle der Frau, während er die Geschichte erzählte, und machte, als er das Wort »splitternackt« aussprach, eine obszöne Bewegung, als hielte er seine Brüste mit den Händen fest, und bedrohte sie mit einem nichtvorhandenen Metzgermesser, als er ihr schilderte, wie sie die Leute umgebracht hätte. Und als er die Tür des Fahrstuhls für sie öffnete, zwinkerte er ihr zu. Dieser verrückte alte Kater.

Diese Stadt ist überhaupt voller Verrückter; voll von Leuten, die im Autobus plötzlich vor sich hinbrabbeln, die einem durch das Telefon Obszönitäten zuschreien; voll von verlorenen Seelen, die einsam durch die Straßen wandern und dabei imaginäre Unterhaltungen führen. Und ich gehöre auch dazu, renne wie eine Wahnsinnige hinter Leuten wie Vito her, demütige mich selbst...

Schnell wie ein Dieb ging sie den Korridor entlang und drückte den Zeigefinger auf Krims Klingelknopf. Niemand öffnete. Sie läutete noch einmal, sie läutete zum drittenmal; sie hatte sich gerade entschlossen umzukehren, als sie in der winzigen Diele der Wohnung einen Schritt hörte. »Vito?« flüsterte sie. »Vito, bist du da?«

Keine Antwort.

Hatte sie es sich eingebildet? Sie lauschte, hörte jedoch keinen Laut. »Lester«, sagte sie. »Sind Sie da, Lester?«

Keine Antwort.

Aber dann hörte sie, wie in der Wohnung eine Tür geschlossen wurde – sie hätte es beschwören können.

»Vito, ich weiß, daß du da drinnen bist, Vito!«

(Ich darf um Himmels willen nicht schreien.)

Auf der anderen Seite des Flurs, etwas weiter links, öffnete sich eine Tür. Ein kleines Mädchen in verdrecktem Spielanzug stand dort und starrte sie an.

»Vito, hörst du mich? Hier ist Jane. Es tut mir leid. Wirklich, es tut mir leid.«

»Da wohnt ein Mr. Krim«, sagte das Kind. »Sie haben sich geirrt.«

»Geh doch weg. Mach die Tür zu.«

Aber das Kind rührte sich nicht. »Vito!« sagte Jane. Sie hämmerte mit der Faust gegen die Tür.

»Da wohnt aber kein Vito«, sagte das Kind.

»Ach, verschwinde endlich! Vito?«

(O Gott, ich darf jetzt nicht weinen, ich darf auf keinen Fall weinen. Er ist in der Wohnung. Oder vielleicht doch nicht? Ich muß es wissen.)

Der einzige Weg, es herauszufinden, war durch den Hausmeister unten im Treppenhaus. Wahrscheinlich hatte der den ganzen Nachmittag dort gesessen. Sie war froh, dem Blick des Mädchens zu entkommen, und lief zum Aufzug. Sie fuhr hinab, und wie zu erwarten, saß der Mann immer noch auf seinem Stuhl und rauchte seine Zigarre. »Verzeihen Sie, aber haben Sie vielleicht den Mann gesehen, mit dem ich manchmal – einen jungen Mann, der manchmal mit mir hierherkommt? Ich meine – haben Sie vielleicht gesehen, wie er nach oben ging?«

»Sie meinen diesen dunklen Burschen, den Freund von Mr. Krim?«

»Ja.«

»Lassen Sie mich mal überlegen; ja, ich glaube fast, ich habe ihn gesehen. Oder war das gestern abend? Er rennt hier dauernd ein und aus.«

»Ich weiß«, sagte sie. »Aber es muß erst vor ganz kurzer Zeit gewesen sein. Wahrscheinlich ist er mit einem Taxi gekommen.«

»Ja – ich war zwar vorhin eine Weile im Keller. Aber ich

glaube fast, ich habe einen Mann wie ihn gesehen, der gerade in den Aufzug stieg, als ich die Treppe vom Keller heraufkam.«

»Vielen Dank.«

»Warum klingeln Sie nicht oben – dann merken Sie doch, ob er in Mr. Krims Wohnung ist?«

»Das habe ich bereits getan«, sagte sie. Sie ging die Treppe zur Straße hinunter. Jetzt versucht er, sich dort oben vor mir zu verstecken, sitzt wie eine Statue im Wohnzimmer und hofft, daß ich weggehe. Aber das werden wir noch sehen.

Etwas weiter unten fand sie einen Süßwarenladen. An der Rückwand des Geschäfts schloß sie sich in eine Telefonzelle ein und blätterte im Telefonbuch. Krim Lester, 425 W. 57. Sie wählte die Nummer. Diesmal werde ich es dir schon zeigen.

»Ja?« Das war seine Stimme – sie erkannte sie sofort.

»Ist Lester nicht da?« fragte sie mit verstellter Stimme.

»Nein, Lester ist noch nicht zurück. Aber ich erwarte ihn jeden Augenblick. Wer ist am Apparat?«

»Jane Tierney.«

Einen Augenblick herrschte Stille, dann fragte er: »Kann ich etwas ausrichten?«

(Oh, diese Unverschämtheit von ihm.)

»Ja, Vito«, sagte sie, »du kannst ihm etwas ausrichten. Du bist ein Schwein.«

Dann knallte sie den Hörer auf die Gabel.

Im selben Augenblick hatte sie nur noch den Wunsch, ihn sofort noch einmal anzurufen. Sie mußte die Telefonzelle jedoch verlassen, weil sie erst Geld wechseln mußte, aber der Mann in dem Süßwarenladen machte ein so mürrisches Gesicht, daß sie zwei kleine Tafeln Schokolade für die Kinder kaufte. Als sie zur Telefonzelle zurückkehrte, war sie besetzt, ein junges Mädchen lehnte darin, hatte den Hörer unter das Kinn geklemmt, und es deutete alles darauf hin, daß es eine lange Unterhaltung mit einer Freundin werden würde. Rasend vor Wut, rannte Jane auf die Straße hinaus, lief den Wohnblock entlang, fand ein Café, ging hinein und suchte nach dem Telefon. Die Uhr über der Kasse des Cafés zeigte bereits auf Viertel vor sieben. Sie würde Brendan also erzählen müssen, daß sie nach Büroschluß noch zu Macy's gegangen war, um sich einen Strumpfhalter zu kaufen. Oder so ähnlich. Aber zuerst mußte sie noch einmal telefonieren.

»Verzeihen Sie, ist hier irgendwo ein Telefon?«

»Leider nein.«

Wieder eilte sie auf die Straße hinaus und zurück in Richtung Süßwarenladen. Das Mädchen stand immer noch in der Zelle. Jane klopfte mit dem Geldstück an die Scheibe, das Mädchen drehte sich um, redete weiter und streckte ihr die Zunge heraus. In diesem Augenblick fing Jane an zu weinen. Der Teenager hängte sofort auf und kam aus der Telefonzelle. »Was ist denn los? Ein Notfall?«

»Ja.«

»Das hätten Sie doch bloß zu sagen brauchen.«

Inzwischen hatte sie Krims Telefonnummer wieder vergessen; sie mußte erneut im Telefonbuch nachsehen. Dann wählte sie. Das Telefon läutete eine ganze Weile, bevor sich Krim meldete.

»Ja?«

»Lester, hier ist Jane Tierney. Bitte, lassen Sie mich mit Vito sprechen.«

»Er ist nicht hier, Süße.«

»Aber ich weiß genau, daß er da ist.«

»Tut mir leid, Süße ...«

»Bitte, Lester, es ist wichtig.«

»Aber ich habe doch schon gesagt, daß er nicht hier ist!«

Irgend jemand nahm ihm den Hörer ab. Vito. »Ja?« sagte er.

»Vito, bitte, es tut mir so leid, ich muß dich sprechen ...«

»Rutsch mir den Buckel runter«, sagte er. »Und hör endlich auf, hier anzurufen. Wir haben zu tun.«

»Ach, Liebling, bitte, wenn ich dich nur für eine Minute sprechen könnte, nur für eine einzige Minute.«

»Verschwinde.«

Er legte den Hörer auf.

Es war halb acht, als sie nach Hause kam, und kaum hatte sie die Tür hinter sich geschlossen, als auch schon ihre Schwiegermutter auftauchte. »Oh, Jane, bin ich froh, daß Sie da sind. Brendan hat schon dreimal angerufen.«

»Wo ist er?«

»Er sitzt in einem Lokal, das Eddy heißt. Und er möchte, daß Sie sofort hinkommen. Soviel ich gemerkt habe, hat er schon einiges getrunken.«

»Er hat heute auch eine gute Nachricht bekommen«, sagte Jane. »Und das feiert er.«

»Ich weiß«, sagte Mrs. Tierney. »Er ist extra zum Park gekommen, um es mir zu erzählen, und er wollte mit Ihnen feiern.«

»Ich hatte leider noch eine eilige Sache zu erledigen. Ich wurde im Büro aufgehalten.«

Während sie dies sagte, starrte sie Mrs. Tierney an, als wolle sie ihre Schwiegermutter herausfordern, ihr zu widersprechen. Aber die ältere Frau verriet mit keinem Zeichen, ob sie die Erklärung glaube oder nicht. Sie sagte lediglich: »Möchten Sie den Kindern nicht noch gute Nacht sagen? Ich habe sie eben erst ins Bett gebracht.«

Jane nickte. Sie ging ins Kinderzimmer und stellte fest, daß Liam bereits schlief. Lisa malte in einem Malbuch. »Mami, gehst du mal wieder mit uns ins Naturkundemuseum?«

»Aber ihr wart doch letzte Woche erst mit Gran da?«

»Aber mit Gran macht es nicht soviel Spaß wie mit dir. Bitte, Mami!«

»Also gut, Darling, wir werden sehen.« Sie beugte sich hinunter und gab Lisa einen Kuß. Die armen Kinder, sie waren den ganzen Tag an eine alte Frau gebunden, die sie haßten. Dann fiel ihr die Schokolade wieder ein, und sie holte eine Tafel aus ihrer Handtasche. »Aber nichts verschmieren. Ich muß gleich wieder in die Stadt, um mich mit Daddy zu treffen.«

»Gran sagt, Daddy macht ein Buch und wird eines Tages vielleicht sehr berühmt. Stimmt das, Mami?«

»Ja, mein Schatz. Und versprich mir, daß du gleich schläfst, wenn du die Schokolade aufgegessen hast.« Wahrscheinlich stimmt es, überlegte sie. Mein Mann wird eines Tages ein berühmter Schriftsteller. Ich brauche dich nicht, Vito, du schäbiger Marlon Brando. Mit dir bin ich ein für allemal fertig. Nie wieder.

Sie ging in den Korridor hinaus, überlegte, ob sie sich noch umziehen sollte, fand aber, daß dazu nicht genug Zeit war. Obgleich sie heute abend schon ein Vermögen für Taxis ausgegeben hatte, hielt sie es für besser, noch einmal einen Wagen zu nehmen. Sie mußte versuchen, bis acht bei Eddy zu sein.

»Jane?«

Was wollte denn diese Frau jetzt noch? Unwillig ging Jane ins Wohnzimmer. Ihre Schwiegermutter saß in einem der modernen Sessel aus Stahlrohr und Leinwand. Sie paßte ganz und gar nicht dahin; es sah aus, als hätte sie sich in einem Netz gefangen.

»Was ist denn?« sagte Jane.

»Ich dachte nur, daß ich es vielleicht erwähnen sollte...«, sagte Mrs. Tierney und verstummte dann. Sie legte ihre Hände in den Schoß und betrachtete sie sorgfältig. »Wissen Sie – als Brendan zum erstenmal anrief, war es halb sechs. Ich sagte, Sie seien wohl noch im Büro aufgehalten worden, und darauf sagte er, er hätte bereits dort angerufen, und eine Putzfrau hätte ihm gesagt, alle wären bereits nach Hause gegangen. Deshalb sagte ich, daß Sie ja vielleicht noch Einkäufe machten. Sie erwähnten doch kürzlich, daß Sie für die Kinder neue Unterhemden besorgen wollten – nicht wahr?«

Sie schwieg, noch immer blickte sie angespannt auf die Hände, die sie im Schoß gefaltet hatte. »Ich wollte es nur erwähnen«, sagte sie. »Und viel Spaß heute abend.«

Jane stand einen Augenblick schweigend da. Was sollte sie jetzt auch sagen? Es gab nur eines, das sie sagen konnte, und schließlich, wenn auch nicht ganz leichten Herzens, sagte sie es. »Danke.«

»Sie brauchen sich nicht zu bedanken. Gute Nacht.«

Brendan, Pat Gallery und Yvonne, David Dortmunder und Anne saßen alle in einer Nische bei Eddy. Brendan und Gallery schienen schon ganz schön beschwipst zu sein.

»Na, da kommt sie ja endlich!« schrie Pat Gallery, als Jane das Lokal betrat.

Sie stand vor der Nische, sah die erhitzten Gesichter, die unsicher zu ihr aufblickten, als ob man sich nicht ganz einig wäre, wie man sie begrüßen solle. Brendan hatte sich wahrscheinlich schon beklagt.

»Entschuldigt bitte, daß ich so spät komme«, sagte sie und hoffte, daß es unbefangen klang.

»Wo zum Teufel hast du gesteckt?« fragte Brendan.

»Ich mußte noch zu Macy's gehen, um neue Unterhemden für die Kinder zu besorgen. Dort bekam ich sie nicht, und deshalb bin ich noch zu Gimbels gegangen.«

»Du hast also nicht länger gearbeitet?« fragte er mit der Stimme eines Polizeibeamten.

»Nein, ich bin Punkt fünf weggegangen. Aber es dauerte eine Ewigkeit, bis ich die richtigen Unterhemden fand.«

»Jedenfalls ist sie ja jetzt hier«, sagte Yvonne. »Nun können wir endlich essen. Ist die Sache mit Brendans Buch nicht wunderbar?«

»Eine Schnapsidee, ausgerechnet heute abend für die Kinder einzukaufen, oder?« sagte Brendan.

»Gebt ihr doch endlich was zu trinken«, brüllte Pat Gallery. »Noch eine Runde, und dann ziehen wir alle in das San Remo, und da gibt's dann Kalbsschnitzel.«

»Brendan, es tut mir leid«, sagte Jane und setzte sich neben ihn.

»Leid?« sagte er. »Das kann man wohl sagen.«

»Für Kalbsschnitzel ist es viel zu heiß«, sagte jemand.

»Brendan.« Sie beugte sich zu ihm und flüsterte: »Brendan, glaubst du mir nicht?«

Sein Gesicht war schweißbedeckt, seine Augen waren glasig, als er sich ihr zuwandte. »Was glauben?« fragte er verwirrt.

»Das weiß ich nicht. Aber du machst ein Gesicht, als haßtest du mich.«

»Warum sollte ich dich hassen? Aber – verdammt noch mal – du hättest auch nicht ausgerechnet heute abend einzukaufen brauchen. Ich wollte dich hier haben. Schließlich ist das heute mein großer Tag.«

»Natürlich ist es das«, sagte sie. »Und es tut mir wirklich leid. Ich dachte, die Besorgungen würden rasch gehen.«

»Prosciutto und Wassermelone und dazu eiskalten Frascati«, sagte Dortmunder gerade. »Was meint ihr dazu?«

»Zum Teufel mit dieser Einkauferei«, sagte Brendan zu ihr. »Was war das heute bloß für ein Tag.«

Er näherte ihr sein Gesicht, und vor Betrunkenheit leicht lallend, sagte er: »Feine Freunde habe ich. Alle sind sie neidisch. Die einzige, der es was bedeutet, bist du. Als ich dich heute nachmittag anrief, warst du als einzige glücklich. Deshalb wollte ich dich hier haben.«

»Und siehst du – jetzt bin ich hier«, sagte sie. »Ich bin hier, und ich bin stolz auf dich. Ich habe immer gewußt, daß du es schaffen wirst.«

Schwerfällig vor Betrunkenheit neigte er in Anerkennung ihrer lobenden Worte den Kopf. Dabei berührte seine Stirn die ihre. Sein Gesicht war feucht, und er roch nach Alkohol, aber sie war so erleichtert, so dankbar, daß sie ihm die Arme um den Hals legte und ihn küßte, zuerst auf den Mund, dann überallhin auf Hals und Gesicht, ohne auf die ironischen Zurufe der anderen zu achten. Und während sie ihn festhielt und küßte, begann sie plötzlich grundlos zu weinen.

»He, du mußt doch nicht weinen, Janey«, sagte Yvonne. »Heute wird gefeiert.«

»Jawohl – hast du gehört, Janey?« sagte Dortmunder. »Kopf hoch.«

»Freudentränen«, deklamierte Pat Gallery, »sind Tränen der Reue für vergangene Dinge. Die Schönheitskönigin weint in dem Augenblick, da ihr die Siegeskrone aufgesetzt wird. Sie sieht das kommende Alter und das Ende ihrer Schönheit voraus. Weine nur, Janey, weine. Deine Welt hat sich verändert.«

Die Christusfigur an der Wand ließ den Kopf hängen, als leide selbst sie unter der Hitze. Sie kniete nicht nieder, um ihre Abendgebete zu sprechen. Im Nachthemd lag sie auf dem Bett und schwitzte so, daß das Bettlaken bereits feucht war. Eilig murmelte sie wenigstens das Vaterunser und das Heil-dir-Maria herunter. Als sie zu dem Kruzifix aufblickte, schien er das Gesicht von ihr abzuwenden – angewidert. Aber ich habe Jane doch nur davor bewahren wollen, eine Lüge auszusprechen. Und dabei hast du ihr eine noch bessere Lüge zurechtgelegt, sagte das Christusgesicht. Du hast wohl an die Zeit gedacht, als du deinen eigenen Mann anlogst? Aber du, Jesus, hast doch Mitleid mit der Frau gehabt, die des Ehebruchs überführt war? Du selbst hast uns gesagt, daß der Mensch nicht trennen soll, was Gott zusammengefügt hat. Heute abend habe ich nur versucht, den Frieden zu bewahren – mehr nicht.

Angesichts des Kruzifixes schloß sie die Augen und drehte sich zur Wand. Ich muß versuchen zu schlafen. Oh, diese Hitze, diese Hitze. Vor ihr schwang sich eine große Freitreppe empor, wie zum Portal eines Palastes. Unten war die Hölle. Der Richter saß am oberen Ende der Treppe; es war der Richterstuhl des Himmels. Der Richter hatte einen rötlich-grauen Bart und war ihr Vater. Am Fuße der Treppe warteten in einem Halbkreis die Zeugen. Sie erkannte Grattan und Rory und Sheila und sogar ihre Schwester Taddie, die längst Verstorbene. Taddie sah jünger aus als Rory, dabei war sie seine Tante. »Frank Finnerty!« rief der Richter. Frank trat vor. »Ich bin jetzt Amerikaner«, sagte er. »Ich bin unverheiratet. Ich lebe nur für mich.« Er stieß einen Rauchring aus, und sein Mund blieb offenstehen, ein verkohltes schwarzes Loch. »Er kann dir nicht helfen«, sagte der Richter, ihr Vater, mit unverkennbar irischem Akzent. Frank war in Amerika ihr einziger Freund, aber er war tot. Brendan näherte sich der Treppe, ein Buch in der Hand. Allen zeigte er das Buch. Er war sehr glücklich. Er hob das Buch in die Höhe, damit der Richter es auch sehen konnte, aber das Buch glitt ihm aus der Hand. Es fiel in die Flammen unterhalb der Treppe. »Das hier ist dein Sohn«, sagte der Richter. »Er lebt nur seinem eigenen Ehrgeiz. Seine Kinder kennen Gott nicht.« Brendan schien den Richter nicht zu hören. Sein Gesicht strahlte vor Freude; sie hätte ihm am liebsten eine Ohrfeige gegeben. »Aber ich habe seine Kinder getauft«, sagte sie zu dem Richter. »Die Taufe ist ein Sakrament; sie kann nicht mehr rückgängig gemacht werden.« Der Richter schüttelte den Kopf. »Pater Byrne!« rief er. Ein Priester kam aus einem Beichtstuhl heraus. »Ich bin Pater M.J. Byrne, Priester der Kirche des Kostbarsten Blutes an der Amsterdam Avenue. Mrs. Tierney, ein neues Mitglied der Gemeinde, kam zur Beichte zu mir. Ich gab ihr den Rat, ihren Sohn zu mir zu bringen. Sie sagte, daß er nie zu einem Priester gehen würde. Ich bot ihr an, ihn aufzusuchen. Sie versprach, mit ihrem Sohn zu reden und dann wieder zu mir zu kommen. Sie ist nicht wiedergekommen. Sie hat sich selbst über die Kirche gestellt und die Kinder eigenmächtig getauft. Für die Taufe bestand kein eigentlicher Notfall. Sie ist daher ungültig.« Christus erschien nackt und blutbefleckt in einer Wolke oberhalb der Treppe, seine Arme waren weit ausgebreitet wie bei der Kreuzigung. »Ist das ein Götzenbild?« fragte der Richter. »Es kam noch schlimmer«, sagte der Priester. »Sie hat die Frau ihres Sohnes angestiftet, Lügen zu erzählen, um ihren Mann zu betrügen.«

»Aber ich weiß doch gar nicht, ob Jane etwas mit einem anderen Mann hat«, sagte sie. »Warum sollte ich das auch annehmen; wie käme ich dazu?« Der Richter hob eine Hand. »Warte«, sagte er. »Warum bist du dort geblieben, wo so vieles geschah, was gegen deinen Glauben verstieß?«

»Ich war einsam«, sagte sie. »Ich bin eigens von Irland herübergekommen, ich habe in Belfast alle meine Möbel verkauft. Wo sollte ich denn sonst hin? Ich habe mein Bestes getan, habe versucht, den Kindern zu helfen, ihnen von Gott zu erzählen. Aber in Amerika ist alles ganz anders. Wie hätte ich sie ändern können?«

Dann brachten sie Pilatus. Es war Sir Cedric Hardwicke. Er ließ sich Wasser kommen und wusch seine Hände. Er lächelte. Er schrie. Zwei Engel schleuderten ihn in die Hölle. »Blick dort hinunter«, sagte der Richter. »Das ist die Vorhölle.« Sie sah hinunter, und es war wie ein ruhiger Wartesaal eines Flughafengebäudes, mit grünen Gewächsen, die gar keine richtigen Pflanzen waren, und auf einem Büfett standen Speisen, die gar keine richtigen Speisen waren. Viele alte Männer waren dort, alte Männer in weißen Gewändern und mit langen weißen Bärten. Es waren die Gerechten, die vor Christi Geburt gestorben waren. Stumm und hoffnungslos saßen sie dort, denn sie wußten, daß sie für immer der Vergessenheit anheimgefallen waren. Auch viele Kinder waren dort, zum Beispiel ungetaufte Negerbabys, die in Afrika gestorben waren. Sie suchte unter den weißen Kindern nach Lisa und Liam, konnte sie aber nirgends entdecken. »Du hast sie getauft«, sagte der Richter. »Du hast ihnen sogar den Trost versagt, den diese Stätte der Vergessenheit bietet. Du hast sie zwar zu Christen gemacht, hast sie jedoch nicht auf das Christentum vorbereitet.« Lisa und Liam wurden zum Fuß der Treppe geführt. Sie trugen weiße Gewänder, aber die Gewänder waren verschmutzt. »Es wäre besser«, sagte der Richter, »man bände dir einen Mühlstein um den Hals und stürzte dich in die Tiefen des Meeres, damit du diesen meinen Kindern keinen Schaden mehr zufügen kannst.«

»Aber ich glaubte, daß das, was ich tat, richtig war«, sagte sie.

Brendan trat vor. Er blickte zum Richter empor. »Sie hat mir versprochen, daß sie sich nicht mehr einmischt«, sagte er. Der Priester trat vor. »Sie ist nicht ein einziges Mal wieder zur Beichte gekommen«, sagte er. Jane trat vor. »Ich bin die Mutter der Kinder«, sagte sie. »Hinter meinem Rücken hat sie es getan. Sie hat es mir verschwiegen. Später hat sie mein Geheimnis für sich behalten.«

»Ist es wahr«, sagte der Richter, »daß du diese Kinder getauft hast, um für deine eigenen Sünden zu sühnen, um für Brendan und Sheila zu sühnen, die für uns verloren sind? Hast du es um deiner selbst willen getan, Eileen?« fragte der Richter, ihr Vater. »Sieh dich an«, sagte er. »Wie du aussiehst!« Sie sah an sich hinunter. Ihr weißes Nachthemd war überall mit Dreck verschmiert. Wieder erschien Christus über der Treppe. Er war in weiße Gewänder gehüllt. Sein Blick war kummervoll. »Sie hat mich verlassen«, sagte er. »Um ihrer selbst willen.«

Zwei Engel mit langen Flügeln nahmen sie in die Mitte, jeder hielt einen ihrer Arme. Sie wehrte sich, wand sich und schrie, aber es hatte keinen Sinn; sie zerrten sie an den Abgrund. »Grattan!« schrie sie. Grattans erloschenes Gesicht, von weißen Kallablüten umgeben, kam ganz dicht an sie heran. Seine Nasenflügel waren fein geschwungen, etwas, was sie zu Lebzeiten nie bemerkt hatte. Er öffnete seine bleichen Lippen nicht, trotzdem ertönte eine Stimme. »Manchmal«, sagte die Stimme, »glaube ich fast, du hast eine schmutzige Phantasie.«

Oh, Grattan, die Flammen, Grattan, komm zurück, ich brauche dich, die Flammen, die Engel, mein Hals brennt – Grattan! ... Es war Nacht; sie war wie in Schweiß gebadet, und in der Dunkelheit hörte sie ein helles, surrendes Geräusch. Ihr Hals schmerzte. Mit den Fingerspitzen strich sie über eine leichte Schwellung. Irgendwo im Zimmer war eine Mücke.

Als Jane am nächsten Morgen ins Büro ging, war sie fest entschlossen, noch einmal und nur ein einziges Mal mit Vito Italiano zu sprechen. Auf diese Weise würde ihm klarwerden, daß es endgültig vorbei war. Für wen hielt er sie eigentlich? Sie würde ihm sagen, was er in ihren Augen war: ein Zuhälter, eine billige männliche Hure; nicht er, sondern sie hatte ihn benutzt, und wenn er sich jemals eingebildet hatte, daß er ihr zu irgendeinem Zeitpunkt ihres Verhältnisses auch nur das geringste bedeutet hätte, so war er im Irrtum, denn im Grunde war er doch nichts anderes als eine traurige Brando-Imitation, mehr nicht; ein reiner Selbstbetrug.

Sie strich aus ihrer Erinnerung alle Dinge, die sie ihm in Krims Wohnung schluchzend anvertraut hatte, Dinge über die Liebe und daß sie verrückt nach ihm wäre, denn es war gar nicht Liebe gewesen. Den Unterschied mußte man ihm endlich klarmachen. Sie wollte ihm sagen, daß es Zeiten gegeben hätte, wo sie – nachdem sie ihn verlassen hatte – Lachanfälle bekommen hatte über seine einfältigen Ansichten und seine abscheulichen Manieren. Und seine Anzüge, diese widerliche Bekleidung einer männlichen Hure, waren in Wirklichkeit doch erbärmlich, jawohl, erbärmlich, du mieser Affe. Weißt du eigentlich, daß man sich im Büro über dich lustig macht? Nein, natürlich, das kannst du nicht wissen. Du bist eben nicht sehr helle, nicht wahr, Vito? Ich bin Männer gewöhnt, die mehr Verstand besitzen. Mein Mann zum Beispiel. Ja, Brendan Tierney, der Schriftsteller. Bald wird sein Buch erscheinen. Und wenn das geschieht, dann höre ich natürlich mit der Arbeit auf. Ja, wahrscheinlich werden wir dann sehr viel reisen. Nach Europa, vielleicht auch in die Südsee.

Als sie jedoch vor ihrem Reißbrett stand, links von ihr Patsy Armstrong und auf der anderen Seite Dick Duryea, der irgend etwas durch den Raum schrie, da sah sie, wie er hereinkam und in seinem Glaskasten verschwand, und als er sich das Jackett auszog, merkte sie schuldbewußt, daß es sie erregte, denn er hatte ihr gehört, und niemand wußte es. Aber noch schlimmer: Als er sich hinsetzte und den Hörer abnahm, um Louise Roger anzurufen, und sie dabei übersah, als wäre sie gar nicht vorhanden, da merkte sie, daß ihre Wut und ihre Entschlüsse keinen Pfifferling wert waren. Er hatte die Peitsche in der Hand; er war immer noch jener dunkelhaarige Unhold, auf den sie wartete. Im Bruchteil einer Sekunde durchlebte sie die Demütigungen, dachte an die endlosen Bitten, die vollständige Selbstaufgabe, deren sie fähig war, um ihn zurückzugewinnen. Gleichzeitig wußte sie, daß die einzige Hoffnung auf Erlösung für sie darin bestand, sofort wegzugehen, sofort aufzuhören – Schluß zu machen. Und gerade das konnte sie natürlich nicht.

Unter dem Vorwand, ihn wegen eines Entwurfes fragen zu müssen, ging sie um halb elf in seinen Glaskasten. Sie hatte den Zeitpunkt sorgfältig gewählt. Dick und Carl waren im Nebenraum, während Patsy mit Norma in einer Ecke hockte und Kaffee kochte. Ohne die geringste Vorstellung, was sie sagen sollte, ging sie hinein. Bestimmt würde er sich entschuldigen; und sie würde ihm verzeihen.

»Vito?«

Sie sah, daß er die Sportseite der *Daily News* las, dabei aber so tat, als überprüfe er einen Entwurf. Er schob seinen Drehstuhl herum, blickte hoch, sagte jedoch nichts.

»Dieser Entwurf für die Bananen-Diät-Werbung kommt irgendwie nicht hin.«

»Zeig mal her.«

Er griff nach dem Blatt, überflog es und legte es dann beiseite. »Damit kann sich Dick beschäftigen«, sagte er. Dann drehte er sich in seinem Stuhl wieder um und griff nach der *Daily News*.

»Vito?... Vito, ich muß mit dir sprechen.«

Er sah sie über den Rand der Zeitung an. »Also schön«, sagte er. »Vielleicht ist es das beste; du kennst doch den ›Hamburg Heaven‹ an der Lexington Avenue?«

»Ja, in dem wir...«

»Um halb eins bin ich da«, sagte er. »Also bis dann.«

Sie ging zu ihrem Tisch zurück und setzte sich hin. Der Kaffee wurde kalt. Alles wird wieder gut, ja, bestimmt wird alles wieder gut, oh, bitte, laß alles wieder gut werden. Vito, wir beide haben Dinge gesagt, die man nicht sagen sollte, ich weiß, Liebling. Es tut mir leid. Wir haben uns gestritten – das kommt immer einmal vor. Vito, gestern abend bin ich doch nur weggegangen, weil ich dich nicht verlieren wollte. Und hör zu: Das, was ich wegen Marlon Brando gesagt habe, war doch nur ein Kompliment, du bist noch viel aufregender als er, und du hast mich immer an ihn erinnert.

Nein, das erwähnte sie besser nicht. Es sei denn, er fing damit an.

Patsy Armstrong kam auf einen Schwatz herüber. »Na, Jane, was gibt es heute bei dir Neues?«

(Neues? Wir werden zusammen Mittag essen. Und, ja, Brendan hat für seinen Roman einen Vorschuß bekommen, und der Verleger ist sehr beeindruckt. Patsy würde sicher auch sehr beeindruckt sein, aber sie würde es sofort allen anderen im Büro erzählen, und damit würde auch er es erfahren. Er würde erfahren, daß sie auf Brendan stolz war. Nein. Sie durfte nichts sagen, was ihn eifersüchtig machen könnte.)

»Neues? Nichts.«

Patsy setzte sich auf den Tisch und beugte sich vertraulich vor. »Sag mal, wann fährst du in Urlaub?«

»Ich bin noch nicht lange genug hier«, sagte Jane. »Ich bin noch nicht an der Reihe.«

»Weißt du, was passiert ist? Man hat mich gerade erpreßt.«

»Ja, wieso denn?«

»Du weißt doch, bei der Urlaubseinteilung richtet es

sich hier nach Firmenzugehörigkeit«, sagte Patsy. »Vito und Dick haben deshalb Vorrang vor Carl und mir und Norma. Vor einem Monat habe ich also ausgemacht, daß ich die ersten beiden Augustwochen auf Urlaub fahre. Und heute morgen hat man mir die dritte und vierte Augustwoche zugeschoben, weil irgend jemand beschlossen hat, nächste Woche in Urlaub zu fahren; die letzte Woche im Juli und die erste Augustwoche. Wir würden uns also um eine Woche überschneiden.«

»Und wer ist es?« fragte Jane. Ihr Herz hämmerte und blieb dann stehen.

Patsy deutete mit dem Daumen zum Glaskasten hinüber. »Er behauptet, er hätte nächsten Montag in Acapulco zu tun. Heute früh kam er hier angeschlichen, hat die Sache als erstes oben mit Louise Rogers geklärt und ist dann zu mir gekommen und hat gesagt: ›Patsy, mein Schatz, hör zu, ich habe da unten dringend zu tun, würde es dir etwas ausmachen, wenn wir tauschten?‹ Mir etwas ausmachen? Natürlich macht es mir etwas aus, habe ich ihm gesagt. Ich meine, schließlich habe ich auch Pläne gemacht, habe Zimmer bestellt und so weiter. Ich habe ihm auch erklärt, daß ich es nicht nett fände; Vito, habe ich gesagt, daß du dich einfach vordrängst, nur weil du länger hier bist ...«

»Montag?« sagte Jane.

»Ja, Montag. Es ist alles so kurzfristig, mir bleibt gerade noch diese Woche, um alles umzubestellen. Ich werde aber nachher noch mit Louise reden. Meinst du nicht auch, daß ich das tun sollte?«

»Selbstverständlich. Ja, sprich nur mit Louise.«

»Denn es ist wirklich nicht fair«, hörte sie Patsy sagen, aber Jane dachte an Mexiko, an einen Kulturfilm in Cinemascope, den sie letzten Winter gesehen hatte: luxuriöse, von Amerikanern gebaute Hotels, Fischer, die ihre Fänge an Land brachten, bezaubernde Mädchen in Badeanzügen, mexikanische Jünglinge, die von den Klippen ins Wasser sprangen, Cocktails, Cha-cha-cha die ganze Nacht hindurch in Dutzenden von Nachtlokalen ... Sie sah ihn vor sich, und sie wußte, daß er dort genau hinpaßte, mit seinen knappen Seidenanzügen, der dunklen Haut und seinem Lächeln. Solche Orte wimmelten von einsamen reichen Frauen. Schöne Aussichten! Sie blickte zu seinem Glaskasten hinüber. Dick war bei ihm. Wenn er alles arrangiert hatte, um nächsten Montag auf Urlaub zu fahren, dann konnte der Grund nur ihr Streit von gestern abend sein. Er lief vor ihr davon. Das war doch immerhin ein Trost, nicht wahr? Er lief davon, weil er beleidigt war. Oder war er ihrer überdrüssig?

Der Farbige nahm zwei Hamburger-Steaks von der großen Wärmeplatte, klemmte sie in zwei Brötchen, schaufelte Pommes frites auf den Teller und stellte alles auf die Theke. Der Kellner brachte den Teller herüber. Das Lokal hatte zwar eine Klimaanlage, aber jetzt um die Mittagszeit, wo es gedrängt voll war, hatte Jane das Gefühl, ihr Gesicht wäre vor Hitze ganz aufgequollen. Der Kellner stellte die Hamburger vor Vito hin, der das erste Brötchen aufklappte, Ketchup drüberspritzte und schließlich noch Mostrich daraufstrich, damit alles Geschmack bekäme. Er war vor ihr dagewesen und hatte gleich bestellt. Der Kellner wartete. »Und Sie, Miss?«

»Nur einen Kaffee.«

»Einen Kaffee«, wiederholte der Kellner. »Sonst nichts?«

»Nein.«

»Du bist früh hiergewesen, Vito. Ich hatte gar nicht gemerkt, daß du weggingst.«

Er nahm einen großen Bissen von seinem Hamburger, begann zu kauen und redete dann, wie gewöhnlich, mit vollem Mund. »Ja, ich bin früh weggegangen. Und ich muß gleich wieder zurück.«

»Ich dachte, wir wollten miteinander sprechen?«

»Also schön – sprechen wir miteinander. Wir haben eine schöne Zeit gehabt, aber damit ist es jetzt vorbei. Man muß wissen, wann man Schluß machen und abhauen muß.«

Der Raum war erfüllt vom Dröhnen der Klimaanlage hinter ihm, vom Klappern der Teller und Bestecke, Leute unterhielten sich am Nebentisch, und seine Worte, so nichtssagend und wie beiläufig hingeworfen, wie sollten sie hier wirklich miteinander sprechen können; es war sinnlos. Er war immer noch beleidigt; daran lag es. Also gut, dann sag ihm doch, daß es dir leid tut. Sag es ihm.

»Vito, hör zu, die Sache von gestern abend tut mir leid. Ich hatte entsetzliche Angst, Liebling, wirklich, und da habe ich dann genau das Falsche gesagt. Aber du warst auch gemein zu mir, obgleich ich damit angefangen habe. Ich weiß, daß es für dich nicht schön ist, meines Mannes wegen beiseite stehen zu müssen, aber Ehrenwort, Liebling, er bedeutet mir nichts, gar nichts. Du dagegen ... ach, hör doch bitte endlich auf zu essen!«

Überrascht sah er sie an, dann bestrich er seinen zweiten Hamburger mit Ketchup. »Kapierst du nicht, was ich meine?« sagte er. »Allmählich wird es lästig. So was passiert eben. Hör zu, Janey, es geht gar nicht um gestern abend; das hat sich schon seit Wochen angebahnt.«

»Nein, das stimmt nicht.«

»Doch, du brauchst dir gar nichts vorzumachen. Ich will ehrlich sein. Ich habe nur auf den richtigen Augenblick gewartet, um endgültig Schluß zu machen, und gestern abend hast du mir diese Gelegenheit verschafft. Du wolltest zu deinem Mann zurück. Also geh zu ihm.«

»Aber ich will doch gar nicht zu ihm zurück.«

»Das kannst du dir sparen«, sagte er. »Mir ist es völlig egal, was du willst. Soweit ich davon betroffen bin, ist die Angelegenheit erledigt.« Er klappte den zweiten Hamburger wieder zu, nahm ihn in die Hand und biß ab. »Sieh mal«, sagte er. »Wir beide haben unseren Spaß gehabt, nicht? Auch wenn es jetzt vorbei ist, können wir doch Freunde bleiben.«

»Freunde? Ach, du lieber Gott, glaubst du etwa, ich wäre jemals mit dir befreundet gewesen? Glaubst du, ich wäre nach allem, was passiert ist, in der Lage, im gleichen Raum wie du zu arbeiten?«

»Daran habe ich bereits gedacht. Ich habe meinen Urlaub ein paar Wochen vorverlegt. Eine Art Entwöhnungszeit für uns beide.«

»Ja«, sagte sie. »Mexiko, nicht wahr? Aber eines interessiert mich: Warum rennst du eigentlich vor mir davon, wenn ich dir gar nichts mehr bedeute?«

»Wer rennt davon? Ich habe lediglich beschlossen, meinen Urlaub jetzt zu nehmen – mehr nicht. Ich versuche nur, es dir leichter zu machen.«

»Herzlichen Dank«, sagte sie. Das erinnerte sie an ihre Schulzeit, wenn »ja, ja, ja« die einzige Antwort war, die ihr einfiel.

»Du wirst schon sehen«, sagte er. »In ein paar Wochen sieht alles ganz anders aus.«

»Wie wenig du die Frauen kennst.«

Er goß Sahne in seinen Kaffee. »Ich kenne die Frauen zur Genüge.«

»Schön – dann kennst du eben mich nicht.«

Er grinste, als hätte sie etwas Unanständiges gesagt.

»Warum hat dir eigentlich noch keine Frau ein Messer in den Leib gerammt, Vito?«

»Einige haben es zumindest versucht. Zum Beispiel Norma.«

(O Gott, Norma also auch?)

»Vor Jahren hatten Norma und ich ein ziemlich heftiges Techtelmechtel, als sie hier anfing zu arbeiten. Dann mußte ich Schluß machen. Eine Zeitlang benahm sie sich wie eine Verrückte, aber dann hatte sie es überstanden. Heute sind wir gute Freunde.«

(Norma, die dicke Norma, und wie viele andere?)

»Du bist eben ein vielgeliebter Junge.«

Er grinste. »Du würdest dich wundern!«

(Was wollte er damit sagen; meinte er jemand Bestimmten? Mit Louise war er eng befreundet. Louise etwa auch? Unmöglich. Brendan sagte immer, Louise sei eine Lesbierin.)

»Eines mußt du mir noch verraten«, sagte sie. »Hast du mit Louise auch ein Techtelmechtel gehabt?«

»Louise ist unsere Chefin. Und ich bin ein Gentleman, Janey.«

»Du ein Gentleman? Das sagt alles.«

Er war so selbstzufrieden. Er schaute sich um, als hoffe er, daß die Leute am Nebentisch zuhörten. Mit einer Papierserviette wischte er sich den Mund ab und knüllte sie dann zu einer Kugel zusammen. »Das Schlimme bei dir ist«, sagte er, »daß du dir selbst gegenüber nicht ehrlich bist. Du willst die Tatsachen einfach nicht sehen. Solche Sachen dauern eine Weile, und dann gehen sie eben zu Ende. Dann sind sie vorbei. Verstanden? Endgültig vorbei.«

Er stand auf und nahm ihre Rechnung. Wütend – als bedeute es für sie eine letzte Beleidigung, daß er ihren Kaffee bezahlte – riß sie ihm den Zettel aus der Hand. »Na schön«, sagte er. »Wenn du mit mir befreundet bleiben willst, einverstanden. Wenn nicht, ist es mir auch egal. Wie du willst.« Durch die Tischreihen ging er zur Kasse. Ein schwarzes Gesicht beugte sich über sie. »Kommt der Herr wieder zurück?«

»Nein.«

Der Kellner räumte das Geschirr ab, und ein alter Mann mit stark zitternden Händen setzte sich auf Vitos Stuhl. Sie sah den Mann an, und weil ihr übel wurde, stand sie auf und verließ das Restaurant. Sie wanderte die Lexington Avenue hinunter, bog in die Fifth Avenue ein und ging nachtwandlerisch in Richtung des Parks, ohne auf die Verkehrsampeln zu achten, trieb mit dem Strom der Menschen, die ihre Mittagspause machten. An der 53rd Street überquerte sie, ohne aufzupassen, die Fahrbahn, kam an einer großen Kirche vorbei, deren Name sie bisher nicht interessiert hatte, und betrat die große Halle des »Museum of Modern Art«. Als Kunststudentin war sie früher fast täglich hierhergekommen. Noch immer wie in Trance, zahlte sie an der Kasse und schlenderte durch die kühlen, jedoch aufreizenden Räume mit den abstrakten Bildern in die friedliche Stille des Skulpturengartens hinaus. Sie achtete nicht auf die Menschen, die auf der Terrasse aßen, sondern ging zu einer Bank und setzte sich hin. Eine gierige, vorwitzige Taube stolzierte auf dem Sockel des gewaltigen weiblichen Aktes von Lachaise entlang, um sich dann vorsichtig ihrer Bank zu nähern. Die Taube war ihr lästig; ihr starres Auge wirkte zwar gerissen, aber trotzdem einfältig. In diesem winzigen glatten Kopf gab es keinen einzigen Gedanken. Straßenkehrer und Räuber – Vito hatte dieselben kalten Augen, und die Nähe der Taube war für sie einen Augenblick lang beinahe Grund genug, wieder wegzugehen. Aber warum sollte sie davonlaufen; dieser Garten gehörte ihr, nicht ihm. Sie stampfte mit dem Fuß auf, und erschrocken flatterte die Taube hoch und flog davon. Gefaßter begann sie jetzt, Pläne zu schmieden.

Heute war Donnerstag. Heute nachmittag würde sie nicht wieder ins Büro zurückgehen, und morgen würde sie zu Hause bleiben und sich krank melden. Am Montag wäre er dann zu seinem vierzehntägigen Urlaub abgefahren, und wenn er aus Mexiko zurückkehrte, würde sie sich wieder völlig in der Hand haben. Abgesehen davon würde Brendan sein Buch in den nächsten sechs Wochen fertigschreiben, und dann konnte sie diese Stellung endgültig aufgeben. Irgendwie würde es ihr dann auch gelingen, diese Mrs. Tierney loszuwerden, und wenn Brendan erst ein erfolgreicher Schriftsteller war, würde das Leben völlig anders aussehen. Sie mußte so tun, als handele es sich bei dieser Geschichte um eine Krankheit, von der sie sich in zwei – vielleicht auch drei – Wochen erholt haben würde. Den morgigen Tag würde sie ganz den Kindern widmen, diesen armen Kindern, wie hatte sie sie nur vernachlässigt. Dank der alten Frau war ihr Leben völlig verkümmert. Und in diesem Garten waren sie auch noch nie gewesen.

Sie stand wieder auf und wanderte langsam durch den Garten. In ihren Gedanken waren die Kinder bei ihr, und während sie den von Guimard entworfenen Eingang zu einer Metrostation betrachtete, erklärte sie Lisa die *art nouveau.* Vielleicht war Lisa dafür noch ein bißchen zu jung, aber irgendwann mußte man schließlich damit anfangen, wenn sie verhindern wollte, daß aus ihren Kindern Menschen wie Vito wurden. Sie vermutete, daß Vito durch seine Ausbildung auch etwas über *art nouveau* wußte, aber sie wußte nur zu genau, daß *art nouveau* für ihn lediglich ein Werbetrick war. Er würdigte eben alles herab. Er ... Nein, sie durfte jetzt nicht an ihn denken. Sie versuchte, mit den Kindern in Gedanken wieder im Skulpturengarten zu sein. Sieh mal, Liam, da drüben die Plastik. Es ist das Bildnis eines berühmten Schriftstellers, er hieß Balzac. Vielleicht wird dein Vater eines Tages ebenfalls berühmt sein. Liebe ich meine Kinder eigentlich? Natürlich liebe ich sie. Ich würde mich jederzeit vor einen U-Bahn-Zug werfen, um das Leben der Kinder zu retten. Ja, aber ich gebe auch zu, daß ich mich von ihnen erholen wollte, daß ich mich nach einem Job sehnte und daß ich Erregung suchte. Erregung! Krims Wohnung und dieser vulgäre Rohling in der Unterhose, der seine goldene Armbanduhr mit dem goldenen Gliederarmband selbst dann nicht ablegte, wenn er nackt war. Er trug sie auch, als er die fette Norma aufs Kreuz legte. Und Louise, die geschlechtslose und ausgetrocknete Louise, die mir diese Stellung besorgte. Soll ich mich etwa dafür auch noch bedanken?

Die Kinder – sie mußte ihn vergessen und an die Kinder denken. Morgen würde sie den ganzen Tag mit den Kindern verbringen. Sie könnte die beiden hierher mitnehmen und ihnen alles zeigen. Mittags essen wir dann hier auf der Terrasse. Coca-Cola und Hamburger.

Nein! Keine Hamburger!

Am folgenden Tag um fünf Uhr nachmittags entlud sich die Hitzewelle in einem Gewitterschauer. Auf der 54th Street kehrte eine Frau, die sich im Schutz der Sonnenmarkise auf die Straße gewagt hatte, wieder um und flüchtete in den Hauseingang zurück. Jane und die Kinder, die aus dem Museum kamen, suchten vergebens nach einem Unterschlupf. So rannten sie auf die Sonnenmarkise zu, die sich über den Bürgersteig erstreckte. Als sie dort hinkamen, wurden sie von den aufspritzenden Regentropfen, die sogar unterhalb der Sonnenmarkise auf den Bürgersteig fielen, gezwungen, neben der Frau im Hauseingang Schutz zu suchen. Die Frau, eine verwelkte Schönheit, zerbrechlich in ihrem sandfarbenen Chiffonkleid, den dünnen Strümpfen über knochigen Beinen und den weißen Wildlederpumps, stand dem Haus zugewandt und versuchte so, ihr stark geschminktes Gesicht, ihr sorgfältig toupiertes und gelacktes Haar zu schützen, als befürchte sie, daß der Regen ihr die zarten Knochen brechen, ihr Kleid auflösen, ihr Haar hinwegspülen und ihre ganze Gestalt in den Rinnstein schwemmen würde.

Als Jane und die Kinder näher kamen, blickte die Frau auf, und Jane lächelte ihr zu mit der melancholischen Kameraderie derer, die gemeinsam von einem Regenschauer überrascht worden sind. Die Schönheit erwiderte das Lächeln, indem sie den Mund zu der Andeutung eines maskenhaften Grinsens verzog. Ach, wäre ich sie, dachte Jane, als der Portier des Hauses an ihnen vorbei auf die Straße rannte und mit seiner Trillerpfeife vergeblich nach einem Taxi pfiff, das aber nirgends auftauchte. Auf den zweiten Blick jedoch fügte Jane der reichen Schönheit doch noch zehn Jahre hinzu, und als wolle der Himmel ihr Urteil bestätigen, schickte er einen grellen Blitz herunter, der den Hauseingang, den Bürgersteig und das Gesicht der Schönheit mit dem gleichen weißen Licht des Unwirklichen erhellte. Liam drängte sich eng an die Mutter und vergrub sein Gesicht in ihrem Rock; und als sie seinen Kopf und seinen zarten kindlichen Nacken streichelte, überkam sie jene Mutterliebe, die sie in ihrem Elend immer wieder heraufzubeschwören versucht hatte, und erfüllte sie mit tiefer innerer Ruhe. Der reichen Schönheit gegenüber empfand sie jetzt nur noch Herablassung. Sie war Mutter; die Schönheit hatte allen Grund, sie zu beneiden. »Sei ruhig, Darling«, sagte sie zu Liam. »Es ist gleich vorüber.«

Es ist gleich vorüber. Wie ein Regenschauer wird es vorübergehen, und ich werde mein gewohntes Leben wieder aufnehmen. Die Kinder werden mich retten.

Wieder pfiff der Portier auf seiner Trillerpfeife, aber das Taxi rauschte in einem grauen Regenschleier vorüber. Der Portier spie die Trillerpfeife aus, so daß sie ihm wieder auf die Brust fiel. Er trat zurück unter die Sonnenmarkise und sagte: »Tut mir leid, Mrs. Lebel. Wir werden noch etwas warten müssen.«

Die Schönheit, die ihm den Rücken zugewandt hatte, nickte in schweigendem Elend. Lisa hüpfte unter die Sonnenmarkise hinaus.

»Lisa, komm her!« befahl Jane.

»Regen bringt Segen«, sang Lisa. Sie streckte die Hand aus und beobachtete, wie sie naß wurde. Dann tänzelte sie an Liam heran. »Willst du auch Regen, willst du auch ein bißchen Regen?«

»Lisa«, sagte Jane, »hör endlich auf.«

»Sie macht mich naß, Mami, sie macht mich ganz naß.«

»Lisa, hör auf.«

Aber Lisa hatte mit ihrer nassen Hand bereits über

Liams Gesicht gewischt. Hüpfend und springend tanzte sie umher. »Ich taufe dich«, sang sie.

Janes Herz hämmerte.

In diesem Augenblick rannte der Portier wieder an ihnen vorbei und pfiff gellend. Ein Taxi bremste. Die elegante Dame ging steifbeinig unter der Markise entlang, und schenkte Jane im Vorübergehen ein knochiges Lächeln. Der Portier hielt die Wagentür auf, und die Schönheit stieg in das Taxi.

»Hör auf!« protestierte Liam. »Mami, sie hat mich ganz naß gemacht.«

»Ich taufe dich«, sang Lisa.

»Lisa! Komm mal her.« Sie sprach sehr ruhig, aber irgend etwas an ihrer Stimme erreichte, was ihre bisherigen Drohungen nicht zustande gebracht hatten: Lisa gehorchte.

»Was ist denn, Mami?«

»Darling, was meinst du damit? Ich taufe dich! Wo hast du das her?«

»Gran hat es gesagt.«

»Wann?«

»Ach, irgendwann«, sagte Lisa und hüpfte hin und her.

»Bleib endlich ruhig stehen. Und hör mir zu. Erzähle mir genau, was Gran gesagt hat.«

»Es war irgendwann im Badezimmer«, sagte Lisa. »Da hat sie diese Zaubersprüche aufgesagt, und dann hat sie unsere Gesichter mit Wasser naß gemacht, und dabei hat sie gesagt: Ich taufe dich im Heiligen Geist.«

»Bei mir auch«, sagte Liam. »Bei mir hat sie es auch gemacht.«

»Und warum habt ihr es mir nie erzählt?« sagte Jane.

»Es ist schon so lange her, Mami.«

»Wie lange?«

Aber schon, als sie diese Frage stellte, wußte sie, daß sie darauf keine Antwort bekommen würde. Wenn man fünf Jahre alt ist, kann eine Minute sehr lang und eine Woche sehr kurz sein.

»Vor ganz langer Zeit«, wiederholte Lisa.

»Und was hat Gran noch gesagt?«

»Sie sagte, wir seien jetzt kleine Christen.«

Wieder blitzte es. Trotz allem erschrocken, sprang Lisa in den Schutz des Hauseingangs zurück. Der Donner rollte über die Stadt hinweg, und der Regen fiel wie eine graue Mauer. Taufe – das war eine Sache, die ein Geistlicher in der Kirche vollzog. Man brachte ihm das Baby in einem Taufkleidchen, und dann wurde es mit Wasser besprengt. Brendan hatte darauf bestanden, daß die Kinder zwar in das Register eingetragen, jedoch nicht getauft wurden. Ein Geistlicher muß die Taufe vollziehen, aber vielleicht war es bei den Katholiken anders. Ihr seid kleine Christen, hatte sie zu den beiden gesagt. Kleine Katholiken?

Und während es passierte, lag ich wahrscheinlich gerade nackt neben ihm. Selbst heute wäre ich im Büro mit ihm zusammen gewesen, und um fünf wäre ich mit ihm in Krims Wohnung gegangen; nie hätte ich diese Geschichte erfahren; ich bin eine egoistische, eine schändliche Mutter. Hinter meinem Rücken hat sie ihnen das angetan, hat ihnen einen Schaden zugefügt, der sich vielleicht erst später in ihrem Leben auswirken wird.

Die Regenwand wurde zu einem Vorhang und schließlich zu einem Schleier. Der Himmel wurde hell, und die Sonne brach durch. Der Gewitterschauer war vorüber. Jane nahm ihre beiden Kinder an die Hand, und die drei gingen zum U-Bahnhof. Dabei dachte sie an Henry James' »Bis zum Äußersten«, an die Verführung Unschuldiger durch jene, denen verantwortungslose Erzieher ihre Kinder überlassen hatten. Quint und Miss Jessel waren nicht schlimmer als die einschmeichelnden, geheimnisvollen Tricks dieser Mrs. Tierney. Warte nur, bis ich nach Hause komme!

Als sie nach Hause kam, lag Mrs. Tierney in der Diele auf den Knien und wischte die Fußleiste mit einem Staubtuch ab. Kein Mensch hat sie darum gebeten, überlegte Jane, als sie auf das Hinterteil ihrer Schwiegermutter und die Sohlen der schwarzen bequemen Schuhe hinunterstarrte und an sich halten mußte, um ihr nicht einen Tritt zu versetzen. Die Kinder brauchten es nicht zu hören, deshalb brachte sie die beiden in das Kinderzimmer und versprach jedem eine Lutschstange, wenn sie dort spielten, bis sie sie rief. Brendan war noch nicht zu Hause, aber sie kam auch gar nicht auf den Gedanken, zu warten und erst alles mit ihm zu besprechen. Statt dessen forderte sie ihre Schwiegermutter auf, in das Wohnzimmer zu kommen.

»War es schön im Museum?«

»Setzen Sie sich bitte«, sagte Jane. »Ich möchte Sie etwas fragen. Stimmt es, daß Sie bei den Kindern so etwas wie eine Taufe vollzogen haben?«

Das Staubtuch in der Hand, ging Mrs. Tierney zögernd zu dem langen schwarzen Sofa und setzte sich vorn auf die Kante. »Was sagten Sie eben, meine Liebe?«

»Sie haben mich genau verstanden.«

»Haben Sie ... hat Brendan mit Ihnen darüber gesprochen?«

»Was hat das damit zu tun?«

»Ich möchte nur wissen, ob Sie mit ihm gesprochen haben.«

»Noch nicht. Aber Sie haben meine Frage nicht beantwortet.«

Mrs. Tierney, die so getan hatte, als betrachte sie das Staubtuch gründlich, faltete es sorgfältig zusammen, legte es auf ihre Knie und blickte Jane an; offene Feindseligkeit lag in den dunklen Augen mit den tiefen Schatten der Müdigkeit. »Hören Sie zu, Jane«, sagte sie. »Ich möchte ein für allemal klarstellen, daß ich nicht Ihr Dienstmädchen bin. Ich erlaube Ihnen nicht, in diesem Ton mit mir zu reden. Wissen Sie eigentlich, daß Sie mich noch nie mit meinem Namen angeredet haben?«

»Darum geht es jetzt nicht. Sie haben meine Frage noch nicht...«

»Einen Augenblick«, sagte Mrs. Tierney. »Wenn Sie mit Brendan und den Kindern reden, bezeichnen Sie mich immer als ›sie‹. Immerhin habe ich einen Namen, verstehen Sie, und ich bin nicht Ihre Hauskatze.«

»Also dann, *Mrs. Tierney!* Was haben Sie mit den Kindern angestellt?«

»Ich habe sie katholisch getauft.«

»Was haben Sie?«

»Ich bin mir zwar nicht ganz klar, ob es eine gültige Taufe ist«, sagte Mrs. Tierney. »Ich nehme es aber an. Ich gebe zu, daß es nicht sehr schön war, es hinter Ihrem Rücken zu tun, aber so, wie es mit Brendan augenblicklich steht, hatte ich keine andere Wahl.«

Jane starrte sie unverwandt an. Sie spürte, daß sie zitterte, spürte den Beginn einer so entsetzlichen Wut, daß sie fürchtete, ohnmächtig zu werden.

»Wann?« sagte sie.

»Wann ich es getan habe? Im Mai. Aber danach habe ich Brendan versprochen, mich nicht mehr in die Erziehung der Kinder einzumischen. Und dieses Versprechen habe ich gehalten.«

»Ach, wirklich?«

»Ja, das habe ich.«

»Haben Sie ihm vielleicht auch erzählt, daß Sie die Kinder bereits getauft hatten? Dazu werden Sie wohl nicht genügend Mut gehabt haben.«

Mrs. Tierney schwieg.

»Nein, natürlich nicht! Weil Sie genau wußten, daß er Sie sofort auf die Straße gesetzt hätte; das hätte er nämlich bestimmt.«

»Jane«, sagte Mrs. Tierney, »ich verstehe, daß diese Sache Sie fürchterlich aufregen muß, und von Ihrem Standpunkt aus haben Sie auch bestimmt das Recht dazu. Aber ich bin immerhin Brendans Mutter und kann wohl in diesem Hause einen gewissen Respekt beanspruchen. Ich werde nicht zulassen, daß Sie oder irgend jemand in diesem Ton mit mir redet.«

»Ach, halten Sie doch den Mund! Wer interessiert sich schon für Sie, wie konnten Sie es wagen, meine Kinder derart zu erschrecken, und Ihre ganze Unverschämtheit...«

»Jane, nehmen Sie sich zusammen.«

»Ich habe Sie nie hierhaben wollen, ich habe nie gewollt, daß Sie herüberkämen, und seit Sie dauernd bei uns herumhocken, ist das Leben ein einziges Elend, und dann wagen Sie es auch noch, sich in die Erziehung meiner Kinder einzumischen, Sie hinterhältige und gemeine alte – Schlampe.«

Mrs. Tierney machte eine Bewegung, als wolle sie aufstehen, blieb dann jedoch sitzen. Sie senkte den Kopf und schloß die Augen. Das Staubtuch fiel zu Boden.

(Du gemeine Gaunerin, du widerliches Weib, tobte Jane innerlich.)

Mit gesenktem Kopf blieb Mrs. Tierney eine Weile sitzen, dann atmete sie tief und richtete sich auf. Was es auch gewesen sein mochte – sie schien sich wieder völlig in der Hand zu haben. »Also gut«, sagte sie, »ich glaube nicht, daß es noch irgend etwas zu besprechen gäbe.«

»O doch, eine ganze Menge«, schrie Jane. »Eine ganze Menge! Aber das werden Sie von Brendan zu hören bekommen, wenn er nach Hause kommt – darauf können Sie Gift nehmen.«

»Ich gehe jetzt in mein Zimmer, Jane. Sagen Sie Brendan bitte, daß ich ihn sprechen möchte, wenn er nach Hause kommt.«

»Keine Sorge, er wird bestimmt mit Ihnen sprechen ...«

Mrs. Tierney stand auf. So schnell, wie man es einer so schweren, alten Frau gar nicht zugetraut hätte, durchquerte sie das Zimmer, holte mit der Hand aus und gab Jane eine Ohrfeige.

Mit offenem Mund und weitaufgerissenen Augen starrte Jane sie an ...

»Sie sind hysterisch«, sagte Mrs. Tierney. »Ich war früher Krankenschwester, wissen Sie. Nehmen Sie sich jetzt endlich zusammen. Oder legen Sie Wert darauf, daß die Kinder Sie in diesem Zustand erleben?«

»Die Kinder – die Kinder gehen Sie überhaupt nichts an«, begann Jane; aber ihr Gesicht brannte. Sie fühlte sich wie betäubt. Mrs. Tierney nahm ihren Arm und führte sie zum Sofa.

»Ich glaube, Sie haben sich in letzter Zeit etwas zu sehr

verausgabt«, sagte Mrs. Tierney ruhig. »Bleiben Sie hier einen Augenblick sitzen, und beruhigen Sie sich.«

Dann drehte sie sich um und verließ das Zimmer.

Ich teilte Sisyphos' Schicksal. Jedesmal, wenn es mir endlich gelungen war, den Felsen meiner häuslichen Schwierigkeiten ein Stück nach oben zu wälzen und ihn mir aus den Augen zu schaffen, rollt er zurück und zerschmettert mich. Heute gab es in dieser Wohnung kein anderes Thema als dieses bedeutungslose Ritual, das nicht einmal ein Sakrament war und sich vor Monaten im Heiligtum unseres Badezimmers abgespielt hatte.

Zuerst Jane. Als ich nach Hause kam, wartete sie im Wohnzimmer auf mich, äußerlich dieselbe Jane, die ich kannte, innerlich jedoch von einer dämonischen Besessenheit ergriffen – wie seinerzeit Judith im Zelt des Holofernes.

»Deine Mutter möchte dich sprechen. Ich glaube, sie will uns verlassen.«

»Wovon redest du eigentlich?«

»Ich habe heute herausbekommen, daß Liam und Lisa katholisch getauft worden sind. Deine Mutter hat zugegeben, daß sie es getan hat.«

Muß ich noch sagen, daß diese Mitteilung mir das Herz stocken ließ? Überlegungen, daß meine Mutter unser Geheimnis verraten hatte, vermischten sich mit anderen Überlegungen: Vielleicht hatte sie die Kinder ohne mein Wissen in eine Kirche gebracht, wo es noch einmal geschehen war.

»Getauft?« sagte ich matt. »Wieso? Wo?«

»Hier in der Wohnung. Lisa ist es heute herausgerutscht. Du hast mir damals versprochen, daß du sie wegschicken würdest, wenn noch einmal etwas Derartiges passierte. Und jetzt ist es passiert. Sie muß weg.«

»Aber sie hat es doch getan, bevor ich dir dieses Versprechen gab«, sagte ich, und im gleichen Augenblick spürte ich, wie der Boden unter meinen Füßen nachgab.

»Woher weißt du das?« fragte Jane.

»Ich weiß es nicht; ich nehme es nur an.«

»Also gut, genaugenommen stimmt deine Annahme. Passiert ist es im Mai. Aber darum geht es jetzt nicht, Brendan; es geht darum, daß sie nie ein Wort davon gesagt hat, und sie hätte es uns auch nie erzählt. Wir haben gerade einen entsetzlichen Streit gehabt. Sie hat mich allen Ernstes geschlagen. Nach allem, was passiert ist, kann ich nicht mehr mit ihr in einer Wohnung zusammen leben.«

»Einen Augenblick mal, Liebling. Ich meine: Was ist mit den Kindern, was ist mit deiner Stellung?«

»Meine Stellung gebe ich auf.«

»O nein, das wirst du nicht«, sagte ich. »Wovon sollen wir denn leben?«

»Du wirst dir eben wieder einen Posten suchen müssen – das ist alles.«

»Den Teufel werde ich. Ich sitze am letzten Kapitel und habe versprochen, das Manuskript Anfang September abzuliefern. Ich kann doch jetzt nicht einfach alles hinschmeißen.«

»Das ist dein Problem, Brendan.«

»Darling, das ist doch nicht dein Ernst. Du möchtest meine Mutter loswerden. Siehst du denn nicht, daß es uns den größten Teil der fünfhundert Dollar, die Key mir gab, kosten würde, wenn wir ihr den Rückflug bezahlten? Und wenn du deine Stellung aufgibst, kann es Wochen dauern, bevor ich eine Tätigkeit als freier Mitarbeiter finde.«

»Aber ich muß meine Stellung aufgeben, Brendan; eine andere Lösung gibt es nicht.«

»Es muß eine andere Lösung geben. Wenn du bis September durchhältst, habe ich das Buch fertig, und dann bekomme ich noch einmal fünfzehnhundert, und ich verspreche dir, daß ich mir dann eine Tätigkeit als freier Mitarbeiter suche, um uns über Wasser zu halten.«

»Nein.«

»Sei doch vernünftig, Jane.«

»Ich bin völlig vernünftig. Aber es gibt noch andere Gründe, warum ich meine Stellung aufgeben muß.«

»Welche Gründe?«

»Ich möchte sie jetzt nicht im einzelnen aufzählen.«

»Ach, du lieber Himmel«, sagte ich. »Du weißt, wie lange ich an diesem Buch gearbeitet habe. Alles, worum ich dich bitte, sind sechs lächerliche Wochen. Davon hängt meine ganze Zukunft ab.«

»Die Zukunft der Kinder ist mindestens genauso wichtig.«

»Natürlich ist sie das, aber sie haben noch ihr ganzes Leben vor sich. Für mich ist es die einzige Chance.«

»Schön«, sagte sie, »schön.«

Sie trat an das Fenster und starrte auf die Straße hinaus. »Hör zu«, sagte sie schließlich. »Ich habe eine Idee. Wenn ich nun meine Schwester anriefe und sie fragte, ob sie die Kinder für die nächsten sechs Wochen zu sich nehmen könne? Sie hätten dann in Saratoga so etwas wie Ferien.«

»Ich dachte immer, du redest mit deiner Schwester nicht einmal mehr?«

»Wenn es sein muß, werde ich die Geschichte schon einrenken. Gott weiß, es fällt mir schwer genug, aber immer noch besser, als die Kinder mit deiner Mutter allein zu lassen.«

»Bist du denn überzeugt, daß Barbara sie zu sich nehmen wird?«

»Sie wird es, wenn ich ihr erkläre, was passiert ist.«

Noch nie hatte ich Jane so entschlossen gesehen. Meine Gedanken rasten. Sechs Wochen Galgenfrist. Bis Ende der nächsten Woche würde ich mit dem letzten Kapitel fertig sein; einen Monat brauchte ich dann für die letzte Überarbeitung, und wenn ich das Manuskript ablieferte, würde ich fünfzehnhundert Dollar bekommen. Abgesehen davon war es möglich, daß sie ihre Absicht, die Stellung aufzugeben, in sechs Wochen änderte. Bis September konnte noch viel passieren.

»Und jetzt bist du an der Reihe«, sagte sie. »Du mußt mich unterstützen. Daß deine Mutter weiter bei uns wohnt, kommt gar nicht in Frage.«

»Nun sei bitte nicht so erbarmungslos, Jane. Wie soll ich ihr das beibringen?«

»Ich habe es ihr bereits gesagt. Vielleicht glaubt sie, dich auf ihre Seite ziehen zu können, aber ich warne dich, Brendan; wenn sie bleibt, mache ich nicht mehr mit.«

»Schöne Aussichten.«

»Das liegt allein bei dir. Soll ich meine Schwester nun anrufen oder nicht?«

»Meinetwegen, rufe sie an. Um Himmels willen, du erpreßt mich ja geradezu.«

»Irgend jemand muß dich gelegentlich erpressen ... Was ist denn, Lisa? Hatte ich euch nicht gesagt, ihr solltet in eurem Zimmer bleiben?«

»Gran möchte Daddy sprechen.«

»Hast du gehört?« sagte Jane. »Jetzt bist du an der Reihe, Daddy! Und vergiß nicht, was ich gesagt habe. Wenn du kneifst, ist endgültig Schluß!«

Als ich an die Zimmertür klopfte, hatte ich keine Ahnung, was ich meiner Mutter sagen sollte. Wenn man die Situation genau betrachtete, dann war Jane – und nicht meine Mutter – der unersetzliche Verbündete. Vielleicht hatte meine Mutter wegen des Streites ja bereits den Entschluß gefaßt, uns zu verlassen. Aber wenn nicht – wenn sie mich nun bedrängte?

»Komm nur herein, Brendan.«

Ihr Zimmer war ein einziges Durcheinander; ihr Bett ähnelte eher einem Verkaufsstand auf einem Wohltätigkeitsfest der Kirche, denn auf der Decke lagen kleine Stapel von Blusen und Unterwäsche. Sämtliche Schubladen standen offen; ihre Koffer lagen auf dem Fußboden. Mein feiges Herz jubilierte.

»Was machst du denn da, Mama?«

»Ich ordne meine Sachen ein wenig.«

»Warum denn das?«

»Ich möchte sehen, ob ich alles in die Koffer hineinbekomme.«

»Willst du denn packen?«

»Ja, Brendan.«

»Aber das ist doch nicht nötig!« sagte St. Brendan, der Heuchler.

»Hast du schon mit Jane gesprochen?«

»Ja, Mama, das habe ich.«

»Und hat sie dir erzählt, was sie zu mir gesagt hat?«

»Mein Gott, ich weiß, daß sie die Geschichte mit der Taufe herausbekommen hat und daß sie sich darüber sehr aufregt.«

»Hast du ihr erzählt, daß du es schon lange weißt?«

»Nein, das habe ich nicht. Es wäre auch irgendwie peinlich gewesen.«

»Aber es hätte mir die Sache weniger peinlich gemacht, Brendan.«

Was konnte ich dazu sagen? Ich sah zu, wie sie nach einem Schlüpfer griff, ihn zusammenlegte und auf den Stapel der Unterwäsche legte.

»Setz dich bitte irgendwohin«, sagte sie. »Du machst mich ganz nervös.«

Also setzte ich mich auf die Bettkante, und dabei rutschte ein Fotoalbum von einem Bücherstapel und fiel zu Boden. Ich hob es hoch, und säuberlich in Fotoecken geklemmt, starrte mich plötzlich die erstorbene Vergangenheit an. Am Strand, am Meer, auf einer windigen Promenade – mein Vater, groß und sportlich, in weißen Leinenhosen und mit blauer Baskenmütze, blinzelte in die Kamera, den Kopf leicht zur Seite geneigt, bei seiner jungen Frau eingehakt, die ihren Sommerstrohhut mit einer Hand festhielt. Auf einem anderen Schnappschuß standen zwei Kinder in Badeanzügen zwischen dem Strandgras auf einer Düne an der Küste der kalten Irischen See. Rory und Sheila. *Portstewart, 1929*, hatte meine Mutter in ihrer ordentlichen Schulhandschrift daruntergeschrieben. Ich war damals noch nicht geboren. Mein Vater blinzelte. Meine Mutter lächelte, mein toter Bruder betrachtete die Welt mit dem klaren, vorwurfsvollen Blick der Unschuld. Man kann die Vergangenheit nicht beschönigen; die damals festgehaltenen Schnappschüsse klagten mich an. Ich klappte das Album zu.

»Brendan«, sagte meine Mutter, »erinnerst du dich noch an den Tag, an dem ich hier ankam? Du sagtest damals, ich könnte jederzeit nach Hause, wenn ich wollte.«

»Ja, Mama.«

»Nun möchte ich gern, daß du mir so bald wie möglich

einen Flugschein besorgst. Möglichst schon für nächste Woche.«

»Aber warum denn, Mama?«

»Warum ich nach Hause möchte?« Sie lächelte, aber ihre traurigen dunklen Augen lächelten nicht. »Ach«, sagte sie. »Sagen wir, das Klima hier bekommt mir nicht.«

»Mama, Jane sagt manchmal Dinge...«

»Und du sagst nie etwas. Ich weiß nicht, was schlimmer ist. Reden wir nicht mehr darüber, denn was hätte es für einen Sinn. Ich möchte nach Hause. Willst du mir dabei helfen?«

»Selbstverständlich. Ich möchte nur noch sagen, daß mir das alles schrecklich leid tut.«

Die Handflächen nach oben, hob sie ihre Hände in einer Gebärde der Hoffnungslosigkeit. Ich spürte, daß sie mich verachtete, und diese Gebärde völliger Resignation schlug eine Saite meiner Erinnerung an, ließ mich an die plötzliche, kränkelnde Hilflosigkeit denken, die ich als Junge so oft verspürt hatte. Warum war es immer meine Schuld und nicht ihre? Warum konnten wir – sie und ich – nie miteinander sprechen? »Wie willst du denn zurechtkommen, wenn du wieder zu Hause bist?« fragte ich. »Du hast doch gar keine Wohnung?«

»Ach, Wohnungen gibt es genügend. Ich brauche nicht mehr als ein Zimmer mit Küche. Außerdem bekomme ich noch etwas Geld vom Verkauf der Möbel und des Silbers aus der Drumconor Avenue, und schließlich werde ich in einem Jahr oder spätestens in zwei Jahren eine Altersrente erhalten. Wenn du mir denselben Betrag schicken könntest wie bisher, müßte ich ganz gut zurechtkommen.«

»Das tue ich selbstverständlich. Wir werden noch darüber sprechen; mal sehen, wie es sich machen läßt.«

»Es gibt nichts mehr zu besprechen, Brendan. Besorge mir nur den Flugschein. Und in der Zwischenzeit möchte ich gern in Franks Wohnung übersiedeln.«

»In Finnertys Wohnung? Aber das ist doch nicht nötig.«

»Mir ist es lieber so. Weißt du, Frank ist auf Urlaub gefahren – er ist nach Kanada zum Fischen. Er hat mir seinen Schlüssel gegeben und mich gebeten, gelegentlich mal nach der Wohnung zu sehen, seine Blumen zu gießen und so weiter. Wenn du dir Sorgen wegen der Kinder machst, könnte ich jeden Morgen kommen und sie abholen, und wenn ihr abends ausgehen wollt, komme ich natürlich und kümmere mich um die beiden.«

»Die Kinder machen mir überhaupt keine Sorgen. Genauer gesagt, Jane schickt sie nach Saratoga.«

»Also dann«, sagte meine Mutter, »braucht ihr mich hier ja auch nicht mehr.«

»Aber Mama, ich will nicht, daß du das Gefühl hast, du müßtest ausziehen.«

»Ich möchte aber.«

Sie lächelte mich an, und es war das Lächeln eines Reiters, der sich einem gewaltigen Hindernis gegenübersieht. In diesem Augenblick sah ich sie wieder als die junge, hübsche Frau, die immer bereit gewesen war zu lachen, aber auch schnell böse werden konnte. Ich erinnerte mich daran, wie sie einmal mit mir zu Hause durch das Wohnzimmer getanzt war. Wie konnten wir so auseinandergehen? »Ach, Mama«, sagte ich und ging zu ihr hin, um ihr einen Kuß zu geben.

»Ich habe noch eine Menge zu tun.« Sie stand auf und vermied damit meine Umarmung. »Ich möchte gern, daß du meine Koffer hinunterträgst, wenn das Taxi kommt.

Und könntest du mir vielleicht ein paar Dollar leihen für die Ausgaben, die ich in Franks Wohnung habe?«

»Aber du ziehst doch nicht schon heute abend aus?«

»Ich möchte es gern, Brendan. Und nun laß mich allein.«

Um acht Uhr verließ sie die Wohnung. Keiner von uns hatte Abendbrot gegessen. Jane hatte eine ganze Weile mit ihrer Schwester in Saratoga telefoniert, und anscheinend war die Geschichte geregelt. Alles in allem bekamen wir vierzig Dollar zusammen, die ich meiner Mutter in ihr Zimmer brachte. Jane steckte die Kinder ins Bett, und als meine Mutter mit ihren Koffern und allerlei Kleingepäck schließlich im Korridor stand, rechnete ich damit, daß sie die beiden noch einmal sehen wollte. Aber das wollte sie gar nicht. An der Tür des Kinderzimmers zögerte sie zwar einen Augenblick, ging dann aber weiter. Schließlich wandte sie sich an mich.

»Ich werde sie noch einmal besuchen, bevor ich fahre«, sagte sie.

»Ja, natürlich.« Ich blicke mich nach Jane um, aber sie hatte sich im Badezimmer eingeschlossen. »Jane?« sagte ich. »Mama geht jetzt.«

»Nicht doch«, sagte meine Mutter ruhig. »Störe sie jetzt nicht. Komm, Brendan.«

Im Aufzug redeten wir nicht miteinander. Im Taxi wechselten wir ein paar belanglose Worte, aber ich kann mich nicht erinnern, worum es ging. Es waren Dinge, die man nur sagt, um die Stille zu bekämpfen. Als wir von der Madison Avenue in die East Fifties einbogen (ich war überrascht, daß Finnerty in einer derart vornehmen Gegend wohnte), sagte sie plötzlich: »Die Blumen. Das hätte ich beinahe vergessen.«

»Welche Blumen?«

»Die Blumen in Franks Wohnung. Wenn ich nächste Woche nach Hause fliege, muß sich jemand um seine Blumen kümmern, bis er zurückkommt; sie müssen ab und zu mal gegossen werden.«

»In seiner Wohnung, meinst du?«

»Ja, sie müssen zweimal in der Woche begossen werden. Würdest du es vielleicht tun, Brendan?«

»Ja, natürlich.«

»Vielen Dank. Ich werde dir noch zeigen, wo die Blumen stehen, wenn wir dort sind.«

Ich bezahlte das Taxi und trug ihre Koffer nach oben. Als sie die Wohnungstür aufschloß, sah ich ein kleines düsteres Wohnzimmer, in dem sich alle Möbel um einen Fernsehapparat und einen riesigen roten Sessel gruppierten. Die Wohnung hatte noch ein Schlafzimmer, eine dunkle kleine Küche, in deren Spüle sich das schmutzige Geschirr stapelte, und schließlich eine winzige Diele mit einem Oberlicht. Sie zeigte mir alles und deutete auf die Pflanzen, die im Wohnzimmer standen und in einem Blumenkasten neben der Feuerleiter wuchsen. »Eine reizende kleine Wohnung«, sagte sie. »Ich wünschte, ich hätte so etwas für mich.«

Sollte das bedeuten, daß sie im Grunde gar nicht nach Irland zurück wollte; bedeutete es, daß sie in New York bleiben würde, wenn sie nur eine Wohnung hätte? Ich wagte nicht, sie danach zu fragen. Ich öffnete den kleinen Eisschrank und sah, daß er leer war. »Weißt du was«, sagte ich, »ich laufe schnell hinunter und hole dir Milch und Tee und was du sonst noch brauchst.«

»Nein, mach dir keine Umstände; das kann ich alles morgen früh besorgen.«

»Es macht wirklich keine Umstände.«

Ich mußte weg! Ich ging hinunter, aber erst drei Ecken weiter entdeckte ich ein Geschäft, das noch geöffnet war. Während ich so über das heiße Pflaster ging, vorbei an einzelnen Läden, versperrten Schaukästen und Spezialgeschäften mit heruntergelassenen Läden, tauchte Ted Ormsby in meinen Gedanken auf, die flache Mütze auf dem grauen welligen Haar, und die dicken Gläser seiner Brille spiegelten das Licht wider. »Du bist also dabei, deine Mutter wegzuschicken, was, mein Junge? Wahrscheinlich wieder ein Opfer, das du deiner Kunst bringst?« Welches Recht hatte er, mich zu verurteilen, denn was hatte er denn schon in seinem Leben geleistet? Unterrichten tat er, in irgendeiner Dorfschule, und von seinen Gedichten redete kein Mensch mehr. Ted Ormsby stand in der Kneipe von Lavary, den langen Rücken an die Theke gelehnt. Er zog an seiner Pfeife, nahm sie aus dem Mund und betrachtete angelegentlich den Pfeifenstiel. »Ja, Brendan, andere Leute wirst du deinem Werk jederzeit opfern. Aber wirst du dich selbst auch opfern?« Was meinte er damit? Abgesehen davon war nicht ich es, der meine Mutter opferte; das war vielmehr Jane. Ormsby lächelte und spuckte ins Feuer. »Ja, ja, gib nur Jane die Schuld«, sagte er. »Opfere auch Jane noch.« Aber ich mußte doch irgendwie mit Jane auskommen, verstehst du das nicht? Es wäre doch völlig belanglos gewesen, wenn ich mich widersetzt hätte. Jane und meine Mutter hätten nie zusammengepaßt; irgendwann mußte dieser Bruch kommen. Warum sollte ich mir die Schuld daran ankreiden?

Als ich zu Finnertys Wohnung zurückkehrte, waren die Fenster weit geöffnet, das kleine Wohnzimmer aufgeräumt, und meine Mutter stand in der Küche. Sie hatte das schmutzige Geschirr aufgestapelt, und in das Abwaschbecken hatte sie Wasser eingelassen. Es war fast dunkel. »Vielen Dank«, sagte sie, als ich die Sachen, die ich gekauft hatte, auspackte und in den Eisschrank stellte. Sie sah mich nicht an. Sie wusch ab.

»Kann ich sonst noch etwas für dich tun, Mama?«

»Nein, danke, meinetwegen kannst du jetzt ruhig gehen. Ich muß hier erst noch Ordnung schaffen.«

»Kann ich dir denn nicht dabei helfen?«

»Nein, geh nach Hause. Und rufe mich bitte an, sobald du den Flugschein für mich hast, ja?«

»Natürlich, Mama. Glaubst du wirklich, daß du hier zurechtkommst?«

»Ganz bestimmt. Gute Nacht, mein Sohn.«

Ob sie mir erlaubte, daß ich ihr einen Kuß gab? Würde ein Kuß mich von aller Schuld freisprechen? Aber ihre Hände waren naß und mit dem Abwaschen beschäftigt. »Gute Nacht«, sagte sie noch einmal.

Der Greyhound-Autobus aus Saratoga-Springs hatte eine Klimaanlage; er war ganz neu, und um das grelle Licht der Sonne abzuhalten, waren die Fensterscheiben grün gefärbt. Aber gegen Mitternacht, als er sich langsam und jetzt schon halb leer dem nächtlichen Schein von New York näherte, hatte Jane das Gefühl, in einem Leichenwagen eingesperrt zu sein. Der Tag war endlos gewesen: angefangen mit der Abfahrt in der Morgendämmerung vom West Side Terminal an der Eigth Avenue, wo sie und die Kinder den Bus bestiegen hatten, dann die ermüdende Reise, die nur von »Verschnaufpausen« unterbrochen wurde, wenn sie mit Liam auf die Toilette ging. Als sie mittags in Saratoga ankamen, waren sie in einen riesigen

Kombiwagen umgestiegen, der von Barbaras Mann gefahren wurde, und vom Rücksitz aus hatte Jane in schlechtem Französisch versucht, Barbara – *devant les enfants* – zu erklären, was ihre Schwiegermutter nun eigentlich angerichtet hatte. Nach dem Mittagessen auf der Farm (ihr Schwager war Vertreter einer Landmaschinenfabrik in New York, und seine Farm war zugleich sein Ausstellungsgelände) gingen sie über die Felder zu einem Stallgebäude, wo den Kindern ein Bulle gezeigt wurde, ein Besuch, der abgebrochen wurde, weil Liam vor dem Bullen Angst hatte und anfing zu heulen. Mit seinen vier Jahren ließ sie ihn jetzt für ganze sechs Wochen allein! Sie spürte Barbaras Mißbilligung; sie wußte, daß Barbara und deren Mann Brendan immer für einen Tunichtgut gehalten hatten; und daß er sie gezwungen hatte, wieder eine Stellung anzunehmen, während er sein Buch beendete, mußte in ihren Augen die Bestätigung ihrer schlimmsten Befürchtungen sein. Aber was konnte sie daran ändern; wie konnte sie solchen Leuten klarmachen, was alles auf dem Spiel stand?

Als es dann schließlich Zeit wurde, den Bus nach New York zu erreichen, da weinte Liam und ließ sich einfach nicht beruhigen, nicht einmal durch ihr Versprechen, ihn jedes Wochenende zu besuchen. Sie beobachtete, wie Barbara mit ihrem Mann flüsterte, als sie ihr am Busbahnhof von Saratoga zum Abschied winkten, und sie ahnte, daß es dabei um düstere kinderpsychologische Prognosen ging. Sie konnte es Barbara nicht einmal übelnehmen; wahrscheinlich wäre es ihr nicht anders ergangen.

Auf der Rückfahrt versuchte sie, nur an die erfreuliche Seite zu denken; an die Freude, die sie beim Erwachen am Samstagmorgen verspürt hatte in dem Bewußtsein, daß diese Mrs. Tierney ein für allemal verschwunden war. Und dann, nachdem Brendan den ganzen Sonnabend damit verbracht hatte, wie verrückt herumzutelefonieren, um einen Touristenflugschein nach Shannon zu bekommen, dabei jedoch festgestellt hatte, daß erst in zwei Wochen wieder etwas frei war, die große Erleichterung, daß Mrs. Tierney wenigstens diese zwei Wochen nicht dauernd bei ihnen sein und ihnen mit vorwurfsvollem Schweigen und vorwurfsvollen Blicken auf die Nerven fallen würde. Dem Himmel sei Dank für ihren Vetter. Zwei Wochen. Vito fliegt morgen nach Mexiko, um sich zwei Wochen an irgendeinem Strand herumzufläzen, seine »Martins« zu trinken und Bikinis zu begutachten. In diesen zwei Wochen würde er sie hoffentlich vergessen. Und ich darf auf keinen Fall mehr im Büro sein, wenn er zurückkommt.

Es war zehn Minuten vor eins, als sie wieder auf dem Autobusbahnhof stand und sich auf den Weg zum U-Bahnhof in der Seventh Avenue machte. Morgen würde er also nach Mexiko abfahren; wahrscheinlich würde sie ihn nie wiedersehen. Es war so heiß heute nacht; ihre Stirn war feucht, ihr Kleid war zerdrückt, und sie war so müde, daß sie hätte weinen können. Sie konnte Brendan erzählen, sie wäre die Nacht über in Saratoga geblieben, weil sie den Autobus verpaßt hatte, er würde es bestimmt nicht merken. Interessieren würde es ihn auch nicht. Delancey Street – ein Wahnsinn, um diese Zeit dorthin zu gehen, und was würde passieren, wenn er sich – wie damals in Krims Wohnung – weigerte, ihr aufzumachen? Oder wenn er herunterkäme und sagte, sie solle verschwinden; wenn er anfing zu brüllen, mitten in der Nacht, und auf der Straße gemein zu ihr wurde? Es war ein Wahnsinn, überhaupt daran zu denken, jetzt dorthin zu gehen. Vollständiger Wahnsinn.

Zwanzig Minuten später stieg sie in der Delancey Street aus dem Taxi. In der heißen Sommernacht saßen vier Halbwüchsige auf der Treppe des Hauses, in das sie hineinging. Es war dieselbe Sorte Burschen, die sonntags vor dem Brunnen auf dem Washington Square herumlungerten, verbotene Lieder summten und mit einem Auge die Polizei beobachteten. Einer der Burschen hatte eine Gitarre, und als sie zwischen ihnen hindurch die Treppe hochstieg, murmelte er irgend etwas, wahrscheinlich etwas Unanständiges, auf italienisch – oder war es spanisch? Die anderen lachten.

Sie sah die Burschen nicht an, sondern suchte das Namensschild: Italiano, V. M. (Was bedeutete das M?)

Sie läutete und legte die Hand auf den Türknauf, um die Tür sofort aufdrücken zu können, wenn oben jemand auf den Öffner drückte. Einer der Burschen pfiff wie nach einem Hund. Die Gitarre gab einen grellen Akkord von sich. Sie läutete noch einmal.

Ich komme gerade zufällig vorbei, ich meine, ich war in der Stadt, und da mußte ich an dich denken, nein, ich meine, ich konnte heute nacht hierherkommen, weil mein Mann glaubt, ich wäre nicht in der Stadt, nein, Brendan durfte sie mit keinem Wort erwähnen, das konnte ihn verärgern. Ich mußte einfach kommen, zum letzten Mal. Meinetwegen, dann bin ich eben eine Nymphomanin. Meinetwegen!

»Schätzchen?«

Nicht darauf eingehen.

»He, Lady?«

Einfach überhören.

»He, Lady!«

Der Türöffner summte. Sie wollte die Tür aufdrücken, aber es war zu spät: Sie ließ sich nicht mehr öffnen. Sie mußte noch einmal läuten.

»Mensch, hat die es aber eilig.«

Wieder summte der Türöffner; sie drückte gegen den Knauf und stieß die Tür auf, und die Tür gab so plötzlich nach, daß sie in die Dunkelheit des Treppenhauses hineinstolperte. Die Gitarre gab einen tiefen Ton von sich. In welchem Stock wohnt er, ich habe überhaupt nicht nachgesehen? Es war ein Haus mit drei Wohnungen. Sie fing an, zu Fuß nach oben zu gehen, aber keine Tür öffnete sich, um sie zu empfangen. Warum gehe ich nicht nach Hause? Diese Straßensänger vom Washington Square saßen immer noch wartend draußen; vielleicht würden sie ihr bis zur nächsten Ecke folgen, sie anrempeln, wenn nicht noch Schlimmeres tun. New York war ein großer Dschungel; man brauchte nur die Zeitung zu lesen. Aber bin ich nicht hierhergekommen, um mich vergewaltigen zu lassen?

Licht fiel auf das Treppengeländer über ihr. Eine Etage höher erblickte sie ihn in der geöffneten Tür, nur in Pyjamahosen, mit bloßen Füßen und verschlafenen Augen, sich den Kopf kratzend, stand er da, mit nacktem Oberkörper und den vertrauten schwarzen Haarlocken auf der Brust, zeigte seine muskulösen Schultern, seinen kräftigen Hals, eine Ader, die an der Kehle pulste, und das alles im grellen Licht. Und seine Hose klaffte vorne auf, das sah ihm ähnlich, in diesem Aufzug zu erscheinen und sich jedem weiblichen Wesen zu präsentieren, das womöglich die Treppe heraufkam. In plötzlicher eifersüchtiger Wut über seine Schamlosigkeit rannte sie die letzten Stufen hinauf und mitten in das grelle Licht hinein.

»Was ist los?« sagte er.

»Nichts – du fährst morgen weg.«

»Und?«

»Ich wollte dich noch einmal sehen.«

Aber er versperrte den Eingang.

»Können wir uns nicht drinnen unterhalten?«

»Meine Mutter ist hier.«

Oh, dieser Lügner.

Sie versuchte, sich an ihm vorbeizudrängen. Er packte ihren Arm. »Also gut«, sagte er. »Aber zieh dir zuerst die Schuhe aus, und mach keinen Lärm.«

Es war ein Familienwohnzimmer, anders konnte man es nicht bezeichnen, mit verschossenen lilafarbenen Polstermöbeln, mit Spitzendeckchen auf Tisch und Kommode, in der Ecke ein Gummibaum, und überall gerahmte Fotografien. (Junge Männer in amerikanischer Uniform, Bräute in weißen Kleidern und Bräutigame in geliehenen dunklen Anzügen, eine Vatergestalt aus der alten Heimat, kleine Kinder in Taufkleidchen.)

Sie sah das Wohnzimmer nur von der Diele aus, denn er führte sie einen schmalen Gang entlang, öffnete vorsichtig eine Tür, und in einem Doppelbett, das den ganzen Platz einnahm, lag eine alte schnarchende Frau, die sich in der Hitze unruhig bewegte; das Nachthemd war über die fleischigen Schenkel mit den blauen Adern hochgerutscht, gelblich-graues Haar breitete sich wie Seetang auf dem Kopfkissen aus, und ein mit Krampfadern bedecktes Bein schob sich unruhig über das Laken. Er schloß die Tür.

»Zufrieden?«

»Entschuldige bitte«, sagte sie.

»Pst.«

Er deutete auf eine zweite Tür, die offenstand; ein matter Lichtschein drang aus dem Zimmer auf die Diele. Er legte seine Hand unter ihr Gesäß und schob sie sanft vorwärts. Das hier war sein Zimmer; alles, wofür er sich als Junge begeistert hatte, war hier ausgestellt. Ein Museum seiner Jugendzeit. Boxer und Baseballhelden starrten auf einen Druck von Buffet. Plakate mit seinen ersten Entwürfen waren unter Glas auffällig aufgehängt. In der Ecke hing ein Wimpel der Universität von New York, stand ein Tennisschläger, daneben ein ganzer Schrank, der mit seinen entsetzlichen Anzügen, Krawatten und Schuhen vollgestopft war. Aber nirgends ein Pin-up-girl. Vielleicht deshalb nicht, weil er mit seiner Mutter zusammen wohnte.

Er schloß die Tür, bedeutete ihr durch eine Geste, still zu sein, und zeigte dann auf das geöffnete Fenster. Von einem Stuhl nahm er zwei schäbige Kissen und half ihr durch das Fenster auf die Feuerleiter. Die beiden Kissen legte er auf den eisernen Absatz. Von irgendwoher hörte sie die Gitarre.

»Drinnen können wir nicht reden«, sagte er. »Sie könnte davon aufwachen.«

Er griff durch das Fenster, fand auf dem Nachttisch ein Päckchen Zigaretten und zündete sich eine Zigarette an, bot ihr jedoch keine an. Das war typisch Vito. Als er die Flamme mit den Händen schützte und sich neben sie setzte, griff sie mit der Hand in seinen Hosenschlitz.

»Wie hast du hergefunden?« fragte er und tat, als bemerke er ihre Hand nicht.

»Ich habe die Kinder zu meiner Schwester nach Saratoga gebracht. Ich bin gerade eben erst zurückgekommen. Mein Mann glaubt, ich wäre die Nacht dort geblieben.«

Mit ihrer anderen Hand streichelte sie seinen nackten

Rücken; wie eine Hure, überlegte sie, wie eine Hure versuchte sie, ihn aufzugeilen. Unten, auf der Straße, klimperte die Gitarre. »Morgen um diese Zeit«, sagte sie, »bist du wahrscheinlich schon in Mexiko.«

»In Mechico«, sagte er. Er schloß die Augen und ließ sich von ihr streicheln.

»Wie lange lebst du schon mit deiner Mutter zusammen?«

»Seit mein Vater starb«, sagte er. »Seit fünf, sechs Jahren.«

Die Gitarre verstummte. Er warf seine Zigarette zwischen den eisernen Sprossen der Leiter hindurch nach unten, drehte sich zu ihr, packte ihren Arm und biß sie in die Wölbung ihres Halses. Sie schrie vor Vergnügen auf.

»Still!« sagte er.

»Entschuldige.«

»Hör zu«, sagte er, »in meinem ganzen Leben habe ich noch nicht vor meine eigene Türschwelle geschissen. Du weißt, was ich meine?«

»Natürlich, Darling.«

»Meine Mutter ist immerhin meine Mutter – du weißt, was ich meine?«

»Ja, Darling.«

»Wenn wir also nach drinnen gehen, dann verhalt dich gefälligst ruhig, verstanden?«

»Ja, Darling.«

»Und du verschwindest noch vor sechs. Sie wacht nämlich früh auf.«

»Ja.«

»Und noch was: Das bedeutet nicht, daß wir wieder von vorne und regelmäßig anfangen, verstanden?«

»Vito, bitte«, sagte sie. »Das weiß ich doch selbst. Deshalb bin ich doch hergekommen. Wahrscheinlich bin ich nicht einmal mehr im Büro, wenn du vom Urlaub zurückkommst. Ich habe nämlich beschlossen, meine Stellung aufzugeben.«

»Warum?«

»Das weißt du selbst.«

Er nickte und stand auf. Mit einer Kopfbewegung forderte er sie auf, ihm in das Zimmer zu folgen. »Kein Lärm, verstanden?«

Sein nackter Rücken verschwand im Schlafzimmer; sie folgte ihm und sprang unbeholfen vom Fensterbrett hinunter. Er fing sie auf und hielt sie fest; ihr Haar war feucht, ihr Körper heiß und zitternd. Seine Hände glitten an ihren Seiten hinunter, packten den Saum des Rockes und versuchten, ihr das Kleid über den Kopf zu ziehen. Mit einer schnellen Bewegung zog sie den seitlichen Reißverschluß auf. (Zwei Kleider hatte er ihr bereits auf diese Weise zerrissen.) Während sie sich vornüberbeugte und die Arme ausstreckte, damit er ihr das Kleid leichter über den Kopf ziehen konnte, hörte sie wieder die Gitarre und hatte nur den einen Wunsch, daß er das Licht ausdrehte. Man konnte sie vom gegenüberliegenden Haus aus sehen. Aber sie sagte nichts. Sie hatte Angst vor ihm.

Im nächsten Augenblick stand sie nackt, unbeholfen und verstört im Zimmer und deutete auf das geöffnete Fenster. Er ging hin, und während er den Vorhang vorzog, zerrte er am Bund seiner Pyjamahose, bis sie zu Boden rutschte. Die Lampe knipste er jedoch nicht aus. Dann wandte er sich ihr wieder zu, lächelte wie über irgendeinen gemeinen Einfall, und im gleichen Augenblick hörte sie das Schnarchen der alten Frau im Nebenzimmer, sah in Gedanken die fleischigen blaugeäderten Lenden, die diese

Brutalität vor Jahren zur Welt gebracht hatten. Wie konnte man nur in ihm den Sohn sehen, in diesem behaarten männlichen Wesen, das sich jetzt wieder über sie hermachte; der Verkehrsunfall wiederholte sich, die Zeit blieb stehen, der grausame Rhythmus wurde langsamer und steigerte sich dann wieder. Die Zeit blieb stehen. Ihre Leiber waren schweißnaß und glänzten; auf dem Fußboden kamen sie wieder zu sich und lauschten auf das Schnarchen der alten Frau. Es war das letzte Mal, vielleicht sah sie ihn nie wieder, und so drehte sie sich ihm wieder zu, klammerte sich an ihn, und er wurde wieder lebendig. Die Zeit blieb stehen.

Sie lag auf seinem Bett, er hatte die Nachttischlampe ausgeschaltet. Er erhob sich, ging zum Fenster und zog den Vorhang zurück. Ein grauer Schimmer verkündete den Anbruch der Morgendämmerung, und sie hörte jene Vögel, die nur in den Stunden kurz vor Sonnenaufgang singen, die unsichtbaren Vögel von New York. Er stand vor ihr, behaart und drängend.

»Los – aufstehen. Die Vorstellung ist vorüber.«

Fünfzehn Minuten später stand sie auf den Stufen, die von der Haustür auf die Straße führte, und blickte zu ihm hoch. Er küßte sie nicht. Er grinste nur und klopfte ihr leicht auf die Wange, dann rannte er die Stufen wieder hoch und schloß die Tür mit seinem Schlüssel auf. Aber, o Gott, irgend etwas mußte sie jetzt noch sagen, irgendwie mußte sie ihn dazu bringen, daß er es sagte, es konnte doch nicht so zu Ende sein, wortlos, oder?

»Vito?«

»Was ist?«

»Schönen Urlaub«, sagte sie einfältig.

»Danke.«

»Du – Vito?«

Er stand oben, hielt die Tür auf, und man sah ihm an, daß er möglichst schnell wieder hinein wollte.

»Denk an mich.«

»Mach's gut«, sagte er. Die Tür schloß sich. Langsam entfernte sie sich von dem Haus, von dem Verkehrsunfall; ihre Gedanken waren völlig leer, und sie merkte nicht, daß sie weinte, bis ihr eine kalte Träne auf die Lippen fiel. Sie schmeckte das Salz und öffnete ihre Handtasche. Ihrer Uhr nach war es halb fünf, sie mußte stehengeblieben sein, oder? Sie konnte unmöglich um halb fünf nach Hause kommen. Gab es von Saratoga denn einen Nachtbus, der ungefähr um diese Zeit ankam?

An der Ecke der Eigth Avenue stand der Müllwagen einer Privatgesellschaft vor einem Warenhaus. Drei Männer in grünen Schutzanzügen schütteten den Inhalt der Mülleimer in den lärmenden, gierigen Rachen des Wagens. Die Mülleute blickten nicht einmal zu ihr herüber, als sie auf ihrer Höhe war; um diese Zeit waren sie die merkwürdigsten Dinge gewohnt. Sie ging langsamer und blieb schließlich stehen, um den riesigen Rachen des Fahrzeugs zu betrachten. Dosen, Kartons, Nahrungsmittel, Papier – alles verschwand dort drinnen; der Riesenrachen kaute und zermalmte alles zu Abfall. Dinge, die niemand mehr brauchte, wurden einfach weggeworfen. Sie ging weiter.

Zeit und Ruhe. Man braucht beides, wenn man etwas schaffen will, und diese Woche habe ich Zeit und auch Ruhe. Jeden Tag lebe ich nur für die Stunden der Wirklichkeit in meinem Arbeitszimmer. Dort merke ich weder etwas von der Hitze noch von dem Straßenlärm oder meiner Umgebung. In wenigen Tagen werde ich den letzten Absatz meines Buches schreiben.

Wenn ich mein Arbeitszimmer verlasse, packt mich eine innere Unruhe. Zu Hause gehe ich von Zimmer zu Zimmer, greife nach Büchern, in denen ich dann aber doch nicht lese, sitze in einem Sessel und starre vor mich hin. Ich weiß nicht mehr, was auf der Welt geschieht. Ich lese keine Zeitungen. Die Wohnung ist herrlich friedlich: kein Streit, keine Kinder, kein Fernsehen. Die Kinder sind in Saratoga, und meine Mutter wohnt ja in Finnertys Wohnung. Ende der nächsten Woche wird sie nach Hause fliegen. Dabei fällt mir wieder ein: Ich muß sie anrufen. Und Jane – Jane ist merkwürdig still. Wahrscheinlich fehlen ihr die Kinder. Sie fährt dieses Wochenende wieder nach Saratoga, um die beiden zu besuchen, und dann werde ich die Wohnung ganz für mich haben. Ruhe – es ist wundervoll.

Ich bin glücklich. Dieses Glück läßt sich nicht erklären, es sei denn, ich sagte, daß ich jeden Morgen in dem Bewußtsein aufwache, daß es auf der ganzen Welt keinen Fleck gibt, auf dem ich lieber wäre als hier, daß ich auf der ganzen Welt nichts lieber täte, als in die U-Bahn zu steigen und mein schäbiges, ungelüftetes Zimmer aufzusuchen. Ich empfinde eine Art Erregung, die ich nie für möglich gehalten hätte. Weder langweile ich mich, noch fühle ich mich einsam. Ich wünschte, dieser Zustand würde ewig dauern, aber natürlich ist er schon fast vorbei. Ich schreibe jetzt die letzten Absätze, und dann kommt nur noch die Überarbeitung. Am Sonntag, bevor ich mit der Überarbeitung anfange, möchte Sidney Gerston die beiden letzten Kapitel lesen. Über sein Urteil mache ich mir überhaupt keine Sorgen. Ich weiß, daß mein Buch bestehen wird. In meinem ganzen Leben bin ich noch nie so zuversichtlich gewesen.

Ich möchte, daß Jane – die das Buch in seinem Anfangsstadium kennt – das vollständige Manuskript liest, sobald ich fertig bin. Aber ich habe das Gefühl, daß sie im Augenblick nicht dazu aufgelegt ist. Es muß an der Abwesenheit der Kinder liegen. Sie hat sogar angefangen, im Kinderzimmer zu schlafen. (Vielleicht glaubt sie, sie könnte mich dazu bringen, die Kinder wieder nach Hause zu holen, wenn sie sich mir versagt. Aber sie verschwendet nur ihre Zeit. Ich habe überhaupt kein Verlangen mehr nach Sex.)

Am Samstagabend, wenn sie in Saratoga ist, möchte ich das Manuskript bei Gerston abgeben. Am Sonntag werde ich lange schlafen, und am Sonntagabend wird Gerston anrufen und mir mitteilen, was er davon hält. Am Montag werde ich dann das Manuskript bei ihm abholen und mit der letzten Überarbeitung anfangen...

Nein. Am Montag soll ich meiner Mutter den Flugschein bringen. Nächste Woche muß ich noch einmal mit ihr ausgehen, muß mich ihr eine Weile widmen, weil sie uns verläßt. Dabei fällt mir ein: Ich soll sie ja anrufen.

»Aschenbachs ganzes Wesen war auf Ruhm gestellt.« Dieser Satz von Mann ist meiner Ansicht nach falsch. Ruhm ist nicht der Preis; der Preis liegt darin, die Sache an sich zu tun. Neulich traf ich Max in der Eigth Street; wir gingen zum Kaffeetrinken zu Howard Johnsons. Das Buch von Max muß jetzt jeden Tag erscheinen, aber er beklagte sich, daß Key und Gerston bei ihrer letzten Zusammenkunft mehr von mir als über ihn gesprochen hätten. Er sagt, Gerston erzähle allen Leuten, mein Buch sei das »Aufregendste«, was er als Lektor bisher erlebt hätte. Früher wäre es mir warm über den Rücken gelaufen, wenn

Max eifersüchtig gewesen wäre. Heute ist das alles unwichtig. Selbst die Vorstellung, daß mein Buch von fremden Menschen in fremden Ländern gelesen werden könnte, erregt mich nicht mehr. Das Schreiben selbst ist die große Freude. Leidenschaftliche und absolutistische Jugend könne nur von einem Problem gefangengenommen werden. Auch das hat Mann gesagt. Es kommt der Wahrheit näher als sein Aschenbach.

Und doch – wenn ich an die Jahre des Ringens und Haderns mit diesem Buch zurückdenke, dann muß ich zugeben, daß es nicht allein die Faszination des Schreibens war, die mich bei der Stange hielt, sondern daß auch Ehrgeiz eine Rolle spielte. Insgeheim schreibe ich für irgend jemanden. Insgeheim hoffe ich, daß mich irgend jemand lobt. Aber wer? Nicht Gerston, nicht Max, nicht Jane, nicht Gallery, nicht einmal irgendein Gespenst der Vergangenheit wie Ormsby. Wer also dann? Etwa irgendein alter Göttervater, der auf mich herunterschaut und mir mitteilt, er sei mit mir zufrieden? Da fällt mir wieder ein: Ich sollte doch meine Mutter anrufen.

*Alle Oyster-Schlagzeilen in Antiqua*, hatte Dick Duryea auf den Entwurf gekritzelt. Jane griff nach ihrem Pinsel, aber in diesem Augenblick ging jemand gefährlich dicht an ihrem Ellbogen vorbei. Konnten die sich denn nicht etwas mehr vorsehen! Sie blickte hoch, und wer war es? Norma Malcolm, die Tippse, die für Dick und Carl schrieb. Und schon fing es wieder an. In »The Little Danube« hatte er sie über den Tisch hinweg angesehen und gelächelt. »Vor ein paar Jahren hatten Norma und ich ein ziemlich heftiges Techtelmechtel.«

Norma mit dem gewaltigen Busen, mit den fleischigen

Schenkeln und den dunklen Schweißflecken unter den Achseln des Baumwollkleides aus Kleins Billigangebot, Norma, die zum Tippen eine Brille mit dicken Gläsern aufsetzte und auf deren Oberlippe dunkler Flaum wuchs – Norma – natürlich. Wer sonst noch? Welche Geschichten erzählte man sich von Mädchen zu Mädchen auf der Toilette? Sie blickte zu seinem Glaskasten hinüber, und auf einmal war es, als säße er dort in dem leeren Sessel und deute mit dem gespenstischen Lächeln des siegreichen Lüstlings der Reihe nach auf seine Eroberungen. Patsy Armstrong? Marlene? Sue Anne? Alle hatte er gehabt, eine nach der anderen aufs Kreuz gelegt. Und wem würde er in sechs Monaten in »The Little Danube« wohl erzählen: »Vor ein paar Monaten hatte ich auch ein Techtelmechtel mit Jane!«

Vorsichtig jetzt! OYSTER. Nimm deinen Pinsel, zeichne die Buchstaben und höre auf, an andere Dinge zu denken.

PINK. Heute nachmittag noch sage ich Louise Bescheid, erkläre ihr, daß ich aufhören muß, weil Brendans Mutter nächste Woche nach Hause fliegt. Und heute abend sage ich Brendan, Barbara hätte mich aus Saratoga angerufen, daß die Kinder wieder nach New York zurück möchten. Sein Buch ist fast fertig, noch ein Monat für die Überarbeitung. Irgendwie werden wir das schon schaffen.

Ganz langsam jetzt. SHADES. Müde bin ich. Die letzten vier Nächte im Kinderzimmer geschlafen – oder genauer: nicht geschlafen. Wenn die Kinder zurück sind, will ich wirklich versuchen, die beste Mutter in ganz New York zu sein; dann werden sie die alte Mrs. Tierney vergessen und die Tauferei und den ganzen Mumpitz. Es war schon richtig, sie loszuwerden; eine andere Möglichkeit gab es nicht.

PINK SHADES ARE FORECAST FOR FALL

Abgesehen davon kann ich ihn auch gar nicht mehr wiedersehen; gar nichts mehr arrangieren, wenn ich mich wieder täglich um die Kinder kümmern muß. Zu Hause am Riverside Drive, wenn ich die Kinder zum Kindergarten bringe oder mit ihnen in den Park gehe, wenn ich ihnen Dinge zeige, die später für sie nützlich sein können, wie das Museum und die Oper, und wenn ich Lisa im Lesen unterrichte, dann werde ich das alles vergessen. Das Leben wird wieder schön sein. Brendans Buch wird herauskommen; alle scheinen überzeugt zu sein, daß er berühmt wird. Wie das wohl ist? Die Frau von Sinclair Lewis legte großen Wert darauf, Mrs. *Sinclair* Lewis und nicht irgendeine alte Mrs. Lewis zu sein. Und Frieda Lawrence war die Frau, die in allen Frauengestalten Lawrences lebte. Oder in fast allen. Ich hätte Brendans Briefe von früher aufheben sollen.

OYSTER GRAY TOO WILL BE FEATURED

Aber angenommen, Brendan läßt mich sitzen? Alle Schriftsteller scheinen zweimal zu heiraten und sich von der Frau zu trennen, die ihnen geholfen hat, die Leiter hinaufzusteigen. Und dann gibt es ja auch Frauen, die Schriftsteller sammeln, so daß sie sich rühmen können, mit ihnen geschlafen zu haben. Jean Revere, diese Hexe, die Brendan damals in der Küche küßte, gehört auch zu diesem Typ.

ACCESSORIES WILL FOLLOW THE NEW

Nicht, daß er sich gerade jetzt etwas aus Frauen macht; augenblicklich ist er vom Hals abwärts völlig abgestorben; das einzige, woran er denkt, ist sein Buch. Wollte er nicht heute abend zu seiner Mutter und mit ihr Abendbrot essen? Soll ich es ihm sagen, bevor er weggeht oder danach? Lieber danach.

ALL OF THESE FEATURES AND MORE IN THE NEXT EXCITING ISSUE OF

»Du – Jane.«

Mit einer Postkarte kam Patsy Armstrong quer durch den Raum.

»Eine Karte aus Mexiko«, sagte Patsy. Die Karte rutschte über das schräggestellte Reißbrett, wie seine Zettel es immer getan hatten. Sie legte den Pinsel weg und drehte die Karte um.

»Selbst in der Nachsaison ist es großartig hier. Beste Grüße an alle. Vito.«

An alle, an alle, an alle. An Norma Malcolm und an wen sonst noch? An Marlene und an Patsy und an wen sonst noch? Und an mich.

Wenn er zurückkommt, bin ich nicht mehr hier. Gleich nach der Mittagspause werde ich mit Louise sprechen.

Die Klimaanlage in Louises Büro machte ein laut summendes Geräusch, so daß Louises Stimme einen krächzenden und fremden Klang hatte wie eine alte Caruso-Schallplatte. »Schon in zehn Tagen? Aber Janey, das geht nicht.«

»Es tut mir leid, Louise, aber ich habe keine andere Wahl.«

»Nun mal langsam. Du sagst, deine Kinder wären bei deiner Schwester. Sie sind also schließlich nicht bei fremden Leuten.«

»Ich weiß. Aber sie sind dort nicht glücklich. Ich kann sie doch nicht einfach im Stich lassen, oder?«

Über Louises Kopf bewegten sich die japanischen Papiervögel langsam in ihrem Drahtkäfig. Louises Jadeohrringe schaukelten, als sie ein dünnes silbernes Papiermesser in ihre Schreibunterlage stieß, die mit Blumenranken verziert war. »Für dich mag das alles schön und gut sein, Janey, aber was ist mit mir? Wenn du jetzt gehst, bringst du den ganzen Urlaubsplan durcheinander.«

»Wieso denn?«

»Weil ich Marlene und Carl versprochen habe, sie können die beiden ersten Augustwochen in Urlaub fahren – deshalb.«

»Aber Italiano ...« (War sie rot geworden, als sie seinen Namen aussprach?) »... ich meine, er wird dann doch wieder zurück sein, wenn ich hier aufhöre?«

»Sicher ist er dann zurück«, sagte Louise. »Aber Vitos Arbeit und deine überschneiden sich nicht. Hör zu, Jane: Als ich dich einstellte, geschah es in gewisser Hinsicht deshalb, weil ich jemanden brauchte, der mir in der Urlaubszeit aushilft. Und jetzt läßt du mich einfach sitzen.«

»Das tut mir leid.«

Die Ohrringe schaukelten. »Daß es dir leid tut, genügt nicht. Bestimmt kannst du doch die Kinder während der ersten beiden Augustwochen noch in Saratoga lassen. Auf diese Weise können Carl und Marlene ihren Urlaub nehmen. Ehrlich gesagt, Jane, ich glaube nicht, daß das zuviel verlangt ist.«

Aber es war zuviel verlangt. Es bedeutete, daß sie zwei Wochen mit ihm zusammen im Büro wäre.

»Ich verlange nicht, daß du dich sofort entscheidest«, sagte Louise. »Ich möchte, daß du zu Hause mit Brendan darüber sprichst. Und vergiß dabei nicht, daß ich dir einen Gefallen getan habe, als ich dich einstellte. Ich erwarte, daß du mir als Gegenleistung zumindest auch einen Gefallen tust.«

Was war da noch zu sagen? Sie blickte auf Louises hagere Schultern und auf ihre flache Brust, und sie konnte nicht anders, als dabei zu überlegen, ob auch sie vielleicht einmal unter Vitos Gewicht auf irgendeinem Fußboden gelegen hatte. War Louise bereits eine Veteranin jener Empfindungen, die sie selbst jetzt durchmachte? Sie erinnerte sich, wie dankbar sie gewesen war, als Louise sie einstellte. Sie mußte so tun, als wolle sie es sich noch einmal überlegen.

»Also gut«, sagte sie. »Ich werde es mit Brendan besprechen.«

Brendan hatte in seinem Arbeitszimmer kein Telefon. Als sie um fünf mit der Arbeit fertig war, fuhr sie daher mit der U-Bahn von der Seventh Avenue zur 12th Street und ging dann zu Fuß weiter. Und dabei überkam es sie wieder, die Erinnerung an das letzte Mal, als sie zu Fuß durch das Village gegangen war, und zwar morgens um fünf Uhr. Sie erinnerte sich, wie er sich umgedreht hatte und die Treppe hinaufgerannt war, als könne er es kaum erwarten, von ihr nichts mehr zu sehen. Und plötzlich, zum erstenmal, hatte sie den Wunsch, irgend jemandem zu erzählen, wie entsetzlich es gewesen war, irgend jemanden zu haben, der ihr zuhörte, der ebenfalls entsetzt war, der Mitleid mit ihr hatte. Vor allem Mitleid. Aber wem konnte sie es erzählen?

Früher hätte sie vielleicht mit Louise darüber sprechen können, aber das kam nicht in Frage. Nein, der Mensch, dem sie es am liebsten erzählt hätte, war zugleich derjenige, der darüber am meisten entsetzt gewesen wäre. Ausgerechnet ihm konnte sie es natürlich nicht erzählen.

Warum eigentlich nicht?

Als ihr der Gedanke kam, blieb sie mitten auf der Straße stehen, ohne zu merken, daß sie einem gelähmten, auf Krücken gehenden Halbwüchsigen den Weg versperrte. Warum eigentlich nicht?

Der Gelähmte hatte es aufgegeben und bewegte sich um sie herum – wütend, mit zuckendem Gesicht und zutiefst beleidigt.

Damit würde wenigstens dem ganzen Unsinn ein Ende gemacht, warum sie ihre Stellung aufgeben wollte. Er würde einsehen, daß sie Ende des Monats aufhören mußte. Damit würden auch die Befürchtungen aufhören, daß Vito womöglich tratschte und daß der Klatsch irgendwie auch bis in ihr Zuhause dringen könnte. Sie war ihm untreu gewesen, gut; sie hatte ein Verhältnis gehabt, gut, und er hatte allen Grund, wütend darüber zu sein, aber würde er sich nicht vielleicht auch ein wenig bedroht fühlen, mußte er sich nicht vielleicht Gedanken machen, wie er sie halten konnte?

Natürlich brauchte sie ihm nicht alle Einzelheiten zu erzählen. Oder genaugenommen gar keine. Einfach nur, daß dieser Mann in sie verliebt wäre und ihr ständig Anträge machte und daß sie von dort weg wollte, um Schlimmeres zu verhüten. Es geschah Brendan ganz recht, es zu erfahren; dann hätte er endlich Anlaß, wieder einmal an was anderes zu denken als an sein Buch.

Gut, sagte sie sich. Wir werden schon sehen. Dann ging sie weiter.

Während sie jedoch die Treppen zu dem engen Zimmer im vierten Stock hochstieg, in dem er arbeitete, kreisten ihre Gedanken wieder um das Problem des Geständnisses. Sie sah sein Gesicht vor sich, sah den Ausdruck unverhüllten Entsetzens, grenzenloser Wut und Sorge. Sie sah sich selbst wie auf einer Bühne, das Scheinwerferlicht beleuchtete sie von oben, eine Frau, die beim Ehebruch überrascht worden war, und in den Kulissen stand Brendan und weinte – sein Buch, sein Ehrgeiz, alles war vergessen, er hatte nur den

Wunsch, sie nach Hause zu bringen, ihr die Kinder zurückzugeben und sie vor weiteren Schäden zu bewahren.

Oder etwa nicht? Sie öffnete die Tür, und in dem Sonnenlicht, das durch das verschmierte Fenster drang, sah sie ihn an dem langen Gestelltisch sitzen und schreiben. Er blickte nicht auf, als sie das Zimmer betrat, obgleich ihre Schritte auf den kahlen Dielen deutlich zu hören waren. Überall lag Papier herum, und eine riesige Schale war mit Zigarettenstummeln gefüllt. Mein Gott, dachte sie. Wenn er nun tatsächlich ein großer Schriftsteller ist?

»Immer noch an der Arbeit?«

Langsam drehte er seinen Stuhl um und blickte sie an, wie von weit her, als hätte die Störung ihn verwirrt. »Wie spät ist es denn?« fragte er.

»Halb sechs, vielleicht auch schon Viertel vor sechs.«

»So spät?«

»Ich dachte, wir könnten irgendwo einen Schluck trinken, bevor ich nach Hause fahre«, sagte sie. »Ich habe etwas mit dir zu besprechen.«

»Gut. Allerdings wäre es mir lieber, wenn ich irgendwo schnell einen Happen essen und heute abend noch arbeiten könnte.«

»Ich dachte, du gehst heute abend zu deiner Mutter?«

»O Gott – das habe ich ganz vergessen. Ich habe ja auch das Geld für sie.«

»Welches Geld?«

»Die fünfzig Dollar, die ich ihr eigentlich schon Dienstag geben wollte.«

»Heißt das etwa, daß du sie nicht mehr gesehen hast, seit sie von uns weggegangen ist?«

Er schien betroffen. »Eigentlich wollte ich ihr Dienstag den Flugschein und dieses Geld bringen, aber ich hatte so viel zu tun, daß ich sie nur anrief und mich statt dessen für heute abend verabredete.«

»Dann mußt du heute abend aber auch hingehen.«

Er drehte sich wieder zum Tisch und blickte sehnsüchtig auf die handgeschriebenen Blätter, die vor ihm lagen. »Ich habe doch keine Zeit«, sagte er. »Kannst du mir nicht einen Gefallen tun, Darling, und mit dem Geld und dem Flugschein schnell hinüberlaufen?«

»Ich? Immerhin ist sie deine Mutter. Und nächste Woche fährt sie zurück.«

»Ich weiß – ich weiß. Aber ich sitze gerade an einer entscheidenden Stelle; ich komme jetzt zum Schluß des letzten Kapitels. Weißt du was? Ich rufe sie an und sage mich für morgen abend an.«

»Das kommt gar nicht in Frage«, sagte Jane wütend. »Seit sie von uns weggegangen ist, ist die arme Frau die ganze Zeit mutterseelenallein gewesen. Mein Gott, Brendan, so etwas Herzloses ist mir noch nicht vorgekommen.«

»Ach, das verstehst du nicht.«

Er griff nach einem Bleistift, und in diesem Augenblick hätte sie am liebsten ihre Handtasche genommen und sie ihm an den Kopf geworfen. Was hatte es überhaupt für einen Sinn, mit ihm zu reden. Die arme Frau, seit Freitag völlig allein!

»Gib mir den Flugschein«, sagte sie.

Er schien erleichtert. »Sofort.« Er stand auf und holte einen Umschlag aus seinem Jackett. »Vielen Dank, Darling. Und sage Mama bitte, daß ich sie morgen anrufe, ja?«

»Wie ist ihre Adresse?«

Er schrieb sie mit dem Bleistift auf den Umschlag. »Das rechne ich dir hoch an.«

»Ich tue das nicht deinetwegen. Und vergiß nicht, daß wir uns gründlich aussprechen müssen, wenn du heute abend nach Hause kommst. Ende des Monats gebe ich nämlich meine Stellung auf.«

»Bitte fange nicht schon wieder damit an.«

»O doch! Ich habe heute bereits mit Louise gesprochen. Morgen kündige ich ihr endgültig.«

Aber während sie noch sprach, setzte er sich schon wieder an den Tisch und schob sehnsüchtig die Manuskriptseiten hin und her. »Schön, darüber können wir später noch reden«, sagte er vage. »Und noch einmal vielen Dank, Darling.«

»Darling« bedeutete innig geliebt – was aber bedeutete es für ihn? Würde sie, wie seine Mutter, nie wieder etwas von ihm hören, wenn sie seinen Ansprüchen nicht mehr genügte? Sie warf die Tür hinter sich zu und verließ das Haus. Einen Häuserblock weiter hatten etliche puertorikanische Familien Stühle und Tische auf die Straße gestellt und saßen dicht gedrängt wie Statisten einer Opernvorstellung malerisch herum, spielten Karten, lasen spanische Zeitungen, und die kleineren Kinder rannten in fröhlichen Schleifen zwischen den Erwachsenen umher. Aus einem höhergelegenen Fenster beugte sich eine Frau im Morgenmantel und rief ihrem Mann etwas zu, der unten Karten spielte; ein Großvater saß an der Hauswand und hielt sich ein Kofferradio ans Ohr, als wäre es eine große Muschel. Niemand blickte auf, als Jane vorüberging, ein Fremdkörper in dieser familiären Atmosphäre, und sie überlegte, warum in ganz New York ausgerechnet diese armen unerwünschten Einwanderer, abgeschottet in ihrer fremden Sprache und ihren fremden Bräuchen, immer noch das Leben einer wirklichen Gemeinschaft führten.

Sie dachte an Brendans Mutter, die fast eine Woche lang in der Wohnung eines Fremden auf ihren Sohn gewartet hatte, der jedoch zu beschäftigt war, um sie anzurufen, und als sie weiterging, hätte sie zu ihrer Überraschung am liebsten geweint – geweint wegen einer alten Frau, die sie nie gemocht hatte, wegen einer Mutter, die von ihrem Sohn vergessen worden war, deren Sohn sich so verändert hatte und die diese Veränderung ihres Sohnes auch nicht mehr rückgängig machen konnte.

In den East Fifties gab es keine Puertorikaner; ein großer Teil derer, die hier wohnten, hatte die Stadt auf der Flucht vor der sommerlichen Hitze verlassen. Die Straße, in der Mrs. Tierney wohnte, war nahezu menschenleer, bis auf zwei Geschäftsleute, die unter der Markise eines kleinen teuren Restaurants standen, während der Portier in der Nebenstraße nach einem Taxi suchte. Als sie an den Männern vorbeikam, drehten die beiden sich um und blickten ihr nach, die Augen glasig hinter Martinischleiern. Ihre rosigen Bürogesichter quollen wie Pflanzenknollen aus der sommerlichen Einheitskleidung heraus, die aus einem grauen Anzug, weißem durchgeknöpftem Hemd und schmaler kleingemusterter Krawatte bestand. Der eine beugte sich zu dem anderen und flüsterte ihm etwas zu. Sie hörte, wie der andere lachte, und vermutete, daß es sich um sie gehandelt hatte.

Als sie am Eingang des Hauses auf den Klingelknopf drückte, hörte sie fast im gleichen Augenblick das Summen des Türöffners, und im Geiste sah sie ihre Schwiegermutter, zum Ausgehen fertig angezogen, oben in der Tür stehen und auf Brendan warten. Als sie die Treppe hinaufging, beschloß sie, an Brendans Stelle mit der armen alten Frau zum Essen zu gehen, falls Mrs. Tierney ihr gegenüber nicht eine restlos feindliche Haltung einnahm. Im gleichen Augenblick merkte sie, daß sie überhaupt nicht mehr an Vito gedacht hatte, seit sie diesen barmherzigen Auftrag übernommen hatte. Gute Taten waren eine gute Therapie. Aber verschwand nicht auch das Gute aus allem, wenn man sich dessen bewußt war?

Auf dem Treppenabsatz über ihr wartete Mrs. Tierney in der offenen Tür; sie trug ihr grünes Kleid, die weißen Baumwollhandschuhe und den schwarzen Strohhut. Ihr Gesicht erstarrte, als Jane die Treppe heraufkam – eine Aufnahme in der *Daily News* von einer Mutter, der die böse Nachricht überbracht wird.

»Wo ist – was ist mit Brendan?« fragte sie atemlos.

»Guten Tag«, erwiderte Jane und nahm die letzten Stufen. »Ich erzähle es Ihnen gleich.«

»Aber passiert ist ihm doch nichts?«

»Nein. Er hat nur zu arbeiten.«

Mrs. Tierney schloß die Augen, als schicke sie ein Dankgebet zum Himmel. »Kommen Sie herein.«

Der Vetter sei Postbeamter, hatte Brendan ihr erzählt, und Jane sah auch, daß diese Wohnung, die gar nicht in diese Gegend paßte, entsprechend dem Geschmack eines Postbeamten eingerichtet war. In dem kleinen Wohnzimmer flimmerte bläulich der Bildschirm des Fernsehgerätes; der Ton war ausgeschaltet, und die stimmlosen Sänger rissen wie bei einer Störung ihre Münder auf. Die Fenster waren weit geöffnet, und trotzdem war es stickig. Mrs. Tierney, die vor Jane in das Wohnzimmer ging, war schon im Begriff, die Hutnadel aus dem schwarzen Strohhut herauszuziehen, als Jane sagte:

»Nein, behalten Sie bitte den Hut auf. Wollen wir nicht irgendwo hingehen und zu Abend essen?«

Ihre Schwiegermutter antwortete nicht. Aber sie nahm auch nicht den Hut ab.

»Es tut Brendan schrecklich leid, daß er heute abend nicht kommen konnte. Er hat mich gebeten, Ihnen den Flugschein und etwas Geld zu bringen. Es ist alles in diesem Umschlag.«

Sie holte den Umschlag aus ihrer Handtasche und hielt ihn der anderen hin. Ihre Schwiegermutter nahm ihn schweigend an und legte ihn auf den Tisch. Aber dabei konnte es nicht bleiben. »Wissen Sie, er wird diese Woche mit seinem Buch fertig und ist schrecklich eingespannt.«

»Ach ja, das Buch. Das berühmte Buch.«

»Ich weiß«, sagte Jane. »Er hat sogar kaum mehr Zeit, mit mir zu sprechen.«

Ihre Schwiegermutter ging zum Fernsehapparat und schaltete ihn aus. Das blaue Licht zog sich zu einem winzigen weißen Punkt zusammen und verlosch dann ganz. Beide Frauen blieben stehen.

»Und wie geht es Ihnen, Mutter?«

Warum hatte sie »Mutter« gesagt? Als das Wort heraus war, verblüffte es sie genauso wie ihre Schwiegermutter, die aufsah, als hätte sie in einer fremden Sprache ein vertrautes Wort entdeckt.

»Oh – mir geht es gut. Es ist zwar sehr heiß, aber ich muß sagen, daß es mir gar nicht leid tut, in einigen Tagen wieder zu etwas mehr Regen und Kühle zurückzukehren. Manchmal, wenn ich hier die Treppen hinaufsteige, bekomme ich gar keine Luft mehr.«

Sie drehte sich zum Tisch, griff nach dem Umschlag und riß ihn auf. »Ist das der Flugschein?«

»Ja. Die Maschine geht morgen in einer Woche.«

»Und Geld! Das hätten Sie nicht tun sollen.«

»Das Geld stammt von Brendan. Es tut mir nur leid, daß es nicht mehr ist. Ich meine, Sie haben doch sicher Besorgungen zu machen und noch einiges einzukaufen.«

»Nein«, sagte Mrs. Tierney. Sie steckte den Umschlag in ihre Handtasche. »Hier in der Nähe ist ein Restaurant – Schrafft heißt es«, sagte sie unsicher. »Das ist gar nicht schlecht.«

»Würden Sie gern dort hingehen?«

»Wie Sie wollen, Liebes.«

»Also gut, gehen wir zu Schrafft. Sind Sie fertig?«

»Ich will nur noch schnell die Fenster schließen.«

»Aber wird es dann hier nicht sehr heiß sein, wenn Sie zurückkommen?«

»Das schon, aber sehen Sie – es ist nicht meine Wohnung, und ich möchte nicht, daß etwas gestohlen wird.«

Nicht ihre Wohnung. Wo aber ist jetzt ihre Wohnung, überlegte Jane. Brendan hatte irgendwann einmal davon gesprochen, daß sie in Irland eine kleine staatliche Wohnung bekommen würde; er hatte auch gesagt, daß es ihr dort nicht schlechter gehen würde als vor ihrer Abreise nach Amerika. Hatte sie aber nicht all ihre Möbel verkauft? Wenn ich mir vorstelle, wie ich mich in diesem Alter fühlen würde, wenn Liam mich nach Hause schickte, wenn ich von einer lächerlich kleinen Summe leben müßte, mit der ich nicht einmal sicher rechnen könnte, und nichts gehörte mir mehr ...

»So – fertig, Liebes.« Mrs. Tierney schloß die Wohnungstür ab; sie gingen nach unten. Auf der Straße, auf dem Weg zum Lokal, sagte ihr Jane, daß Brendan versprochen hätte, sie morgen anzurufen.

»Ach, wenn er zu tun hat, soll er sich damit nicht aufhalten«, sagte Mrs. Tierney.

War sie denn nicht einmal ärgerlich? Ihr Gesicht verriet nichts. Es war, als hätte sie in den sieben Tagen, die sie allein und getrennt von Brendan und seiner Familie verbracht hatte, ihre Persönlichkeit als Schwiegermutter vollkommen verloren. Die Frau, der Jane im Lokal gegenübersaß, war eine ältere fremde Frau, uninteressiert und uninteressant, eine Fremde, die sich höflich nach den Kindern erkundigte, die fragte, wie es ihnen auf dem Lande gefiele, daß es sicher schön für sie wäre, der Hitze auf diese Weise zu entgehen, und wie lange sie denn noch dort bleiben würden. Als Jane Brendan erwähnte und andeutungsweise versuchte, ihn zu kritisieren, weil er heute abend nicht gekommen war, wurde sie von Mrs. Tierney unterbrochen, die die Kellnerin bat, ihr ein Glas Wasser zu bringen, und dann das Thema wechselte, indem sie von einigen Damen erzählte, die sie im Park kennengelernt und wiedergesehen hatte. »Ich gehe noch immer täglich in den Park«, sagte sie. »Es ist sehr erholsam.«

Was aber machte sie nur den ganzen Tag? Was hatte sie in den sieben Tagen angefangen, ohne einen Menschen in der Wohnung, mit dem sie hätte sprechen können? Davon sagte sie nichts. Als Jane das Gespräch auf Irland und ihre Pläne für die Zukunft brachte, lächelte Mrs. Tierney lediglich vage und uninteressiert und sagte dann: »Ach, das werden wir schon sehen, wenn ich dort bin. Ein Freund von mir – früher war er auch mit Brendan befreundet; er heißt Ted Ormsby – wird mir eine Wohnung beschaffen. Ich habe ihm letzten Samstag geschrieben.«

»Mir tut das alles fürchterlich leid«, sagte Jane, die gegen ihren Willen gerührt war. »Ich wünschte, es wäre gar nicht erst soweit gekommen.«

»Es braucht Ihnen nicht leid zu tun, Liebes; wahrscheinlich ist es besser so. Die Kinder haben Sie sehr vermißt, als Sie täglich zur Arbeit gingen. Natürlich ist ihnen die eigentliche Mutter lieber als irgendeine Fremde, und wer könnte es ihnen übelnehmen? Zu Hause werden Sie viel glücklicher sein.«

»Ich weiß«, sagte Jane. »Wenn Brendan nur endlich mit seinem Buch fertig würde. Am meisten Gedanken mache ich mir über den nächsten Monat, weil ich sie dann noch in Saratoga lassen muß...«

Aber Mrs. Tierney winkte der Kellnerin. »Trinken Sie Tee oder Kaffee, Liebes?«

»Kaffee, ohne Sahne, bitte. Ich sprach gerade vom nächsten Monat...«

»Für mich bitte Tee«, sagte Mrs. Tierney zu der Kellnerin.

Und dabei blieb es. Jane verstummte, und wenig später hatten sie ihre Tassen ausgetrunken. Mrs. Tierney wollte bezahlen, aber Jane erlaubte es nicht. Als sie das Restaurant verlassen hatten, blieb Mrs. Tierney plötzlich auf dem Bürgersteig stehen. »Sie brauchen mich nicht nach Hause zu begleiten, Liebes. Die Haltestelle Ihres Autobusses ist genau in der entgegengesetzten Richtung.«

»Aber es ist doch noch früh.«

Mrs. Tierney lächelte; ihre dunklen Augen waren plötzlich wachsam und reserviert; es war das Lächeln einer Fremden. »Nein«, sagte sie. »Es ist schon ziemlich spät.« Und dann nickte sie, streckte ihre Hand aus und sagte: »Also gute Nacht. Und vielen Dank, daß Sie gekommen sind.«

»Bis bald. Brendan wird Sie morgen anrufen, und wenn ich aus Saratoga zurück bin, müssen Sie einmal zu uns zum Abendessen kommen – vielleicht am Montag?«

Wieder dieses Lächeln. »Wir werden sehen«, sagte Mrs. Tierney.

»Gute Nacht, Jane.«

»Gute Nacht, Mutter.«

Mit diesen Worten trat Jane auf Mrs. Tierney zu und streckte beide Hände aus, um die ältere Frau zu umarmen. Der Kuß, den sie ihr geben wollte, war zugleich eine symbolische Geste. Er sollte Vergebung bedeuten für Taufe und Einmischung auf der einen Seite, Verzeihung aber auch für die Kälte und die Vernachlässigung auf der anderen. Aber Mrs. Tierney entzog sich ihren Armen, wie ein Politiker sich einem allzu zudringlichen Wähler entzieht. Sie drehte sich um, blickte zur Verkehrsampel hoch, die im abendlichen Sonnenlicht nur schlecht zu erkennen war, und blickte dann in die andere Richtung. Mit der Vorsicht des Alters zögerte ihr Fuß eine Weile wie ein Minensuchgerät, bevor er den Schritt vom Bürgersteig hinunter wagte. Schäbig, untersetzt und langsam, so ging sie die Straße entlang, drehte sich noch einmal um, winkte und war verschwunden – eine Putzfrau auf dem Heimweg. Jane winkte nicht zurück. Dieses undankbare alte Weib, und dabei habe ich die ganze Zeit versucht, nett zu dir zu sein, habe meine eigenen Probleme vergessen, um hierherzukommen und dir zu helfen, während dein eigener Sohn nicht einmal den kleinen Finger rührt, jawohl, ich war sogar bereit, dir alles zu verzeihen, was du den Kindern angetan hast. Aber meinetwegen, Mrs. Tierney, wie Sie wollen! Meinetwegen.

In ausgesprochen schlechter Laune kam sie nach Hause. Brendan hätte hingehen sollen, schließlich war es seine Mutter, und die ganze Geschichte war allein seine Schuld.

Und was das Faß zum Überlaufen brachte: Als sie nach Hause kam, war er noch nicht einmal da.

War das vielleicht der Grund, warum sie ihm die Geschichte von sich und Vito erzählte, als er endlich kam?

Sie erinnerte sich, daß sie auf die Uhr geblickt hatte, als er hereinkam. Es war zehn nach zehn gewesen. Doch das erste, was er sagte, war: »Na, was gibt es heute zu essen.«

Wie alle anderen Anzüge wirkte auch dieser Leinenanzug, als ob er viel zu klein wäre; schon vor Tagen hätte er in die Reinigung gebracht werden müssen. Sein dunkles Haar mußte dringend geschnitten werden, und die napoleonische Haarlocke, die ihm in die Stirn fiel, wirkte albern und affektiert. Sein Gesicht war blaß, als wäre er während des ganzen Sommers noch keinen Augenblick an der Sonne gewesen, und seine Augen hatten jenen versponnenen Ausdruck, der ihr zeigte, daß er den ganzen Abend weder an sie noch an seine Mutter gedacht hatte. Und an die Kinder – wann hatte er zum letztenmal an sie gedacht? Das war sicher schon Tage her.

»Zu essen?« sagte sie. »Ich dachte, du wolltest in der Stadt essen?«

»Ich habe es vergessen. Weißt du – ich habe den Entwurf des letzten Kapitels fertiggemacht und wollte die Arbeit nicht unterbrechen. Es ist zwar nur ein Rohentwurf, aber immerhin habe ich damit endlich den Schluß geschrieben.«

»Ich war heute abend bei deiner Mutter.«

»Das ist schön! Ich muß sie anrufen. Weißt du, es ist ein sehr merkwürdiges Gefühl, diese letzten Seiten zu schreiben...«

»Hör einmal zu, Brendan: Können wir nicht über etwas anderes reden als über dein verdammtes Buch?«

Er sah verletzt aus. »Was ist denn los? Bist du etwa wütend auf mich?«

»Ja, ich bin wütend. Louise will morgen genau wissen, ob ich meine Stellung mit Ablauf des Monats aufgebe. Den ganzen Abend habe ich darauf gewartet, die Angelegenheit mit dir zu besprechen.«

»Aber wieso mußt du die Stellung denn aufgeben? Ich dachte, du wolltest bis September bleiben, damit ich das Manuskript noch überarbeiten kann?«

»Nein.«

»Das ist aber nun nicht fair – das ist nicht das, was du mir versprochen hast, als ich einwilligte, Mama wegzuschicken.«

So also sieht er es: Mama wird einfach weggeschickt.

»Also gut«, sagte sie. »Dann will ich es einfacher ausdrücken. Wenn ich nicht mit Ablauf dieses Monats aufhöre, werde ich ein Verhältnis mit einem Mann anfangen.«

»Mit welchem Mann?«

»Mit einem aus dem Büro.«

»Du läßt nichts aus, mich wieder in die Tretmühle zurückzuzwingen, oder?« sagte er. »Du drohst sogar mit Ehebruch.«

»Brendan, das ist keine Drohung. Ich versuche nur zu verhindern, daß irgend etwas passiert.«

»Ist das dein Ernst?«

»Natürlich ist das mein Ernst.«

»Aha. Bist du schon mit ihm ins Bett gegangen?«

Sie antwortete nicht.

»Ob du mit ihm schon im Bett gewesen bist, will ich wissen!«

Wenigstens war er wütend; wenigstens machte er endlich ein besorgtes Gesicht. Aber konnte sie ihm, von Angesicht zu Angesicht, die ganze Wahrheit erzählen? Vorsichtig! »Nein«, sagte sie.

»Woher weißt du dann, daß du mit ihm ins Bett gehen wirst?«

»Ich weiß es – frage mich nicht, wieso. Bitte, Brendan, ich möchte doch nur, daß du mir hilfst. Wenn ich jetzt aufhöre, kannst du die Überarbeitung doch trotzdem irgendwie machen. Aber wenn du mich zwingst, bei Louise zu bleiben, dann ist das das Ende unserer Ehe.«

»Es tut mir leid«, sagte er, »aber diesen einen Monat brauche ich noch.«

Monat – Monat – Monat – dröhnte es sinnlos in ihrem Kopf. Eine ganze Weile konnte sie überhaupt nicht denken; es war, als wäre sie mit offenen Augen ohnmächtig geworden.

»Um noch einen einzigen Monat Zeit zu haben«, sagte sie schließlich, »bist du einverstanden, daß ich mit Vito ins Bett gehe?«

»Heißt er so?«

»Ja.«

Er stand auf, ging zum Tisch und goß sich den Rest Gin ein, der noch in der Flasche war. Dann drehte er sich um und ging in die Küche; sie hörte, wie er sich Eis aus dem Kühlschrank holte. Bestimmt glaubte er, sie bluffte nur. Ganz bestimmt.

Mit seinem Glas kam er in das Wohnzimmer zurück, blieb stehen, blickte auf sie hinunter und rieb dabei das Glas an seiner Stirn hin und her, als wäre es eine kalte Kompresse.

»Und?« sagte sie.

»Ich überlege. Weißt du, wenn Leute über eine derartige Situation schreiben, verstehen sie alles völlig falsch. Meistens schreiben sie über die beabsichtigte moralische Reaktion, nicht aber über die wirkliche. Sie bestehen darauf, daß der Mann wahrscheinlich wütend, verletzt und voller Rachegelüste ist, wenn er erfährt, daß seine Frau die Absicht hat, ihm untreu zu werden. Und so schreiben sie es dann auch. Ich hingegen verspüre nicht die geringsten Rachegelüste.«

»Was verspürst *du* eigentlich?«

»Ach Gott«, sagte er, »zuerst war ich tatsächlich wütend. Aber eben, in der Küche, fiel mir die Möglichkeit einer Scheidung ein, und ich kam zu dem Schluß, daß die Kinder mir zwar sehr fehlen werden, daß es aber trotzdem besser ist, wenn sie bei dir bleiben. Du brauchst sie mehr als ich.«

»Einen Moment! Du mußt dir nicht einbilden, daß du mich genauso wegschicken kannst, wie du deine Mutter weggeschickt hast.«

»*Du* hast sie weggeschickt«, sagte er. »Nicht ich. Und jetzt schickst du auch mich wegen irgendeines lächerlichen Büro-Lotharios weg.«

»Ach, Brendan, hör doch endlich einmal zu. Ich liebe diesen Mann überhaupt nicht. In gewisser Weise hasse und verachte ich ihn sogar.«

»Dann dürfte es dir doch nicht schwerfallen, ihn aufzugeben.«

»Das verstehst du nicht.«

»Nicht? Wenn ich mich mit deinem Freund morgen unterhielte, könnte ich ihn vielleicht dazu bringen, daß er es versteht.«

»Er ist auf Urlaub. Es ist auch gar nicht nötig, daß du mit ihm sprichst, du solltest lieber mit mir reden.«

»Was soll das denn heißen?«

»Hör zu. Warum gehst du nicht zu Gerston und bittest ihn, dir die fünfzehnhundert Dollar schon jetzt zu geben? Dann könnte ich aufhören.«

»Nein. In unserem Vertrag steht, daß ich das Geld erst bei Ablieferung des Manuskripts bekomme. Was ich brauche, sind ganze fünf Wochen. Die kannst du doch wohl noch durchalten...«

»Durchhalten«, sagte sie. »Mein Gott, Brendan, du wirfst wohl alles und jeden den Wölfen zum Fraß vor, um zu bekommen, was du willst.«

»Merkwürdig! Vor langer Zeit hat schon einmal jemand etwas ganz Ähnliches zu mir gesagt.«

»Wer immer das gewesen ist – er hat dich ziemlich genau erkannt.«

»Ted Ormsby war es. Er hat natürlich übertrieben, genau wie du. Du übersiehst nämlich das Wichtigste, wenn du jetzt von mir verlangst, daß ich meine ganze Arbeit aufs Spiel setze, und das ist nicht fair. Du hast mir einen Monat versprochen, und ich bestehe darauf, daß du dein Versprechen auch hältst.«

Monat, Monat, Monat – es dröhnte in ihrem Kopf. Du hast mir einen Monat versprochen. Japanische Papiervögel drehten sich über dem Tisch, als Louise sich bei ihr bedankte, daß sie noch einen Monat bliebe.

Vito kam aus Mechico zurück; er war wieder wild nach ihr und ließ den ganzen Monat hindurch Zettel über ihr Reißbrett rutschen, sie hatte das Diaphragma immer in der Handtasche, den ganzen Monat – Monat – Monat – die alte Frau mit den geäderten Schenkeln schnarchte nebenan, während sie sich auf dem Boden wälzten, und der jämmerliche Krim wartete um fünf unten im Lokal, den ganzen Monat – Monat – Monat – du hast mir einen Monat versprochen. Und am Ende dieses Monats konnte sie dann ein neues Verhältnis mit einem anderen Mann anfangen, warum nicht, denn die Ehe endet nicht mit Eifersucht und Streit, sie endet mit Gleichgültigkeit und Nachgiebigkeit. Und diese Ehe würde so enden. Es war lediglich eine Frage der Zeit.

»Jedenfalls«, sagte er, »wollen wir nichts überstürzen. Passiert ist bisher lediglich, daß du scharf bist auf irgendeinen Kerl. Es ist ja nicht notwendig, das weiter fortzuführen. Abgesehen davon setzt du eine Menge erfreulicher Dinge aufs Spiel, die in greifbare Nähe gerückt sind.«

»Welche erfreulichen Dinge?«

»Gerston hat zu mir gesagt, wenn ich dieses Buch herausbrächte, hätte ich Aussicht, ein Stipendium zu bekommen. Das bedeutet, daß wir zusammen mit den Kindern für ein Jahr nach Europa fahren könnten. Sobald das Buch fertig ist, werde ich gleich einen Antrag stellen. Gerston glaubt außerdem, daß ich einen Teilzeitlehrauftrag bekommen könnte. Alle möglichen Dinge rücken in greifbare Nähe, wenn mein Buch Erfolg hat. Die Aussichten sind also äußerst erfreulich.«

Die Aussichten sind äußerst erfreulich. Geh mit Vito ins Bett, und die Aussichten sind ...

»Na?« sagte er. »Sieh mal, es sind doch nur noch fünf Wochen. Wenn du dann möchtest, kannst du aufhören und sehen, was ...«

»Also gut«, sagte sie. »Nur eines noch: Hör endlich auf zu reden.«

Er wollte nach ihr greifen, aber sie wich seinen Händen aus, lief an ihm vorbei, rannte zum Badezimmer wie ein flüchtendes Tier, schloß sich ein, wie sie es früher so oft getan hatte, setzte sich auf den Klosettdeckel und betrachtete sich in dem bis zum Boden reichenden Spiegel an der Badezimmertür – ein Mädchen mit dunklem Haar, dessen Gesicht blaß war, zu blaß –, und plötzlich wurde ihr übel. Sie beugte sich über das Becken und übergab sich, und dieses Erbrechen war wie ein Akt der Reinigung und Erlösung, als hätte sie damit auch ihre ganze Wut ausgespien. Er klopfte an die Tür, aber sie tat, als höre sie es nicht. Sie saß auf dem Boden des Badezimmers, ihre Stirn war kühl und feucht, ihr Körper ausgelaugt und schwach.

»Alles in Ordnung, Darling?« sagte seine Stimme. »Jane, ist alles in Ordnung mit dir?«

Nur nicht antworten.

»Ich bin im Wohnzimmer«, sagte er. »Oder kann ich dir irgend etwas bringen?«

Ja, ich möchte ein Stipendium, vielen Dank. Besorge mir ein Ticket, damit ich weg kann. Irgendwohin. Hand in Hand will ich mit Lisa und Liam an den nackten steinernen Nymphen hinter der Pariser *Opéra* vorbeigehen, will zum »American Express« gehen, die Post von zu Hause abholen. Ich will auf der Terrasse des *Deux Magots* sitzen und meinen *café crème* schlürfen, während die Kinder Apfelsaft trinken. Und Postkarten will ich schreiben: *beste Grüße an alle*. Wie Vito. Und du wirst oben im Hotel sitzen und an einem Buch schreiben, denn ich habe dir noch einen weiteren Monat versprochen, noch ein weiteres Jahr, noch ein weiteres Leben, und nachmittags werde ich mit den Kindern in den Louvre gehen, werde mit ihnen die Steintreppe hinaufgehen, vorbei an dem Siegesengel von Samothrake, die Korridore mit den glänzenden Parkettfußböden entlang, vorbei an den riesigen Gemälden von David und Ingres, an die ich mich noch aus der Zeit erinnere, als ich damals dort war – Jane Melville, frisch vom College gekommen. Was würde Jane Melville wohl jetzt von mir denken? Sommermonate in Mallorca, an dem kleinen Strand von Camp de Mar, wo man damals pro Tag für das Hotel, drei Mahlzeiten und den Wein zwei Dollar bezahlte, wo ich abends mit dir auf der Terrasse saß und süßen Calisay trank. Eine zweite verkorkste Hochzeitsreise wird es sein, zusammen mit den Kindern, die oben in ihren Zimmern schlafen, und dem Nachtportier haben wir Geld gegeben, damit er nach ihnen sieht, während wir beide mit dem Autobus nach Palma fahren und jene Nacht zu wiederholen versuchen, in der wir uns zum ersten Mal geliebt haben, am Strand hinter einem Ruderboot, jenseits der Bucht die Kathedrale, feuchter Sand in meiner Unterwäsche; damals hättest du mich nicht um einen Monat gebeten. Aber jetzt bittest du mich darum, und ich sage ja, weil ich es nicht zum Bruch kommen lassen möchte. Vergiß nicht, daß wir Kinder haben. Ja, in jener Nacht am Strand waren wir glücklich. Wir sahen nicht die Jahre, die vor uns lagen, nicht den Kinderwagen, nicht die Nachmittage als Gefangene auf vergitterten Spielplätzen und nicht die Jahre des Zu-Hause-Sitzens, weil ein Babysitter zu teuer war.

Spanische Schlösser. Wenn wir wieder dort hingehen – er wird doch immer nur an ein Buch denken, an irgendein verdammtes Buch. Er ist jetzt völlig besessen, nichts anderes interessiert ihn mehr. Vielleicht niemals mehr?

»Jane«, sagte seine Stimme. »Komm ins Bett.«

»Geh nur. Ich schlafe im Kinderzimmer.«

»Nein, das tust du nicht. Das ist vorbei. Du schläfst bei mir. Los, mach auf.«

Bei ihm schlafen! Wie totes Fleisch würde sie bei ihm liegen.

»Mach auf.«

Sie öffnete die Tür, seine Arme hoben sie hoch, und er trug sie den Korridor entlang. Totes Fleisch. Sie ließ sich erschlaffen.

Als ich sie ins Schlafzimmer trug, reagierte sie überhaupt nicht. Ich erinnerte mich, daß ich sie im ersten Jahr unserer Ehe – als Vorspiel der Liebe – immer ausgezogen habe, und als ich jetzt begann, ihre Bluse aufzuknöpfen, da mußte ich an diesen Romeo aus dem Büro denken und was zwischen den beiden wohl vorgefallen war. Küsse im dunklen Korridor, Geschmuse im Café? Wie sah er aus? Und plötzlich, mit einer Eifersucht, die ich nicht verspürt hatte, als sie es mir erzählte, fing ich an, sie zu küssen und zu streicheln. Sie reagierte immer noch nicht. Sie lag einfach auf dem Bett wie eine Mutter, die die Liebkosungen ihres übermäßig zärtlichen Kindes über sich ergehen läßt. Und ich wiederum merkte, daß meine Gedanken zu wandern begannen. Während ich leicht in ihre Brüste biß, dachte ich an Gerston und überlegte, was er wohl zu den letzten beiden Kapiteln meines Buches sagen würde. Während meine Zunge die Falten ihres Ohres erforschte, überlegte ich, ob meine Schreibwut wohl ein Ersatz für das Erlahmen eines gewissen Urtriebs sein könnte. Am liebsten hätte ich mich auf die Seite gerollt und wäre eingeschlafen; statt dessen küßte und streichelte ich sie jedoch weiter. Vor mir tat sich eine neue Hölle auf: Ich war dazu verdammt, sie endlos umarmen zu müssen. Und sie würde überhaupt auf nichts mehr reagieren.

»Soll ich lieber aufhören?« fragte ich schließlich.

Sie stützte sich auf den Ellbogen, die andere Hand keusch zwischen den Schenkeln. Im Mondlicht erinnerte sie mich – nackt, wie sie war, bis auf die Halskette aus grünen Steinen – an Manets »Olympia«. Ich war ihr Mohrensklave.

»Möchtest du denn?« fragte sie.

Ich aber wollte, daß sie um Frieden bäte. »Vielleicht bist du müde?« suggerierte ich.

»Nein.«

Ich spürte, wie ich erschlaffte. Entsetzt stand ich auf und ging ins Badezimmer. Ich drehte das Licht an (warum hat man nur immer das Gefühl, daß die Lampen in den Badezimmern nachts so grell sind?), und als ich mich über das Waschbecken beugte, kamen zwei Silberfische aus dem Abfluß und wimmelten über die weiße Porzellanfläche des Beckens: verloren, geblendet, verstört von der Helligkeit, in die sie geraten waren, von dieser harten weißen Welt, aus der es kein Entkommen gab.

Ich beobachtete sie einen Augenblick und wandte mich dann ab. Jenseits der Straße sah ich auf ein Schachbrett erleuchteter Fenster des Theologischen Seminars. Aber die Theologen schliefen wohl schon; zwischen den leeren Bänken war nicht einmal eine Putzfrau zu sehen. Ich drehte das Licht im Badezimmer wieder aus, stand im Dunkeln und versuchte, meine Sinnlichkeit dadurch zu steigern, daß ich mir Bilder aus anderen Zeiten, von anderen Mädchen, in die Erinnerung zurückrief. Ich dachte daran, wie ich bei meinem ersten Besuch in Paris – ich war damals zweiundzwanzig gewesen – steif und erregt in der ersten Parkettreihe des Concert Mayol gesessen hatte. Zu Beginn war eine Gruppe von achtzehn nackten Mädchen auf der Bühne aufmarschiert, und jedes dieser Mädchen hatte sich umgedreht, um dem Publikum das nackte Gesäß und eine Tafel mit einem großen Buchstaben zu zeigen, und zusammengenommen lauteten die Buchstaben: GAIETÉS PARISIENNES. Ich trauerte meiner hitzigen Jugend nach. Niedergeschlagen kehrte ich in das Schlafzimmer und zu meiner Silberfischgefährtin zurück.

Sie schlief nicht. Sie lag auf dem Bett und hatte mir den Rücken zugewandt; jetzt war sie die Venus von Rokeby, schön und unnahbar. Als ich mich neben sie legte, sagte ich mir, daß es nur vorübergehend, daß es unwichtig wäre – hatte nicht Maupassant geglaubt, daß der Sex einer Nacht ihn um die Arbeit von fünfzehn Tagen brachte? Dann war es schon besser, ich versagte, denn morgen mußte ich arbeiten, und jetzt mußte ich schlafen.

»Und?« sagte sie, mit dem Rücken mir zugewandt. »Bist du schon fertig?«

Trotz der gnadenlosen Erkenntnis, daß es nicht klappen würde, versuchte ich es noch einmal.

Von ihrem Ehrenplatz auf der billigen gelben Kommode aus, die auf der anderen Seite des Zimmers stand, sagte die Fotografie von Frank Finnertys Vater guten Morgen. Onkel John Finnerty (er war schon ein alter Mann gewesen, als er damals mit ihr im Gemeindesaal von Creeslough getanzt hatte) wirkte auf diesem Bild noch recht jung und unerfahren. In geliehener Robe stand er neben der griechischen Säule eines Fotoateliers, in der rechten Hand hielt er jenes Diplom, das ihn auf Lebenszeit berechtigte, kleinen irischen Jungen Unterricht in Latein, Griechisch und Geschichte zu geben. Komisch, wie dieses Foto jeden Morgen ihren Blick auf sich zog, wenn sie erwachte, und sie daran erinnerte, daß sie sich nicht in der Wohnung eines Fremden befand, daß der Mann dort der ältere Bruder ihrer Mutter war und daß draußen, jenseits dieser Wohnung und jenseits des Meeres, ein Land lag, das ihre Heimat war, und daß die Rückkehr nun doch nicht so schlimm sein würde.

Und dabei mußte sie wieder an den Flugschein denken, den Jane ihr gestern abend gegeben hatte, an den Tag und die Stunde ihres Rückflugs. Am nächsten Freitag, genau in einer Woche, war es soweit. An einem Freitagabend – am letzten Freitag – war sie hierhergekommen. Eine Woche ganz allein – das war eine lange Zeit. Nicht ein einziges Mal war er gekommen, um sie zu besuchen; wer hätte das für möglich gehalten?

Aber ich will nicht daran denken, ich will mich nicht quälen, indem ich den ganzen Tag herumsitze und warte, daß er anruft, wenn er gar nicht die Absicht hat, hier anzurufen, und kein Wunder, denn wahrscheinlich macht ihm sein schlechtes Gewissen zu schaffen. Ach, er ist es gar nicht wert, daß man sich seinetwegen aufregt, warte nur, bis du selbst einmal alt bist, bis deine eigenen Kinder dir die kalte Schulter zeigen, und das werden sie, Gott verzeihe mir, aber das werden sie! Alles fällt irgendwann auf einen zurück.

Das graue Haar fiel ihr über die Schultern, als sie aus dem Bett stieg. Sie hatte vergessen, das Haarnetz umzubinden. Als sie den Fuß auf den Boden setzte, fühlte sie, wie die Sonne schon wieder auf die kahlen Dielen brannte. Wieder ein glühendheißer Tag. Ihr fiel ein, daß Mrs. Hofstra, mit der sie immer im Park zusammensaß, sie heute zum Tee eingeladen hatte. Eine Fremde, eine Ausländerin, die sie vor vier Monaten noch gar nicht gekannt hatte, hatte sie zum Tee eingeladen, aber ihr eigenes Fleisch und Blut wollte nicht einmal...

Du sollst dich nicht aufregen, das ist nicht gut für dich. Geh jetzt und hol die Zeitung.

Frank hatte vergessen, die Zeitung abzubestellen. *Herald Tribune* hieß diese Zeitung, die jeden Morgen draußen vor der Wohnungstür lag. Und sie las sie gern, während sie morgens ihre Tasse Tee trank. Sie schaltete auch gern den Fernsehapparat ein; es gab da eine Sendung, die Aktuelles vom Tage brachte und von einem sehr netten großen jungen Mann mit Brille geleitet wurde. Zu diesem Programm gehörten Nachrichten, die Wettervorhersage und eine Menge Geplauder über alle möglichen Dinge, die auf der Welt passiert waren. Sie wachte immer um sieben auf, viel zu früh, wenn der Tag so lang ist, aber was konnte sie daran ändern?

Bevor sie zur Wohnungstür ging, um die Zeitung zu holen, schlüpfte sie anstandshalber in ihren blauwollenen Morgenmantel. Die Zeitung war zwar schon gekommen, aber der Milchmann hatte das viertel Liter Milch noch nicht gebracht. Deutlich konnte sie das Radio hören, das in der Wohnung, eine Etage tiefer, spielte. Die Dame, die dort wohnte, ließ das Radio vom frühen Morgen bis zum späten Abend laufen.

Sie ging in das Wohnzimmer, öffnete sämtliche Fenster und zog die Jalousie herunter, damit die Sonne nicht hereinschiene. Im Vorübergehen schaltete sie das Fernsehgerät ein. In der Küche fingen die beiden Bananen, die sie gestern gekauft und dann auf dem Tisch liegengelassen hatte, bereits an zu faulen. Wie dumm von ihr, daß sie sie nicht gleich in den Kühlschrank gelegt hatte. Sie ließ Wasser in den Teekessel und stellte ihn auf den Herd. Eine Stimme sagte im Wohnzimmer, daß in diesem Cap Carnival ein Raketenstart mißlungen wäre. Es war die Stimme des netten jungen Mannes, der diese Sendung leitete.

Während der Tee zog, legte sie eine Scheibe Brot in den

Toaströster. Die Butter im Eisschrank war hart wie Eis, und so legte sie sie auf das Fensterbrett in die Sonne. Sie lockerte ihren Morgenmantel und beschloß dann, ihn auszuziehen. Im Wohnzimmer waren ja die Jalousien vorgezogen, und das Küchenfenster ging auf eine Hauswand hinaus. Kein Mensch würde sie also in ihrem Nachthemd sehen. Der Fernsehapparat war zu laut, sie mußte ihn leiser drehen. Im Halbdunkel des Wohnzimmers sah sie das blaue Bild; der Sendeleiter saß an einem großen Tisch, rechts neben ihm ein hübsches Mädchen und links von ihm ein weiterer Mann. Alle betrachteten ein Spielzeug, das auf dem Tisch stand. Sie lachten. Zu laut. Gleich würde jemand von oben an die Decke klopfen, wenn sie sich nicht beeilte und den Apparat leiser drehte. Sie ging hinüber, schnell...

Der Sturz verschlug ihr den Atem. Mit der einen Seite ihres Gesichts schlug sie so hart auf dem Fußboden auf, daß sie fast das Bewußtsein verlor. Ein peinigender Schmerz zuckte von der Hüfte durch das Bein.

*Schmerz.* Ihr Kopf war ganz leicht. Bleib noch eine Minute liegen, vielleicht geht es vorüber. Ruhe dich eine Minute aus. *Schmerz.* Bitte, lieber Gott, laß nichts gebrochen sein... Ich bin ohnmächtig gewesen, das war es. Ich bin auf dem blauen Teppich ausgerutscht, bin fürchterlich gestürzt, und irgend etwas ist gebrochen. Aber nimm dich zusammen, Eileen, verliere jetzt nicht den Kopf. Bewege dich ein klein wenig zur Seite. *Schmerz...* Mir ist übel. Der Schmerz sitzt ziemlich weit oben. Bei alten Menschen brechen die Knochen leicht, sie sind porös. Bewege dich. *Schmerz.* Oh, meine Hüfte, ich glaube wenigstens, daß es die Hüfte ist... Du warst schon wieder ohnmächtig. Bleib ruhig liegen, du bist doch Krankenschwester, wo mag der

Bruch sein? Wenn du dir die Hüfte gebrochen hast, wird es wahrscheinlich der Oberschenkelhals sein. Dann kannst du dich nicht mehr bewegen, sondern mußt hochgehoben werden. Aber wer sagt dir eigentlich, daß es das Hüftgelenk ist, es sieht dir ähnlich, du albernes Weib, gleich immer an das Schlimmste zu denken. Nimm dich zusammen, versuche, ob du dich umdrehen kannst. Jetzt... *Schmerz.* Lege dich wieder so hin, wie du bisher gelegen hast. *Schmerz*... Du bist schon wieder ohnmächtig gewesen. Mir ist todübel. Aber ich darf mich auf Franks gutem Teppich nicht übergeben. Wenn ich mir vorstelle, daß er – oder irgend jemand anders – hereinkommt und mich hier liegen sieht, im Nachthemd. Oh, bitte, ich darf mich nicht übergeben, darf nichts schmutzig machen, übel ist mir, so übel, oh... Ich muß den Teppich saubermachen, ihn mit Wasser und Seife auswaschen, muß mir Teppichreiniger besorgen, dann lege ich ihn in der Küche auf das Fensterbrett, und kein Mensch wird es merken. Rutsche ein Stückchen weg von dem Erbrochenen, mein Haar ist auch schon verschmiert, die Haare muß ich mir waschen. Franks Teppich. Was...

*Sie lag gleich hinter der Tür des Wohnzimmers, auf der linken Seite, die Arme erhoben, als wäre sie erschossen worden, als sie die Hände gerade hochhob. Sie war ein Stück weitergerutscht, so daß ihr Kopf nicht mehr auf dem Teppich in dem Erbrochenen lag, ihr Gesicht lag seitwärts auf den Dielenbohlen. Das Haar war ihr über die Augen gefallen, das Nachthemd war hochgerutscht, so daß Gesäß und Unterleib unbedeckt waren. Im Wohnzimmer, wo die Jalousien vorgezogen waren, war es dunkel, aber durch das Küchenfenster fiel ein Sonnenstrahl genau auf ihre*

*Beine. Das Bild auf dem Fernsehschirm wechselte, und eine Stimme sagte:*

»Und jetzt folgt der Wetterbericht für heute vormittag. Die genaue Zeit: Es ist acht Uhr sechsundvierzig. Und hier ist wieder Frank:

Ja, leider wird es heute wieder sehr heiß werden. Die Temperatur steigt voraussichtlich auf weit über dreißig Grad, während sie nachts auf etwa zweiundzwanzig Grad zurückgeht. Luftfeuchtigkeit ungefähr achtzig Prozent. Temperatur in Manhattan augenblicklich fünfundzwanzig Grad bei einer Luftfeuchtigkeit von einundachtzig Prozent. Im Long Island Sound ...«

... ist passiert? Der Fußboden. Das Bein abgestorben. Meine Hüfte. Aber redet da nicht jemand?

»Und jetzt wieder zurück zu Dave.«

Der Fernsehapparat, richtig, aber irgend jemand ist im Treppenhaus. Der Milchmann? Hilf mir doch! Aber wenn er nun kommt, und ich liege hier in meinem Nachthemd, alles ist verschmutzt, nein, nein, so wie es hier drinnen aussieht, darf er nicht hereinkommen.

Sei doch vernünftig, Mensch. Schrei doch!

Aber der Fernsehapparat ist zu laut, er wird mich nicht hören.

Da – das Klimpern der Flaschen.

Rufe doch!

Zu spät. Soll ich rufen?

Hallo! Hilfe!

(Habe ich gerufen, oder habe ich es nur geträumt?)

Schritte. Die Haustür. Ist er weg?

»Bei uns im Studio ist heute morgen Miss Fumi Watanabe, die aus Tokio hierhergekommen ist, um die Titelrolle zu tanzen ...«

Auf dem Fensterbrett in der Küche fing das viertel Pfund Butter langsam an zu zerlaufen. Der Toast wurde hart.

Als wir heute morgen aufwachten, mußte ich wieder an diese Silberfische denken. Schweigend zogen wir uns an, schweigend frühstückten wir, und als wir am Riverside auf den Autobus warteten, wurde unser Schweigen nur von dem ohrenbetäubenden Rattern etlicher Preßluftbohrer unterbrochen, denn ein Stück weiter wurde gerade ein Haus eingerissen. Eine Stahlkugel, die an einer langen Kette hing, schwang träge über dem Haufen alter Ziegelsteine hin und her und zerschmetterte die alten Mauern. Ich mußte schreien, um mich verständlich zu machen.

»Fährst du heute abend nach Saratoga?«

»Ja«, sagte sie.

»Wann fährst du?«

»Um sechs.«

»Wie wäre es, wenn wir uns um halb sechs am Busbahnhof träfen? Wir könnten noch eine Tasse Kaffee zusammen trinken?«

»Warum?«

»Nur so. Ich möchte dich noch sehen.«

»Um ganz sicherzugehen, daß ich nicht gekündigt habe?«

»Sei doch nicht so gemein. Ich dachte nur, daß wir die halbe Stunde noch zusammen sein könnten. Sonst sehen wir uns doch erst Sonntag abend wieder.«

»Bekümmert dich das?« sagte sie. »Du vermißt mich schon nicht.«

Dann kam der Autobus; er war wie gewöhnlich voll besetzt, so daß wir stehen mußten. Sie stand mit dem Rücken zu mir, und einen Augenblick lang haßte ich sie tatsächlich. Aber dann mußte ich wieder an die beiden Silberfische denken. Bevor sie ausstieg, sagte ich ihr noch einmal, daß ich um halb sechs auf sie warten würde. Werden wir jemals wieder in die warme dunkle Abflußröhre zurückfinden?

Die Königin des heutigen Tages fing an zu weinen, als die hübschen Mädchen die Preise heranbrachten: einen Kosmetikkoffer, gefüllt mit Schönheitsmitteln für ein ganzes Jahr, ein Fernsehstandgerät, ein Twinset aus Kaschmirwolle, einen Waschautomaten, dazu Waschmittel für ein ganzes Jahr, einen Mantel aus imitiertem Leder, und schließlich, mit einem Trommelwirbel, wurde der große Preis verkündet: eine Flugreise nach Hawaii mit einem zweiwöchigen Aufenthalt in einem Strandhotel, alles inbegriffen. Die Königin war eine dürre ältliche Frau aus Scranton in Pennsylvania; sie hatte eine große Geschwulst an der rechten Kinnlade, und zwei Finger der einen Hand waren durch einen Unfall in ihrer Kindheit verkrüppelt. Ihre Lebensgeschichte (der Ehemann litt seit fünfzehn Jahren an der Parkinsonschen Krankheit, sieben Kinder mußten von dem Geld, das sie als Putzfrau verdiente, ernährt werden, eine kranke Schwester lebte in Kalifornien, und das älteste Kind war an Kinderlähmung erkrankt) hatte, wie das Meßgerät anzeigte, den stärksten Beifall bekommen, und als der Zeremonienmeister sie nach vorn führte, fuhr die mittlere Kamera näher zur Großaufnahme. Riesig wuchs ihr Gesicht über den Bildschirm in all seiner glücklichen, verwirrten, weinenden Häßlichkeit. Für die Zuschauer vor den Fernsehschirmen nicht mehr sichtbar, wurde eine Tafel mit der Aufschrift APPLAUS von einem jungen Mann hochgehalten. Das Publikum im Studio steigerte sein Klatschen zu einem Crescendo.

Durch den Beifall wurde sie wieder wach, und einen Augenblick lang glaubte sie, man klatschte ihr Beifall. Langsam kam sie wieder zu sich; da setzte auch der hämmernde Kopfschmerz wieder ein; er hatte angefangen, als sie anfing, sich zu bewegen. Sie war dem Fernsehapparat ein ganzes Stück näher gekommen, und von dort, wo sie lag, konnte sie die kleine Diele mit dem Tischchen und dem Telefon darauf sehen. Jede Bewegung verursachte ihr Schmerzen, und jedesmal, wenn sie sich ausruhte, fiel sie erneut in einen Dämmerzustand. Aber drei Meter war sie doch schon weitergekommen. Wenn sie durchhielt, würde sie es bis zum Telefon schaffen.

Und ich werde durchhalten, sagte sie sich. Nicht umsonst bin ich die Tochter von Shaun Moynahan. Ich habe den Schmerz um Rorys Tod ertragen, habe all die Jahre ausgehalten, in denen Grattan so krank war, ich werde auch das hier ertragen. Sie schob ihre Hände unter die Brüste, bewegte sich ein wenig, so daß die Zehen ihres gesunden Beines an den Dielenbrettern Halt fanden, und dann richtete sie sich ein Stückchen auf. Mit geschlossenen Augen, während der Schweiß ihr über Stirn und Nacken rann, schob sie sich vorwärts. Ihr Körper rutschte einige Zentimeter weiter. Sie fiel auf das Gesicht. Wieder ein kleines Stück näher. Schmerz ... Alle waren sie jetzt bei ihr im Zimmer: Grattan hatte den braunen Tweedanzug an, den er auch auf ihrer Hochzeitsreise getragen hatte; Sheila trug das gelbe Kleid, das sie an jenem Tag angehabt hatte, als sie nach Australien ausriß, Moira war in das schwarze Gewand einer Novizin gehüllt, Brendan trug seinen zerknitterten amerikanischen Anzug, der aussah, als wäre er aus Schlafanzugstoff gemacht, und Rory die blaue Uniform der Air Force. Ihr Vater war ebenfalls da. Obgleich er immer noch einen Bart hatte, erinnerte er sie an Onkel John Finnerty, denn er trug Onkel Johns Robe und stand neben der griechischen Säule eines Fotoateliers. Alle standen sie auf der anderen Seite des Zimmers; warteten auf sie. Sie waren alle tot.

Und eine Stimme sprach: »In meines Vaters Haus sind viele Wohnungen. Tretet gläubig in die Freuden des Königreiches, das ich euch bereitet habe. Dies ist meine geliebte Tochter Eileen, an der ich großen Gefallen gefunden habe.«

Alle klatschten vor Freude. Und sie weinte vor Glück, denn alles war doch noch gut geworden, alle waren erlöst und im Himmel. Sogar Brendan. Und der alte Pater Hanlon saß mitten im Zimmer.

Er sagte: »Diese Welt ist ein Jammertal, ein Prüfstein. Wir müssen hier auf Erden leiden, damit wir würdig sind, vor den göttlichen Richterstuhl zu treten.« Sie hatte an Gottes Güte gezweifelt, hatte geglaubt, daß Gott sie Denis' wegen bestraft hätte: mit Rorys Tod, mit Grattans Krankheit, damit, daß Sheila weggelaufen war und Brendan ein gottloses Leben führte. Aber Gott war gut. Er verstand. Lisa und Liam kamen durch das Zimmer auf sie zu, kleine Engel, beide getauft. Sie streckten ihr die Hände entgegen. Ihr Vater kam ebenfalls durch das Zimmer, und sein Bart kitzelte auf ihrer Wange, als er sie küßte. »Es ist alles gut, Eileen«, sagte er. »Du hast dein möglichstes getan.«

»Auch bei Brendan?« fragte sie. »Ich wollte ihn so erziehen, daß er an jene Dinge glaubte, die wichtig sind, aber das tut er nicht; er glaubt nur an sein eigenes Ich, er hat mich nie in Franks Wohnung besucht. Ist Amerika daran schuld, oder bin ich daran schuld?«

»Komm«, sagte ihr Vater. Er nahm ihre Hände und legte sie in die Hände ihrer Enkelkinder, und ihre Enkelkinder führten sie durch das Zimmer in den Himmel, während alle klatschten und klatschten und klatschten...

Es kam aus dem Fernsehapparat, die Leute auf dem Fernsehschirm klatschten wieder. Sie konnte das Telefon sehen. Sehr weit weg. Das Hämmern in ihrem Kopf fing wieder an, ihre Lippen waren trocken, wer gibt mir einen Schluck Wasser? Sie merkte, daß sie sich wieder übergeben mußte, doch es ging vorüber. Es war Gottes Wille, daß sie gestürzt war und sich so verletzt hatte. Gott strafte sie, weil sie in den letzten Wochen an ihm gezweifelt hatte. Er stellte sie auf die Probe. Dein Wille geschehe.

Wieder schob sie die Hände unter ihren Leib. Eins-zwei-drei. Sie drückte sich hoch und beugte sich nach vorn. Sie fiel auf das Gesicht. Wie ein Schlag war es. Schmerz... Ganz langsam, es geht bestimmt vorüber. Trotz des hämmernden Kopfschmerzes lauschte sie der Stimme aus dem Fernsehapparat; eine Orgel spielte.

»Und jetzt«, sagte eine Stimme, »unsere Sendung zum Feierabend.« Sie kannte diese Sendung; sie begann immer am Spätnachmittag. Ihr fiel ein, daß Mrs. Hofstra sicher mit dem Tee auf sie wartete. Mrs. Hofstra würde wahrscheinlich überlegen, was mit ihr passiert sein könnte. Ob Mrs. Hofstra sie anrufen, ob sie vielleicht sogar herüberkommen würde, um nachzusehen, weshalb sie nicht kam? Nein, das brauchst du dir gar nicht einzubilden; niemand wird kommen. Da drüben ist das Telefon. Gar nicht so weit weg. Nur ein paarmal brauchte sie sich noch zu bewegen. Jetzt. Eins-zwei-drei!

Um sechs Uhr, als das Fernsehen Nachrichten brachte, hatte sie die Wohnzimmertür fast erreicht. Während sie dort auf dem Fußboden in einer Art Dämmerschlaf lag, das Hämmern im Kopf, hörte sie das Telefon läuten. Es läutete und läutete, vielleicht war es Mrs. Hofstra, oder war es vielleicht – bitte, lieber Gott – Brendan? Wenn sich niemand meldete, beschließt er vielleicht, herüberzukommen und nachzusehen, was mit mir los ist.

Aber warum sollte er das? Die ganze Woche ist er doch auch nicht gekommen.

Das Telefon hörte auf zu läuten. Vielleicht hatte nur jemand eine falsche Nummer gewählt, das passiert hier dauernd. Aber ein Gutes hatte die Sache: Das Telefon funktionierte. Ich muß bis zum Telefon kommen.

Kierkegaard und Camus, Dostojewski und Gide – auf dem Busbahnhof ließ ich den Taschenbuchständer langsam rotieren. Würde hier auch noch Platz für mich sein? Auf den anderen Buchständern waren Kriminalromane, Anleitungen für alle möglichen Dinge, Erzählungen von Norman Vincent Peale, Wildwestromane und Tiergeschichten aufgebaut. Wer las bloß diese vielen Bücher?

Pünktlich um halb sechs war ich hiergewesen, aber bisher war sie nicht aufgetaucht. Am Eingang zum Café zögerten zwei farbige Soldaten (waren sie gerade aus dem Süden gekommen?) einen Augenblick, bevor sie hineingingen. Der Lautsprecher gab die Abfahrt eines Autobusses nach Chicago bekannt. In der Kühle der klimatisierten Haupthalle klebte mir das feuchte Hemd auf der Haut.

Morgen nachmittag liefere ich die letzten beiden Kapitel bei Gerston ab. Obwohl ich in der letzten Nacht kaum geschlafen hatte, war ich heute mit der Arbeit doch gut vorangekommen. Wenn ich die Geschichte mit Jane nur wieder einrenken könnte. Wo steckte sie bloß?

Um Viertel vor sechs sah ich sie auf ihren hohen Absätzen quer durch die Haupthalle staksen, eine Reisetasche in der einen Hand und drei Päckchen im Arm. Als sie näher kam, betrachtete ich ihr Gesicht: mürrisch, hübsch und blaß. Sie tat mir leid. Warum aber fuhr ich sie dann mit meinem ersten Satz sofort an?

»Du kommst spät«, sagte ich vorwurfsvoll.

»Ich hatte noch einiges zu besorgen.«

»Was denn?«

»Spielzeug für die Kinder und eine Kleinigkeit für Barbara.«

»Für Barbara – in Ordnung. Aber die Kinder brauchen kein Spielzeug; sie haben sowieso schon viel zuviel.«

»Aber irgend etwas brauchen sie. Immerhin haben sie keinen Vater.«

»Hör zu, Jane! Ich bin extra hergekommen und versuche, nett zu dir zu sein.«

Sie seufzte. »Schön, du bist gekommen. Vielen Dank. Warum gehst du aber jetzt nicht wieder zu deinem verdammten Buch zurück? Ich suche mir jetzt einen Platz im Bus.«

»Wir haben doch noch fünfzehn Minuten Zeit. Das genügt für einen Kaffee.«

»Nein. Ich möchte nicht bis Saratoga stehen.«

»Meinetwegen. Wo fährt er ab? Ich bringe dich hin.«

Wir gingen also quer durch die große Haupthalle. »Du könntest mir zumindest die Reisetasche abnehmen«, sagte sie vorwurfsvoll.

»Entschuldige.«

Ich nahm ihr die Tasche und die Päckchen ab, und dabei

fiel mir ein, daß wir uns eigentlich noch nie so gestritten hatten wie jetzt. Wenigstens nicht ganz so. Ich mußte an ein Gedicht von James Stephens denken, und um den Versuch zu machen, sie zurückzugewinnen, zitierte ich es. »Jane«, sagte ich,

»›Eines Tages, wenn es vorbei ist,
Wenn alle Pfeile verschossen sind,
Fragen wir uns, warum wir uns hassen,
Doch nichts, was uns einfällt, kann es erklären.‹«

»Nichts, was uns einfällt?« sagte sie. »O doch, uns wird schon etwas einfallen.«

»Was soll das heißen?«

»Das erzähle ich dir nächsten Monat.«

Wir gingen zu den Bussen hinaus, und dabei nahm sie mir die Reisetasche und die Päckchen wieder ab. »Wiedersehen«, sagte sie.

»Warum denn so eilig?«

»Hör zu«, sagte sie und wandte sich zum Autobus. »Wenn du etwas Nützliches tun willst – warum rufst du dann nicht deine Mutter an?«

»Richtig, das muß ich. Jane?«

»Was ist?«

»Wie war es heute im Büro?«

»Ich habe mir schon gedacht, daß du mich danach fragen würdest. Ich habe Louise gesagt, daß ich bleibe. Sie war sehr erfreut.«

Sie stieg in den Bus; das Glas der Busfenster war dunkelgrün gefärbt, so daß ich nicht erkennen konnte, wo sie saß. Ich wanderte auf und ab, blickte hinein, konnte sie jedoch nicht entdecken. Betreten wartete ich auf der Rampe, und dabei wußte ich genau, daß sie mich sehr wohl sah. Als der Autobus anfuhr, winkte ich.

Wie viele Male habe ich während der Jahre, die ich für Downes arbeitete, von einem Wochenende wie diesem geträumt? Allein in der Stadt. Frau und Kinder nicht da, allein mit meinem Buch. Und dennoch fühlte ich mich, kaum daß sie den Bus bestiegen hatte, zum erstenmal seit Monaten einsam. Ich rief Pat Gallery an und hoffte, er und Yvonne würden mich zum Essen einladen, aber sie waren in ihrem Sommerhaus auf Long Island. Ich rief Max an, der jedoch mit seiner Schwester zusammen Abendbrot aß. Ich rief Dortmunder an, aber niemand meldete sich. Ich dachte sogar daran, meine Mutter anzurufen, hatte jedoch keine Lust, mir ihr vorwurfsvolles Schweigen anzuhören, und so ging ich schließlich ins Village zurück. Dabei kam mir eine Idee: Wenn ich den ganzen Abend arbeitete, könnte ich die letzten beiden Kapitel morgen mittag bei Gerston abliefern. Wenn er sie dann morgen nachmittag las, konnten wir uns abends ausführlich darüber unterhalten. Eine großartige Idee. Ich ging in ein Restaurant, aß ein Schinkenbrot, und binnen einer Stunde saß ich wieder am Schreibtisch.

Das blaugraue Licht des Fernsehapparats drang aus dem Wohnzimmer bis in die Diele, aber der Apparat war stumm. Es mußte mitten in der Nacht sein, überlegte sie. Ich muß eine ganze Weile geschlafen haben, aber daran kann ich mich nicht erinnern. Ich weiß nur, daß ich hingefallen bin, und ich weiß auch noch, daß ich mich bis hierher geschoben habe, aber wie lange ist das alles schon her? Der Schmerz ist genauso schlimm wie vorher, und das Hämmern in meinem Kopf ist noch schlimmer geworden. Ich bin jetzt geschwächter. Was gäbe ich für einen Schluck Wasser! Es ist schlimmer als eine Pilgerfahrt nach Lough Derg; das Fasten während der ganzen Nacht und der Weg um die Insel, barfüßig über die scharfkantigen Steine, das war gar nichts, verglichen mit dem, was ich jetzt durchhalten muß. Wie lange liege ich hier schon? Ich weiß es nicht; vielleicht habe ich das Zeitgefühl verloren. Dieses Hämmern in meinem Kopf ist mein Herz. Nicht aufregen, hat Dr. Brady gesagt, auf gar keinen Fall aufregen. Der sollte mich mal jetzt hier sehen.

Als sich ihre Augen an das Halbdunkel gewöhnt hatten, sah sie, daß sie in der Diele lag. Undeutlich erkannte sie die Umrisse des Tischchens, auf dem das Telefon stand. Noch ein paar Versuche, und sie hatte es erreicht. Aber ich muß warten. Wenn ich das Tischchen in der Dunkelheit umstoße, muß ich das Telefon vielleicht erst noch suchen. Und finde es dann womöglich nicht. O gnädiger Gott, ich habe Angst, ich habe so große Angst. Wenn ich hier nun sterbe?

Nun hör bloß auf, meine Liebe. Warum solltest du sterben, was redest du da für einen Unsinn, du bist doch selbst Krankenschwester und solltest Bescheid wissen. Du hast dir das Hüftgelenk gebrochen. Daran stirbst du nicht. Eine ganze Woche oder noch länger kann man damit leben. Du wirst das Telefon erreichen, und irgend jemand wird kommen, Brendan oder Jane oder sonst jemand wird im Verlauf des Wochenendes sicher vorbeikommen. Du wirst telefonieren, du wählst die Null, und dann sprichst du mit der Polizei oder mit der Vermittlung.

Kann ich noch sprechen? Habe ich meine Stimme noch?

»Hallo«, sagte ihre Stimme. »Hallo.«

Das Telefon steht irgendwo vor dir. Krieche hin, solange du noch bei Kräften bist, wer weiß, wie lange du das nächste Mal bewußtlos sein wirst.

Sie schob ihre Hände unter die Brüste und richtete den Oberkörper auf. Schweiß brannte ihr in den Augen; es war heiß hier, selbst mitten in der Nacht. Eins-zwei-drei. Hoch. Sie fiel vorwärts, fiel auf das Gesicht. Schmerz... Sie war zu Hause in Creeslough, war ein kleines Mädchen, das den Weg zum Wasserfall hinuntergegangen war; im Wasserfall hatte sie einen springenden Lachs gesehen, sie hatte sich weit vorgebeugt, um ihn zu sehen, und dabei war sie hineingefallen, war im Wasser und konnte nicht schwimmen, und der Sog zerrte sie immer näher zu dem Wasserfall hin. Sie blickte hoch, und am Ufer saßen Brendan und Jane an ihrem Küchentisch und frühstückten. Sie schrie, aber sie sprachen nicht mehr mit ihr, taten, als hörten sie nicht. Sie rief nach den Kindern (Liam? Lisa?), aber die Kinder kamen nicht, sie hatten Angst vor dem Wasser, sie wollten nicht naß werden. Und die ganze Zeit wurde sie weiter mitgerissen, bis sie auf den Wasserfall hinunterstürzte und das Wasser wie Steine auf ihren Kopf prasselte, ihr in den Mund drang... Mir ist wieder übel gewesen, ich habe mich übergeben. Eine Minute ausruhen. Ausruhen.

»In Südvietnam«, sagte eine Stimme, »haben Vietkong-Rebellen in der letzten Nacht mehrere Regierungsstellungen angegriffen und erhebliche Verluste verursacht.«

Über sich sah sie den hellen Sonnenschein, der durch das Oberlicht in die Diele drang. Die Helligkeit tat ihren Augen weh, so daß sie sie schloß. Schneidend, so daß ihr wieder übel wurde, durchzuckte der Schmerz ihren Unterleib. Aus dem Fernsehapparat tönte eine neue Stimme.

Diese Stimme kannte sie, es war der nette junge Mann mit der Brille, der die aktuelle Nachrichtensendung leitete. Dann war es also wieder Tag, war es Morgen geworden. Sie war nur hingegangen, um den Apparat leiser zu drehen, und dabei war sie ausgerutscht. Sie schlug die Augen auf. Warum liege ich dann aber in der Diele? Gestern war es gewesen. Oder irgendwann. Das Telefon!

Ich bin jetzt ganz nahe dran, und deshalb habe ich mich so angestrengt. Ganz nahe. Noch ein paar Versuche, und ich habe es geschafft.

Als sie die Hände jedoch unter den Körper schob, merkte sie, daß sie erheblich schwächer geworden war. Nichts zu essen, nichts zu trinken, und den ganzen Tag das Hämmern und die Schmerzen. Sie wußte, daß ihre Kraft nur noch zu wenigen Versuchen reichte. Sie spannte ihr gesundes Bein an und drückte es durch, aber ihre Arme zitterten, und sie fiel wieder hin, ohne weitergekommen zu sein. Sie ruhte sich aus. Unsere Liebe Frau würde ihr helfen. Sie bat Unsere Liebe Frau um Hilfe, so wie sie sie damals gebeten hatte, als die Kinder geboren wurden. Wieder versuchte sie es. Eins-zwei-drei. Schmerz...

Sie war ein kleines Stück weitergekommen. Ihre Arme zitterten nun auch, wenn sie flach auf dem Boden lag. Es würde länger dauern, als sie geglaubt hatte. Aber sie würde es schaffen.

*En famille* war Gerston ein ganz anderer Mensch als der, den ich seinerzeit mittags im Harvard Club kennengelernt hatte. Seine Wohnung lag an der West Side, und sie war schäbig und spärlich möbliert. Im Korridor lag Spielzeug herum, und bevor er uns in seine Bude einschloß, rief er laut: »Dorothy, daß die Kinder jetzt Ruhe geben.« Seine

Bude bestand aus Büchern: Bücher auf Regalen und auf Tischen, Bücher in grellen Einbänden, Bücher in Manuskriptform, Bücher als Fahnenabzüge, als Umbruch, im Schuber, in wunderbaren Einbänden, und schließlich Bücher, die zu unregelmäßigen Pyramiden aufgebaut waren, durch die wir uns wie auf einem Dachboden einen Weg bahnten. Er nahm Bücher von zwei Stühlen herunter. »So«, sagte er zuversichtlich.

Ich war ebenfalls zuversichtlich. Gegen Mittag hatte ich das Manuskript abgegeben, und seine Frau hatte gesagt, ich solle um sechs wieder vorbeikommen. Den Nachmittag hatte ich damit verbracht, mich zu rasieren, zu duschen und mich mit drei Flaschen Heineken-Bier zu erfrischen. Eingedenk seiner eleganten Erscheinung hatte ich meinen guten blauen Anzug angezogen und die graue Seidenkrawatte umgebunden, die ich mir für unser erstes Treffen gekauft hatte, aber als ich, zehn Minuten zu früh, vor seiner Wohnungstür stand, empfing er mich in Sweatshirt, ausgeblichenen Khakihosen und Sandalen. Er war unrasiert, das dunkle Haar ungekämmt, und man sah, daß es in Wirklichkeit bereits vereinzelt ergraut war. Seine Gewohnheit, mich über den Rand seiner Brille hinweg anzusehen, erinnerte mich in unbehaglicher Weise an meinen ersten Lateinlehrer. Meine Zuversicht schwand.

»Schön, fangen wir also mit den beiden Kapiteln an«, sagte er und hob ein paar linierte Bogen vom Fußboden auf. Ich sah, daß dieses Papier mit winzigen Bleistiftnotizen bedeckt war.

»Vor allem: Der Schluß gefällt mir, ich halte ihn für sehr gut.«

»Wie schön«, murmelte ich einfältig.

»Bei diesen beiden Kapiteln gibt es wirklich nichts zu

besprechen. Ich glaube, wir können sie so lassen. Reden wir aber von dem Buch als Ganzem.«

(Als Ganzem?)

»Es ist ein wunderbares Buch«, sagte er. »Aber ich finde, daß es stellenweise einige Kürzungen vertragen könnte.«

»Ich habe natürlich die Absicht, es noch einmal...«

»Ich habe mir ein paar Notizen gemacht«, unterbrach er mich. »Im Grunde handelt es sich dabei um Vorschläge von Mr. Key und zwei anderen Lektoren, die das Manuskript ebenfalls gelesen haben, als Sie es uns das erste Mal vorlegten. Aber natürlich habe ich mir auch eigene Anmerkungen gemacht. Mit anderen Worten: Das hier ist das Fazit unserer gründlichen redaktionellen Überlegungen. Also dann. Zuerst möchte ich aber sagen, daß wir das Buch ungeheuer bewundern und große Hoffnungen darauf setzen; wir sind aber alle der Meinung, daß ein paar Kürzungen vorgenommen werden sollten. Ich will es Ihnen im einzelnen erklären...«

Er fing an, aus seinen Notizen vorzulesen, aber ich hörte gar nicht hin. Liebe Eltern, eine alte Jungfer hat euch soeben mitgeteilt, daß euer Kind mißgestaltet ist und daher ein erhebliches Problem für die Schule darstellt; sie hat euch aber auch gesagt, daß eine Chance – vergeßt bitte nicht: nur eine Chance – besteht, es doch noch in die Schule aufzunehmen und so zu erziehen, wie all die anderen langweiligen Kinder, die ihr so verachtet, wenn an seiner Nase eine kleine Korrektur durchgeführt wird, wenn das eine Auge operiert und seine Unabhängigkeit etwas beschnitten wird. Seine eindringliche lehrerhafte Stimme sprach endlos weiter, oder ist es möglich, daß sein Redefluß und mein Schweigen weniger Zeit beanspruchten, als es mich jetzt kostet, es zu erzählen? Wenn es so ist, dann glaube ich an die Ewigkeit der Hölle.

»Nun?« sagte er, »Was halten Sie davon? Alles in allem ist es nicht sehr viel, nicht wahr? Ich glaube jedoch, daß der Text ohne diese paar Weitschweifigkeiten besser würde.«

Er wartete.

»Hören Sie zu«, sagte er. »Ich weiß, daß jedem guten Schriftsteller jedes einzelne Wort, das er schreibt, wichtig erscheint. Ich weiß, wie schwer es ist, selbst so geringe Kürzungen wie diese vorzunehmen. Aber glauben Sie mir, ich würde Sie nicht darum bitten, wenn ich das Buch nicht ungewöhnlich gut fände. Normalerweise mache ich mir nicht die Mühe, die ich mir mit Ihrem Buch gemacht habe, es sei denn, der Autor hätte meinem Gefühl nach tatsächlich eine Zukunft.«

»Welche Art von Zukunft?« fragte ich bitter. »Ein großer Verkaufsschlager zu werden?«

»Keineswegs, Brendan. Einige unserer besten Autoren haben sehr viel drastischere redaktionelle Vorschläge als diese übernommen.«

»Wer beispielsweise?«

»Sol Silver zum Beispiel.«

Solomon Silver gehörte zu den wenigen amerikanischen Schriftstellern meiner Generation, deren Werk ich bewundere. Ich konnte es nicht fassen.

»Wollen Sie damit sagen, daß Sie sein Buch gekürzt haben?«

»Nein, das hat er selbst gemacht – auf unseren Rat hin.«

»Ich dagegen lege nicht den geringsten Wert auf Ihren Rat«, hörte ich mich sagen. »Schließlich habe ich dieses Buch geschrieben, habe zweieinhalb Jahre damit verbracht, und es ist das Wichtigste, was es in meinem Leben gibt. Es wäre nicht mehr mein Buch, wenn ich andere Leute entscheiden ließe, was hineinpaßt und was wieder heraus muß.«

Er seufzte. »Natürlich ist es Ihr Buch. Und natürlich müssen Sie tun, was Sie für richtig halten. Aber ganz offen: Ich glaube, daß es von diesen wenigen, nicht sehr erheblichen Streichungen abhängen wird, ob dieses Buch sehr erfolgreich sein oder wie ein Stein im Meer der Veröffentlichungen untergehen wird. Wissen Sie was?« sagte er. »Ich gebe Ihnen meine Notizen mit – hoffentlich können Sie sie entziffern –, und Sie gehen nach Hause und überdenken es. Versuchen Sie, sich Ihr Buch vorzustellen, wenn diese Dinge fehlen. Es handelt sich wirklich nur um ein paar Absätze, mehr nicht. Und ich bin überzeugt, daß Sie selbst merken werden, wie es dem Text zugute kommt. Wollen Sie das tun, Brendan?«

Ich konnte nicht sprechen; am liebsten hätte ich ihm ins Gesicht geschlagen. Wie war es möglich, daß Solomon Silver in sehr viel drastischere redaktionelle Vorschläge eingewilligt hatte? Bestimmt log er.

»Mal sehen«, sagte er und stand auf. »Wo Ihr Manuskript ist? Ein Durcheinander herrscht hier!«

Mein Buch ist mein Kind. Ich kann es unter unzähligen anderen sofort herausfinden. Ich sah, daß es auf dem Tisch hinter ihm lag, die eine Hälfte im Karton, die andere im Deckel des Kartons. Ich ging hinüber und nahm es an mich. Er heftete seine Notizen mit einer Klammer zusammen und gab sie mir. »Lesen Sie sich das alles morgen in Ruhe durch«, sagte er, »und rufen Sie mich Montag an. Dann können wir uns noch einmal zusammensetzen.«

Er sagte noch eine Menge mehr; er fing sofort wieder an,

das Buch und den Stil und so weiter zu loben, aber ich hörte gar nicht hin, meine Gedanken sagten mir immer Solomon Silver, log er, konnte es wahr sein, daß ein guter Schriftsteller wie Silver einwilligte, auch nur ein einziges Wort zu streichen? Als er mich zur Tür begleitete, und dabei über das Spielzeug stieg, das im Korridor herumlag, platzte ich plötzlich heraus: »Silver! Wohnt er in New York?«

»Ja, er hat eine Wohnung am unteren Ende der Fifth Avenue. Ein netter Mann – Sie müssen ihn einmal kennenlernen.«

»Ja.«

»Also«, sagte er, »rufen Sie mich Montag an. Und Kopf hoch! Sie haben da ein großartiges Buch, Brendan. Ich bin ehrlich begeistert.«

Wir gaben uns die Hand. Ich ging zum Fahrstuhl und hörte, wie die Wohnungstür hinter mir geschlossen wurde. Ich drückte auf den Knopf, und während das rote Licht wanderte und anzeigte, daß der Fahrstuhl nach oben kam, gellte draußen die Sirene eines Krankenwagens wie ein Entsetzensschrei. Ich fuhr hinunter. *Begeistert. Erfolgreich. Wie ein Stein im Meer der Veröffentlichungen untergehen. Das Fazit unserer gründlichen redaktionellen Überlegungen.* Du schwülstiger Geldraffer, du Schaumschläger, du Schalmeien blasender Philister, einen Schriftsteller vernichten, das könnt ihr, und Solomon Silver habt ihr kastriert, an deinen grauen Haaren sollte man dich aufhängen!

Wie ich dort so wutentbrannt auf dem Bürgersteig stand, fing ich an zu zittern, als hätte ich Fieber. In Wut steigert man sich schnell, aber die Angst kommt ungebeten. Stand das Verlagshaus Key nicht in dem Ruf, ein wahres Talent sofort zu erkennen? Wer kann denn schon instinktiv den wahren Wert eines Buches beurteilen? Wenn ich also ihr Urteil zurückwies, dann mußte ich mir zugleich eingestehen, daß auch ihr Lob über mein Buch ohne Bedeutung war. Wenn ich ihr Urteil jedoch anerkannte, dann mußte ich mich selbst verleugnen. Wenn Gerston recht hat, dann habe ich ihm und nicht mir mein Werk zu verdanken; dann wird dieses Buch nicht mehr mir allein gehören. Verdammt noch mal, aber hier geht es nicht um Journalismus. Wenn nicht jedes einzelne Wort in diesem Buch steht, weil ich es so will, dann kann ich doch nicht mehr an mich selbst glauben?

Ein Genie läßt sich weder entmutigen noch beeinflussen; das Genie überwindet alle Hindernisse und läßt jeden Rückschlag unbeachtet. Wie oft habe ich es so oder in ähnlichen Worten in den Märchen gelesen, die die Biographen erzählen. Aber während ich auf dem Bürgersteig stand und mich an den zerdrückten Pappkarton klammerte, der mein Manuskript enthielt, begriff ich einiges, was den Biographen entgangen ist. Das Genie schöpft seine Kraft aus dem Traum vom erreichten Ziel, und diesen Traum aufzugeben bedeutet, sich lebenslänglich einem Büro, der Zensur oder der Tretmühle einer Alltagsexistenz auszuliefern. Und da jene Menschen, die nicht genial sind, von den Biographen unbeachtet bleiben, gibt es keine Kontrollmöglichkeit für die Behauptungen, daß nur das Genie nicht entmutigt werden kann. Wie viele entsetzlich mittelmäßige Menschen gibt es, die jeden Rückschlag ignorieren und ihre sinnlose Arbeit endlos fortsetzen, weil ihnen einfach der Mut fehlt, ihre Träume aufzugeben?

Bin auch ich ein Gefangener meines Traums? Habe ich den Mut, Gerston mein Manuskript vorzuenthalten, ihm den Betrag zurückzuzahlen, den er mir als Vorschuß gegeben hat, mein Manuskript in den endlos und gleichgültig dahinfließenden Strom der Veröffentlichungen zu werfen und dann anzufangen, jenen langen See zurückzurudern, der zur Anerkennung führt? Und selbst wenn ich das alles täte: Kann ich dann ehrlich behaupten, daß mein Dämon es war, der mich dazu getrieben hat? Könnte es nicht genausogut Stolz sein – Stolz, der mich fürchten läßt, Gerston könnte recht und ich unrecht haben? Sicherlich haben bedeutendere Schriftsteller als ich Nutzen aus dem Rat eines weisen Lektors gezogen. Eliot ist das Beispiel, das einem dabei einfällt. Und ich weiß noch, daß Pound in meiner Achtung stieg, als ich entdeckte, daß Eliots *miglior fabbro* kein anderer als Ezra Pound war; Eliot hingegen sank in meiner Achtung.

So stand ich also auf dem Bürgersteig, und verwirrt betrachtete ich das widerliche gelbe Papier, das mit Gerstons Notizen bedeckt war. Es war sieben Uhr. Ich hatte noch nichts gegessen, war aber auch nicht hungrig. Wieder überlegte ich, ob es tatsächlich stimme, daß ein Schriftsteller von Silvers Ruf und Talent Gerston erlaubt hatte, ihm einen Rat zu geben. Warum aber sollte ich Gerston nicht vertrauen, wenn der es tat? Aus Fairneß beschloß ich, nach Hause zu gehen, die Notizen zu lesen, dann mein Buch noch einmal zu lesen und zu überlegen. Vielleicht aber war es gar nicht Fairneß. Vielleicht war es ganz einfach Feigheit.

Fünf Pferde kamen um die Kurve und näherten sich der Auffahrt, dicht nebeneinander wie die Finger einer geballten Faust; der eine Finger streckte sich und wurde zu einem Zeigefinger, als sich die Schwerttänzer zurückzogen. Das Brausen der Menschenmenge übertönte das aufgeregte Reden des Fernsehkommentators, dessen Stimme fast unterging.

Draußen regnete es. Die Tropfen fielen auf das Oberlicht, das sich über ihr befand. Ihre linke Hand umklammerte das Bein des kleinen Tisches, auf dem das Telefon stand. Sie hatte lange gewartet, das ganze letzte Programm hindurch, bevor sie versuchte, das Tischchen umzukippen. Sie hatte nur den einen Wunsch, daß ihre Kraft für diese Anstrengung noch ausreichte.

»Was tun Sie, wenn Sie plötzlich Kopfschmerzen bekommen?« fragte eine Stimme aus dem Fernsehapparat.

Jetzt. Sorgfältig fing sie an, das Tischbein zu verkanten; sie hielt den Atem an, als sie merkte, daß das Telefon über ihr anfing zu rutschen. Sie hatte sich auf einen Ellbogen gestützt und war bereit, den Tisch loszulassen und nach dem Telefon zu greifen, sobald es von der Tischkante herunterfiel. Langsam kam der Apparat an die Kante; sie konnte ihn nicht aufhalten, sie sah, wie er kippte – wie er auf sie herunterfiel – jetzt!

Mit einer gewaltigen Anstrengung griff sie nach dem Apparat, ihr ganzer Körper wurde vorwärts gerissen. Der Telefonhörer fiel mit der Kraft eines Hammerschlages auf ihr Handgelenk. Die Glocke klirrte... Sie lag am Boden. Sie konnte nichts sehen. Konnte keine Luft bekommen. Langsam drehte sie den Kopf, starrte angestrengt durch den Nebel, sah, daß der Apparat nicht unter dem umgestürzten Tischchen lag. Übelkeit übermannte sie, und geschwächt blieb sie liegen... irgend etwas hatte nicht geklappt. Irgendwie habe ich mir zuviel zugemutet, mir ist nicht gut, ich zittere, das Hämmern in meinem Kopf fühlt sich an, als quölle Blut hervor...

Da ist das Telefon. Noch ein Stückchen weiter, und du hast es. Siehst du das Kabel? Strecke den Arm aus und ziehe es heran.

Ihr Gehirn befahl es ihrem Arm – ihrer Hand – ihren Fingern. Der Befehl wurde weitergegeben und erreichte ihre Hand, die sich jedoch nicht bewegte, sondern zitterte, einfach zitterte und nicht aufhörte zu zittern, bis der Befehl in panischem Entsetzen aufgehoben wurde. Der Befehl, sich zu bewegen, ging an ihr rechtes, ihr gesundes Bein. Der Befehl wurde weitergegeben und erreichte das gesunde Bein, aber das Bein bewegte sich nicht. Panisches Entsetzen. Er ging an ihren anderen Arm und dieser Arm bewegte sich, wenn auch langsam, aber er bewegte sich. Er lag unter ihr; er kam hervor, war jedoch zu weit vom Telefon entfernt; sie vergaß das Telefon, denn das panische Entsetzen lenkte ihren Blick auf die andere Hand und den anderen Arm, die zwar bereit waren, sich zu bewegen, die sich jedoch nicht bewegen konnten. Hand und Arm zitterten und bebten. Auch das Bein derselben Seite zitterte. Ihr Gesicht fühlte sich taub an. Flüssigkeit quoll aus einem Mundwinkel; das war schön, denn ihr Mund war so ausgedörrt. Speichel. Aber der Speichel war nicht auf derselben Seite wie der rebellisch zitternde Arm, die rebellisch zitternde Hand und das Bein, das sich nicht bewegen wollte. Grattan.

... Als sie das Krankenzimmer betrat, merkte sie seinem Blick an, daß er etwas ahnte. Er wußte, daß irgend etwas nicht stimmte. Aber die Worte, die undeutlich und verstümmelt aus dem gesunden Mundwinkel kamen, zeigten ihr, daß er – wie jeder Kranke – nur an sich selbst dachte. »Wa' los? Was sag' Casemen'?« Dr. Casement behandelte ihn. Tränen traten ihr in die Augen. Er glaubte, sie weine seinetwegen, aber sie weinte wegen Sheila, die – nach allem, was die Mutter des Jungen ihr eben am Telefon gesagt hatte – mit eben diesem Jungen auf einem Dampfer war und wer weiß wohin fuhr, jedenfalls ausriß. »Wa'?« wiederholte Grattan. »Nichts«, sagte sie. »Es ist nur wieder soweit, die Medizin einzunehmen.« Sie wischte ihm den Speichel ab...

Das Telefon, ich denke an das Telefon, wie Grattan kann ich nicht hinkommen. Der Speichel ist auf der gesunden Seite, auf der Seite, die nicht gelähmt ist. Aber das Hüftgelenk habe ich auf der anderen Seite gebrochen. Die Seite mit dem gebrochenen Hüftgelenk ist jetzt meine gute Seite. Wenn Brendan nicht kommt, muß ich sterben. Vielleicht sterbe ich in Tagen, vielleicht sterbe ich in fünf Minuten, o mein Gott, ich liebe Dich, ich bereue es, mich gegen Dich versündigt zu haben, ich bedaure meine Sünden, weil sie Dir mißfallen haben, mein Gott, der Du so gut bist. Ich bin fest entschlossen, mit Deiner Hilfe und Deiner großen Gnade nie mehr zu sündigen. Amen.

Ich kann gar nicht mehr sündigen. Ich sterbe.

War es nicht Pech, daß es passierte, als ich das Telefon beinahe schon erreicht hatte?

Komisch, woran man alles denkt. Angeblich soll das ganze Leben an einem vorüberziehen, aber dann werde ich jetzt noch nicht sterben, denn ich kann an rein gar nichts denken. Meine Kopfschmerzen, Grattans Radioapparat, Mrs. Hofstra hat mich zum Tee eingeladen, hoffentlich bekommt sie keinen Schreck, wenn sie in der Zeitung liest, daß ich tot bin. Aber hier wird es nicht in die Zeitung kommen, dazu ist die Stadt viel zu groß, und eine alleinstehende Frau, die gestorben ist, ist nicht so wichtig. Übrigens habe ich hier auf der Straße nie einen Leichenwagen gesehen, wo werden sie mich wohl beerdigen? Und Brendan und Jane mit entsetzten Gesichtern, wenn sie es erfahren, wenn sie mich finden; ein Priester (ob sie wohl einen Priester kommen lassen?); und dann die Beerdigung hier (ob sie meine Leiche nach Hause schicken?); und werden sie weinen, ja, bestimmt werden sie weinen, es wird ihnen leid tun bis zu ihrem Sterbetag, daß sie mich hier so allein gelassen haben. Gott, vergib mir, aber jetzt zahle ich es ihnen heim, und Lisa und Liam werden ins Wohnzimmer kommen und ihre Gesichter sehen und fragen, was passiert ist. Gran ist tot, Gran ist gestorben. Und meiner Schwester in Derry wird er einen Brief schreiben müssen; was wird sie wohl empfinden, nach all den Jahren, wenn sie erfährt, daß Eileen tot ist? Sie denkt nie mehr an mich, so wie auch ich nicht an sie denke; sie kennt mich kaum mehr. Und Moira in ihrem Kloster an der Pinks Lane in Manchester (Pinks Lane, ein komischer Name) wird von der Äbtissin gerufen, Schwester, ich habe eine schlechte Nachricht für Sie, Ihre Mutter ist tot, Gott gebe ihr die ewige Ruhe. Wir alle wollen für ihr Seelenheil beten, ein ganzes Kloster wird für mich beten, aber was kann es mir dann noch nützen, bis dahin werde ich schon gerichtet sein. Wer wird es sonst noch erfahren? Sheila wird es erfahren. Sheila, du trugst ein gelbes Kleid an jenem Tag, als du nach Australien wegfuhrst, ich sehe dich immer noch in diesem gelben Kleid, deine Kinder werden in Australien um dich herumstehen, wenn du den Brief öffnest, meine Enkelkinder sind das, obgleich du mir nie ein Foto von ihnen geschickt hast. Wirst du um mich weinen, dort am Ende der Welt in Australien? Wirst du weinen, wenn du erfährst, daß deine Mutter auf dem Fußboden gestorben ist, daß niemand bei ihr war? Wirst du es bereuen, Sheila, mich so behandelt zu haben, nicht ein einziger Brief in all den Jahren, nicht eine Zeile seit jener ungezogenen Postkarte vom Suezkanal vom 29. Dezember (ich habe sie immer noch, ich habe sie aufbewahrt). »Haben heute hier auf der Reise nach Australien geheiratet, Sheila.« Kein Gruß. Warum hast du Moira Briefe geschrieben, aber nie mir? Fünf Jahre sind jetzt seit jener Postkarte verstrichen, Sheila (ich habe sie immer noch), fünf Jahre sind wahrhaftig Strafe genug. Wir müssen uns wieder vertragen, Sheila, du und ich. Ich sterbe.

Und so möchte ich es haben: Ich möchte in meinem Zimmer in meinem eigenen Haus liegen, in meinem eigenen Messingbett, mit meinen eigenen guten Bettlaken, ich möchte, daß man mir ein hübsches Nachthemd anzieht und mich frisiert. Ich möchte, daß das Haus sauber ist und daß unten Essen und Trinken bereitstehen für alle Leute, die kommen. Ich möchte einen Priester haben und möchte die Sterbesakramente erhalten, ich möchte, daß Karten für die Totenmesse gedruckt werden und daß ich zu Hause beerdigt werde, neben Grattan auf dem Hügel. Ich möchte in meinem eigenen Heim sterben, nicht hier. Nicht hier!

Armer Frank Finnerty, wenn er aus dem Urlaub zurückkommt und den Teppich sieht, wird er es sich zweimal überlegen, bevor er seine Wohnung wieder einem fremden Menschen überläßt.

Aber mein Zuhause gibt es ja nicht mehr. Einen Tag bevor Drumconor Avenue versteigert wurde, ging ich noch einmal hin; das Haus war leer, kein einziges Möbelstück mehr da; ich ging nach oben in unser Zimmer, in Grattans und mein Zimmer, in jenes Zimmer, wo ich (nur mit Hilfe von Miss McGarry) alle meine Kinder zur Welt gebracht hatte; das alte Messingbett war verschwunden, alle Kommoden waren verschwunden, die Wände waren kahl und schmutzig, man sah genau, wo bisher Bilder gehangen hatten, und dieses Zimmer ist jetzt ein Aufenthaltsraum, und das Haus ist ein Heim für gefallene Mädchen, das von den Barmherzigen Schwestern geleitet wird. War das ein Urteil über mich? Mein eigenes Heim ein Heim für gefallene Mädchen. Ist Denis tot? Ich hörte, er hätte geheiratet... Schmerz. Ich hatte den Schmerz ganz vergessen, es tut nicht mehr so weh, weil der Schlaganfall den Schmerz abgestumpft hat. Wie lange dauert so etwas, ein Schlaganfall wie dieser? Fünf Minuten? Zehn Stunden? Wie lange stirbt man?

Wer spricht da, irgend jemand spricht, wer?

Es kommt aus dem Fernsehapparat. Wenn ich mir vorstelle, daß ich hier liege und die Leute auf dem Bildschirm mich ansehen, weiterreden, mich anlächeln; der Fernsehapparat ist wie die Welt, die Leute schauen dich an, aber sie sehen dich nicht, ja, das ist es, genau so ist es. Es ist zum Lachen, aber mein Mund ist steif.

Mein Herz, ich fühle, daß das Hämmern schlimmer wird, ist das der nächste Schl... Oh – Luft. Ich bin immer noch hier. Müde, ich möchte schlafen, ich bin so müde, jetzt sterbe ich. Der Tod ist gar nicht so schlimm; was die Leute nur immer erzählen, er ist leicht, wie Schlaf, leicht. Man muß nur nachgeben...

Aber noch sterbe ich nicht, o mein Gott, ich sterbe noch nicht, hilf mir, irgend jemand soll kommen, bitte, laß irgend jemanden kommen, irgend jemanden, Hilfe, Grattan – Brendan – Rory – wer hilft mir?

Bitte, irgend jemand!

Das Hämmern, ich spüre es, Angst habe ich, oh, bitte,

mir geht es schlecht, ich weiß, schlecht, Luft, ich bekomme keine Luft... Habt mich lieb.

Heute habe ich etwas so Peinliches getan, daß ich kaum ertragen kann, auch nur daran zu denken. Selbst jetzt kann ich es noch nicht fassen, daß ausgerechnet ich mich derartig zum Narren gemacht habe. Mein Stolz – die Arroganz meiner Unsicherheit – hat bisher von mir gefordert, daß ich nur Menschen kennenlerne, denen ich mich ebenbürtig oder überlegen fühle, während alle anderen mich nicht interessierten. Aber heute habe ich meinen Stolz verraten. Ich habe Solomon Silver aufgesucht.

Den Samstagabend habe ich damit verbracht, Gerstons Vorschläge sorgfältig durchzulesen. Ich schlief schlecht, und als ich heute morgen aufwachte, schien die Frage – kürzen oder nicht kürzen – die wichtigste moralische Entscheidung meines Lebens zu sein. Während ich in der Küche saß und eine Tasse Kaffee nach der anderen trank, dachte ich unentwegt an Gerstons Bemerkung über Solomon Silver, denn in meinen Augen ist Silvers Werk ein vollkommenes Ganzes. Hatte Gerston gelogen? Es gab nur eine Möglichkeit, mir Gewißheit zu verschaffen: Ich mußte mit Silver sprechen.

Abgesehen davon, daß ich es in meiner Eifersucht bisher immer vermieden hatte, mit berühmten Leuten zusammenzutreffen, kann ich gar nicht beschreiben, welch ein Gegensatz zwischen meinem normalen stacheligen Ich und dem Vorgehen jener Person klaffte, die mir nichts dir nichts ihre Unabhängigkeit und ihren Stolz begrub, sich rasierte und ankleidete, als ginge es darum, sich um eine Stellung zu bewerben, schließlich Silvers Adresse im Telefonbuch nachschlug (Gerston hatte recht gehabt; untere

Hälfte der Fifth Avenue), dann die widerlichen Notizen des Lektorats an sich nahm und eilig die Wohnung verließ, um mit dem Bus hinzufahren. Im Sommer ist die untere Hälfte der Fifth Avenue sonntags wie ausgestorben. Und als mein Bus sich durch die schlafstarren Kulissen aus hohen, menschenleeren Gebäuden bewegte, erinnerte mich die Fahrt an Kafka, schien sie mir wie die Suche nach einer Wahrheit, die mir nie enthüllt werden würde. Ich hatte Silver nicht vorher angerufen, weil ich mich nicht imstande fühlte, meine Situation am Telefon zu erklären, und jetzt war ich auf einmal überzeugt, daß Silver die Stadt verlassen hätte. Meine Fahrt war nichts anderes als der Versuch, eine Entscheidung aufzuschieben, die ich und kein anderer fällen mußte.

Als ich jedoch an der Tür jenes überraschend eleganten Hauses läutete, in dem Silvers Wohnung lag, summte der Türöffner fast im gleichen Augenblick und bewies mir, daß doch jemand zu Hause war. Als ich die mit Spiegeln verkleidete Halle durchquerte, blickte mir ein ungepflegter Bauer mit großen Händen entgegen, der seinen guten Sonntagsanzug angezogen hatte. Mutter Gottes, womöglich glaubte Silver, ich hätte nur seinetwegen meine besten Klamotten angezogen! Aber hatte ich das nicht auch? Während ich auf den Aufzug wartete, nahm ich die grauseidene Gentleman-Krawatte ab und steckte sie in meine Jackettasche. Als der Aufzug dann anfuhr und meine Nervosität mit ihm stieg, fiel mir ein, daß ich ja so tun könnte, als schriebe ich einen Artikel für irgendeine Zeitschrift – dabei konnte ich den Namen meiner ehemaligen Zeitschrift nennen –, und daß ich versuchen könnte, das, was ich von Silver wissen wollte, im Verlauf eines Interviews herauszubekommen. Ich zog also die Krawatte wieder aus der Tasche und hatte sie gerade halbwegs umgebunden, als sich die Türen des Aufzugs im siebzehnten Stockwerk automatisch öffneten, und mir genau gegenüber stand Solomon Silver. Ich erkannte ihn sofort, auf den Schutzumschlägen seiner Bücher hatte ich ein Foto von ihm gesehen, aber in seiner Arbeitskleidung – Jeans, kariertes Hemd und Segeltuchschuhen – wirkte sein Kopf unwirklich, ein hübsches falsches Gesicht, das vom Erfolg gezeichnet war.

»Ja?« sagte er. Es klang nicht gerade einladend.

Sofort ließ ich das Visier herunter und stellte mich als Brendan Tierney, Mitarbeiter einer Zeitschrift, vor; ich sagte, ich wolle einen Artikel über ihn schreiben. »Ich würde mich gern ein paar Minuten mit Ihnen darüber unterhalten«, fügte ich hinzu. »Nur, um das Projekt durchzusprechen und Ihre Billigung zu bekommen. Lange werde ich Sie nicht aufhalten.«

»Warum haben Sie nicht einen Termin ausgemacht?« fragte er; ich war sehr erleichtert, als er seine Frage sofort selbst beantwortete. »Ach ja, das Telefon. Das habe ich ganz vergessen. Gut, kommen Sie herein.«

Großer heller Raum, das Insektensummen der Klimaanlage; vor den großen Fenstern eine Dachterrasse, mit grünen Sträuchern eingefaßt, und weit dahinter die Umrisse der Wolkenkratzer im Zentrum der Stadt. Ich ging über einen blauen Buchara und kam an einem weißen Sofa und an Sesseln vorüber, die unter weißen Schonbezügen steckten. Bücher und Bilder an weißen Wänden, rote Gladiolen in weißen Vasen, und wieder Bücher – und ein Tisch, der sofort mein schlechtes Gewissen aktivierte: ein Tisch, eine Schreibmaschine und Papier – unterbrochene Arbeit.

»Sie haben gerade gearbeitet?« fragte ich vorwurfsvoll.

»Schon gut, eine Unterbrechung tut mir ganz gut. Nehmen Sie Platz. Was trinken Sie – eisgekühlten Kaffee oder einen Drink?«

»Was Sie gerade haben.«

»Dann hole ich Ihnen einen Drink«, sagte er.

Ich nickte zum Dank und ließ mich ungeschickt auf das weiße Sofa hinunter, und während ich mich hinsetzte, zog ich Gerstons Notizen hervor. Kühle, trockene, künstliche Luft umwehte die Vorderseite meines durchgeschwitzten Hemdes. Der Schweiß wurde kalt, während er mir am Hinterkopf in den Kragen lief. In der kleinen hellen Metallküche klimperte Eis, und dann erschien mein Gastgeber mit einem eiskalten Silberbecher in der Hand.

»So, das hätten wir.«

(Trank er denn nichts? Und wie sollte ich vorgeben, ihn zu interviewen; nicht einmal einen Bleistift hatte ich bei mir.)

»Also«, sagte er und setzte sich mir gegenüber. »Schießen Sie los.«

»Sind Sie den ganzen Sommer über in der Stadt geblieben?« begann ich.

»Nein. Im Juni bin ich nach Houston geflogen, um meine Kinder zu besuchen, und vergangene Woche bekam ich eine Sondererlaubnis, um nach Kuba zu fliegen und mir die Revolution anzusehen. Ein paar Tage bin ich bei diesen bärtigen Leuten gewesen. Ein phantastischer Verein. Kuba war natürlich schon immer phantastisch. Ich erinnere mich an die Zeit, bevor diese Puritaner hochkamen, und da war Kuba vollständig korrupt; alles war für Geld zu haben, Stellungen, Frauen, Mord, alles. Wußten Sie eigentlich schon, daß man da drüben früher pornographische Filme in Cinemascope und Technicolor produziert hat?«

»Wirklich?« sagte ich und versuchte, interessiert zu scheinen, aber was bedeutete er schon für Kuba, was bedeutete Kuba für mich – ich mußte meine Zukunft regeln, und ich wollte sie regeln.

»Und Sie arbeiten jetzt an einem Roman?« fragte ich.

»Nein, an einem Schauspiel. An meinem ersten und letzten, wenn es nach den Erfahrungen geht, die ich dabei mache.«

»Warum?«

»Mein Gott – die *chuzpe* dieser Theaterleute macht mich wahnsinnig, diese unüberwindliche Kombination aus Arroganz und Ignoranz. Ich arbeite allein, nicht in einem Team, und das ist nun mal etwas, was diese Leute nie begreifen werden. Das ist auch der Grund, warum ich mein Telefon habe sperren lassen. Sie haben versucht, mich anzurufen, nicht wahr?«

Ich nickte, schämte mich meiner Lüge, hatte jedoch nur den einen Wunsch, ihn bei dem Thema »Teamarbeit« zu halten.

»Ja, das Theater ist das reinste Irrenhaus«, sagte er. »Demgegenüber ist das Veröffentlichen eines Romans eine geradezu normale Angelegenheit.«

»Wirklich? Sie erwähnten eben die Teamarbeit! Ich ...«

»Kennen Sie Jack Clayburn?« unterbrach er mich.

»Jackson Clayburn? Ich habe ihn mal flüchtig kennengelernt.«

»Dieser Mann ist eine Art Paradebeispiel«, sagte Silver. »Zu Anfang war er ein guter Schriftsteller, zwar kein bedeutender, aber immerhin ein guter Schriftsteller. Heute dagegen schreibt er jede Zeile nur noch in Zusammenarbeit mit seinem Regisseur. Die reinste Broadwayhure ist er geworden.«

»Ja«, sagte ich. »Das ist eines der Themen, über die wir im Zusammenhang mit meinem Artikel vielleicht ausführlich sprechen sollten. Ich meine: Glauben Sie, daß ein Romancier auf die Vorschläge des Lektors eingehen sollte?«

»Es gibt wahrscheinlich Schriftsteller, die so etwas nötig haben.«

»Aber Sie selbst würden es nicht dulden – irgendwelche Einmischung, nicht wahr?«

»Nein – eigentlich nicht«, sagte er, stand auf und nahm meinen Becher. »Ich werde Ihnen noch einen Drink holen.«

»Nein, warten Sie...«

Er war jedoch bereits in der Küche. Ich mußte rufen. »Kennen Sie Sidney Gerston?«

»Aber natürlich«, sagte er.

»Ich habe gestern mit ihm über Ihr Werk gesprochen.«

»Ach?«

»Ja, wir unterhielten uns gerade über dieses Thema, und Gerston sagte, daß Sie seine Vorschläge gelegentlich akzeptiert hätten.«

»Das hat Gerston gesagt?«

Er kam aus der Küche zurück, den gefüllten Becher in der Hand. Er stellte ihn vor mich. »Das hat er zu Ihnen gesagt?« wiederholte er.

»Ja.«

Schweigend verdaute er diese Mitteilung, das hübsche bedrohliche Gesicht steinern wie der David von Michelangelo mit der Schleuder im Anschlag. Ich griff nach dem Becher und goß den Gin hinunter, als sei es Fruchtsaft. Ich hatte Gerston verraten; ich hatte Gerston in Gott weiß was für Schwierigkeiten gebracht. Ich mußte ihn daher rehabilitieren. »Immerhin«, erklärte ich, »sagte er es auf eine sehr nette und sehr respektvolle Weise...«

»Ach, wirklich?« Ein flüchtiges versteinertes Lächeln.

»Ich meine«, sagte ich, »daß er Ihre Arbeit ungeheuer bewundert. Ich übrigens auch. Ob nun Kürzungen vorgenommen wurden oder nicht – das Ergebnis ist in jedem Fall ein sehr gutes Buch.«

»Kein Mensch hat Kürzungen in meinem Werk vorgenommen«, sagte er. »Kein Mensch – außer mir.«

»Selbstverständlich. Ich bin überzeugt, daß Gerston das vermutlich auch meinte, daß er vermutlich...«

»Ich habe keine Ahnung, was er meinte, und im übrigen interessiert es mich auch nicht. Ich muß sofort mit Gerston sprechen.«

»Nein, ich möchte nicht...«, sagte ich, besann mich jedoch eines Besseren. »Ich meine, dieses Thema gehört eigentlich nicht zum Interview. Verstehen Sie – ich habe selbst einen Roman geschrieben, und Gerston will ihn veröffentlichen. Er erwähnte es nur im Laufe unserer Unterhaltung.«

»Sie haben also auch einen Roman geschrieben?«

»Ja. Gerston hat mir ein paar Notizen mitgegeben; es handelt sich dabei um einige Kürzungen, und ich war mir nicht klar, ob ich seine Vorschläge übernehmen solle oder nicht...«

»Einen Moment«, sagte er und starrte mich an wie ein Racheengel. »Sind Sie hergekommen, um mich zu interviewen, oder war das nur ein Vorwand?«

»O nein – keineswegs. Dieses Problem hat mit dem Interview, wie man so sagt, überhaupt nichts zu tun. Ich hatte mir lediglich Gedanken über die Kürzungen gemacht, und da ich nun schon einmal hier bin, dachte ich, ich könnte Sie um Rat fragen ...«

»Verdammt noch mal«, unterbrach er mich. »Gerston hat nicht das Recht, mit Ihnen oder anderen über meine Arbeitsmethoden zu sprechen.«

Mit diesen Worten drehte er sich um, als wäre ich entlassen, und während ich auf seinen hübschen Kopf starrte, der sich deutlich vor den hellen Fenstern abhob, machten sich plötzlich seine zwei großen Gins in meinem Kopf bemerkbar. Hier auf dem Dach der Welt saß er in diesem kühlen Horst, und die Stadt breitete sich unter ihm aus, als wäre sie seine Beute. Von hier flog er nach Texas, um seine Kinder zu besuchen, nach Kuba, um mit den Führern der Revolution zu sprechen, und zum Broadway, um Regisseure abzukanzeln, die ihn baten, sein erstes Schauspiel lesen zu dürfen. Warum hatte er so viel verdammtes Glück, warum hatte er alles, während ich nichts besaß? Weil er korrupt war – darum. Wenn man es genau überlegte, wirkten seine Arbeiten irgendwie einschmeichelnd und angepaßt, oder etwa nicht? War sein Aufbegehren nicht ein wenig zu ärgerlich, war da nicht Schuldbewußtsein im Spiel? Wie konnte er sonst so leben und zugleich ein guter Schriftsteller sein? Ich beneidete ihn nicht mehr, denn ich wußte, daß diese Art von Erfolg meinen Impuls, schreiben zu müssen, restlos zerstören würde; wie ein Millionär, der magenkrank ist, würde ich auf der Strecke bleiben. Ich hatte die Wahrheit gesucht und einen Judas gefunden. Kein Wunder, daß er wütend auf mich war, denn saß ich nicht hier und erinnerte ihn an seine Ursünde, an eine Sünde, die – wenn ich sie selbst beginge – auch mir ein kühles Nest, Flüge nach Kuba und alle Freuden eines Faust bescheren würde?

Fest davon überzeugt, sprang ich in wütendem und einfältigem Zorn vom Sofa auf.

»Ich glaube Ihnen nicht«, sagte ich (und kaum hatte ich es ausgesprochen, als mich die ernüchternde Erkenntnis warnte, daß ich keineswegs überzeugt wäre; es war nur wieder meine alte Schwäche, die Eifersucht. Vielleicht hatte ich einen Fehler, einen fürchterlichen Fehler begangen?).

»Offen gestanden, es interessiert mich nicht, was Sie glauben«, sagte er. »Und ich halte es für besser, daß wir dieses Interview vergessen. Wenn Sie mich jetzt entschuldigen wollen, ich möchte wieder an die Arbeit gehen.«

»Aber hören Sie zu, Sol...« Ich machte einen Schritt auf ihn zu, stieß jedoch mit der Fußspitze gegen ein Tischbein, so daß der Schritt zu einem peinlichen Stolpern wurde. Daß ich ihn, nachdem ich ihn beleidigt hatte, auch noch mit seinem Vornamen anredete, brachte das Faß zum Überlaufen.

»Es tut mir leid«, sagte ich. »Ich meine, natürlich glaube ich Ihnen.«

»Leid tut es Ihnen?« Wieder dieses flüchtige, versteinerte Lächeln. »Vielen Dank. Meinetwegen können Sie glauben, was Sie wollen – ich denke, ich werde das überleben.«

»Ich habe gesagt, daß es mir leid tut. Was soll ich denn noch sagen?«

»Richtig, das sagten Sie. Entschuldigen Sie, es hat geläutet.«

Das stimmte. Ich hörte es läuten. Er war Solomon Silver; er lechzte danach, mich loszuwerden, und da er Solomon Silver war, kam Mephisto ihm selbstverständlich zu Hilfe. Er ging in die Diele und drückte auf den Knopf des

Türöffners. Im Empirespiegel über seinem Schreibtisch sah ich mein zornrotes Gesicht, meinen billigen blauen Anzug und die schlecht gebundene Krawatte. In jenem Spiegel und in dem Raum, der sich dort spiegelte, war ich völlig fehl am Platz. Ich wußte, daß ich nie hierherpassen würde.

»Sol, Liebling!«

»Guten Tag, Tanja.«

Silver küßte sie, als sie über die Schwelle trat. Sie war schlank, groß und jung, hatte dunkles volles Haar und bemerkenswerte Beine.

»Hallo Sol«, sagte der Mann, der mit ihr kam.

»Na, Davis, wie geht es dir?«

Der Mann antwortete nicht. Sein Blick wanderte durch das Zimmer, entdeckte mich und war wie ich der Meinung, daß ich nicht hierhergehörte. Davis? Das mußte Davis Deal, der Kritiker, sein. Ich hatte seine Bücher gelesen. Und Tanja Zaharowna, die Ballerina; ich hatte sie im City Central tanzen gesehen. O ja, das waren Namen, die man besser kannte als seinen eigenen. Es war die Vollblutzucht der Berühmtheiten.

»Stören wir?« fragte Deal.

Silver wandte sich an mich. »Nein, das ist Mr. – äh – Cherney. Er wollte gerade gehen.«

Alle warteten. Ich ging zur Tür.

»Nett, Sie kennengelernt zu haben«, rief Deal hinter mir her.

»Good bye«, sagte Silver.

Ich sagte nichts. Ich öffnete die Tür, und er schloß sie hinter mir. Ich stand in dem mit Läufern ausgelegten Treppenhaus und beschwor den Aufzug, auf der Stelle zu kommen und mich hinunter und aus diesem Haus zu bringen. Ich wünschte, mir wäre rechtzeitig eine vernichtende Bemerkung eingefallen.

Hinter der geschlossenen Tür lachte das Mädchen. »Wer?« fragte sie. Silvers Antwort konnte ich nicht verstehen, aber alle drei lachten von neuem. Dann sagte Deals Stimme: »Ich an deiner Stelle, Sol, würde von jetzt an nur noch auf ein besonderes Zeichen aufmachen. Drei lang und einmal kurz. Dann kannst du gewiß sein, daß es nur ein Freund ist.«

»Drei lang und einmal kurz«, sagte Silver. »Das werde ich mir merken.«

»Und jetzt«, hörte man das Mädchen, »wo wir endlich allein sind, erzähl ich dir etwas ganz Wunderbares.«

Ich wartete das Wunderbare nicht ab. Über mir leuchtete die rote Lampe auf, und die lautlosen Aufzugtüren öffneten sich. Ich ging hinein und kam langsam wieder mit beiden Füßen auf die Erde zurück. Sie hatten mich ausgelacht, und ihr Gelächter hatte den Ekel und die Zweifel an mir selbst hinweggespült, und ich war wieder restlos überzeugt, daß Silver log, daß er ein Mann war, den der Erfolg zerfressen hatte. Die Zeit würde mein Rächer sein. In einigen Jahren würde Davis Deal an seiner Schreibmaschine sitzen und sich für seine Leser jenes Tages erinnern, an dem er einmal einen unbedeutenderen Schriftsteller seiner Zeit besucht und dabei den legendären Tierney zum erstenmal flüchtig gesehen hatte. Und Tanja Zaharowna – ihr Leben lang würde sie bedauern, nicht meine Geliebte, sondern die Geliebte jenes Silver, jenes großmächtigen Silver, gewesen zu sein, der inzwischen längst in Vergessenheit geraten war.

So ein Unsinn! Nicht einmal meinen Namen hatten sie richtig verstanden.

Ich verließ das Haus, ging auf die Straße hinaus, und im gleichen Augenblick verdunkelte sich der Himmel und schüttete unversehens einen sommerlichen Wolkenbruch über mich aus. Ich achtete nicht darauf, sondern ging weiter, so wie ich damals auf dem Schulhof weitergegangen war, ohne auf den Regen zu achten, weil ich schon so naß war, daß mir der Regen nichts mehr ausmachte, während hinter mir, immer noch um den Brunnen gedrängt, unter den sie mich getaucht hatten, meine Feinde unbehaglich über den Aufsatz lachten, in dem ich meine Ziele erklärt hatte. Damals konnte ich nicht umkehren, und heute kann ich es ebensowenig. Ich muß beweisen, daß ich mit meiner Prahlerei recht habe. Irgendwann wird es dann an mir sein, laut zu lachen. Ich ging die Fifth Avenue hinunter, bis auf die Haut durchnäßt, und als ich an Washingtons Triumphbogen vorüberkam, da war ich Cäsar und gab den Befehl, alle niederzumachen, die sich mir entgegenstellten. Aber wie will ich jemals in der Lage sein, irgend etwas zu befehlen, wenn ich Gerston ablehne und damit mein Buch nicht veröffentlicht wird? Werde ich dann wieder jener Brendan Tierney, ein unbekanntes und unbeachtetes Nichts? Ich mußte mich entscheiden.

Und dann – warum hatte ich nicht früher daran gedacht – fiel mir Max ein.

Als Max Bronstein die Wohnung von Dortmunder betrat, nahm er seine Sonnenbrille ab und knöpfte seinen Regenmantel auf, unter dem ein grellbuntes Sporthemd und leuchtendgelbe Seidenhosen zum Vorschein kamen. »Ein Tag ist das heute, ein Tag ist das«, sagte er zu Dortmunder. »Und unser lieber Brendan – das war vielleicht ein Auftritt!«

Der dicke, schwitzende Dortmunder nahm Max den Mantel ab und ging wieder in die Küche, wo er seiner Frau bei der Vorbereitung des Abendbrots geholfen hatte. Max ging sofort zur Eßecke, wo für zwei Personen gedeckt war. Hoffnungsvoll setzte er sich an das Ende des Tisches.

»Noch einen Teller, Schatz«, flüsterte Dortmunder. Und mit lauter Stimme sagte er: »Bleibst du zum Essen, Max?«

»Klar! Vielen Dank.«

»Was ist mit deinem Freund Brendan?« fragte Mrs. Dortmunder aus der Küche.

Max tippte sich mit dem Zeigefinger an die rechte Schläfe. »Ein doller Auftritt«, sagte er. »Heute mittag, gegen zwei Uhr, ich lag noch im Bett...«

»Im Bett?«

»Ja, ich las gerade die Sonntagszeitung, ihr wißt doch selbst, wie lange man dazu braucht, ich hatte gar nicht auf die Uhr gesehen...«

»Du bist nur faul«, sagte Dortmunder. »Aber das ist ja nicht neu.«

»Jedenfalls lag ich noch im Bett, und plötzlich klopfte es, und herein kam Brendan, pitschnaß, als hätte man ihn gerade aus dem Fluß gezogen. Ich fragte ihn, was los wäre. Und er sagte: ›Max, versprichst du mir, wenn ich dir eine ehrliche Frage stelle, mir eine ebenso ehrliche Antwort zu geben?‹

Ich riß erst einmal ein paar Witze, zum Beispiel, nein, nicht, wenn es sich um meine Schwester handelt. ›Es ist mir ernst!‹ schrie er. ›Es ist ungeheuer wichtig.‹ Also gut, sagte ich, was hast du auf dem Herzen? Da sagte er: ›Sage mir die Wahrheit. Hat Gerston dich ebenfalls gebeten, deinen Roman an einigen Stellen zu kürzen?‹

An einigen wenigen Stellen, sagte ich.

›Waren es mehr als diese hier?‹ sagte er und zog ein paar Bögen aus der Tasche. ›Los, lies das!‹ sagte er. ›Und dann erkläre mir, was du davon hältst.‹ Der Witz dabei ist, daß er mir seinen Roman nie zu lesen gegeben hat, obgleich ich ihn darum gebeten hatte. Was hatte es also für einen Sinn, wenn ich diese Notizen las und gar keine Ahnung hatte, worum es eigentlich ging? Das habe ich ihm auch gesagt. Und wißt ihr was? Er kriegte einen Tobsuchtsanfall.«

Dortmunder blinzelte seine Frau über das Spülbecken hinweg an. Max? Der übertreibt doch immer.

»Was ich jetzt erzähle, ist kein Witz«, sagte Max. »Er stürzte sich auf mich, pitschnaß wie er war, und zerrte mich fast aus dem Bett. ›Lies das!‹ kreischte er. Also gut. Ich nahm die Zettel, aber was konnte ich schon damit anfangen, ich hatte nur den Eindruck, als wäre es nicht allzuviel, nur ein bißchen Gequatsche über ein Wort hier und ein Wort dort und über philosophische Betrachtungen, die den Fluß der Erzählung aufhielten. Nichts Besonderes. Es war jedenfalls viel weniger, als man von mir verlangt hatte. Das sagte ich ihm auch. Ich betonte außerdem, daß Gerston und Key an seinem Buch wahnsinnig interessiert seien und daß sie ihn für ein großes neues Talent hielten und all diesen Unsinn. Und dann sagte ich noch einmal, daß es nicht fair sei, mich nach meiner Meinung zu fragen, wo ich sein Buch nicht einmal gelesen hätte. Und dann ...«

Max machte eine effektvolle Kunstpause, holte eine Blechschachtel aus der Tasche und steckte sich eine Pastille in den Mund. »Und dann sagte Brendan auf einmal: ›Es hat doch gar keinen Sinn, wenn du es liest! Was weißt du denn schon vom Schreiben eines Buches?‹«

Mrs. Dortmunder trocknete sich die Hände ab. »Das ist schlimm«, sagte sie. »Neid – das ist es, was ihn quält. Erinnerst du dich noch an jenen Abend, als du Jackson Clayburn, den Dramatiker, hierher mitbrachtest; weißt du noch, wie er sich damals aufführte?«

»Das weiß ich noch genau«, sagte Max. »Jedenfalls behielt ich die Ruhe. Ich sagte: Brendan, du fragst mich nach meiner Meinung, und die kann ich dir nicht sagen. ›Ich muß verrückt gewesen sein‹, sagte er; ›ich hätte mir ja denken können, daß du mit ihnen unter einer Decke steckst.‹ Also gut, sagte ich, ich stecke mit ihnen unter einer Decke. Aber ich finde, daß du viel Lärm um nichts machst. ›Ach, das findest du?‹ sagte er. ›Na schön, dann will ich dir mal was sagen, Bronstein‹ – aus heiterem Himmel nannte er mich plötzlich Bronstein, versteht ihr? –, er sagt also: ›Bronstein, du hast überhaupt kein Talent, du kannst gar nicht schreiben. Wahrscheinlich haben sie dein Buch in Stücke zerfetzt, und dann haben sie irgendeinen senilen alten Schreiberling wie Carnowski hingesetzt, der einen Waschzettel geschrieben hat, und die ganze Geschichte ist ein verdammter Schwindel, weil es gar nicht mehr dein Buch ist, sondern ihr Buch, gar nicht deines, und du hast dich verkauft, du bist ein Einfaltspinsel, völlig korrupt, du bist ein ganz gemeiner und unbegabter Betrüger.‹«

»Aha«, sagte Dortmunder. »Wahnsinnig.«

»Es geht noch weiter«, sagte Max. »Direkt vor mir, gleich nachdem er das gesagt hatte, fing er an zu heulen. Tränen. Es war atemberaubend. Ich meine, ich kenne ihn jetzt seit vier Jahren, und gerade bei ihm hätte ich nie erwartet, daß er irgendwann einmal heulen würde.«

»Er ist Ire«, sagte Dortmunder. »Und betrunken war er auch.«

»Nein, er war stocknüchtern. Glaube ich wenigstens.«

»Es scheint etwas ganz anderes gewesen zu sein«, sagte Mrs. Dortmunder. »Die Iren sind da am schlimmsten.«

»Antisemiten«, sagte Dortmunder. »Jetzt hat es sich deutlich gezeigt.«

»Nein, nein, nicht Brendan«, sagte Max. (Aber konnte es nicht vielleicht doch so sein? überlegte er.)

»David hat recht.«

»Bronstein! Und das ausgerechnet im entscheidenden Augenblick«, sagte Dortmunder. »Du hast selbst darauf hingewiesen. Ist doch völlig klar.«

»Jedenfalls stand er da – heulend! Brendan Tierney heulte! ›Das verstehst du nicht‹, sagte er zu mir. ›Bei dir ist es etwas ganz anderes.‹ Was ist bei mir anders? sagte ich. ›Das Schreiben‹, sagte er. ›Für mich‹, sagte er, ›ist mein Buch der Glaube, der den Glauben ersetzt. Ich bin nicht mehr der Mensch, der ich früher war. Ich habe mich völlig verändert...‹«

»Verändert stimmt«, sagte Dortmunder.

»›Jetzt hat mein ganzes Leben einen Sinn und einen Zweck‹, sagte er. ›Als hätte ich die ganzen Jahre in den Kulissen gewartet. Ich bin glücklich‹, sagte er. ›Aber das verstehst du nicht‹, sagte er.«

»Woher will er das wissen?« fragte Mrs. Dortmunder.

»Und dann sagte er – jetzt wird es interessant –, da sagt er auf einmal: ›Ich habe andere Leute meiner Arbeit geopfert. Und ich habe immer geglaubt, daß ich eines Tages, wenn es soweit ist, bereit wäre, auch mich selbst zu opfern. Jetzt ist es soweit‹, sagte er. ›Und ich weiß nicht, ich weiß nicht!‹ Dann riß er die Notizen an sich und stürzte aus dem Zimmer. Was hat er wohl damit gemeint?«

»Wen interessiert das schon?« sagte sie entschlossen.

»Trotzdem«, sagte Max. »Er tut mir leid. Ein merkwürdiger Mensch ist er, dieser Brendan. Wenn ich nur wüßte, was er damit gemeint hat?«

Als Jane am Sonntagabend aus Saratoga Springs zurückkam, brannten in der Wohnung sämtliche Lampen. Im Wohnzimmer, umgeben von Manuskriptseiten, die er in einem großen Kreis um sich verteilt hatte, hockte Brendan mit nacktem Oberkörper und bloßen Füßen und studierte einen zerknitterten gelben Bogen, der mit Notizen bedeckt war. Er blickte nicht einmal auf, als sie hereinkam; er starrte nur auf die Notizen, verrenkte seinen Oberkörper, um auf einer der Seiten eine bestimmte Stelle zu finden, und las sie sich dann in einem unverständlichen Gemurmel vor. Nachdem sie ihn eine Weile beobachtet hatte, merkte sie, daß er sie gar nicht absichtlich übersah, ihm war ganz einfach nicht bewußt, daß sie gekommen war.

Sie redete ihn nicht an. Sie drehte sich in der Tür des Wohnzimmers um und ging in die Küche; ihre Haut brannte immer noch, weil sie morgens auf der Farm in der Sonne gelegen hatte; das Haar löste sich und fiel ihr in den Nacken; ihr Kleid war von der langen Busfahrt zerknittert. Obgleich sie nur einen Büstenhalter unter dem Kleid trug, fühlte sie sich eingeengt, und als sie den Kühlschrank öffnete, um sich ein Glas eiskalte Milch einzugießen, begann sie geistesabwesend ihr Kleid vorn aufzuknöpfen. Sie trank in kleinen Schlucken, und während sie das Glas unbewußt wie ein Kind mit beiden Händen festhielt, schlenderte sie langsam zum Wohnzimmer zurück, um ihren Mann zu beobachten. Er beugte sich über die Manuskriptseiten, murmelte, suchte, und als sie sich vor ihn stellte, sah sie, daß seine Augen verquollen und gerötet aussahen. Hatte Brendan etwa geweint? Unmöglich. Aber dann fiel ihr wieder jenes Bild ein, an das sie die letzten beiden Tage immer wieder hatte denken müssen, das Bild vom Freitagabend, wie er neben dem Autobus auf der Rampe gestanden und hinter dem abfahrenden Autobus hergewinkt hatte. Ich an seiner Stelle hätte bestimmt geweint. Warum sieht er mich jetzt nicht an? Versucht er, es mir heimzuzahlen?

»Brendan?« sagte sie.

Ihre Blicke begegneten sich.

»Ich bin müde«, sagte sie. »Ich gehe ins Bett.«

»Nein – warte einen Augenblick.«

»Ich muß morgen arbeiten.«

»Nein, nein«, sagte er und stand unbeholfen auf. »Ich möchte, daß du das hier liest.«

»Um diese Zeit? Bist du verrückt?«

»Nein, ich habe auf dich gewartet, ich habe alles zurechtgelegt, du brauchst ja nicht das ganze Buch zu lesen, nur die paar Stellen, die ich dir gebe. Sie wollen, daß ich diese Stellen herausnehme, und ich weiß nicht, was ich machen soll.«

»Wer – sie?«

»Gerston und Key. Sie haben mir all diese Notizen mitgegeben. Gott, du hast keine Ahnung, was für ein Wochenende ich hinter mir habe.«

Sie mußte an das Wochenende denken, das sie hinter sich hatte: ein falsches mütterliches Lächeln, während sie mit den Kindern in der summenden Sommerruhe auf der Farm spielte, endlose Ausflüchte auf die Fragen und Andeutungen, die Barbara und Barbaras Mann fallen ließen, schlaflose Nachtstunden, in denen sie versuchte, nicht an jene Wochen zu denken, die vor ihr lagen. Sie dachte an die einzige Hoffnung, an die sie sich geklammert hatte. Nach jener Nacht, in der sie nicht auf seine Zärtlichkeiten eingegangen war, nach der Verzweiflung, die sie am nächsten Morgen auf seinem Gesicht gesehen hatte, nach ihrem kühlen Abschied auf dem Busbahnhof und nach einem einsamen, reumütigen Wochenende in der Stadt hatte sie geglaubt, daß er ihr heute abend beschämt und bußfertig gegenübertreten und ein für allemal erklären würde, daß er im Unrecht gewesen war. Als sie an diese Hoffnung dachte und sie gegen den Mann abwog, der jetzt vor ihr stand – mit verquollenen Augen, halb nackt und zitternd –, wurde sie von einer sinnlosen Wut übermannt. Ihre Hand gehorchte sofort.

Er zuckte zurück, schloß die Augen, drehte das Gesicht zur Seite, und für einen Augenblick sah sie, wie sich der Abdruck ihrer Hand deutlich auf seinem Gesicht abzeichnete.

»Was ist los – was habe ich denn getan?« fragte er überrascht.

»Wenn du nicht weißt, was los ist, dann kann ich dir nicht helfen.«

»Nein, einen Moment«, sagte er. »Hör zu: Wenn du mir versprichst, dieses Zeug jetzt gleich zu lesen, mache ich dir einen Vorschlag. Weißt du, wenn ich mich auf diese Kürzungen einlasse, und sie sind nicht schwer durchzuführen, dann brauchst du im August nicht mehr zu arbeiten; ich könnte das Manuskript abends durchsehen – und – und in der Zwischenzeit könnte ich irgendwelche Aufträge übernehmen, könnte irgendwie Geld verdienen, wir werden es schon schaffen – und du könntest die Kinder Ende des Monats nach Hause holen; alles wäre dann so, wie du es möchtest. Ehrenwort, Jane.«

Monat, Monat, Monat; es dröhnte in ihrem Kopf. Wenn es in seine eigenen Pläne paßte, dann war er zu jenem Opfer bereit, das er ihr abgeschlagen hatte, als sie ihn darum gebeten hatte.

*Ich könnte irgendwelche Aufträge übernehmen, könnte irgendwie Geld verdienen, wir werden es schon schaffen.* Wenn er das nur letzten Donnerstag gesagt hätte.

»Aber eine Bedingung ist dabei«, sagte er. »Du mußt mir jetzt die Wahrheit sagen, du mußt mir sagen, ob es richtig ist, wenn ich ihre Vorschläge akzeptiere.«

»Hat es denn so viel für das Buch zu bedeuten?« fragte sie. (Es war genauso, als frage sie Liam, ob er lieber Bilder ausmalen oder mit Bausteinen spielen wolle.)

»Nein, das glaube ich nicht. Es geht hier um das Prinzip. Ich mache mir Gedanken, ob ihr Urteil wirklich so zutreffend ist. Ich weiß nicht, ob ich mich überhaupt mit Kürzungen einverstanden erklären soll; das ganze Wochenende habe ich versucht, zu einer Entscheidung zu kommen und bin darüber fast wahnsinnig geworden. Du mußt mir helfen. Hier ...« Er packte ihre Handgelenke und führte sie in den großen Kreis aus Manuskriptblättern. »... setz dich hier hin, und ich lese dir jeden ihrer Vorschläge vor, und du liest dann die Absätze, die ich herausnehmen soll. Ja?«

(Willst du mit mir spielen, Mami? Meinetwegen, Liam.)

»Jetzt kommt der erste Vorschlag. Paß auf.«

Aufpassen? Worauf soll ich aufpassen? Wenn ich ihm sage, sie hätten recht, dann brauche ich nicht mehr zurück, dann ist die Geschichte mit Vito endgültig vorbei, dann kann ich die Kinder wieder nach Hause holen. Und ausgerechnet er will, daß ich ehrlich bin.

»So, das wäre es«, sagte er. »Jetzt lies den Absatz. Hier mußt du anfangen.«

Lauter Wörter, als sie den Bogen überflog, Wörter, die in ihrem Gehirn durcheinanderfielen, während sie im Schneidersitz mitten zwischen den Manuskriptseiten hockte und sich zwang zu lesen. Sie war wieder im College, und das hier war eine mündliche Prüfung: Sie mußte sich konzentrieren, um gute Zensuren zu bekommen. In den letzten sechs Jahren hatte sie unzählige Male mit ihm über seine Vorstellungen und die Personen der Handlung gesprochen. Jetzt mußte sie in Ehren bestehen, mußte seine Eitelkeit berücksichtigen und diese Eitelkeit dazu benutzen, ihn zu überzeugen. Aber vorsichtig mußte sie sein; um unparteiisch zu wirken, mußte sie in unwichtigen Dingen anderer Meinung sein als die Lektoren. Vor allem aber mußte sie dabei an sein Ehrgefühl denken, mußte ihm das Gefühl geben, daß die Kürzungen sein Werk nicht zerstören würden. Ausgerechnet sein Ehrgefühl.

Und sie fing an zu lesen. Als sie sprach, kamen ihr die Redensarten mit der Schnelligkeit des Einmaleins. »Nein, ich glaube, hier hat er recht. Der Rest dieses Absatzes ist so geschrieben, daß – ich glaube, das hemmt die Erzählung – es ist unnötig, und abgesehen davon deutest du auf etwas anderes hin, und was du hier sagst...«

Er saß auf dem Sofa, verhärmt, verstört, und gelegentlich unterbrach er sie: »Du glaubst also – findest du nicht auch – nein? – schön, vielleicht – ja, das mag sein, aber – also gut, nehmen wir den nächsten – lies das hier.«

Und so ging es weiter, denn er war unersättlich, wollte über jedes Wort argumentieren, und dennoch wollte er wirklich hören, was sie sagte. Während sie lasen und redeten, ging eine Stunde in die andere über, und in einem entlegenen Winkel ihres Verstandes überlegte sie, ob sie wie eine Schauspielerin, die in ihrer Rolle lebt, allmählich selbst glaubte, was sie sagte. Es schien so unwichtig zu sein. Sie spielte eine Rolle; außerhalb dieser Rolle wäre ihr Urteil das eines völlig anderen Menschen. Sie achtete sorgfältig auf Veränderungen seiner Laune, gab sofort nach, wenn es gefährlich zu werden drohte, und unterstützte Gerstons Ansichten, wenn er zu schwanken schien. Nach langer Zeit bat sie ihn, ihr eine Tasse Kaffee zu machen, und als er verschwunden war, sah sie auf ihre Uhr. Es war zwei Uhr morgens. Die mündliche Prüfung war erfolgreich bestanden. Er hatte nur eine Bestätigung gebraucht. Aber erst nach dem letzten Satz, nach der letzten Notiz schüttelte sie die Rolle ab, die sie bis dahin gespielt hatte, und sie überlegte: Was habe ich getan?

»Bist du überzeugt, daß es dem Buch auch nicht schaden wird?« fragte er zum x-tenmal in dieser Nacht.

Woher soll ich das wissen, überlegte sie. Ich bin kein Kritiker. Aber nachdem die Schauspielerei vorüber war, hatte sie den Eindruck, daß die verlangten Änderungen doch nur sehr geringfügig wären. Und sie wußte, daß er das nur wegen seiner ungeheuren Eitelkeit nicht gemerkt hatte.

»Vielleicht sollte ich das Manuskript eine Weile beiseite legen«, meinte er. »Dann könnten wir es noch einmal durchsehen.«

»Das ist albern«, sagte sie. »Ich glaube fast, du hast Angst, es zu veröffentlichen.«

»Du lieber Gott, Jane, glaubst du das wirklich? Wie kommst du nur darauf?«

(Ich glaube gar nichts. Es interessiert mich auch nicht mehr. Mit keinem Wort hast du heute abend nach den Kindern gefragt. Oder nach mir.)

»Selbstverständlich möchte ich, daß es veröffentlicht

wird«, sagte er. »Aber wenn ich kein guter Schriftsteller bin, kann ich genausogut gleich aufhören. Und wie kann ich denn ein wirklich guter Schriftsteller sein, wenn ich mir von den Lektoren helfen lassen muß?«

»Wieso helfen lassen?« sagte sie. »Mein Gott, Brendan, sie haben von dir nicht eine einzige wesentliche Veränderung im ganzen Manuskript verlangt. Du benimmst dich wie ein Idiot. Ich bin überzeugt, daß sehr viele gute Schriftsteller Vorschläge von den Lektoren bekommen, die viel weitreichender sind als diese hier.«

»Das behauptet Gerston auch von Silver«, sagte er. »Aber als ich heute morgen bei Silver war, hat er es bestritten.«

»Du warst bei Solomon Silver?« fragte sie verblüfft. »Du kennst ihn doch nicht einmal?«

»Ich habe ihn einfach überfallen. Schließlich steckte ich in einer Krise. Er hat in der Fifth Avenue eine todschicke Wohnung, paßt genau zu ihm – das kannst du mir glauben. Aber er hat gelogen, davon bin ich jetzt überzeugt.«

»Was hast du denn in den letzten Tagen sonst noch getan?« (Wenn ich mir vorstelle, daß er einfach bei Silver aufgetaucht ist. Er muß verrückt geworden sein.)

»Außerdem habe ich Max besucht und ihn nach seinem Buch gefragt. Er hat auch in Kürzungen eingewilligt, das stimmt. Aber was beweist das schon? Ich habe ihn nie für einen guten Schriftsteller gehalten.«

(Gerston, Max und Silver. Das also war sein Wochenende gewesen. Und was war mit seiner Mutter?)

»Hast du deine Mutter angerufen?«

»Meine Mutter?« sagte er und machte ein verdutztes Gesicht. »Nein – nein, ich hatte keine Zeit. Morgen rufe ich sie an.«

»Du hättest sie aber anrufen müssen. Du hättest sie auch besuchen müssen.«

»Ich steckte in einer Krise«, sagte er gereizt.

Was hatte es für einen Sinn, mit ihm zu reden? »Es ist schon zwei vorbei«, sagte sie. »Komm, wir gehen ins Bett.«

Als sie jedoch im Schlafzimmer das Kleid auszog, mußte sie an das letzte Mal denken, als sie zusammen gewesen waren, und sie sah zu ihm hinüber und überlegte, ob er es heute nacht wieder versuchen würde. Wenn es sich nur darum handelte, über seine Arbeit zu sprechen, konnte sie ihre Rolle spielen. Aber konnte sie sie auch im Bett spielen? Er zog sich Hosen und Unterhosen aus und legte sich hin, und dabei hielt er sich die Hand vor die Augen, um nicht in das Licht der Deckenlampe sehen zu müssen. »Du hältst es also für richtig, daß ich die Abschnitte herausnehme?« fragte er noch einmal.

»Ja. Und jetzt schlafe.«

»Ja, ich muß schlafen«, gab er zu. »Ich bin völlig erschöpft. Und morgen muß ich wieder frisch sein.«

Ausgerechnet er muß wieder frisch sein. Ja, er hatte völlig recht; er mußte frisch sein, denn er war ja drauf und dran, ein erfolgreicher Schriftsteller zu werden. Und daß er erfolgreich sein würde, daran zweifelte sie nicht. Er würde weitere Bücher schreiben, er würde gelobt, er würde durch und durch ein neuer Solomon Silver werden. Als sie ihren Büstenhalter aufhakte, blickte sie auf ihn hinunter. Er hatte sich auf den Bauch gelegt, sein Kopf lag seitlich auf dem Kissen, seine Augen waren geschlossen. Ich habe einen Mann geheiratet, der eines Tages berühmt sein wird. Nackt ging sie durch das Zimmer und drehte das Licht aus, damit der berühmte Mann in Ruhe schlafen konnte. Am Fenster setzte sie sich auf einen Stuhl, aber der berühmte Mann vermißte sie nicht, forderte sie nicht auf, ins Bett zu kommen. Nach wenigen Minuten hörte sie, wie er anfing, tief zu atmen. Sie lauschte, um ganz sicherzugehen, und wenig später begann er zu schnarchen.

Sie wandte sich zum Fenster und verschränkte ihre Arme unter den Brüsten, als wiege sie ein kleines Kind. Über der Stadt erhob sich ein roter Lichtschein, ein feuriger Heiligenschein umgab die Gebäude, als stünde das Zentrum der Stadt in hellen Flammen. Der berühmte Mann schlief in seinem Bett, ein ihr fremder und zugleich vertrauter Mensch, wie auch ihre Eltern fremd und vertraut zugleich gewesen waren, als sie noch ein kleines Mädchen war: ein Mensch, ohne dessen Schutz und Hilfe das Leben unsicher und schwierig sein würde. Und das ist auch alles, sagte sie sich. Vito hat uns jenes kleine Forum gestohlen, das uns bisher noch geblieben war: das Bett. Er hat es uns weggenommen, und was ist übriggeblieben? Trotzdem will ich Vito nicht mehr, denn ich kann nicht hinter Vito herrennen, um ihm das wieder abzunehmen, was ich an ihn verloren habe. Wen oder was aber habe ich jetzt noch? Sie starrte auf den roten Schein, auf die brennende Stadt. Wen liebe ich eigentlich, überlegte sie. Gibt es einen Menschen auf der ganzen Welt, der mir wirklich etwas bedeutet? Sie dachte an ihre Schwester Barbara. Gestern auf der Farm hatten sie gemeinsam versucht, in ihre Kindheit zurückzufinden. Aber die Tür war verschlossen; Barbara war ein fremder Mensch. Ich liebe meine Kinder, sagte sie sich, aber das ist nicht dasselbe. Es sind meine Kinder. Gibt es denn keinen erwachsenen Menschen, der mir etwas bedeutet?

Ihr fiel niemand ein. War es nicht ein Eingeständnis,

versagt zu haben, daß sie mit achtundzwanzig Jahren keinen Menschen, nichts hatte, was sie mehr liebte als sich selbst? Ich liebe mich selbst nicht, überlegte sie, aber wenn ich auch andere Menschen nicht liebe, bin ich doch gar nicht besser als Brendan. Sie saß auf ihrem Stuhl, strich sich über die Schenkel und starrte aus dem Fenster. Sie erinnerte sich, wie sie mit sechzehn Jahren gehofft hatte, Malerin zu werden. Sie erinnerte sich, wie sie mit zwanzig Jahren den Wunsch gehabt hatte, eine Karriere als Illustratorin zu machen. Mit zweiundzwanzig Jahren war sie überzeugt gewesen, daß ihre Begabung selbst dafür nicht ausreichte. Sie hatte Kinder haben wollen; als Mutter würde ihr Leben einen Sinn bekommen. Mit vierundzwanzig, verheiratet und Mutter, hatte sie gemerkt, daß sie noch irgendeinen anderen Grund zum Leben brauchte. Aber sie fand keinen. Vielleicht ist es jetzt an der Zeit, nach solch einem Grund zu suchen, überlegte sie. Vielleicht könnte ich dem Friedenskorps beitreten und in Afrika leben oder an Protestmärschen gegen die Atombombe teilnehmen oder so etwas? Aber würde sie mit zwei Kindern genügend Zeit haben für solche neuen Lebensinhalte? Und stimmte es nicht auch, daß diese Dinge sie eigentlich gar nicht so stark interessierten, sondern daß sie sie nur als Therapie benötigte?

Aber trotzdem müßte es doch irgend etwas geben, was ich tun könnte.

Sie blieb am Fenster sitzen, starrte auf den roten Schein über der Stadt und fühlte sich betrogen, wenn sie an den Wust von Artikeln und Büchern dachte, die sie in den vergangenen zehn Jahren zusammengelesen hatte, und die Schlagwörter der Zeit liefen ihr durch den Sinn: Überflußgesellschaft, geschlagene Generation, existentielle

Entscheidung, nukleare Vernichtung. Irgendwie hatte sie jedoch nicht das Gefühl, daß die Misere ihrer Generation Tragik genannt werden konnte. Sie kam zu dem Schluß, daß man ihre Generation nicht tragisch, sondern vielmehr pathetisch nennen mußte. Im College hatte sie gelernt, daß das Pathos eine untergeordnete Emotion sei. Vielleicht ist gerade das unsere Tragödie, überlegte sie. Wir haben unseren Traum verloren und sind daher pathetisch. Nein, das ergibt keinen Sinn. Pathetisch ist nicht tragisch. Ich sollte lieber ins Bett gehen.

Aber das tat sie nicht. Sie saß am Fenster, bis die Dunkelheit wich, bis der rote Neonschimmer hinter den Gebäuden von einem grauen milchigen Himmel aufgesogen wurde. Die Stadt brannte nicht mehr. Sie wirkte tot.

Atkin ließ seinen Kollegen am Steuer des Streifenwagens sitzen und betrat das Gebäude, um die Namensschilder über den Briefkästen der Bewohner zu überprüfen. Er kannte weder die Wohnungsnummer, nach der er sich hätte richten können, noch den Familiennamen. Auf dem Zettel, der in ihrer Handtasche gefunden worden war, stand lediglich: *Brendan, 468 Riverside Dr. Mon 6-8707.* Ihr britischer Paß war auf den Namen Tierney ausgestellt, und außerdem hatte man noch eine zweite Telefonnummer, die einer Mrs. Hofstra, gefunden, aber keine Adresse. Sie hatten die Hofstra-Nummer angerufen, es hatte sich jedoch niemand gemeldet. Und auch die Nummer auf dem Zettel war dauernd besetzt gewesen, so daß Atkin und sein Kollege beschlossen hatten, selbst vorbeizufahren. Atkin, der mit seinem verbundenen Finger nach dem richtigen Namensschild suchte, entdeckte einen Tierney in der Wohnung 8A. Das mußte er sein. Er ging zum Aufzug.

Atkin war ein kräftig gebauter Mann Ende Dreißig; ihm machte die Hitze sehr zu schaffen. Sein Uniformhemd war zerknittert, und sein Polizeigürtel, der von der Pistole hinuntergezogen wurde, scheuerte am Bauch und hinterließ immer einen Streifen geröteter Haut. Vor zwei Tagen hatte er sich die Hand verletzt, als sie nachts einen leeren Dachboden durchsucht hatten, auf dem sich angeblich Kinder versteckt hatten, und als er jetzt mit dem Aufzug nach oben fuhr, begann der Zeigefinger schmerzhaft zu pochen. Er betrachtete den Verband, der langsam schmutzig wurde, und überlegte, ob er nach Erledigung dieses Auftrages nicht doch zum Polizeiarzt gehen solle, um den Verband wechseln zu lassen. Ob es helfen würde? Er wußte es nicht.

An der Wohnung 8A läutete er, wartete und läutete dann noch einmal. Wahrscheinlich telefonierten die immer noch; es gab Frauen, die stundenlang am Telefon hingen. Versuchsweise drückte er auf die Klinke, die Tür öffnete sich, und tatsächlich, da war jemand am Telefon, aber diesmal keine Frau, sondern ein junger Mann in Hose, Hemd und Leinenschuhen. Der Fußboden des Wohnzimmers war übersät mit schreibmaschinengeschriebenen Blättern – irgendein Bericht oder so etwas Ähnliches –, an sämtlichen Wänden hingen verrückte Bilder; in der ganzen Wohnung wimmelte es von Büchern.

Meistens ließen die Leute alles stehen und liegen und kamen angerannt, wenn sie ihn, einen Polizisten, in der Tür stehen sahen. Aber dieser Mann hier sah ihn nur kurz an, als er eintrat, und redete dann einfach weiter.

»Ja, ich weiß, Sid«, sagte er gerade. »Diese Streichung finde ich auch gut, ja, damit bin ich einverstanden. Aber in Kapitel vierzehn, der Absatz über die Geburt, der Ihnen nicht gefällt, darüber bin ich mir nicht im klaren, ich glaube, ich würde ihn lieber stehenlassen...«

»Entschuldigen Sie«, sagte Atkin. Er machte dem Burschen ein Zeichen, daß er auflegen sollte.

»Ja«, antwortete der junge Mann seinem Gesprächspartner, »ich verstehe, was Sie meinen. O ja, mit dem größten Teil der anderen Streichungen bin ich einverstanden, und dann kann ich diese Sache wahrscheinlich auch weglassen. Aber da sind noch ein oder zwei Dinge, die ich beibehalten möchte... ja, natürlich... was?...«

»Entschuldigung«, sagte Atkin. Wieder machte er ein Zeichen, daß der Kerl den Hörer endlich auflegen sollte.

»Bleiben Sie bitte einen Augenblick am Apparat, Sid«, sagte der Bursche am Telefon. Und mit mürrischer Stimme fuhr er Atkin an: »Sehen Sie denn nicht, daß ich zu tun habe? Was ist denn los?«

Atkin sagte es ihm nicht.

»Sid«, sagte der Bursche am Telefon, »hier ist jemand an der Tür. Den muß ich abfertigen. Kurz gesagt, ich bin mit den Kürzungen einverstanden, das geht in Ordnung, machen Sie sich keine Gedanken. Ich rufe Sie wieder an, sobald ich den, der hier wartet, wieder los bin.«

O nein, das wirst du nicht, dachte Atkin.

Der Bursche legte den Telefonhörer auf, wandte sich dann an Atkin und sagte: »Also, was ist los?«

»Kennen Sie eine Mrs. Eileen Tierney?« sagte Atkin.

»Ja, das ist meine Mutter. Was ist mit ihr?«

Aber Atkin wollte ganz sichergehen. Es hatte keinen Sinn, den falschen Leuten etwas zu sagen; das konnte Ärger bringen.

»Wohnt sie in der 488 East Fifty-fourth, Apartment 19?«

»Ja.«

»Leider«, sagte Atkin, »hatte sie einen Unfall.«

»Was für einen Unfall?«

»Das wissen wir noch nicht genau. Wir nehmen an, daß es ein Schlaganfall war. Zumindest ist sie daran gestorben. Es sieht so aus, als sei sie während des Wochenendes irgendwann gestürzt und hätte sich das Hüftgelenk gebrochen – ganz sicher wissen wir das mit dem Hüftgelenk noch nicht, aber es sieht so aus –, und während sie versuchte, das Telefon zu erreichen, hatte sie einen Blutsturz. Der amtliche Leichenbeschauer wird natürlich alles überprüfen, aber so sah es wenigstens aus, als wir sie fanden.«

»Ist sie tot?« sagte der junge Mann. Komisch, daß die Leute immer alles zweimal erzählt haben wollen.

»Leider ja«, sagte Atkin. »Alte Leute, die allein wohnen – da kommt so was manchmal eben vor.«

Dann fiel Atkin der Paß der Frau ein; er zog ihn aus der Gesäßtasche und schlug die Seite mit dem Foto auf. »Ist sie das?« fragte er und zeigte dem jungen Mann das Bild.

Der Bursche nickte, ja.

»Dann bitten wir Sie, mit zur Wache zu kommen und ein paar Angaben zu machen. Und anschließend fahren wir mit Ihnen zum Leichenschauhaus, damit Sie die Tote identifizieren können. Lebt der Ehemann noch?«

»Nein.«

»Sind Sie hier der nächste Verwandte?«

»Ja.«

»Also dann«, sagte Atkin. »Wollen Sie sich nicht ein Jackett überziehen? Der Wagen wartet unten.«

Der junge Mann verschwand im Schlafzimmer, um sein Jackett zu holen. Puertorikaner, Juden und Italiener, die reagierten meistens sofort. Bei anderen dauerte es länger, drang es langsamer ein, und meistens kapierten sie es erst richtig auf der Wache, und dann hatte man Schwierigkeiten, sie wieder loszuwerden, weil sie einem ihr ganzes Leben erzählen wollten. Als dieser junge Mann aber zurückkam, band er sich gerade eine Krawatte um; er schloß das Wohnzimmerfenster, und dann bat er Atkin, noch eine Sekunde zu warten, weil er das Papier einsammeln müßte. Er hob sämtliche Bögen auf, ordnete sie sorgfältig und legte den ganzen Stoß dann auf einen Tisch. »So«, sagte er, »meinetwegen können wir jetzt gehen.«

Eiskalter Bursche, dachte Atkin, als sie mit dem Aufzug nach unten fuhren und zum Wagen gingen. Aber im Wagen war er ganz anders. Der junge Mann setzte sich auf den Rücksitz, blickte aus dem Fenster, und nach einer Minute fing er an, Fragen zu stellen.

»Um welche Zeit ist sie denn Ihrer Ansicht nach gestorben?«

»Es muß irgendwann gestern gewesen sein. Sie war schon eine Weile tot, als sie gefunden wurde.«

»Wer hat sie gefunden?«

»Der Milchmann. Er kam heute morgen gegen sieben, sah, daß die Milch vom Freitag noch vor der Tür stand und sauer geworden war, und deshalb läutete er, weil er nachfragen wollte, bevor er eine weitere Flasche dazustellte bei dieser Hitze. Kein Mensch machte auf, deshalb drückte er auf die Klinke. Die Tür war nicht abgeschlossen. Er fand sie in der Diele. Das Telefon war heruntergerissen. Sie muß noch versucht haben zu telefonieren, bevor sie starb.«

»Sie glauben also«, sagte der Bursche, »daß sie gestern morgen gestorben ist? Sonntag morgen?«

Ja, jeder wollte es immer zweimal erzählt haben.

»Es sieht so aus«, sagte Atkin. »Wir nehmen an, daß sie

schon vierundzwanzig Stunden tot war. Sagen Sie, das war doch nicht ihre eigene Wohnung, wie? Der Hausmeister meinte nämlich, er kenne sie nicht. Er sagte, die Wohnung gehöre einem Mann namens Finnerty, der gerade auf Urlaub ist.«

»Ja, das ist ein Vetter von ihr.«

»Hat sie ihn nur besucht, oder wohnte sie ständig dort?«

Eine Weile antwortete der Bursche nicht. Dann sagte er: »Sie wollte diese Woche wieder nach Irland zurückfahren.«

Atkin beobachtete ihn im Rückspiegel. Jetzt hatte er es allem Anschein nach endgültig kapiert. »Das ist hart«, sagte Atkin. Sein Finger pochte; wahrscheinlich war er entzündet.

Gestern, irgendwann, sei sie gestorben, sagte der Engel des Todes, dieser verschwitzte und groteske Engel, dessen Abzeichen wie ein blechernes Herz auf dem zerknitterten Uniformhemd steckte. Er hielt seinen verbundenen Finger hoch und streichelte ihn; Urteile fällte er nicht. Sie lag auf dem Boden einer fremden Wohnung und starb, während ich, ihr Sohn, sinnlos durch die Stadt rannte und mich wegen einiger weniger Wörter aufregte. Keine Telepathie hat mir, ähnlich dem Telefon, das sie zu erreichen versuchte, die Gefahr signalisiert, in der sie sich befand. Ich habe sie nicht angerufen.

Und später, auf der Polizeiwache, blickte ein Mann in Hemdsärmeln (ein Kriminalbeamter?) von dem Bericht auf, den er gerade schrieb, und fragte: »Wann haben Sie sie zum letztenmal gesehen? Wann hatten Sie zum letztenmal Kontakt mit ihr?« Und ich, ein überführter Verbrecher, habe kein Alibi. Mehr als eine Woche ist es her, daß ich sie zum letztenmal sah, mehr als eine Woche, daß ich sie aus der Wohnung warf.

»Meine Frau hat sie besucht, sie haben zusammen Abendbrot gegessen, das war – ich glaube, es war Donnerstag.«

»Ging es ihr da noch gut, ich meine, war sie noch gesund?«

»Ja.«

Er schrieb es hin. Ich, nicht Jane, hätte sie besuchen müssen. Ich hatte es ihr versprochen. Und später, als sie sterbend auf dem Fußboden lag, bestand ihre einzige Hoffnung auf Hilfe darin, daß ich vielleicht käme. Wenn ich daran gedacht hätte, sie anzurufen, dann lebte sie heute vielleicht noch. Das schrieb der Kriminalbeamte jedoch nicht hin. Er stellte keine Vermutungen an. Aber wenn es irgendwo Gerechtigkeit gibt, dann gibt es dort auch ein Gericht.

»Sie ist also seit ungefähr vier Monaten im Lande – stimmt das? Hatte sie ein Einwanderervisum oder ein Besuchervisum?«

»Ein Einwanderervisum. Wir haben sie herübergeholt, weil sie bei uns wohnen und sich um die Kinder kümmern sollte.«

*Einwanderervisum*, schrieb er. Ich habe sie herübergeholt; sie arbeitete bei mir als unbezahltes Dienstmädchen. Und bei sämtlichen Streitigkeiten habe ich nicht ein einziges Mal ihre Partei ergriffen. Sie war entsetzt über das, was sie hier vorfand. Sie hielt es für ihre Pflicht, irgend etwas zu tun, und deshalb taufte sie meine Kinder in einer bedeutungslosen Zeremonie im Badezimmer; außerdem erzählte sie ihnen einfältige Märchen über ihren Gott. Diese Verbrechen waren der Grund, daß wir sie verstießen. Wird

Gott – wenn es denn, wie sie glaubte, einen Himmel über uns gibt – ihr unsere Kälte und Gleichgültigkeit vergelten? Wird er seine unbeholfene Dienerin belohnen?

»Zum Zeitpunkt ihres Todes wohnte sie jedoch nicht bei Ihnen?« sagte der Kriminalbeamte.

»Nein, denn, wissen Sie, unsere Kinder sind augenblicklich auf dem Lande, und Finnerty – das ist ihr Vetter –, Finnerty ist auf Urlaub gefahren, und deshalb zog sie in seine Wohnung und kümmerte sich dort um alles.«

Auch das schrieb er hin. Sie ist tot; sie kann mir nicht widersprechen.

»Was hat der Flugschein zu bedeuten, den wir bei ihr fanden?«

»Sie wollte diese Woche nach Irland zurück.«

»Und warum?«

»Ach Gott, sie fühlte sich einsam hier. Ich meine, es gefiel ihr hier nicht allzusehr, und deshalb einigten wir uns, daß wir auch ohne sie zurechtkommen würden.«

»Deprimiert war sie aber nicht? Ich meine, war anzunehmen, daß sie – äh – sich irgend etwas antun würde?«

»Aber nein.«

Glaubte er mir? Handelte es sich hier vielleicht doch um ein Verhör? Aber er schrieb es hin.

»Wir werden eine Autopsie vornehmen lassen«, sagte er. »Das ist in solchen Fällen üblich.«

»Ist das gleichbedeutend mit einer gerichtlichen Untersuchung?«

»Nein, das glaube ich nicht. So wie es aussieht, scheint sie eines natürlichen Todes gestorben zu sein, der nach der Hüftverletzung eintrat. Die Autopsie wird darüber endgültig Klarheit bringen.«

Eine gerichtliche Untersuchung wird also nicht stattfinden. Gleichgültigkeit ist anscheinend kein Verbrechen, das vom Gesetz bestraft wird. Ich bin lediglich ein Mensch, dessen Auskünfte man braucht und der die Leiche identifizieren soll. »Wir werden jetzt mit Ihnen in das Leichenschauhaus fahren«, sagten sie. »Es wird nur einen Augenblick dauern.« Hätte ich sie über das Wochenende angerufen, hätte es ebenfalls nur einen Augenblick gedauert.

In dem Leichenschauhaus wartete ich in einem Zimmer, das nach Formaldehyd stank. Die Tür war nicht geschlossen, und im Nebenraum sah ich reihenweise braune Schubkästen, die aussahen wie Kühlbehälter. Ein Angestellter rollte eine Bahre an die Eiskästen, öffnete einen und zog eine lange Wanne heraus. Ich wandte mich ab. Nach einer Minute rollte er die Bahre in das Zimmer, in dem ich wartete. Ein Polizist, der ihn begleitete, hob das Tuch hoch.

Das Gesicht gelb, das graue Haar mit Erbrochenem verklebt. Auf der Wange und an der Kinnlade waren blaue Schwellungen, als wäre ihr Gesicht mit einer Eisenschaufel geschlagen worden. Die Augenlider waren heruntergezogen worden, verbargen die toten Augen jedoch nicht vollständig, durch Schlitze starrten sie anklagend zur Decke. Ich nickte dem Polizisten zu, und das Tuch wurde wieder darübergebreitet. Die Bahre wurde hinausgerollt. Man sagte mir, ich könne gehen.

Ich ging in den sommerlichen Vormittag hinaus, durch Straßen, in denen es von Menschen wimmelte. Der Anblick des Todes gibt den Lebenden ein gesteigertes Lebensgefühl. Mir fiel ein, daß Jane noch nichts wußte, und das ließ mich an all die emsigen Einzelheiten denken, durch die der Tod ein wenig entrückter erscheint. Telegramme mußten an meine Schwestern in England und

Australien geschickt werden, ich mußte einen Friedhof ausfindig machen, ich mußte ein Grab kaufen, einen Sarg, mußte einen Priester und einen Leichenwagen bestellen.

Jane wußte noch von nichts. Ich beschloß, sie im Büro aufzusuchen, und als ich mit dem Bus über die Lexington Avenue fuhr, fiel mir ein, daß ich Jane in all den Monaten, die sie dort arbeitete, noch nicht ein einziges Mal abgeholt hatte. Wie in einem Alptraum sah ich sie auf dem Boden des Büros liegen und darauf warten, daß ich käme. Und als ich das Gebäude betrat, hatte ich ein derart schlechtes Gewissen wegen der Dinge, die ich ihr sagen mußte, daß ich sie von der Halle aus anrief und ihr die Tatsachen in der beruhigenden Anonymität einer öffentlichen Telefonzelle berichtete. Sie sagte, sie würde sofort herunterkommen.

Aber es dauerte doch gut zehn Minuten, bis sie bei mir war; zehn Minuten, in denen ich durch die Halle wanderte und meine Gedanken bewußt mit den belanglosen Einzelheiten der Beisetzung betäubte. Sie hatte das blasse und verstörte Aussehen eines Menschen, dem im nächsten Augenblick physisch übel wird, und als ich sie sah, wurde mir vor Mitgefühl ebenfalls übel. Dann aber dachte ich an das gelbe, verunstaltete Gesicht; dachte daran, daß Jane es gewesen war, die darauf bestanden hatte. Sollte sie ruhig leiden. Sie hatte ihre Strafe verdient.

Zu dieser Strafe gehörte es, daß alle Einzelheiten noch einmal durchgesprochen, die ganze Litanei des Todes noch einmal wiederholt werden mußte. »Aber wie ist es denn nur passiert und wann, konnte sie sich denn nicht – glaubt man, daß es von dem Bruch des Hüftgelenks – o Gott, und man nimmt an, daß es ein Schlaganfall war, ich weiß noch, daß sie mir einmal erzählte, sie hätte sehr hohen Blutdruck, tut es sehr weh, ein Schlaganfall, wie lange dauert denn das, wie entsetzlich. Oh, Brendan.«

Während sie mich ausfragte, ergriff ich ihren Arm, führte sie den Häuserblock entlang und steuerte mit ihr auf ein ruhiges Lokal zu, wo wir uns hinsetzen und reden konnten. Es war ein Restaurant, »The Little Danube« hieß es, ein Lokal, in dem vormittags kaum Menschen sitzen. »Komm, wir gehen hier hinein und trinken eine Tasse Kaffee«, sagte ich.

Sie riß sich los. »Nein!«

»Warum nicht?«

»Ich mag dieses Lokal nicht. Laß uns irgendwo anders hingehen.«

Unsensible Zicke. Sich in einem Augenblick wie diesem so anzustellen. Aber dann fiel mir ein, daß ihr wahrscheinlich schlecht war. Ich nahm ihren Arm, lief mit ihr über die Straße und zog sie in ein Lokal, das »Hamburg Heaven« hieß. Wieder wollte sie nicht. »Nein, hier auch nicht.«

»Los jetzt«, sagte ich. »Du mußt dich übergeben, was?«

Sie nickte und verschwand auf der Damentoilette. Ich setzte mich hin und bestellte Kaffee. Eine ganze Weile war sie auf der Toilette , und als sie zurückkam, sah ich, daß es passiert war. Ihr Gesicht war leichenblaß, und sie zitterte. Die Zigarette, die ich ihr anbot, lehnte sie ab. Sie legte den Kopf auf die Arme und weinte.

»Es war ein Unfall«, sagte ich. »Das hätte überall passieren können. Schließlich war sie schon achtundsechzig.«

»Nein. Es ist unsere Schuld.«

»Niemand hat schuld«, sagte ich ärgerlich. »Kein Mensch hat es gewollt! Es war Pech – mehr nicht.«

»Es ist unsere Schuld«, wiederholte sie, und wieder weinte sie, während die Leute um uns herum so taten, als merkten sie nichts. Und während ich dieser tränenreichen Absolution zusah, fiel mir ein, daß ich nicht geweint hatte, daß ich auch nicht weinen würde, denn das, was ich verspürte, war Schuld, nicht Trauer, war Entsetzen, nicht Verlust. Ich sagte mir, daß Janes Tränen nichts mit Trauer um meine Mutter zu tun hätten. Jane hatte sie aus unserer Wohnung hinausgeworfen; Jane war diejenige, die ihr die Taufe nicht verzieh. Die Tränen, die sie jetzt vergoß, waren Tränen der Schuld. Wer aber wird dann überhaupt ehrliche Tränen um meine Mutter weinen? Meine Schwester Moira wird in Manchester in ihrem Kloster weinen, aber werden ihre Tränen nicht Tränen des Bedauerns sein, daß sie nun keine Mutter mehr hat, von der sie geliebt wird, die ihr Briefe schreibt und Geschenke aus jener Welt schickt, der Moira für immer entsagt hat? Und Sheila, die nach Australien durchbrannte – ich bezweifle, daß Sheila weinen wird. Dennoch war das Leben meiner Mutter das gewesen, was man erfüllt, erfolgreich nannte. Sie war hübsch; sie heiratete einen erfolgreichen Mann; sie lebte in einem großen Haus; sie hatte Dienstmädchen, Auto, Urlaubsreisen ins Ausland. Vier Kinder hatte sie ihrem Mann geboren, und während seiner letzten Krankheit hatte sie ihn gepflegt. In ihrem ganzen Leben hatte sie vielleicht tausend Menschen kennengelernt, und einige dieser Menschen hatten sie geliebt. Aber sterben tat sie allein und verlassen in einer fremden Wohnung, lag tot da, bis sie zufällig von einem Fremden gefunden wurde. Ich sehe das gelbe Gesicht vor mir.

Meine Mutter glaubte an Gott; das tue ich nicht. Sie glaubte an Hölle und Fegefeuer, an Buße und Vergebung, Taufe und Letzte Ölung. Sie glaubte, daß Gott sie mit einer bestimmten Absicht in diese Welt geschickt hatte, daß sie in dieser Prüfung durch ihre Taten beweisen mußte, des Himmels wert zu sein. Das weltliche Leben war für sie von zweitrangiger Bedeutung gewesen. Für mich dagegen gibt es nichts anderes. Und dieser Unterschied im Glauben war daran schuld, daß zwischen uns beiden ein Tor zufiel. Und wegen dieses Tores starb sie allein, bei dem Versuch, mich zu erreichen. Und doch fragte ich mich, während ich in dem Café saß und die Tränen meiner Frau nicht nur unbeachtet ließ, sondern sie auch noch verachtete, ob mein Glaube denn nun begründeter sei als der meiner Mutter. Wird das, was ich schreibe, irgend etwas in meiner Welt ändern? Allein davon zu sprechen bedeutet, an Wunder zu glauben. Unterscheidet sich mein Motiv in irgendeiner Hinsicht von ihrem? Geht es nicht bei mir – wie auch bei ihr – um bestimmte Taten und um die Erwartung, dafür gelobt zu werden? Aber was ist dieses Lob denn wirklich wert; wie viele der Gelobten bewundere ich denn ehrlichen Herzens bei Lebzeiten? Der Wunsch, zu ihnen zu gehören, ist doch nur der Wunsch, in das Buch der Heiligen aufgenommen zu werden, denn die wahren Tatsachen über ihr Leben und ihre Taten haben nur wenig Ähnlichkeit mit den öffentlichen Legenden. Und ist ihr Glaube an das Urteil der Nachwelt verdienstvoller als der Glaube an den Himmel? Wie viele der illustren Toten ehre ich durch Lippenbekenntnis, obgleich ich nichts von ihren Taten und Werken weiß? Ist mein Glaube an meine Begabung in irgendeiner Hinsicht ein geringerer Aberglaube als der Glaube meiner Mutter an die Macht der Vergebung? Und woher weiß ich eigentlich – um von der Ethik meines Glaubensbekenntnisses zu sprechen –, daß meine Begabung die Opfer rechtfertigt, die ich von anderen in ihrem Namen verlangt habe? Oh, Mama, ich habe dich geopfert;

ich sehe dein gelbes Gesicht vor mir. Jane, ich habe dich verlassen; ich sehe dich jetzt an, und ich weiß, daß alles verändert ist. Bin ich noch der Sohn meiner Mutter, der Mann meiner Frau und der Vater meiner Kinder? Oder bin ich ein Fremder – sogar mir selbst fremd?

Wer ist dieser Fremde? Auf der Beerdigung meiner Mutter habe ich ihn zum erstenmal gesehen. Die Beerdigung war so armselig, wie man es sich nur vorstellen kann: ein Leichenwagen und eine Limousine, die langsam durch den stockenden Mittagsverkehr zu einem Friedhof krochen, der, als wir ihn erreicht hatten, zu beiden Seiten einer sechsspurigen Autostraße lag, Grabstein reihte sich an Grabstein, teleskopisch verkürzt wie in einer riesigen Trickaufnahme, die aufgestellt worden war, um die rücksichtslosen Todesfahrer auf der Straße zu warnen. Wie in den Wolkenkratzern die Lebenden hausen, so liegen die Toten in New York Schicht auf Schicht, selbst im Tod eng zusammengepfercht.

Wir bogen in eine Umgehungsstraße ein, und als der Leichenwagen in das Gelände des Friedhofs einbog, nahm der Priester, der vor mir auf dem Klappsitz unserer Limousine saß, eine Stola aus der Tasche, führte sie an die Lippen und legte sie sich sorgfältig um die Schultern. Neben mir auf dem Rücksitz saß Jane in einem schwarzen Kleid, mit weißen Handschuhen, einem weißen Hut und zuviel Lippenstift; wären nicht ihre verschwollenen Augen gewesen, man hätte glauben können, sie ginge zu einer Cocktailparty. In den drei Tagen vor der Beerdigung hatte sie oft geweint. Unsere Gespräche waren immer weiter auseinandergedriftet, so als stünde ich hilflos am Ufer, während sie von der Flut abgetrieben würde. Finnerty saß auf dem zweiten Klappsitz; starr, unbehaglich, sein kerzengerader Rücken zeigte das Maß seiner Verachtung für uns. Ich war jedoch froh über seine Anwesenheit; er unterhielt sich mit dem Priester über irgendwelche Belanglosigkeiten.

Als wir aus der Limousine stiegen, waren wir keine dreißig Meter vom Grab entfernt. Zwei Totengräber standen daneben, nette junge amerikanische Arbeiter in sauberen Overalls, an den Schuhen kein bißchen Erde. Das Grab selbst sah unwirklich aus: sauber ausgestochene Grassoden lagen neben ihm und warteten nur darauf, wieder eingesetzt zu werden, und über dem Grab war eine Vorrichtung mit einer Stahlplatte aufgebaut worden, um den Sarg in das säuberlich ausgeschachtete Grab hinunterzulassen. Unauffällig kamen die Leute des Bestattungsinstituts mit ihrer Last heran, stellten sie auf die Stahlplatte, traten dann einige Schritte zurück, zogen sich die grauen Baumwollhandschuhe aus und wischten sich den Nacken mit weißen Taschentüchern ab. Der Priester trat an das Grab, gefolgt von einem Mann des Bestattungsinstituts, der eine Schale mit Weihwasser und einen Weihwassersprenger in Händen hielt. Der Priester blieb stehen und sah sich um – wie ein Dirigent, bevor er den Stab hebt, um mit der Ouvertüre zu beginnen. Wir, die drei Trauernden, kamen gehorsam näher.

Aus der Jackettasche holte der Priester ein Gebetbuch hervor, und ich überlegte, ob ich bei dieser Gelegenheit jene furchtbaren Worte der Warnung hören würde: *memento homo quia pulvis es et in pulverem reverteris.* Aber der alte Mann – kurzatmig und in Eile, das spärliche graue Haar von der hinter ihm stehenden Sonne wie ein Heiligenschein beleuchtet – murmelte die Worte so undeutlich, daß ich es gar nicht merkte, als er diesen Satz aussprach. Neben mir zerknüllte Jane ihre weißen Handschuhe und trat unruhig von einem Fuß auf den anderen, weil ihre Bleistiftabsätze immer wieder im Rasen einsanken. Finnerty, die Hände auf dem Rücken verschränkt, betrachtete seine Fußspitzen. Der Priester murmelte weiter.

Ein Angestellter des Bestattungsinstituts trat vor, hockte sich neben den Sarg und blickte den Priester erwartungsvoll an. Als der Priester sein Gebetbuch zuklappte, lockerte der Mann des Bestattungsinstituts eine Winde, und die Stahlplatte, auf der der Sarg ruhte, versank langsam und lautlos in dem Grab. Merke es dir, sagte der Fremde in mir; merke dir diese mechanisierte Fahrt in die Grube. Der Priester trat dicht an den Rand des Grabes, und einer der Totengräber reichte ihm eine Schaufel. Auf der Schaufel lagen ein paar vertrocknete Erdklumpen, und als der Priester die Schaufel über dem Grab umdrehte, war ein rumpelndes Geräusch zu vernehmen, als die Erdbrokken auf den Sargdeckel fielen. Vergiß nicht, oh, Mensch, daß du Staub bist. Und vergiß auch das nicht: Eines Tages wirst du darüber schreiben.

Ich gehörte nicht mehr zu der Trauergemeinde. Ich beobachtete, wie der Priester den Weihwassersprenger ergriff und einige Tropfen Weihwasser in das Grab sprengte. Mir entging nicht seine ungeduldige Bewegung, als er darauf wartete, daß der Angestellte des Bestattungsinstituts die Schale heranbrächte, so daß er den Weihwassersprenger wieder hineinlegen konnte. Ich wandte mich um, weil ich mich vergewissern wollte, ob die anderen es auch gesehen hätten, und dabei sah ich, daß der Fahrer des Leichenwagens und der Chauffeur unserer Limousine hinter dem Leichenwagen heimlich rauchten. Noch einmal traten die Leute des Bestattungsinstituts an das Grab; mit geschickten Handgriffen bauten sie den Mechanismus ab. Der Priester öffnete sein Gebetbuch und blätterte eine Seite um.

Verstohlen beobachtete ich die Trauernden. Jane stand jetzt in Strümpfen auf dem Rasen; ihre Schuhe, deren hohe Absätze im Rasen steckten, standen etwa einen Schritt hinter ihr, demütig und beinahe menschlich in ihrem Elend. Ich sah, wie sie ihr Gesicht der Sonne entgegenhielt, sah, daß ihr die Tränen über die blassen Wangen liefen. Links neben ihr hatte Finnerty eine Hand erhoben, und wie eine Katze, die sich die Augen wischt, fuhr er sich mit dem Handrücken über das Gesicht. Ich sah die kleinen Leberflecken des Alters auf seiner Altmännerhand, und während ich ihn – schamlos und von der Tatsache fasziniert, daß er, ein Fremder, weinte – anstarrte, sagte der Fremde in mir: Merke es dir.

Jetzt schaufelten sie das Grab zu. Ich sah wieder das gelbe Gesicht vor mir, die geschwollene Kinnlade und die geschlitzten Augen: jenes Gesicht, das aus dem Grab nach oben starrte, während die Erdbrocken geräuschvoll auf den Sargdeckel fielen. Die Schaufeln der Totengräber bewegten sich im gleichen Rhythmus – eins-zwei, eins-zwei. Erde fiel auf Erde. Das Holz war verstummt. Der Priester klappte sein Gebetbuch zu. Merke es dir.

Und dann, als stünde er plötzlich neben mir, wiederholte jener betrunkene und rachsüchtige Brendan (war es erst vier Monate her, daß er noch gelebt hatte?) dicht neben meinem Ohr jene zornigen Worte, die er in Dortmunders Wohnung ausgesprochen hatte. *Wenn er neben dem Bett seiner Frau steht und beobachtet, wie sich ihr Gesicht verzerrt, um ihren Todeskampf ganz genau schil-*

*dern zu können. Er kann nichts dafür. Er ist Schriftsteller. Er kann nichts empfinden; er kann nur berichten.*

Der Priester schob das Gebetbuch in die Tasche. Er nahm die Stola ab, legte sie sorgfältig zusammen und nickte uns dann zu, um anzudeuten, daß es Zeit wäre, den Friedhof zu verlassen. Und als wir – Jane, Finnerty und jener andere vulgär neugierige Beobachter – uns vom Grab abwandten, wußte ich endlich die Antwort auf Ted Ormsbys Frage. Ich habe mich so verändert, daß ich mich selbst nicht wiedererkenne. Ich habe mich selbst verloren und geopfert.

# *Brian Moore im Diogenes Verlag*

*Katholiken*
Roman. Aus dem Englischen von Elisabeth Schnack
detebe 20546

*Schwarzrock*
Roman. Deutsch von Otto Bayer
detebe 21755

*Die einsame Passion der Judith Hearne*
Roman. Deutsch von Hermann Stiehl
detebe 21856

*Die große viktorianische Sammlung*
Roman. Deutsch von Helga und Alexander Schmitz
detebe 21931

*Die Farbe des Blutes*
Roman. Deutsch von Otto Bayer
detebe 21996

*Die Antwort der Hölle*
Roman. Deutsch von Rudolf Rocholl
detebe 21998

# *Eric Ambler im Diogenes Verlag*

*Ambler by Ambler*
Eric Ambler's Autobiographie. Aus dem Englischen von Matthias Fienbork. detebe 21589

*Der dunkle Grenzbezirk*
Roman. Deutsch von Walter Hertenstein und Ute Haffmans. detebe 20602

*Ungewöhnliche Gefahr*
Roman. Deutsch von Walter Hertenstein und Werner Morlang. detebe 20603

*Nachruf auf einen Spion*
Roman. Deutsch von Peter Fischer
detebe 20605

*Anlaß zur Unruhe*
Roman. Deutsch von Franz Cavigelli
detebe 20604

*Die Maske des Dimitrios*
Roman. Deutsch von Mary Brand und Walter Hertenstein. detebe 20137

*Die Angst reist mit*
Roman. Deutsch von Walter Hertenstein
detebe 20181

*Der Fall Deltschev*
Roman. Deutsch von Mary Brand und Walter Hertenstein. detebe 20178

*Schirmers Erbschaft*
Roman. Deutsch von Harry Reuß-Löwenstein, Th. A. Knust und Rudolf Barmettler.
detebe 20180

*Besuch bei Nacht*
Roman. Deutsch von Wulf Teichmann
detebe 20539

*Waffenschmuggel*
Roman. Deutsch von Tom Knoth
detebe 20364

*Topkapi*
Roman. Deutsch von Elsbeth Herlin
detebe 20536

*Eine Art von Zorn*
Roman. Deutsch von Susanne Feigl und Walter Hertenstein. detebe 20179

*Schmutzige Geschichte*
Roman. Deutsch von Günter Eichel
detebe 20537

*Das Intercom-Komplott*
Roman. Deutsch von Dietrich Stössel
detebe 20538

*Der Levantiner*
Roman. Deutsch von Tom Knoth
detebe 20223

*Doktor Frigo*
Roman. Deutsch von Tom Knoth und Judith Claassen
detebe 20606

*Bitte keine Rosen mehr*
Roman. Deutsch von Tom Knoth
detebe 20887

*Mit der Zeit*
Roman. Deutsch von Hans Hermann
detebe 21054

*Die Begabung zu töten*
Deutsch von Matthias Fienbork
detebe 21631

Als Ergänzungsband liegt vor:

*Über Eric Ambler*
Aufsätze von Alfred Hitchcock bis Helmut Heißenbüttel. Chronik und Bibliographie. Herausgegeben von Gerd Haffmans
detebe 20607